MORZE TROLLI

Haroldowi, jak zawsze,
za odnalezienie Studni Mimira

PODZIĘKOWANIA

Serdeczne dzięki dla Kristin Johannsdottir, islandzkiej uczonej, która przeczytała mój maszynopis i zadbała o islandzkie dialogi.

Podziękowania dla doktora Williama Ratliffa, który zapewnił mi dostęp do biblioteki Uniwersytetu Standforda.

Gorące wyrazy wdzięczności dla mojego syna Daniela i kuzyna Nathana Stouta, którzy zainspirowali mnie do stworzenia postaci Olafa Jednobrewego.

Dzięki, jak zwykle, dla Richarda Jacksona za podejmowanie ryzyka.

NANCY FARMER

MORZE TROLLI

Tłumaczenie:
Jacek Drewnowski

Warszawa 2005

Jaguar

Tytuł oryginału: *The Sea of Trolls*

Wydanie pierwsze, Wydawnictwo Jaguar, Warszawa 2005

Projekt typografii na okładce i stronach tytułowych
w wydaniu polskim: Andrzej Chojecki

Skład i łamanie: Piotr Sztandar-Sztanderski
Redakcja: Ewa Holewińska i Anna Pawłowicz

ISBN 83-60010-04-8

Adres do korespondencji:
Wydawnictwo Jaguar
skr. poczt. 32, 00-712 Warszawa 88
e-mail: info@wydawnictwo-jaguar.pl

Dystrybucja i sprzedaż wysyłkowa:
Wydawnictwo L&L, ul. Kościuszki 38/3, 80-445 Gdańsk
tel.: (58) 520 35 57, faks: (58) 344 13 38
www.ll.com.pl

Internetowe księgarnie wysyłkowe:
www.merlin.pl
www.książki.wp.pl
www.vivid.pl

Druk i oprawa: Łódzka Drukarnia Dziełowa

SPIS POSTACI

LUDZIE (SASI)

Jack — gdy rozpoczyna się opowieść, ma jedenaście lat
Lucy — siostra Jacka; gdy rozpoczyna się opowieść, ma pięć lat
Matka — matka Jacka i Lucy, wieszczka
Ojciec — Giles Kuternoga, ojciec Jacka i Lucy
Bard — druid z Irlandii, zwany także Smoczym Językiem
Allyson — matka Thorgil
Colin — syn kowala
Brat Aiden — mnich ze Świętej Wyspy

LUDZIE (WIKINGOWIE)

Olaf Jednobrewy — dowódca berserkerów królowej
Sven Mściwy — członek załogi Olafa
Eryk Pięknolicy — członek załogi Olafa
Eryk Zapalczywy — członek załogi Olafa; boi się ciemności
Eryk Szerokie Bary — członek załogi Olafa; boi się ciemności
Runa — skald, który nie może już śpiewać
Thorgil — pragnie dołączyć do berserkerów; ma dwanaście lat
Thorgrim — ojciec Thorgil, sławny berserker
Egil Długa Włócznia — kapitan okrętu; nie jest berserkerem
Gizur Łamikciuk — wódz wioski, krzywoprzysięzca

Magnus Zabijaka — wódz wioski

Einar Ucholub — wódz wioski, kolekcjoner uszu wrogów

Heide — główna żona Olafa, wieszczka z Laponii

Dotti i Lotti — żony Olafa

Skakki — syn Heide i Olafa, ma szesnaście lat

Thorir — brat Thorgil

Hrothgar — król ze Złotego Pałacu

Beowulf — słynny wojownik

Ivar bez Kości — król Olafa, mąż półtrollki Frith

Drewniana Stopa — przyjaciel Eryka Pięknolicego, któremu troll odgryzł nogę

Świński Ryj, Brudne Gacie, Grubonogi, Brzydal i Brzydula — *thrallowie* (niewolnicy) Olafa

Hilda — córka Olafa i Dotti

ZWIERZĘTA

Mężne Serce — niezwykły kruk

Chmurna Grzywa — koń, którego ojciec pochodził z Krainy Elfów

Maeve — suka wilczarza irlandzkiego

Rębajło, Wilcze Łyko, Wiedźma i Siekacz — szczenięta Maeve

Złota Szczecina — trollowy knur o paskudnym usposobieniu

Koty Freyi — dziewięć ogromnych trollowych kotów o pięknej, rudozłotej sierści

Białe sowy — rodzina czterech sów z Jotunheimu

Smoczyca — matka smocząt

Głuszec — ptak wielkości indyka z dziesięciorgiem nakrapianych piskląt

Ratatosk — roznosząca plotki wiewiórka, która biega po pniu Yggdrasila

JOTUNY (TROLLE)

Królowa Gór — Glamdis, władczyni Jotunheimu

Fonn — córka Królowej Gór, która rozmawia z ludźmi

Forath — córka Królowej Gór, która rozmawia z wielorybami

Bolthorn — ojciec Fonn i Forath, najważniejszy małżonek Królowej Gór

INNE

Półtrollka Frith — zmiennokształtna córka Królowej Gór i nieznanego człowieka, żona Ivara bez Kości

Frothi — zmiennokształtna siostra Frith, matka Grendela

Grendel — potwór, którego ojciec był ogrem

Norny — nikt dokładnie nie wie, czym są Norny, mają one jednak wielką moc

UTGARD
DROGA DO ŁAPONII
ISLANDIA
MORZE TROLLI
FIORD JOTUNÓW
(WEJŚCIE DO JOTUNHEIMU)
JOTUNHEIM
WIOSKA OLAFA
WYSPY BŁOGOSŁAWIONYCH
PAŁAC AEGIRA I RAN
(NA DNIE MORZA)
WIOSKA GIZURA ŁAMIKCIUKA
WIOSKA JACKA
ŚWIĘTA WYSPA
EUROPA

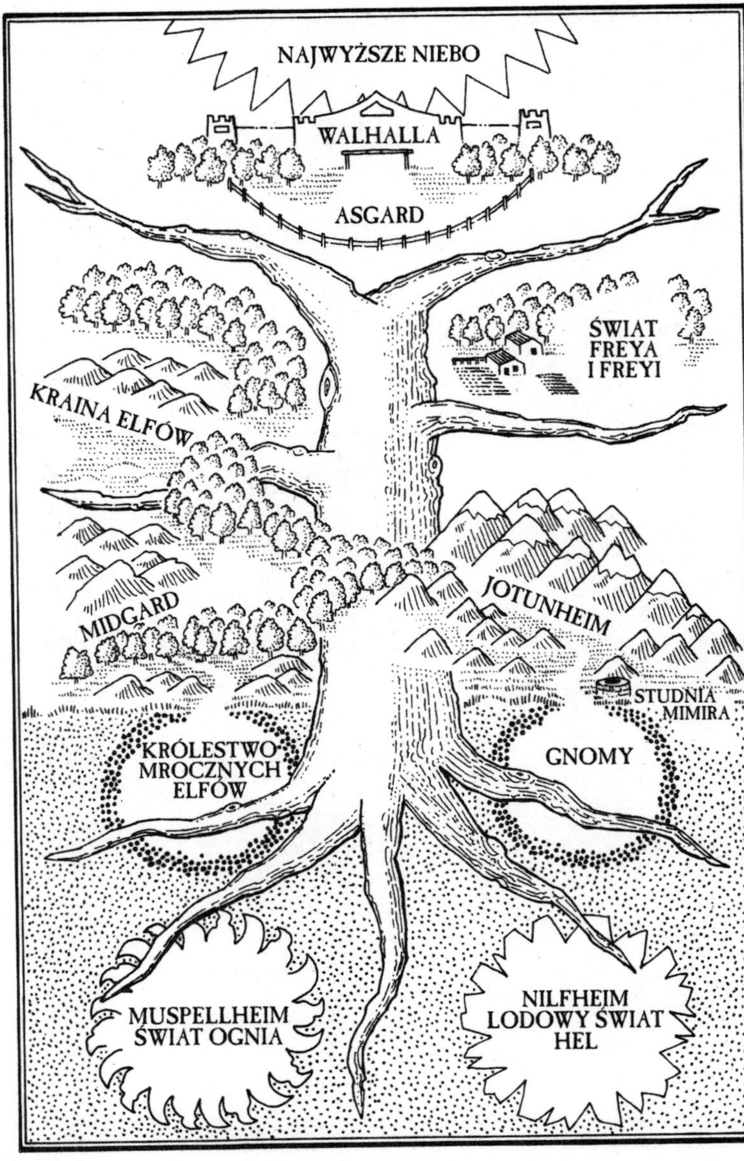
NAJWYŻSZE NIEBO
WALHALLA
ASGARD
ŚWIAT FREYA I FREYI
KRAINA ELFÓW
MIDGARD
JOTUNHEIM
STUDNIA MIMIRA
KRÓLESTWO MROCZNYCH ELFÓW
GNOMY
MUSPELLHEIM ŚWIAT OGNIA
NILFHEIM LODOWY ŚWIAT HEL

Rozdział pierwszy

SZUKANIE JAGNIĄT

Jack obudził się przed świtem i słuchał, jak zimny lutowy wiatr smaga ściany domu. Westchnął. Czekał go kolejny marny dzień. Popatrzył na krokwie, rozkoszując się ostatnimi chwilami ciepła. Leżał na materacu z wysuszonego wrzosu, owinięty w kokon wełnianych koców. Podłoga znajdowała się głęboko poniżej poziomu gruntu. Wiatr, który szczeliną pod drzwiami wdzierał się do środka, dmuchał mu nad głową.

To był porządny dom, z podporami z dębów, które wbito w ziemię korzeniami do góry, by nie ciągnęły wody z gleby. Jack dobrze pamiętał, jak ojciec go budował. Chłopiec miał wtedy siedem lat. Ojciec sądził wówczas, że dziecko nie zrozumie takiej skomplikowanej pracy, ale Jack wszystko rozumiał. Uważnie się wtedy przyglądał i jeszcze teraz, po czterech latach, sam byłby w stanie zbudować dom. Zapominał bardzo niewiele.

Na przeciwległym krańcu długiego pomieszczenia matka rozniecała ogień. Blask płomieni tańczył na strychu, w miejscu cieplejszym, lecz zdecydowanie bardziej zadymionym. Tam spali rodzice i siostra. Jack wolał świeże powietrze w pobliżu drzwi.

Matka wsypała owies do wrzątku i energicznie zamieszała owsiankę. Dodała miodu — Jack czuł jego zapach. Wśród żaru połyskiwał pogrzebacz, którym matka zamierzała podgrzać cydr w kubkach ustawionych na półce.

— Ale zimno — poskarżyła się ze strychu Lucy. — Mogę zjeść śniadanie w łóżku?

— Księżniczki nie przejmują się takimi drobiazgami jak chłód — oznajmił ojciec.

— Księżniczki mieszkają w zamkach — zauważyła Lucy.

— Tak, z wyjątkiem zaginionych księżniczek.

— Nie podpuszczaj jej — wtrąciła się matka.

— Czy ja naprawdę zaginęłam, tato? — spytała Lucy. Jack wiedział, że siostrzyczka uwielbia tę opowieść.

— Nie na długo. My cię znaleźliśmy — odparł ojciec z czułością w głosie.

— Leżałam pod krzakiem róży ze złotą monetą w rączce.

— Urodziłaś się w tym domu, a nie w jakimś bajkowym zamku — rzekła z naciskiem mama. Zanurzyła gorący pogrzebacz w pierwszym kubku z cydrem. Jack poczuł silną woń jabłek. Wiedział, że Lucy nie przejmuje się słowami matki. Znacznie ciekawiej być zaginioną księżniczką niż chłopskim dzieckiem. Ale złota moneta istniała naprawdę. Ojciec znalazł ją, gdy kopał w ogródku. Widniała na niej głowa mężczyzny, który, według słów ojca, był rzymskim królem.

— Pewnego dnia przyjedzie do nas zastęp rycerzy — ciągnęła rozmarzonym głosem Lucy.

— Szukają cię od czasu, kiedy wpadłaś w łapy trolli — potwierdził tata. — Trolle chciały cię zjeść, skarbie... ale, jak to trolle, pobiły się między sobą.

— „Może ją upieczemy z jabłkiem w buzi?" — Lucy opowiadała dalej dobrze znaną historię. — „A może zrobimy z niej placek?"

— „Placek! Placek!", wrzasnęła połowa trolli — wtórował jej ojciec. — Druga połowa wołała pieczeń z dziecka. Zaczęły się bić i wkrótce wszystkie leżały na ziemi bez przytomności. A ja akurat tamtędy przechodziłem i cię znalazłem.

— Pewnego dnia rycerze zapukają do naszych drzwi — mówiła dalej Lucy. — Pokłonią mi się i powiedzą: „Chodź z nami i zostań naszą królową".

— Dlaczego karmisz ją takimi bredniami? — spytała matka.

— A komu to szkodzi? — odparł ojciec.

Jack wiedział, że zanim się urodził, mama straciła dwoje dzieci, a później kolejnych dwoje. Myślała, że już nie będzie miała następnych, ale ku ogólnemu zaskoczeniu urodziła jeszcze to ostatnie, wspaniałe dziecko.

Złote włosy Lucy przywodziły na myśl promienie słońca. Jej oczy miały barwę fiołków rosnących w głębi lasu. Była lekka jak puszek i radosna jak skowronek. Miała pięć lat i zawsze otaczano ją miłością, dlatego sama też wszystkich kochała. Jack również nie mógł jej nie lubić.

Teraz ojciec znosił Lucy po drabinie, choć była już na to za duża. Jack widział ból, malujący się na twarzy ojca, gdy schodził niezdarnie z jednego szczebelka na drugi. Widział jednak także radość — radość, która nie gościła na obliczu Gilesa Kuternogi, kiedy patrzył na swojego syna, Jacka.

Chłopiec odrzucił przykrycie i wstał, przeciągając się, by energia nowego dnia pobudziła jego ciało. Tak jak i reszta rodziny, spał w ubraniu, nie musiał więc już nic na siebie zakładać.

Wyciągnął wełnę, która zatykała szczelinę pod drzwiami, i wyszedł na zewnątrz. Szare światło pełzło znad morza od wschodu. Przesączało się na wrzosowiska i ginęło nagle w ciemnym lesie na zachodzie. Niebo miało barwę brudnego lodu. Zapowiadał się kiepski dzień.

Jack pobiegł do wygódki. Podskakiwał, by zmrożony grunt nie przyczepiał mu się do butów. Bard powiadał, że w mroźne dni lodowe olbrzymy czyhają, przyczajone, na niczego niespodziewających się ludzi i oszałamiają ich swoim mglistym oddechem. Zimową porą nie wolno kłaść się na ziemi, choćby bardzo cię to kusiło. Aby cię złapać, lodowe olbrzymy szepczą do ucha o cieple, które odnajdziesz we śnie.

Jack pognał z powrotem do domu. Po drodze poślizgnął się na zamarzniętej kałuży, której nie zauważył. Wpadł przez drzwi do środka, po czym stał chwilę, dysząc i przytupując, by odzyskać czucie w stopach.

— Zimno, co? — spytał ojciec. Siedział przy ogniu z Lucy na kolanach.

— Zimno jak u trolla w...

— Nie pozwolę na takie słownictwo — przerwała mu ostro matka.

Jack uśmiechnął się i usiadł przy palenisku. Matka podała synowi kubek cydru. Ogrzał sobie o niego ręce.

— Owce będą rodzić — oznajmił ojciec.

— Aha — przytaknęła matka.

— Uwielbiam małe owieczki — zaświergotała Lucy, ściskając swój kubek z cydrem.

— Bo nie musisz chodzić i ich szukać — odparł Jack.

— To boży porządek — stwierdził ojciec. — Adam zgrzeszył, więc musimy teraz w pocie czoła pracować na chleb.

— Amen — powiedziała mama.

Jack zastanawiał się, dlaczego wciąż prześladuje ich coś, co wydarzyło się na początku świata. Ile czasu musi minąć, zanim kara się skończy? Chyba lepiej by było, gdyby po jakimś tysiącu lat Bóg oznajmił: „No, dobra, wystarczy. Możecie już wracać do Raju". Ale Jack nie wypowiadał na głos swoich myśli. Ojciec bywał bardzo nerwowy, kiedy w grę wchodziły sprawy wiary.

Giles Kuternoga chciał zostać księdzem, ale jego rodziny nie było stać na wpisowe do opactwa. Wciąż tego żałował, tym bardziej, że kaleka noga bardzo utrudniała mu pracę w gospodarstwie.

Najlepsze wspomnienia ojca wiązały się ze Świętą Wyspą, gdzie popłynął za swych młodzieńczych lat w nadziei na wyleczenie. Widok wiodących spokojny żywot mnichów wprawił go w zachwyt. Nie musieli orać kamienistych pól. Nie musieli ścinać drzew w budzącym grozę lesie i słuchać wycia wilków albo — co gorsza — goblinów, które pożerają młodych chłopców.

Niestety, nawet dobrotliwi mnisi nie umieli wyleczyć Gilesa Kuternogi. Mogli jedynie karmić przybysza miękkim, białym chlebem i pieczoną jagnięciną z rozmarynem. Modlili się nad nim w kaplicy z witrażowym oknem, które mieniło się wszystkimi kolorami tęczy, gdy na zewnątrz świeciło słońce.

— Pomyślałem, że naprawię dziś dach stodoły — oznajmił ojciec.

Jack zmarszczył brwi. To oznaczało, że niewdzięczny obowiązek szukania jagniąt spadnie na niego. Wetknął upieczony poprzedniego wieczora chleb do owsianki. Jeśli się go nie rozmoczyło, był zbyt twardy. W zębach zazgrzytał mu piach, który zawsze znajdował się w ciemnym, wypiekanym przez matkę chlebie.

— Mogę popatrzeć, tato? — spytała Lucy.

— Oczywiście, skarbie. Tylko nie siadaj pod drabiną. To przynosi pecha.

„Przynosi pecha, bo tata mógłby jej upuścić młotek na głowę”, pomyślał Jack. Ale tego także nie powiedział na głos.

— W tym tygodniu przypada nasza kolej karmienia barda — przypomniała matka.

— Ja się tym zajmę — powiedział szybko Jack.

— Pewnie, że ty — odparł ojciec. — Nie myśl, że się wykręcisz z powodu jagniąt.

„Typowe", pomyślał Jack. Oto właśnie zaoferował swoją pomoc, a ojciec musiał przedstawić to z jak najgorszej strony. Tak się jednak cieszył z wizyty u barda, że zachowanie ojca niespecjalnie go rozgniewało.

Szybko skończył chleb i owsiankę, duszkiem wypił cydr i zaczął się szykować do długiego dnia. Do cienkich butów wepchnął kawałki wełny, żeby nie odmrozić sobie palców u nóg. Owinął stopy dodatkową warstwą materiału, włożył jeszcze jedną koszulę i okrył się płaszczem. Płaszcz był nasączony łojem, żeby nie nasiąkał wodą. Sporo ważył, ale ciepło, jakie dawał, było tego warte. Na koniec Jack przerzucił przez ramię tobołek z jedzeniem.

— Pamiętaj, żeby nie siedzieć u barda zbyt długo i nie sprawiać mu kłopotu — przestrzegł ojciec, gdy Jack wychodził.

Wiatr zarzucił mu płaszcz na głowę. Obciągnął poły i owinął się nimi ciaśniej. Gdy szedł, śnieg trzaskał mu pod nogami. Wszystko było krystalicznie jasne, Jack widział góry za lasem na zachodzie i zimne morze na wschodzie. Nad urwiskiem, skąd rozciągał się widok na morze, stał stary rzymski dom, w którym mieszkał bard. Jack dostrzegł smużkę dymu, rozdmuchiwaną przez wiatr.

Zastanawiał się, dlaczego starzec postanowił osiedlić się właśnie tutaj. Dom był w tak złym stanie, że żadna ilość opału nie mogła wygnać wilgoci ze ścian. Możliwe, że bard lubił bliskość morza. To stamtąd do nich przybył, niewielką łódką, którą rzucało w górę i w dół niczym dziecięcą zabawką. Aż dziw, że przeżył, ale niewykluczone, że czarami zapewnił sobie ocalenie.

Serce zabiło Jackowi szybciej. Oczywiście wiedział o drobnych czarach, które stosowała jego matka. Nauczył się od niej, jak mówić do pszczół i jak za pomocą śpiewu uspokajać przestraszone zwierzęta. Ale bard znał się na znacznie poważniejszych rzeczach. Krążyły plotki, że potrafi wywołać u wrogów szaleństwo, dmuchając w garść słomy. Że umie przywołać północny wiatr i rozmawiać z krukami.

Starzec przybył do wioski dwa lata temu i od razu przystąpił do wydawania poleceń. Po krótkim czasie mieszkał już w rzymskim domu, mając do dyspozycji łóżko, stół, stertę koców i zapas jedzenia. Nikt nie podważał jego prawa do wszystkich tych rzeczy.

— Przyniosłem prowiant! — zawołał Jack, stając przy drzwiach starego domu. Nasłuchiwał kroków starca. Po chwili do uszu chłopca dobiegło westchnienie i stukanie laski. Bard otworzył drzwi i jego twarz pojaśniała z zadowolenia.

— Jack! Co za niespodzianka!

To była jedna z przyczyn, dla których Jack go lubił. Nie powiedział: „Co? To znowu ty?" Przeciwnie, wydawał się szczerze uradowany.

— Czy mam podgrzać cydr? — spytał chłopiec.

— Ach! Wspaniała robota twojej matki — powiedział bard. — W jej palcach kryje się mądrość, chłopcze. Zapamiętaj moje słowa.

Jack wetknął pogrzebacz do ognia i nalał kubek napoju.

— Pewnie dzisiejszego ranka będziesz szukał jagniąt — rzekł bard, siadając i wyciągając stopy w stronę paleniska. — Jeśli chcesz wiedzieć, okociło się sześć owiec. Są na zachodnim pastwisku.

Jack nie zadawał pytań. Było powszechnie wiadomo, że bard widzi więcej niż inni. Nikt nie miał pewności, czy starzec przemienia się w ptaka i krąży nad polami, czy też może wypytuje przechodzące lisy. Ale wiedział o wszystkim, co się działo wokół niego, i nie tylko.

Jack czekał, aż pogrzebacz się rozżarzy, po czym wetknął gorący metal do kubka. Zasyczało.

— Może nazbieram drewna, które wyrzuciło morze? — spytał. Chciał tu zostać jak najdłużej.

— Zanim wyszukasz owieczki, zejdzie pół dnia — stwierdził bard, delektując się zapachem gorącego cydru. — Możesz tu wrócić, kiedy skończysz.

Jack miał wrażenie, że się przesłyszał. Nikt nie pragnął jego towarzystwa, chyba że szykował dla niego jakieś zajęcie.

— Czy potrzebujesz pomocy, panie? — spytał grzecznie.

— Pomocy? Na brwi Odyna, zapraszam cię na drugie śniadanie! Mam ci dać zaproszenie na piśmie? Nie, nie — powiedział starzec z westchnieniem. — I tak nie umiałbyś odczytać liter. Nikt nie zadał sobie trudu, żeby nauczyć cię tej sztuki. Ale rozumiem twoją matkę. Zrobiła, co mogła, przy takim, marzącym wciąż o habicie, mężu...

Bard ciągnął swój monolog, ogrzewając dłonie o kubek z cydrem. Wydawało się, że zapomniał o obecności Jacka.

— Chciałbym przyjść — powiedział chłopiec.

— Co? A, bardzo dobrze — odparł bard, machając mu na pożegnanie.

Jack był kompletnie zaskoczony, gdy nagle ocknął się, wchodząc po zboczu na zachodnie pastwisko. Nie pamiętał, jak się tam znalazł. Wiatr targał jego płaszczem, a odłamki lodu wbijały się w buty. Czego bard może od niego chcieć? Kilkunastu chłopaków nosiło do rzymskiego domu drewno i wiadra z wodą, ale, o ile wiedział, żaden z nich nie został zaproszony na drugie śniadanie.

Dlaczego spotkało go takie wyróżnienie? Syn wodza był wyższy i lepiej wykształcony. Syn kowala był silniejszy. Syn młynarza przynosił bardowi bochenki doskonałego, białego chleba. Za Jackiem — bądźmy szczerzy — nie przemawiało nic szczególnego.

Znalazł pierwsze jagnię, przycupnięte pod żywopłotem. Owcza matka rzuciła się na niego, ale odpędził ją kopniakami. Te owce o czarnych pyskach były równie dzikie jak kozice. Wziął drżące, nowo narodzone jagniątko na ręce i okrył je płaszczem. Wciąż bronił się przed jego matką, gdy zbiegał po zboczu. Wepchnął owieczkę w stertę siana w stodole i wyszedł, robiąc unik przed nacierającą owcą.

Chodził tam i z powrotem, aż znalazł wszystkie sześć owieczek. Był cały ubłocony i obolały, bo samice bodły go łbami. „Nie cierpię owiec", pomyślał, trzaskając drzwiami od stodoły.

— Nie zapomnij ich nakarmić — zawołał z dachu ojciec.

— Już to zrobiłem — burknął Jack. Dlaczego ojciec nie mógł powiedzieć: „Sześć jagniąt? Dobrze się spisałeś!". Dlaczego nigdy nie był zadowolony?

Nie zważając na ostrzeżenia taty, Lucy usiadła pod drabiną. Otulona zwierzęcym futrem, przypominała grubego królika. Pomachała mu radośnie, a Jack, pomimo zdenerwowania, też pomachał jej w odpowiedzi. Na Lucy nie sposób było się złościć.

Rozdział drugi

UCZEŃ

Wejdź! — zawołał bard, gdy Jack niepewnie przystanął w drzwiach. Chłopiec rozejrzał się w poszukiwaniu pustego wiadra albo stosu drewna, który trzeba by uzupełnić. Chciał jakoś uzasadnić swoją obecność. Wszystko jednak zdawało się być w jak najlepszym porządku.

— Nie zaprosiłem cię tu do pracy — odezwał się bard, a Jack aż się wzdrygnął. Czy starzec potrafił czytać w myślach?

Pomiędzy kęsami sera i chleba, z których składało się drugie śniadanie, oraz łykami cydru, bard wypytywał Jacka o sprawy tak zwyczajne, że właściwie nie warto było o nich nawet wspominać. Jaki dźwięk wydaje woda, gdy płynie po trawie? A jaki, gdy przesącza się przez bagnisko? Jak wiatr zmienia swą pieśń, kiedy z trzcin nad rzeką wpada pomiędzy kępy wyczyńca na łące? Czy Jack potrafi odróżnić skowronka od jaskółki wysoko na niebie?

Odpowiedział, że oczywiście potrafi. Każdy to potrafił. Po sposobie, w jaki ptaki machały skrzydłami.

— Nieprawda — odparł bard. — Bardzo niewielu ludzi widzi coś więcej niż czubek własnego nosa. Jeszcze kawałek sera?

Jack zjadł więcej niż bard i teraz dręczyło go poczucie winy. Rzadko miał okazję najeść się do syta.

— Nie jesteś całkowicie do niczego — orzekł bard. — Nie pozwól, by ta myśl zagnieździła ci się w głowie. Z łatwością możesz się zmienić i być tylko częściowo do niczego. Chciałbyś zostać moim uczniem?

Jack popatrzył na starca szeroko otwartymi oczami. Usłyszane słowa nie mogły mu się pomieścić w głowie. Nie miał pojęcia, że może istnieć ktoś taki, jak uczeń barda.

— Oto pierwsze zachowanie, które należy wykorzenić — powiedział z westchnieniem starzec. — Powinieneś wyglądać inteligentnie, nawet jeśli inteligencji ci brakuje. Idź już sobie. Później porozmawiam z twoim ojcem.

Tej nocy Jack leżał otulony kocami i słuchał, jak ojciec rozmawia z bardem o przyszłości syna. Tak naprawdę nie spodziewał się przyjścia starca, ten jednak pojawił się o zmroku. Miał na sobie gruby, biały płaszcz, podpierał się laską z czernionego jesionu. Ze swą siwą, powiewającą na wietrze brodą, wywierał doprawdy nadzwyczaj imponujące wrażenie. Ojciec zaprosił gościa do środka i przegonił Jacka z jego stałego miejsca przy palenisku.

Giles Kuternoga nie ucieszył się, gdy poznał przyczynę nieoczekiwanej wizyty.

— Nie mogę puścić Jacka! — wykrzyknął. — Gdybym miał więcej synów albo proste nogi... Nie mógłbyś ich wyleczyć, skoro o tym mowa?

— Niestety, nie — odparł bard.

— Nie zaszkodzi spytać. To pokuta, którą odbywam za Adamowy grzech.

— Amen — powiedziała matka.

Ojciec, Jack i Lucy też mruknęli „amen". Jack zauważył, że bard się nie odezwał.

— Tak czy owak, potrzebuję pomocy przy różnych naprawach i przy orce. Potrzebuję kogoś do spędzania owiec i zbierania drewna w lesie — stwierdził ojciec. — To dla mnie zaszczyt, że wziąłeś mojego syna pod uwagę, ale nic nie wskazuje, że jest dostatecznie bystry.

— Ja w niego wierzę — oświadczył bard.

Jack poczuł przypływ wdzięczności wobec starca, a jednocześnie irytację na własnego ojca.

— Tu nie chodzi o zdolności Jacka — argumentował ojciec. — Potrzebuję go i tyle.

— Byłoby dobrze, gdyby zdobył wykształcenie — powiedziała z wahaniem mama. — Sam zawsze chciałeś uczyć się u mnichów...

— Milcz — przerwał jej ojciec tonem nieznoszącym sprzeciwu. — Chciałem poświęcić się wierze na Świętej Wyspie — wyjaśnił bardowi. — Nie miałem jednak szans. Nie obwiniam o to swojego ojca. Szanuję go i nie popełniłbym przeciw niemu grzechu gniewu. Codziennie ofiarowuję swoje cierpienie Bogu.

— Amen — powiedziała matka.

— Amen — mruknęli ojciec, Jack i Lucy.

„Co Bóg robi z całym tym cierpieniem, które ofiarowuje mu ojciec?", zastanawiał się Jack. „Czy wkłada je do jakiejś skrzyni, razem z bólem zębów i głowy, przesyłanym mu przez innych ludzi?"

— Mój syn nie powinien wynosić się ponad swój stan — zakończył ojciec. — Dobrze mu zrobi, jeśli się nauczy, że życie jest pełne rozczarowań. Cierpienie, znoszone z radością, to najlepsza droga do zbawienia.

— O, jako mój uczeń, Jack nie będzie zbijał bąków — zapewnił bard z błyskiem w oku. Jack nie wiedział, co tak bawi starca. — Zapewniam, że będzie harował niczym osioł w kopalni ołowiu. Będzie cierpiał jak należy. Co do twojego gospodarstwa, Giles, rozmawiałem już o tym z wodzem. Mając Jacka, nie będę potrzebował innych chłopców, więc wódz będzie ich przysyłał do ciebie. Dostaniesz tyle rąk do pomocy, że nie będziesz wiedział, co z nimi począć.

Jack był pod wrażeniem sprytu barda. Starzec poczekał, aż ojciec przedstawi swoje obiekcje, a potem zakończył sprawę argumentem, który był niczym wnyki, zastawione na dzikie lisy.

— O! To dobrze. W takim razie... — prychnął ojciec. Posłał bardowi zirytowane spojrzenie. — Myślę, że inni chłopcy też się nadadzą. Chociaż to strasznie leniwa banda.

Jack zdał sobie sprawę, że oto ojciec pierwszy raz wypowiedział słowa, sugerujące, że on, Jack, jest pracowity.

— Będzie ciężko pracował, tak? — upewniał się Giles Kuternoga.

— Daję słowo, że będzie padał na łóżko ze zmęczenia — potwierdził bard.

— A będzie czasami przychodził do domu? — odezwała się cichym głosem matka.

Starzec uśmiechnął się do niej.

— Może przychodzić do was w niedziele i za każdym razem, gdy ja wybiorę się do lasu. Może pomagać przy pszczołach.

Między matką a bardem pojawiła się jakaś nić porozumienia, ale Jack nie wiedział, o co chodzi.

— Byłoby miło — stwierdziła matka.

— Babska robota — mruknął ojciec, dorzucając do ognia bryłę torfu.

Następnego ranka Jack spakował swój dobytek. Włożył do torby drugą koszulę i onuce, razem z kubkiem i drewnianym talerzem. Spakował też swój zbiór skarbów — muszle, pióra, kawałek drewna, który przypominał wyglądem wiewiórkę, i kamień, przez który dało się patrzeć. Całą resztę miał na sobie, łącznie z nożem, który ojciec dał mu na Boże Narodzenie.

Jack dziwnie się czuł, zabierając wszystko, co do niego należało. Jakby bez pamiątek po nim rodzina mogła zapomnieć o jego istnieniu. Może go spotkać los podobny do losu tych biedaków, których porywano do Krainy Elfów. Wracali po stu latach, choć wydawało im się, że minął zaledwie tydzień. Lucy kurczowo trzymała się brata i płakała.

— Nie idź! Nie idź!

— Wrócę w niedzielę — obiecał Jack.

— Przestań. Księżniczki nie płaczą — dodał ojciec.

— Nie chcę być księżniczką, jeśli mam przez to stracić Jacka — załkała Lucy.

— Co? Nie chcesz mieszkać w pałacu? Ani jeść słodkości ze złotej tacy?

Lucy podniosła wzrok.

— Jakich słodkości? — zainteresowała się.

— Puddingu jarzębinowego i ciasta z renklodami — powiedział ojciec. — Knedli z jabłkami i budyniu.

— Budyniu? — Lucy puściła płaszcz Jacka.

— Najlepszego, z gałką muszkatołową i śmietaną.

Jack wiedział, że ojciec opowiada o deserach, które jadł na Świętej Wyspie. Ani Lucy, ani Jack nigdy nie próbowali budyniu, ale Jackowi i tak pociekła ślinka. Sama nazwa brzmiała smakowicie.

Lucy podbiegła do ojca, a ten podniósł ją do góry.

— Omlety z marmoladą truskawkową, ciasto wiśniowe i słodki krem — wyliczał.

— I budyń — dodała Lucy, która już zupełnie zapomniała o tym, że brat za chwilę odchodzi.

Chłopiec westchnął cicho. Miło, że Lucy okazała żal, choć nie umiała jeszcze na niczym skupić się na dłużej. W końcu była tylko małym dzieckiem.

Bard szedł z przodu, a Jack starał się za nim nadążyć. Ciążyły mu sakwy z prowiantem i własnym dobytkiem. Po drodze spotkali syna kowala. Najwyraźniej to jego pierwszego wysłano do pomocy Gilesowi Kuternodze. Kiedy bard odwrócił się plecami, syn kowala zamierzył się pięścią w ramię Jacka, ten jednak zgrabnie uniknął ciosu.

— Miłego pasania owiec — zachichotał i przyspieszył kroku, by dogonić starca.

Jack harował od świtu do zmierzchu, uważał jednak, że robi ciekawe rzeczy. Czasem wieczorami nosił harfę barda, gdy ten szedł do kogoś w odwiedziny. Był to bardzo miły obowiązek. Jack zasiadał na honorowym miejscu przy ogniu, o czym nie mógł nawet marzyć, gdy był dzieciakiem Gilesa Kuternogi. Podawano mu gorący napój, a potem nie miał już nic do roboty z wyjątkiem wygrzewania się w cieple paleniska i słuchania opowieści barda.

Zazwyczaj wstawał przed świtem, rozpalał ogień i gotował owsiankę. Nosił wodę i wlókł kłody drewna. A potem bard wysyłał go na pustkowia.

— Rozglądaj się — mówił. — Poczuj wiatr i woń powietrza. Słuchaj ptaków i obserwuj niebo. Powiedz mi, co się dzieje w szerokim świecie.

I Jack, nie wiedząc dokładnie, co ma właściwie robić, wspinał się na szczyty podłużnych wzgórz. Przy brzydkiej pogodzie krył się w starych schronieniach dla owiec. Przy ładnej — kładł się na łąkach. Obserwował białe, skłębione obłoki, które pędziły po niebie, i jastrzębie, pikujące, by złapać jakąś pechową mysz.

Szybko nauczył się, że proste odpowiedzi to za mało. Jeśli był leniwy lub nieuważny, albo — co najgorsze — zmyślał, bard stukał go kłykciami w głowę. Dokładnie wiedział, kiedy Jack kłamie.

— Otwórz oczy! — krzyczał. — Jeśli na nic więcej cię nie stać, wyrzucę cię z powrotem jak niewyrośniętą płotkę!

Mijały tygodnie, a Jack odkrywał, że widzi coraz więcej i więcej, jak gdyby szeroki świat stał się jeszcze szerszy. Dowiedział się, że jastrzębie nie krążyły po niebie bezładnie. Miały swoje szlaki. Odpoczywały na określonych graniach i wymieniały uprzejmości z innymi jastrzębiami. Zauważył, że dzikie zwierzęta traktują się nawzajem zupełnie jak ludzie z jego wioski. Jedne były nieśmiałe, inne agresywne. Jedne lubiły się pysznić, inne wolały gdzieś w cieniu zajmować się własnymi sprawami i unikać kłopotów.

Gdy Jack powracał ze swoich wypraw, szedł prosto do kotła z zupą zawieszonego nad paleniskiem. Kocioł wisiał tam dniami i nocami, pełen gęstej polewki z grochu, jęczmienia, pasternaku i cebuli. Co jakiś czas bard dorzucał garść ziół, przez co zupa zmieniała charakter, ale jej smak zawsze pozostawał wyśmienity.

Jack czekał, aż ciepło ognia wleje się w jego kości, gryząc tymczasem kromkę chleba. Chleb też się zmieniał, zależnie od tego, kto w danym tygodniu przynosił prowiant. Większość ludzi piekła chleb z mieszaniny owsa, pszenicy, jęczmienia i innych ziaren, jakie akurat mieli pod ręką. Biedniejsze rodziny mieszały z mąką żołędzie, przez co chleb stawał się tak twardy, że kromkę należało porozrywać i rozmoczyć, by w ogóle dała się przełknąć. Za to piekarz używał czystej pszenicy. Jego chleb był cudownie miękki, a jeszcze ciepłe bochenki docierały owinięte w koc.

Po drugim śniadaniu Jack zajmował się ogródkiem na pobliskiej łące. Zbierał płesznik, by za pomocą dymu z palonego ziela wykurzać robactwo z ubrań swoich i barda. Obierał sitowie i zanurzał białe, wewnętrzne części łodyg w pszczelim wosku, wytwarzając świece na długie, ciemne wieczory. Z rosnącej na wydmach trawy wyplatał wodoodporne maty. W końcu, przy wieczornym posiłku, opowiadał o tym, co widział w ciągu dnia.

— Dobrze, dobrze — mawiał wtedy starzec. — Zobaczyłeś, jak działa świat. Oczywiście, nie widziałeś wszystkiego. To by zajęło wiele żywotów. Ale nie jesteś już kompletnym ignorantem. — Potem uczył go pieśni i uważnie słuchał, jak je powtarza. — Masz słuch do muzyki. Całkiem niezły — mruczał, a Jack czuł się niepomiernie szczęśliwy.

Na koniec chłopiec zasypywał palenisko, rozkładał wysuszony wrzos i owcze skóry, które służyły im za posłanie. Jack spał w kącie przy drzwiach, bard zaś w przeciwległym końcu domu, na łóżku z plecionej słomy, które Jackowi przypominało duży kosz.

Ostatnią rzeczą, jaką oglądał każdego wieczoru, był blask paleniska tańczący na ścianach domu. Dawni Rzymianie namalowali na nich drzewa, jakich nigdy nie widział. Pośród listowia zwieszały się złote owoce, a wśród gałęzi siedziały dziwne ptaki. Malowidła budziły w chłopcu niepokój. Czasami, w drgającym blasku żaru, ptaki zdawały się poruszać. Albo gałęzie, co było równie straszne.

Rozdział trzeci

CIEŃ ZA WODĄ

Nie... nie...

Jack usiadł gwałtownie. Na zewnątrz dął wiatr. W domu panował głęboki chłód, który wsączał się doń przed świtem.

— Nie... nie zrobię tego... to złe...

Jack zrzucił z siebie przykrycie i, potykając się, ruszył na drugi kraniec izby. Posłanie barda drżało. Zobaczył, że starzec podnosi rękę, jakby próbował coś odegnać.

— Panie! Panie! Obudź się! Wszystko w porządku. — Chwycił dłoń barda.

— Nie poddam się twojej woli! Sprzeciwiam ci się, paskudny trollu!

Jakaś potworna siła odrzuciła chłopca w tył. Jego głowa uderzyła o kamień, w uszach mu zadzwoniło, jakby kowal walił młotem w kowadło. W ustach poczuł smak krwi.

— Na gwiazdy, dziecko! Nie wiedziałem, że to ty.

Jack próbował coś powiedzieć, ale zakrztusił się krwią i tylko zakaszlał.

— Żyjesz, Frei niech będą dzięki! Zostań tutaj. Rozpalę ogień i uwarzę ci lekarstwo.

Dzwonienie w uszach ucichło, Jack poczuł jednak gwałtowne mdłości. Słyszał krzątaninę barda i po chwili palenisko zajaśniało. Niebawem w dłoni chłopca pojawił się kubek z gorącym napojem. Gdy przytknął naczynie do ust, poczuł ból i wzdrygnął się.

— Przegryzłeś sobie wargę, mały. Ale nie jest tak źle, jak ci się wydaje. Kiedy to wypijesz, poczujesz się lepiej.

Jack zdołał przełknąć płyn i mdłości minęły. Poczuł, że się trzęsie. Być może trząsł się tak przez cały czas. Nie pamiętał.

— Czy to... czy tak... niszczysz swoich wrogów? — wymamrotał.

Bard odchylił się w tył.

— To jeden ze sposobów — powiedział.

— Więc to były... czary.

— Niektórzy tak to nazywają — przyznał bard.

— Nauczysz mnie, jak to się robi?

— Na gęstą brodę Thora! Omal cię nie zabiłem, a ty od razu chcesz wiedzieć, jak to się robi.

— N-no... jestem twoim u-uczniem, panie.

— I to dosyć zuchwałym. Po tym, czego doznałeś, większość chłopców pobiegłaby do domu, do swoich matek. A jednak ciekawość jest wspaniałą cechą. Myślę, że się dogadamy.

Jack poczuł, jak ogarnia go ciepło i senność. Wciąż odczuwał ból, ale to wydawało się nieistotne.

— Co ci się stało, panie?

— Zmora, chłopcze. Módl się, by nigdy cię nie dopadła.

— Czyli zły sen?

— Czyli Zmora. Coś o wiele gorszego.

Jack chciał zadać więcej pytań, ale poczuł naraz, jak ogarnia go senność. Ziewnął szeroko, rozciągnął się na podłodze i usnął.

Gdy się obudził, leżał na zewnątrz, na posłaniu z wrzosów. Z wysiłkiem próbował wstać.

— Odpocznij trochę, chłopcze — odezwał się bard. Siedział na stołku przy drzwiach. Jego biała broda i płaszcz odcinały się od podniszczonych ścian domu. — Ach, słońce — powiedział, wzdychając z zadowoleniem. — Doskonale leczy nocne lęki.

— Zmory? — spytał Jack. Bolały go usta i mówił dziwnie niewyraźnie.

— Między innymi — odparł bard. Jack dotknął wargi i ze zgrozą odkrył, że napęczniała niczym grzyb po ulewie. — Mógłbyś teraz uchodzić za trolla — zauważył starzec.

Jack przypomniał sobie słowa, które bard wykrzyczał przez sen.

— Naprawdę widziałeś trolla, panie?

— O, tak. Dziesiątki. W większości są całkiem miłe, chociaż trzeba się do nich przyzwyczaić. Naprawdę groźne bywają za to półtrolle. Trudno opisać, jakie potrafią być wredne. I kłamliwe. Umieją zmieniać swoją postać i kiedy wyglądają jak ludzie, są tak piękne, że w ich obecności nie sposób rozsądnie myśleć.

— Czy jeden z nich przysłał Zmorę? — spytał Jack.

— Jeden z nich przyjechał tu na jej grzbiecie. Słuchaj, chłopcze, próbowałem cię chronić przed pewnymi rzeczami, dopóki nie dorośniesz. Ale mogę nie mieć już więcej czasu. Niedawno wyczułem za morzem mrok. Widzisz, ona mnie szuka. Za dnia mogę się przed nią kryć. Lecz nocą moja czujność słabnie i ona o tym wie.

— Mógłbyś zamieszkać u wodza, panie. On by cię chronił — podsunął Jack. Zaczynał odczuwać niepokój. To nie była saga czy wesoła pieśń. To się działo naprawdę.

Starzec pokręcił głową.

— Wasz wódz jest dzielnym człowiekiem, ale nie dałby rady trollom. Ona mnie ściga i jeśli dowiedziała się, gdzie jestem, jej słudzy mogą już tu zdążać. Byłem nieostrożny. Powinienem pamiętać, że dopóki mam ją na karku, nie istnieje dla mnie bezpieczne schronienie w żadnym z dziewięciu światów. Być może będę nawet musiał dać się złapać. Nie chcę dopuścić, by zniszczyła waszą wioskę.

— Nie możesz uciec?

— Jotuny tropią zdobycz niczym psy myśliwskie. Jej słudzy najpierw przybędą tutaj. Jeśli mnie nie znajdą, zabiją was wszystkich.

— Jotuny? — powtórzył słabym głosem Jack.

— Tak trolle mówią o sobie. Potrafią wkraść się do umysłu i poznać twoje myśli. Z góry wiedzą, kiedy i gdzie uderzysz. Tylko szczególni wojownicy mogą je pokonać.

— Musimy coś zrobić. — Chłopiec wiedział, że jego głos brzmi piskliwie, ale nie panował nad nim.

— I zrobimy — rzekł z naciskiem bard. — Teraz jestem czujny. Nie dam się znowu znienacka zaatakować. Powinienem cię uczyć przez te wszystkie tygodnie, lecz zwiódł mnie spokój tego miejsca.

Bard umilkł i popatrzył na morze. Jack podążył za jego wzrokiem, ale zobaczył tylko bezchmurne niebo i szarozielone fale, uderzające o brzeg. Jeśli gdzieś tam był mrok, on go nie dostrzegał.

— Możesz wrócić do domu na trzy następne dni — powiedział bard. — Będę chodził po lesie. Aha, i nie wspominaj o tym zdarzeniu swojej rodzinie. — Sięgnął po czarną laskę. — Nie chciałbym niepokoić ich bez potrzeby. Jotuny wyczuwają strach równie łatwo, jak lisy zapach kurnika.

— Połowę czasu zajmuje mi ganianie za tymi utrapionymi chłopakami — opowiadał ojciec, siorbiąc gęstą zupę z małży, którą ugotowała mama. Jack zebrał małże na nadmorskim klifie w pobliżu domu barda. — Kiedy tylko pojawia się coś do roboty, wymykają się jak węgorze.

— O, tak. To banda leni — zgodziła się z nim matka. Pomogła Lucy utrzymać kubek w dłoniach.

Jack nie odnosił wrażenia, by gospodarstwo podupadało. Płoty wyglądały solidnie. Na polach kołysały się łany owsa i jęczmienia. Gorczyca, lawenda i kolendra rosły bujnie na grządkach, a jabłonie były osypane niewielkimi, zielonymi owocami. Widok był tak piękny, że aż ścisnęło go w gardle. Do tej chwili nie doceniał uroków życia w tym małym gospodarstwie. Swojego ojca też zobaczył w zupełnie innym świetle. Zdał sobie sprawę, że narzekania Gilesa Kuternogi znaczyły tyle, co krakanie wron na drzewie. Wrony miały zwyczaj krakać, gdy nie wszystko szło po ich myśli. Także ojciec zrzędził, by trochę sobie ulżyć w życiu, które nie szczędziło mu rozczarowań. Najważniejsze jednak, że się nie poddawał i mimo zgryzot stworzył to piękne miejsce. Jack dostrzegał, z jaką miłością urządzono dom. Jak starannie gromadzono zapasy, by mama, Lucy i on mieli szansę przetrwać.

Wszystko to mogło zniknąć w mgnieniu oka. Nikt nie miał pojęcia o zagrożeniu, czającym się za morzem.

— Jack płacze — powiedziała Lucy.

— Wcale nie — żachnął się chłopiec. Odwrócił głowę, by ukryć łzy, ściekające mu po policzkach. Od kiedy bard rzucił nim o ziemię, czuł się dziwnie osłabiony. Łatwiej też zbierało mu się na płacz.

— Zostaw brata, skarbie — rozległ się cichy głos mamy. — Bardzo bolą go usta.

— Bard go zbił — stwierdził ojciec.

— To był wypadek — odparł Jack.

— Tak, pewnie. Mów sobie, co chcesz, ale ja umiem poznać, kiedy ktoś dostał lanie.

Jack nic nie powiedział. Skoro ojca cieszyła myśl, że został ukarany, po co psuć mu przyjemność? W tej myśli także kryło się coś nowego. Wcześniej Jack kłóciłby się zaciekle. Teraz dostrzegał bolesne zmarszczki na twarzy ojca, jego zgarbione ramiona i poorane dłonie. Przez chwilę błysnął mu w wyobraźni inny obraz ojca, kiedy jeszcze był małym chłopcem, przed wypadkiem.

Znowu zebrało mu się na płacz. Te nowe uczucia okazywały się bardzo dziwne i niepokojące.

Matka pochyliła się nad jasną czupryną Lucy.

— Dokończ zupę — szepnęła.

— Nie lubię jeść z dna. Tam jest piasek — powiedziała malutka.

— Umyte małże tracą smak — wyjaśniła mama, ale sama dokończyła zupę i podała Lucy owsiane ciastko.

— Chłopcy powinni dostawać lanie — stwierdził Giles Kuternoga. — Mój ojciec lał mnie od poniedziałku do niedzieli i dzięki temu stałem się tym, kim jestem.

A potem, ponieważ akurat była niedziela, opowiedział im historię o świętych. Ojciec był niepiśmienny, podobnie jak wszyscy w wiosce, z wyjątkiem barda. Dla Gilesa Kuternogi pisanie stanowiło rodzaj magii. Gdy bard kreślił litery na skrawku pergaminu, ojciec zawsze się żegnał, by odegnać zaklęcie. Zapamiętał jednak dziesiątki opowieści, usłyszanych od mnichów na Świętej Wyspie. Dzisiejsza historia opowiadała o świętym Wawrzyńcu, zamęczonym na śmierć przez pogan.

— Piekli go na wolnym ogniu — powiedział ojciec, a Lucy zachłysnęła się ze strachu. — Między palce u nóg powtykali mu ząbki czosnku i polali go całego tłuszczem, jak kurczaka. Kiedy miał już umrzeć i iść do Nieba, powiedział: „Chyba jestem gotowy. Możecie mnie zjeść, jeśli chcecie". Na poganach wywarło to tak wielkie wrażenie, że padli na kolana i zaczęli błagać Pana, by uczynił z nich chrześcijan.

„Trolle zjadają ludzi", pomyślał Jack. „Przybędą zza morza i wszystkim powtykają ząbki czosnku między palce u nóg". Opuścił głowę i zwrócił się myślami ku zielonym wzgórzom i skłębionym obłokom. Nie może się bać. Jotuny wyczuwają strach jak myśliwskie psy.

Później Lucy chciała usłyszeć opowieść o sobie, o tym, jak mieszkała w pałacu.

— To się źle skończy — powiedziała matka. — Mała nie odróżnia prawdy od fantazji.

Ojciec nie zwrócił uwagi na jej słowa. Jack wiedział, że i on, podobnie jak Lucy, nie może się doczekać tej opowieści. Chłopiec rozumiał — jakim cudem zmienił się tak bardzo przez kilka tygodni? — że owe historie stanowiły dla ojca rodzaj pocieszenia. Giles Kuternoga był zrzędliwy niczym wrona, ale potrafił zagubić się jak ptak w obłokach własnej wyobraźni. Mógł wtedy oderwać się od ziemi i zapomnieć o tym, że jest skazany na pełzanie po niej.

— Pewnego razu — powiedział — królowa upuściła na ziemię miodowe ciastko.

— Moja druga mama — wtrąciła Lucy.

Matka pociągnęła nosem. Już dawno przestała tłumaczyć córce, że nie można mieć dwóch par rodziców.

— Ciastko zapuściło korzenie i wykiełkowało — ciągnął ojciec.

— Aż stało się takie duże, jak dąb koło szopy kowala — kontynuowała Lucy.

— Na każdej gałęzi rosły miodowe ciastka. Niewidzialni służący fruwali w powietrzu i zrywali je.

— Niewidzialni służący! Chciałabym takich — rzuciła matka.

— Miałaś pieska w zielonej obroży, do której były przyszyte srebrne dzwoneczki, dzięki czemu słyszałaś, jak piesek biega po domu.

— Po zamku — poprawiła mała.

— Tak, oczywiście. Po zamku. Ten piesek umiał mówić. Opowiadał ci o wszystkim, co się działo w królestwie. Ale niestety, był bardzo niegrzeczny. Pewnego dnia uciekł, a niania pobiegła za nim.

— Ze mną na rękach — dodała Lucy.

— Tak. Zabłądziła w lesie. Usiadła, zaczęła płakać i wyrywać sobie włosy.

— Najpierw położyła mnie pod krzakiem róży — przypomniała Lucy.

— Z lasu wyszedł niedźwiedź i pożarł nianię, ale ciebie nie znalazł, skarbie.

— I wtedy zaginęłam — stwierdziła Lucy z zachwytem, zupełnie nie przejmując się losem niani.

Jack zasnął, słuchając północnego wiatru, który buszował w krytym strzechą dachu nad jego głową.

Rozdział czwarty

DOLINA SZALEŃCÓW

Bard miał opaloną twarz, jakby dłuższy czas przebywał na słońcu. Jacka to zastanowiło, ale nie miał śmiałości o nic pytać.

— Dobrze wyglądasz — stwierdził starzec. — W rodzinie wszyscy zdrowi?

— Tak — odparł Jack.

— Zasięgnąłem języka. Wygląda na to, że za wodą coś się dzieje. Budowane są okręty, wykuwane miecze...

— To źle?

— Oczywiście. Nikt nie robi okrętów ani mieczy bez powodu. — Bard ruszył naprzód, prowadząc Jacka nadmorską ścieżką. Po prawej stronie wyłonił się klif i Jack słyszał fale, uderzające o skały daleko w dole. Mewy chwytały pod skrzydła morską bryzę. Szybowały w tę i z powrotem, co jakiś czas machając leniwie skrzydłami.

— Widzisz, ziemie za morzem nie są tak bogate, jak te tutaj. Pola powstają na zboczach gór, przez większą część roku pokrywa je śnieg i lód. Niewielu może tam przeżyć. Reszta musi udać się gdzie indziej. — Bard wspinał się stromą ścieżką, nie zwalniając ani nie przystając dla złapania tchu. Jack musiał się bardzo starać, żeby za nim nadążyć. — Ludzie Północy, którzy tam mieszkają, spoglądają na wschód, na krainę Rusinów, i na południe, na krainę Franków. Nie patrzą na północ, bo tam mieszkają Jotuny.

Jotuny. Jack zadrżał.

— Obawiam się, że niektórzy patrzą na zachód. W naszą stronę.

— Czy to jest właśnie cień, który wyczułeś, panie?

— To... i coś jeszcze. — Bard przystanął i zwrócił wzrok na morze i na mewy, szybujące w powietrzu. — Ludźmi Północy, właśnie tymi, którzy patrzą na zachód, dowodzi król, zwany Ivarem bez Kości.

Ivar bez Kości! Jack poczuł się tak, jakby chmura przesłoniła mu słońce. Odgłos fal był teraz przytłumiony, a krzyki mew docierały z oddali.

— Jack, dobrze się czujesz? — spytał bard.

— Co za straszliwe imię — mruknął chłopiec.

— Nie gorsze niż on sam. Ma jasne, niebieskie oczy, podobne do morskiego lodu. Jego skóra jest biała jak brzuch ryby. Gołymi rękami potrafi złamać człowiekowi nogę i nosi płaszcz z bród pokonanych wrogów.

Ze strachu Jackowi niemal zakręciło się w głowie. Co się z nim działo? Słyszał już wiele przerażających opowieści, zarówno od barda, jak i od ojca. Lubił je — im były straszniejsze, tym lepiej. Teraz jednak czuł się słaby niczym nowo narodzone jagnię.

— Ale Ivar bez Kości to jeszcze nic w porównaniu z jego żoną. — Bard wciąż wpatrywał się w morze. Wydawało się, że czegoś szuka. Po chwili pokręcił głową. — Królowa Frith jest półtrollką — wyjaśnił ściszonym głosem.

— Czy to ona przysłała Zmorę? — Jack miał wrażenie, że jakaś olbrzymia ręka ściska jego pierś.

— Tak, chłopcze. Duch Frith dosiadał Zmory niczym jadowity potwór, który w rzeczywistości kryje się za jej kłamliwą, piękną twarzą. Wiedziałeś, że Zmory mają osiem nóg?

Ale Jack już nie słuchał. Zemdlał i osunął się na porośnięty trawą klif, wznoszący się dumnie ponad spienionymi falami Morza Północnego.

Kiedy się obudził, ujrzał barda siedzącego na szarym kamieniu przy ścieżce. Z ramienia starca zerwał się kruk i z łopotem skrzydeł odfrunął ponad porośniętym krzakami janowca wrzosowiskiem, które rozciągało się aż do zachodnich wzgórz. Jack potarł ręką czoło. Czuł się, jakby stratowało go stado owiec o czarnych pyskach.

— Powiedz — odezwał się bard, odwracając wzrok od kruka — czy czułeś coś niezwykłego od czasu, kiedy straciłeś przeze mnie przytomność?

Jack odpowiedział, że ciągle chce mu się płakać. Dodał, że znacznie więcej zauważa — na przykład barwy i zapachy. Powiedział, że przez moment ojciec wydawał mu się dzieckiem, ale po chwili wrócił do dorosłej postaci.

— Nie umiem tego opisać — stwierdził.

— Opisujesz to bardzo dobrze — odparł bard. — Muszę przyznać, że nie spodziewałem się takiego obrotu spraw.

— Oszalałem, tak?

Bard zachichotał.

— O, nie. Po prostu rozpostarłeś skrzydła. — Starzec pogrzebał w torbie, którą zabierał na swoje wędrówki i wyciągnął dwa suszone jabłka. Jedno z nich rzucił Jackowi. — Widzisz, chłopcze, większość ludzi żyje jak ptaki w klatce. Dzięki temu czują się bezpiecznie. Świat to przerażające miejsce, pełne piękna i cudów, ale i zagrożeń. Lepiej, tak uważa większość ludzi, udawać, że go w ogóle nie ma. Au!

Bard włożył palce do ust i wyjął pestkę.

— Szkoda, że piekarz nie wydłubuje pestek przed suszeniem jabłek.

Jack ze wszystkich sił starał się zrozumieć słowa starca.

— Niewielu zdaje sobie sprawę, że drzwi wcale nie są zamknięte — ciągnął bard. — Pchają i pchają, aż nagle drzwi otwierają się, a oni wylatują na zewnątrz. Z tamtej strony świat wygląda zupełnie inaczej. Nagle pojawiają się jastrzębie, wrony, węże, szczury...

— Dosyć! — krzyknął Jack, gwałtownie podnosząc ręce.

Bard posłał mu ostre spojrzenie, ale się nie odezwał. Wsunął dłoń do torby i namacał kawałek owsianego ciastka. Uniósł je do góry i już po chwili ciastko porwała mewa.

— Czy to czary? — spytał oszołomiony Jack.

— Nie, to cierpliwość. Gdy jesteś spokojny, większość stworzeń sama do ciebie przyjdzie. Właśnie tego próbowałem cię nauczyć przez tych kilka tygodni. Zachowaj spokój. Wszystko obserwuj. Tak mnie szkolono. To długi, żmudny proces, bo prawdziwa magia jest niebezpieczna. A ty za szybko otworzyłeś drzwi. Dotknąłeś mnie, gdy walczyłem ze Zmorą, a wtedy siła życiowa, która była we mnie skumulowana, wypłynęła z mojej dłoni i trafiła w ciebie. Przewróciła cię. Omal cię nie zabiła.

Jack wstał. Poczuł, że chwieje się na nogach.

— Straciłeś swoją naturalną barierę ochronną — ciągnął bard. — Teraz wszystko, zarówno los pisklęcia, które wypadło z gniazda, jak i oszałamiające piękno jastrzębia, pikującego, by je zabić, wstrząśnie twoją duszą. Niedobrze. Nie jesteś jeszcze gotowy, by stawić czoło rzeczywistości w tak wielkiej dawce. Ale stało się. Możesz chodzić?

— Spróbuję.

— Dzielny chłopak. — Bard ruszył pierwszy, teraz jednak szedł wolniej. Ścieżka odchodziła od klifu i wiodła ku dolince, w której rosło drzewo jarzębiny. Drzewo ocieniało staw, gdzie wpływała woda ze źródełka. Gładkie, szare gałęzie pokrywały girlandy kwiatów, ponad którymi unosił się rój pszczół. Ich głośne brzęczenie zupełnie zagłuszało szmer źródełka. Jack zastanawiał się, czy owady przyleciały tu z uli jego matki. Po chwili, gdy jedna z nich usiadła mu na rękawie, już wiedział, że tak. Rozpoznał tę pszczołę. Czuł, jak pracuje jej maleńki umysł, jak się cieszy ze znalezienia na drzewie obfitości nektaru, jak nie może się doczekać powrotu do ula. Jack potknął się i zatoczył.

— Jesteśmy prawie na miejscu — oznajmił bard. Zaprowadził chłopca na półkę skalną, gdzie usiedli, by odpocząć. Zdawało się, że dolinka drga niczym wrzosy w skwarny dzień.

— Podążaliśmy jednym ze szlaków siły życiowej. To dlatego dziwnie się czujesz — wyjaśnił bard.

Wydawało się, że panuje upał. Jacka szczypała skóra, jakby oblazły go mrówki. Zaczął się otrzepywać.

Starzec mówił, ale chłopiec nie mógł się skupić. Chwilami słowa zdawały się dochodzić z bliska, a chwilami z dużej odległości. To były ważne słowa. Jack wiedział, że są ważne. Bzyczenie pszczół też było ważne, podobnie jak bulgotanie źródełka i ukradkowy szelest drzewa.

— Obudź się! — Jack poczuł, że ktoś nim potrząsa i zobaczył zaniepokojoną twarz barda. — Musisz mnie uważnie słuchać. Mówiłem o tym, jak siła życiowa płynie strumieniami w głębi ziemi. To ona karmi wielkie lasy i łąki o słodkim zapachu. To ona przywołuje kwiaty i motyle, które bardzo przypominają kwiaty. Jej szlakami podążają sarny, a borsuki i krety budują przy nich swoje domy. Przyzywa nawet jaskółki na środek morza. Podlega jej wszystko... oprócz ludzi.

Bard wstał i zaczął krążyć po niewielkiej łączce obok stawu. Jack też się podniósł, tylko po to, by się w ogóle poruszać. Czuł, że w przeciwnym razie może zapaść w sen.

— Dawno temu ludzie uznali, że nie chcą być tacy jak zwierzęta. Chcieli sami decydować o swoim losie i dlatego zrobili coś bardzo groźnego. Odgrodzili się od siły życiowej murem. — Bard szeroko rozłożył ręce. Jack pomyślał, że wygląda teraz jak wielki ptak, który zaraz zerwie się do lotu. Wydawało się, że całe światło z dolinki zgromadziło się wokół niego. Potem starzec opuścił ręce i światło przygasło.

— Gdy to uczynili, przestali ją rozumieć. Nie mogli już, zaniechawszy myśli, wtapiać się w świat, tak jak to robią zwierzęta. A to odebrało im wielką radość. Poczuli, że ich życie jest nudne i bez znaczenia. Niektórzy próbowali zburzyć mur, ale nie byli już w stanie znieść porzuconej ongiś rzeczywistości. Słyszałeś o Dolinie Szaleńców?

Jack odepchnął się od pnia jarzębiny. Wcześniej, nie zdając sobie z tego sprawy, oparł się o niego w cichym oszołomieniu.

— No, rusz się! — krzyknął bard. — Jest gorzej, niż myślałem. — Pociągnął Jacka na łączkę i zakręcił nim w kółko. — Skacz! Biegaj! Stań na rękach! — nakazywał. A zatem Jack tańczył i hasał po całej łączce, czując się głupio i radośnie zarazem. Miał wrażenie, że umysł mu się oczyszcza. Ciężkie powietrze w dolince stało się świeższe. W końcu rzucił się na trawę, śmiejąc się i dysząc z wysiłku.

— Tak lepiej — stwierdził bard, opierając dłonie na swych kościstych biodrach.

— Gdzie jest ta Dolina Szaleńców? — spytał Jack.

— W Irlandii. — Powoli i ostrożnie bard przysiadł na trawie. Chłopiec niemal słyszał, jak trzeszczą mu kości.

— To na drugim końcu świata — stwierdził.

— Niezupełnie. Można tam dotrzeć w kilka tygodni.

— Ojciec mówi, że Irlandczycy chodzą do góry nogami i mają oczy na stopach — powiedział Jack.

— Twój ojciec... nie rozpraszaj mnie, chłopcze. Mnisi powiedzieli mu to w żartach. Połowa z nich pochodzi z Irlandii. Ale Dolina Szaleńców istnieje naprawdę. — Starzec rozprostował palce i Jack usłyszał, jak strzelają w nich stawy. — Mój najlepszy przyjaciel i ja szkoliliśmy się w Irlandii na bardów. Uczyliśmy się przez wiele lat, zanim powierzono nam tajemnicę siły życiowej. Zaprowadzono nas w miejsce, gdzie siła owa gromadzi się pod ziemią. Gdzie ma największą moc. Przesiadywaliśmy tam całymi dniami, usiłując otworzyć umysły na jej potęgę. I wycofywaliśmy się, kiedy była zbyt blisko. W tym samym momencie, gdy czuliśmy, że przejmuje nad nami władzę, musieliśmy wstawać i biegać.

— To dlatego kazałeś mi stawać na rękach? — spytał Jack.

— Właśnie. Dzięki temu wracasz do własnego ciała, nie dajesz się pochłonąć tej sile. Ale mój przyjaciel lubił mieć poczucie mocy. — Bard westchnął i zamilkł na kilka minut. Jacka znowu ogarnęła senność.

— Ruszaj się, jeśli musisz — powiedział bard. A zatem chłopiec fiknął kilka kozłów, a potem zaczął chodzić na rękach. Podpatrzył to u pewnego błazna podczas jarmarku w wiosce.

— Widzisz, moc barda: muzyka, przykuwanie uwagi słuchaczy, umiejętność przywoływania burz — ciągnął starzec — bierze się z siły życiowej.

Jack wyprostował się.

— Opanowanie tych umiejętności zajmuje całe lata, a mój przyjaciel nie chciał czekać. Nie chciał zatrzymać sie w bezpiecznym momencie. Na początku szło mu dobrze. Potrafił sprawić, by ogień zawisł w powietrzu, a ptaki latały do góry nogami. Ale pewnego dnia, gdy zapragnął, by drzewa w lesie wyrwały swoje korzenie z ziemi i zaczęły chodzić, coś trzasnęło. Wyraźnie to słyszałem. Upadł na ziemię. Chwilę później wyskoczył w górę, a jego ciałem zaczęło coś targać, jakby jakiś olbrzymi pies złapał go w zęby. Potem wrzasnął głośno i uciekł najszybciej, jak tylko mógł.

Jack zmartwiał. Bard powiedział wcześniej, że jego naturalna bariera ochronna zniknęła. Czy i jego czekało szaleństwo?

— Ruszyłem za nim — opowiadał starzec. — Nie było to łatwe, bo musiałem zatrzymywać się o zmierzchu, a także omijać krzaki jeżyn i strumienie. Mój przyjaciel podążał naprzód, nie zważając na to, którędy prowadzi droga. Na cierniach znajdowałem strzępy jego ubrania. W końcu doszedłem do Doliny Szaleńców.

Znad morza podniosła się mgła i powietrze stawało się chłodniejsze. Pszczoły przestały już zbierać nektar. Z każdą chwilą było ich mniej, bo kolejne odfruwały do ciepłych uli.

— Usłyszałem rechot, jeszcze zanim ich zobaczyłem — ciągnął bard. — To był straszny dźwięk, niby śmiech, lecz całkowicie pozbawiony radości. Niedoszli bardowie z całej Irlandii znaleźli drogę do miejsca, gdzie siła życiowa jest potężniejsza niż gdziekolwiek indziej. I tam już zostali. Zobaczyłem swojego przyjaciela, ale nie przypominał już człowieka, którego znałem. Miał dzikie spojrzenie i potargane włosy. Znalazł się we władaniu mocy, która go przerastała, a ja, zaledwie uczeń, nie mogłem go w żaden sposób uwolnić.

Starzec podniósł się i wyciągnął rękę.

— Przestańmy grzebać w smutnej przeszłości. Być może zrobiłem ci krzywdę, ale już dawno przestałem być uczniem. Potrafię ci pomóc. Chyba nawet dobrze się stało. Nadciąga niebezpieczeństwo, zbierają się burzowe chmury. Wykuwane są miecze... — mrucząc pod nosem, bard ruszył ścieżką pod górę.

Jack, lekko oszołomiony, poszedł w jego ślady. Znów zaczęła ogarniać go senność, ale im bardziej oddalali się od dolinki, tym lepiej się czuł. A kiedy dotarli do rzymskiego domu na omiatanym wiatrem urwisku, miał się już całkiem dobrze.

Rozdział piąty

ZŁOTY PAŁAC HROTHGARA

Nad wioską przybywało i ubywało księżyca. Jabłka na drzewach ojca nabrały złotej barwy. Zboże kłaniało się falami przed zachodnim wiatrem, nadchodził czas żniw. Strzyżono owce, z uli wybierano miód, zarzynano świnie, by przygotować się do zimy. Jack pozostał w rzymskim domu. Nie słyszał zabijania świń, ale je wyczuwał. Powietrze drżało od ich śmierci.

Cały czas ćwiczył magię z bardem. Uczył się przyzywać mgłę, sprawiać, by jabłka same spadały z najwyższych gałęzi i przywoływać ptaki, fruwające na niebie. Były to drobiazgi, sprawiały mu jednak ogromną przyjemność.

Potem nastała zima. Wysokie wzgórza pokrył śnieg. Morze poczerniało, a słońce gdzieś znikło. Jack siedział w domu i uczył się na pamięć wierszy. Bard zrobił mu małą harfę, ale mróz był tak dojmujący, że chłopiec bardzo niezgrabnie przebierał palcami po strunach. Bard postanowił, że już pora nauczyć Jacka wzniecania ognia.

— Skup się na myśli o cieple — rozkazał, siadając po przeciwnej stronie niewielkiego stosu patyków i słomy.

— Zimno mi — poskarżył się Jack. O świcie bard zgasił ogień i powietrze stało się tak mroźne, że aż budziło lęk. Szron pokrył malowidła na ścianach.

— Zimno jest tylko wtedy, kiedy o tym myślisz — powiedział bard.

„Łatwo ci tak mówić", pomyślał Jack z żalem. „Masz gruby wełniany płaszcz i buty obszywane futrem. A ja mam tylko tę nędzną tunikę".

— Słuchaj, co do ciebie mówię — westchnął starzec. — Nie używaj gniewu, jeśli chcesz dotrzeć do siły życiowej.

„Skąd on wie, o czym myślę?", zdumiał się Jack. „Tak czy owak, to prawda. Wyrosłem ze swojej tuniki, a buty tak często stykały się z błotem, że można by je wypalać, jak garnki".

— Gniew jest elementem śmierci — stwierdził bard. — Obraca się przeciwko tobie w najmniej spodziewanym momencie.

Wzdychając w duchu, Jack pomyślał o palącym słońcu, które świeciło latem. Deszcz spadał na ziemię, a wiele miesięcy później wypływał z górskich zboczy. Z pewnością światło także pozostawało gdzieś uwięzione. Szukał go, wnikając głęboko w glebę, poniżej gniazd myszy i ryjówek, poniżej splątanych korzeni lasu, aż natrafił na skałę. A pod skałą odnalazł ciepło. W swoich myślach ujrzał słaby blask i podsycił go. Próbował przywołać płomyk, wyciągnął doń ręce.

Poczuł mdłości. Czasami magia tak na niego działała. Moc wirowała w głębi jego brzucha i wydawało mu się, że zaraz zwymiotuje. Otworzył oczy i ujrzał smużkę dymu, wijącą się nad słomą.

— Nie poddawaj się — nakazał bard. — Przyzywaj to. Przyzywaj. — Ale nudności wygrały. Jack upadł na podłogę, a kiedy podniósł się z powrotem, iskierka już zgasła.

— Nie martw się — powiedział wesoło bard. — Jeśli udało się raz, uda się znowu. Przed nami cały dzień.

„Rzeczywiście", pomyślał Jack, słysząc uderzenia północnego wiatru o ściany domu.

— Jeśli chce ci się spać, zacznij chodzić.

„Nie chce mi się spać, tylko mi zimno", pomyślał Jack. Stwierdził jednak, że tak naprawdę czuje senność. Byłoby bardzo miło po prostu się jej poddać. Niemal widział przywołujące go lodowe olbrzymy. „Połóż się, chłopcze", zachęcały. „Lód to takie wygodne łoże. Nie ma nic lepszego do przykrycia jak śnieg".

Poczuł, że ktoś nim potrząsa.

— Powiedziałem, że masz chodzić! — krzyknął bard. — Musisz rozpoznawać zagrożenie. — Zmusił chłopca do jednego kroku, potem do następnego. Jack omal się nie przewrócił, zanim na powrót nauczył się przestawiać nogi.

— Życie i śmierć toczą nieustanną bitwę — oznajmił bard. — Zimą śmierć jest silniejsza. Lodowe olbrzymy czekają na lekkomyślnych ludzi. Kiedy uprawiasz magię w zimie, musisz być nadzwyczaj ostrożny.

— N-n-nie p-patrzysz j-już z-za m-morze — odezwał się Jack, szczękając zębami. — N-nie p-przejmujesz się k-królową Frith?

— Jesteś bardzo spostrzegawczy. — Bard z werwą prowadzał chłopca w tę i z powrotem po domu. — Nie przejmuję się, bo słudzy królowej nie mogą się teraz przemieszczać. Żaden z Ludzi Północy nie wypłynie swoją ukochaną łodzią w zimie. A te tępe prostaki naprawdę kochają swoje łodzie. Śpiewają im pieśni i kupują klejnoty, jakby to były kobiety. Kiedy umiera ich wódz, wysyłają go w morze z całym doczesnym dobytkiem na płonącym statku. Ma nawet niewolnicę, która mu usługuje.

— Niewolnicę? — Jack zachłysnął się ze zdumienia. — Czy ona... Czy ją...

— Czy ją zabijają? Tak. Dusi ją stara wiedźma, zwana Aniołem Śmierci. Potem kładą niewolnicę obok jej pana, by razem zostali spaleni.

Jack znowu zadrżał, tym razem nie tylko z zimna. Im więcej słyszał o tych Ludziach Północy, tym gorsze miał o nich wyobrażenie.

— Spróbuj jeszcze raz wzniecić ogień — polecił bard. — Będę cię obserwował i nie dopuszczę, byś posunął się za daleko.

Druga próba poszła chłopcu lepiej, a trzecia, czwarta i piąta niemal zakończyły się powodzeniem. W końcu, za szóstym podejściem, wiele godzin później, Jack zdołał sprawić, by smużka dymu przerodziła się w płomień.

— Udało się! — krzyknął. Zaczął pląsać wokół pomieszczenia. Nie odczuwał już zimna ani goryczy porażki. — Jestem bardem! Czynię cuda! Jestem najmądrzejszym chłopcem na świecie! — Z ziemi biło teraz ciepło. Szron na ścianach stopniał. Zamarznięta strzecha zmiękła i zaczęła ociekać wodą, a nawet się tlić.

— Zgiń, przepadnij!

W pomieszczeniu nagle pociemniało i powietrze wypełniło się popiołem i dymem. Jack stanął jak wryty i rozejrzał się dookoła.

W nikłym blasku, wpadającym przez drzwi, zobaczył barda, stojącego z założonymi rękami.

— Przecież ci mówiłem. Musisz wiedzieć, kiedy przestać.

Jack poczuł się tak, jakby ktoś go uderzył.

— Jak śmiesz gasić mój ogień! — krzyknął. — Jak śmiesz niweczyć moją pracę! — Poczuł moc, narastającą od stóp i rozgrzewającą całe ciało. Rozpierała go dzika radość. Potrafił zrobić wszystko — absolutnie wszystko! — lepiej, niż ten dziadyga, który nie umiał docenić w nim wielkiego maga.

Bard uniósł swoją laskę.

— Natychmiast przestań — powiedział cicho. — Pamiętaj, że potrafię odpędzić Zmorę zza morza. Lepiej żebyś nie wiedział, co mogę zrobić z nieopierzonym uczniem.

Moc zniknęła. Jack opadł na podłogę. Czuł się tak, jakby znalazł się zupełnie sam na ciemnym morzu, otoczony ogromnymi falami. Był zaledwie robakiem, który pełzł po unoszącym się na wodzie kawałku drewna. Jak mógł pomyśleć o zadaniu krzywdy jedynej osobie, która próbowała mu pomóc? Jak mógł być aż tak głupi? Rozpłakał się.

— Ojejej — jęknął bard. — Jesteś tylko dzieckiem. Zbyt wiele od ciebie wymagam. — Przyklęknął, by położyć dłonie na głowie Jacka. Chłopiec poczuł, że coś opada na niego niczym miękki koc. Było mu przytulnie i ciepło. Marzył, by owinąć się tym ciepłem i już nigdy z niego nie wychodzić.

— Słuchaj, dziecko — rozległ się cichy głos starca. — Musisz uszanować ograniczenia swojej mocy. W przeciwnym razie możesz narobić wiele szkód. Rzuciłem na ciebie czar ochronny. Niech wszystkie zbłąkane duchy zobaczą mój znak i trzymają się z dala.

Jack nie rozróżniał już ani słowa, choć docierał do niego dźwięk wiatru, który przywodził na myśl wiele głosów, wołających do siebie nawzajem. Chłopiec słyszał też trzask ognia i czuł jego ciepło — prawdziwe ciepło, a nie złudne płomienie czy gniew.

W długie zimowe wieczory Jack krążył między paleniskiem a stertą nazbieranego latem drewna. Bard opowiadał mu przeróżne historie. W tle wesoło trzaskał ogień.

— To okrutne gawędy — mawiał. — Trzeba je opowiadać przy świetle, w towarzystwie dobrych przyjaciół, z radosnym sercem.

Jak opowiedzieć okrutną historię z radosnym sercem — tego Jack nie wiedział, ale nie chciał być zuchwały i wdawać się w sprzeczki.

— Skoro szkolono cię w Irlandii, panie — odważył się spytać pewnego razu — w jaki sposób poznałeś... hmm... króla z północy?

— Ivara bez Kości?

— Właśnie. — Jack nie lubił wypowiadać tego imienia. Brzmiało przerażająco. Kojarzyło się z długim, zielonym robakiem, pełznącym przez bagna.

— Byłem młody i głupi, jak ty — odparł bard. — Dostałem harfę ze Szkoły Bardów i Złotą Jemiołę za wybitne osiągnięcia w rzucaniu zaklęć. Mówiłem ci o tym?

— Tak, panie.

— Pragnąłem przygód, a więc do mnie przyszły. Przygody bowiem zawsze przychodzą do głupców. Do szkoły przybył wojownik z północy. Poprosił, by jakiś bard towarzyszył mu na dwór jego pana. Brzmiało to bardzo zachęcająco! Hrothgar był potężnym władcą, który mieszkał w złotym pałacu. Na całym świecie nie widziano niczego podobnego.

Pałac był tak ogromny, jak tysiąc domów. Przebywali w nim dzielni wojownicy i wojowniczki. W wielkim palenisku zmieściłby się cały dąb. Hrothgar był też szczodry. Swoich popleczników obdarowywał złotymi pierścieniami i wydawał sute uczty dla wszystkich, którzy schronili się pod jego dachem. Brakowało mu tylko wysokiej klasy barda. Mówiłem ci, że dali mi Złotą Jemiołę za wybitne osiągnięcia w rzucaniu zaklęć?

— Tak, panie — przytaknął Jack.

— Widzisz więc, że wybór narzucał się sam. A perspektywa podróży wcale mi nie przeszkadzała. Dla barda to nic niezwykłego. Popłynąłem do królestwa Hrothgara i wszystko wyglądało jeszcze lepiej, niż w opowieściach. Jego pałac przypominał wielką kulę światła pośrodku głuszy.

Jack słuchał z zapartym tchem. Ściany rzymskiego domu drżały pod naporem zimowej burzy, a kamienie na brzegu, daleko w dole, grzechotały, jakby cała armia uderzała mieczami o tarcze. Jack starannie zatykał szczeliny wrzosem i wełną, ale wiatr i tak wdzierał się do środka. Szczapy w palenisku żarzyły się, blask tańczył na ścianach.

Do pałacu Hrothgara zima nie miała dostępu. Była to budowla solidna i ciepła, niczym letnie popołudnie. Jej ściany pulsowały śmiechem, który po przybyciu barda brzmiał jeszcze donośniej.

— Powinienem wiedzieć — żalił się bard. — Powinienem się domyślić.

— Domyślić się czego? — nie wytrzymał Jack.

— Tak jak ci mówiłem. Życie i śmierć toczą nieustanną bitwę. Na tym świecie szczęście nie może istnieć samotnie. Złoty pałac był zbyt piękny i dlatego, jak wszystko, co świetliste, przyciągał zniszczenie. W głębi mętnego bagna mieszkał potwór o imieniu Grendel.

— Troll? — szepnął z zapartym tchem Jack.

— Częściowo — odparł starzec. — Jego ojciec był ogrem. Tak czy owak, potwory nie cierpią światła — ciągnął. — Nie znoszą też śmiechu, a zapach jedzenia doprowadza je do szału. Grendel poczekał, aż wszyscy zasną. Potem wkradł się do pałacu i poodgryzał głowy dziesięciu wojom, którzy spali najbliżej drzwi. Jack, nie krzyw się tak — upomniał ucznia bard. — Kiedy sam będziesz komuś opowiadał tę historię, musisz wyglądać przekonująco.

— Przepraszam — powiedział potulnie Jack.

— Grendel zabrał ciała do domu, na obiad. A w pałacu skończył się nastrój radości i zabawy. Wszyscy przysięgli pomścić swoich towarzyszy. Ale tej nocy odkryli coś strasznego. Broń nie czyniła Grendelowi żadnej krzywdy. Potwora chroniło zaklęcie. Wojownicy cięli go, łamiąc miecze, ale nie zdołali nawet zadrasnąć jego łuskowatej skóry.

— Trwało to tygodniami — ciągnął bard. — Potwór, kiedy tylko zgłodniał, przychodził po jedzenie do Hrothgara. Nikt nie prosił mnie już o pieśni. Wszyscy pogrążyli się w rozpaczy.

Być może Jack się mylił, ale zdawało mu się, że bard do dziś czuje się urażony.

— Nie bałeś się, panie?

— Oczywiście, że się bałem! Ale uleganie lękowi nie ma sensu. To tak, jakby otworzyć drzwi i powiedzieć: „Proszę, panie Grendel. Może zechce pan łaskawie odgryźć mi rękę albo nogę?" Nie! Śmierć należy zwalczać życiem, a to oznacza odwagę i radość. Słowo daję, wstrętem napawał mnie sposób, w jaki Hrothgar i jego świta podchodzili do swojego problemu. Aż pojawił się Beowulf.

— Beowulf? — powtórzył Jack. Ogień przygasł. Rozżarzone szczapy rzucały niesamowite cienie. Jak to się często zdarzało przy słabym świetle, ptaki namalowane na ścianach wyglądały tak, jakby rozpościerały skrzydła. Ich pióra zdawały się falować w lekkim podmuchu, który w niczym nie dorównywał szalejącej na zewnątrz burzy. Jack pospiesznie wstał i dorzucił drew do paleniska.

— Beowulf, ach to był dopiero wojownik! — wspominał bard z błyskiem w oku. — Jemu nie przyszło do głowy chować się pod schodami. Hrothgar wziął go w ramiona. Królowa podała mu kubek spienionego miodu. Kiedy nadeszła północ, wszyscy zapadli w niespokojny, pełen lęku sen. Wszyscy z wyjątkiem Beowulfa... i mnie.

Beowulf usiadł przy drzwiach. Gdy nadszedł Grendel, wojownik chwycił go za ramię. Żadna wykuta ze stali broń nie była w stanie zranić potwora, ale ręce uczciwego człowieka mogły go zabić. Grendel przestraszył się i rzucił do ucieczki. Beowulf nie puszczał i w rezultacie oderwał mu rękę.

Tym razem Jackowi udało się nie skrzywić.

— Potwór z krzykiem powlókł się z powrotem na bagna i zapadł w głębiny. Ale zanim znalazł się na dnie, już nie żył.

— Huraaa! — wykrzyknął Jack.

— Czekaj, to nie koniec.

— Nie koniec? — zdziwił się Jack. — Rozumiem, że wszyscy świętowali zwycięstwo?

— Oczywiście, że świętowali — potwierdził bard. — Nie wiedzieli jednak, że Grendel miał matkę. Dopiero teraz historia robi się ciekawa.

„Jak może stać się jeszcze ciekawsza?", pomyślał chłopiec. Wcześniejsze wydarzenia były tak pasjonujące, że serce wciąż waliło mu jak młotem.

— Matka Grendela wygrzebała się z bagna i zawyła, łaknąc zemsty. Wyłamała drzwi, roztrzaskując żelazne sztaby na kawałki. Wojownicy chwycili za włócznie, ale ona w okamgnieniu znalazła się pośrodku pałacu. Zerwała ze ściany rękę Grendela. Hrothgar przybił ją tam jako trofeum. Ostrzegałem go, że to zły pomysł.

— Mów dalej, panie — poprosił Jack, wiercąc się na swoim miejscu.

— Potem poczwara zabiła najlepszego przyjaciela króla i wróciła na bagna. Beowulf spał w komnacie i nic nie słyszał.

Rano wojowie wyruszyli w odludne góry, gdzie mieszkały nocne stwory. Z mulistych dołów dobiegał melancholijny rechot ropuch. Poskręcane korzenie drzew sięgały aż do bagna. Sople niczym sztylety wisiały na mrocznych urwiskach. Beowulf zadął w swój róg wojenny, a wtedy z kryjówek z sykiem wypełzły węże i inna gadzina. Hrothgar i jego wojownicy rąbali je toporami i szyli do nich z łuków, aż zabili wszystkie. Ale jeden stwór pozostał przy życiu.

— Matka Grendela — szepnął Jack.

— Mówiłem ci, że nazywała się Frothi? I była półtrollką?

Rozdział szósty

WILCZOGŁOWI

Jack podczołgał się bliżej do paleniska. Szczapy paliły się zielono-niebieskim płomieniem, drewno bowiem długo dryfowało po morzu, nim fale wyrzuciły je na brzeg. Bard zdjął z kołka bukłak z koźlej skóry. Pociągnął potężny łyk i podał bukłak Jackowi. Cydr był ciepły, bo wcześniej znajdował się blisko ognia. Przypominał chłopcu światło słońca, w którym dojrzewały jabłka.

— Dopiero później dowiedziałem się, kim była Frothi — powiedział bard. — Wiedziałem tylko, że na dnie bagna mieszka jakiś przebrzydły stwór. Beowulf zadął w róg, by wyzwać ją na bój. „Tchórzysz?", krzyknął. Ale woda tylko zafalowała. Nic nie odpowiedziało, ani w bagnie, ani na drzewach, ani w górach. „Jeśli ona do mnie nie przyjdzie, ja pójdę do niej", oznajmił.

— Beowulf był dzielnym mężczyzną — mówił bard — ale na rozumie mu nieco zbywało. Tak to już bywa z wielkimi wojownikami. Rzucają się do walki ze smokiem, który jest od nich dziesięć razy większy. Czasami nawet zwyciężają, ale zazwyczaj kończy się tak, że smok dłubie sobie w zębach ich mieczem.

„Beowulfie", powiedziałem, „w tej zbroi pójdziesz na dno jak kamień. A poza tym, jak zamierzasz oddychać pod wodą?"

„Nie dbam o to! Ta walka przyniesie mi sławę lub śmierć!", ryknął.

„Stary przyjacielu", odparłem, „nie myślmy o śmierci. Chyba mogę ci pomóc". Wyśpiewałem mu zaklęcie, by był zwinny niczym pstrąg i gibki niczym węgorz. Sprawiłem, że jego miecz zajaśniał, by oświetlać drogę w ciemnym bagnie. Dałem mu zdolność oddychania pod wodą.

— Potrafisz to wszystko? — wykrzyknął Jack.

— Tylko na krótką chwilę. Mogę lekko nagiąć prawa rządzące światem, nie mogę ich zmienić.

Jack był niezwykle podniecony. Do tej pory bard czynił jedynie aluzje do magii, którą władał. A skoro starzec umiał robić tak cudowne rzeczy, czemuż nie miałby nauczyć ich swego podopiecznego?

— Beowulf dał nura do bagna. Pochłonęła go ciemność, a wraz z nią zapadła cisza. Ropuchy przestały rechotać. Wiatr ustał. Wydawało się, że wszystko czeka z zapartym tchem. „Szybciej", pomyślałem. Beowulf miał zaledwie chwilę na wykonanie swego zadania. Gdyby przebywał pod wodą zbyt długo, zaklęcie przestałoby działać i wojownik by się utopił.

Ale cisza trwała i trwała, zakłócana tylko przez małe fale, uderzające o brzeg bagna. Hrothgar i jego ludzie wpadli w rozpacz. „Biedny Beowulf! Był dla mnie jak syn", biadolił król. „Powinniśmy uczcić jego pamięć i zaśpiewać przy ognisku pieśni pochwalne". Potem pozbierali broń, dosiedli koni i odjechali do domu.

Nie wierzyłem własnym oczom. Czmychali jak psy z podkulonymi ogonami. Nigdy nie widziałem takiej bandy tchórzy. Poprzysięgłem, że nie zaśpiewam już żadnej pieśni na cześć Hrothgara.

— Co się stało z Beowulfem, panie? — spytał Jack.

— A! Byłbym zapomniał. „Co robić, co robić", myślałem. Nie miałem miecza. Nie miałem nic, prócz swojego umysłu, choć dodam, że to nie byle jaka broń. Musiałem opuścić się na dno bagna i sprawdzić, co zatrzymało naszego bohatera. Tchnąłem więc swego ducha w ciało szczupaka.

— Zmieniłeś się w rybę? — zdumiał się chłopiec.

— Nie, nie. Po prostu pożyczyłem sobie ciało ryby. Mój duch znalazł starego szczupaka o dość paskudnym usposobieniu i zamienił się miejscami z jego duchem. To niebezpieczna sztuczka, chłopcze. Im dłużej przebywasz w zwierzęcym ciele, tym bardziej zapominasz, że jesteś człowiekiem. Zdarzało się, że podczas egzaminów niektórzy początkujący bardowie nigdy nie wydostawali się ze zwierzęcych ciał.

— A co z Beowulfem? — spytał Jack.

— Zanurkowałem na dno bagna i zobaczyłem tam wysoką komnatę z kolumnami i sklepieniem tak mocnym, że podtrzymywało wodę. Za sprawą jakiegoś czaru w środku było powietrze. Zaklęcie przestało działać, ale Beowulf nie musiał oddychać pod wodą. Ja sam byłem jednak uwięziony w ciele ryby.

W palenisku płonął ogień. W jego świetle zobaczyłem Beowulfa, który z szeroko otwartymi ustami zastygł, jakby zmieniono go w kamień. Miecz leżał u jego stóp. Przed nim stała najpiękniejsza kobieta, jaką w życiu widziałem.

— Frothi — szepnął Jack.

— Patrzyła na niego jak kot na smakowitego gołębia. Beowulf był oczarowany jej pięknem. Nie przyszło mu do głowy, że kobieta na dnie bagna to coś, hmm, dziwnego.

— Nie mogłeś go ostrzec? — wykrzyknął Jack.

— Byłem szczupakiem, zapomniałeś? Pływałem w wodzie. Frothi pogładziła Beowulfa po twarzy, bawiła się z nim jak kot z bezbronną myszą. I wtedy zrozumiałem, na co patrzę. To nie była kobieta. Żadna istota ludzka nie zdołałaby wyłamać drzwi Hrothgara i roztrzaskać żelaznych sztab. Miałem przed sobą półtrollkę.

Takie stwory znajdują się na pograniczu światów. Mogą zmieniać swoją postać. W tamtej chwili Frothi była człowiekiem. Wkrótce miała przybrać trollowe kształty i zabić Beowulfa.

Wyciągnęła rękę w jego stronę, a ja już wiedziałem, co robić. Wskoczyłem do komnaty, wijąc się po podłodze podpełzłem do nogi Frothi i zatopiłem zęby w jej kostce.

Wrzasnęła. Straciła koncentrację. Przeobraziła się w olbrzymiego trolla o rękach i nogach niczym pnie drzew. Beowulf odskoczył z krzykiem, chwycił miecz i rozpętała się walka. Nie będę zanudzał cię szczegółami. Toczyła się tak, jak zazwyczaj toczą się walki. Cięcia, przekleństwa, trzask kości, mnóstwo krwi. Beowulf zadał w końcu śmiertelny cios, ale ja byłem zajęty czym innym. Pełzłem z powrotem do wody, bo poza nią mój gospodarz wkrótce wyzionąłby ducha.

Pomknąłem na powierzchnię i odzyskałem swoje ciało. Niedługo później z bagna wylazł zadowolony z siebie Beowulf. Oczywiście, opowiedziałem mu o swojej sztuczce, a on mi, oczywiście, podziękował. Miał nienaganne maniery. Ale trzeba było trzymać język za zębami. — Bard westchnął.

Ogień się dopalił. Jack przyciągnął bierwiono ze sterty i ostrożnie ułożył je na palenisku, by iskry nie strzeliły w górę i nie podpaliły strzechy. Był tak rozemocjonowany, że chciał pięć razy obiec dom dookoła. Bard naprawdę władał magią! Z czasem i on się tego nauczy. „W jakie zwierzę się zamienić?", pomyślał chłopiec. „W sokoła, żeby widzieć całą wioskę? A może w fokę, żeby łowić ryby? Zaraz! A czy nie byłoby wspaniale stać się niedźwiedziem i napędzić stracha synowi kowala?"

— Skończyłeś już bujać w obłokach? Chciałbym skończyć opowieść — powiedział bard.

— Przepraszam, panie. — Jack usiadł.

— Nowina o zwycięstwie Beowulfa dotarła wszędzie. Pozwolę sobie dodać, że przyczynił się do tego świetny wiersz, który napisałem. W końcu trafiła także do Jotunheimu, królestwa trolli.

— Ojojoj — odezwał się Jack.

— Frothi miała siostrę.

— Frith? — domyślił się chłopiec.

— Niestety. Minęło wiele lat, Frith nadal pała żądzą zemsty za śmierć siostry. Wysłała ziejącego ogniem smoka, by zniszczył ziemię Beowulfa. Jotuny żyją długo, Frith ledwie wyszła z wieku młodzieńczego, Beowulf jednak był już starym człowiekiem. Walka okazała się ponad jego siły i stracił życie.

„Na tym polega kłopot z opowieściami, które ciągną się zbyt długo", pomyślał Jack. Prędzej czy później dzieje się w nich coś złego. Kiedy on, Jack, zostanie bardem, będzie kończył historię, gdy słuchacze wciąż będą szczęśliwi.

— Pracowałem wtedy na dworze Ivara bez Kości. Nie krzyw się, chłopcze — rzekł pouczająco starzec. — Bardowie muszą pracować, jak wszyscy ludzie. W tamtych czasach Ivar nie był jeszcze taki zły. Ot, zwykły osiłek z ptasim móżdżkiem, ale z poczuciem humoru. Wszystko się zmieniło, gdy wpadł w sidła Frith, pięknej jak okręt pod pełnym żaglem. To była iluzja, ma się rozumieć. Zawładnęła nim i zmieniła go w na wpół szalonego tyrana, takim pozostał do dzisiaj. Zapewne ostatnią przyzwoitą rzeczą, którą zrobił, było ocalenie mojego życia.

— I wtedy przybyłeś do nas — wtrącił Jack.

— Rzeczywiście. Ivar wywiózł mnie na swoim okręcie i zostawił na morzu w marnej łódce. Może myślał, że się utopię.

Na pewno właśnie to powiedział Frith. Lubię jednak myśleć, że ofiarował mi szansę przeżycia.

— Tak się cieszę, że przybyłeś właśnie do nas — wyznał chłopiec w przypływie wdzięczności.

— Ja też. — Bard sięgnął po swoją harfę i zagrał melodię, przy której miejscowi tańczyli podczas letnich festynów. Muzyka sprawiła, że blask ognia zamigotał na starych rzymskich ścianach. Namalowane ptaki rozpościerały skrzydła i kołysały się z boku na bok.

Harfę wykonano z żebra wieloryba. Po chwili starzec zagrał coś poważniejszego, smutniejszego. Jack zastanawiał się, od jak dawna martwy wieloryb wspomina swoje życie i czy tę melodię gra bard, czy morze.

Jack biegł wzdłuż brzegu. Zatrzymał się raz, gdy fala obmyła mu nogi. Powietrze pod błękitnym marcowym niebem wypełniały krzyki migrujących ptaków. Nastąpił odpływ, była zatem okazja, by nazbierać trąbików. Chłopiec kierował się w stronę skał. Na ramię zarzucił sobie worek. Już od ponad roku był uczniem barda i czuł, że zasłużył sobie na tę odrobinę zabawy.

Dotarł do skał i opadł na kolana, by zaczerpnąć tchu.

— Jaki piękny dzień — powiedział, właściwie do nikogo. Rześkie powietrze pachniało wiosną, a wodorosty, prześlizgujące się po grzbietach fal, błyszczały w promieniach słońca. Jack położył się na wydmie i obserwował przelatujący klucz dzikich gęsi. Mógłby je przywołać. Mógłby nawet — choć by się nie odważył — zabić jedną na obiad. Bard mówił, że używanie siły życiowej w taki sposób to zło.

Tegoroczna zima była mroźna, a bard kazał mu pracować tak długo, że nawet ojciec wydawał się zadowolony. Dzisiaj pierwszy raz Jack zdołał się wyrwać. Miał zbierać trąbiki i jadalne wodorosty. Gdyby starczyło mu czasu, miał poćwiczyć przywoływanie mgły.

— Naprawdę... nie cierpię mgły — powiedział, gapiąc się w niebo. Po chwili dopadło go poczucie winy, więc wstał na równe nogi. Osłonił oczy od słońca. Na powierzchni morza coś się unosiło. Coś małego, ledwie widocznego pośród ogromu wody. Na początku wziął to coś za ptaka, ale gdy fale przygnały ową rzecz bliżej, zobaczył, że to skrzynka.

Może krył się w niej skarb? Może do wnętrza ktoś włożył pierścień, który spełni trzy życzenia, albo czapkę niewidkę? Jack zdjął ubranie i wskoczył do wody. Był dobrym pływakiem. Pomiędzy kolejnymi ruchami ramion podnosił głowę, by nie tracić skrzynki z oczu, i wkrótce znalazł się przy niej.

Po powrocie na brzeg zaczął z niecierpliwością oglądać znalezisko. Skrzynka była zamknięta, lecz przy potrząsaniu ze środka dobiegał chlupot wody. Z pięciu stron miała gładkie boki. Na szóstej ściance wyrzeźbiono postać człowieka.

A przynajmniej Jackowi wydawało się, że to człowiek. Przysadzista istota miała nogi i buty. Nosiła miecz. Ciało jej pokrywała sierść, a głowa była wyraźnie wilcza.

Chłopiec zadrżał. Skrzynka wydzielała jakiś zapach. Może nie śmierdziała, ale woń zdawała się dziwna. Słodka i gorzka zarazem. Początkowo zamierzał otworzyć znalezisko na siłę, za pomocą kamienia. Jednak zaraz pomyślał, że może mądrzej będzie poradzić się barda. Szybko nazbierał trąbików i popędził do domu.

Starzec tylko rzucił okiem na skrzynkę, wybiegł na zewnątrz i czym prędzej pospieszył na brzeg urwiska. Wbił wzrok w morze.

— Zaczęło się — mruknął.

— Co się zaczęło? O co chodzi? — dopytywał się Jack.

— Nie widzę ich, ale wiem, że tam są. Niszczą... i palą... rozsiewają czerwoną falę śmierci.

— Panie, proszę! Powiedz mi, co się dzieje.

Bard odwrócił skrzynkę. Przez małą szczelinę wyciekła odrobina wody.

— Miałem nadzieję, że już nigdy nie poczuję tego zapachu — mruknął. Nacisnął w kilku różnych miejscach, aż rozległ się cichy trzask. Wieko z półczłowiekiem-półwilkiem przesunęło się, ukazując warstwę ciemnych liści. Bard odsączył je z morskiej wody.

— To, mój chłopcze, jest mirt.

Jack poczuł głęboki zawód. Liczył na jakąś magię.

— A to — bard poklepał wieko — jest jego właściciel.

— Czy to Jotun? — spytał Jack.

— Jotuny nie są obecnie naszym największym zmartwieniem. Ten tutaj to berserker, a zważywszy na dobry stan skrzynki, zdaje się, że nie jest daleko.

Jack poszedł za bardem do domu. Żałował, że starzec nie wyraża się jaśniej.

— Czy berserker to człowiek, czy wilk?

— Bardzo dobre pytanie — stwierdził bard. — Przez większość czasu są ludźmi, ale kiedy zrobią sobie napój z tej rośliny, zaczynają szaleć jak wściekłe psy. Wygryzają dziury w swoich tarczach. Biegają boso po ostrych skałach i wcale tego nie czują. Ani ogień, ani stal ich nie powstrzyma. Wierzą, że stają się wtedy wilkami albo niedźwiedziami. Z moich obserwacji wynika, że są po prostu wrednymi i głupimi bandziorami. Tak czy owak, stanowią duże zagrożenie.

Gdzieś, niedaleko stąd, płynie ich banda. Biegnij i ostrzeż wioskę, chłopcze. Powiedz mężczyznom, że już idę. Każ im wysłać kobiety i dzieci do lasu, a potem pozbierać siekiery, motyki i wszystko, co nada się do obrony. Wkrótce będą tego potrzebować.

Rozdział siódmy

KONIEC ŚWIATA

Okazało się, że Jack nie musi przed niczym ostrzegać mieszkańców wioski. Na ścieżce napotkał biegnącego Colina, syna kowala.

— Jack! Jack! Zawołaj barda. Stało się coś strasznego! — Colin zatrzymał się dla nabrania tchu.

— Już tu idzie.

— Stary, dobry bard — westchnął syn kowala. — Tata mówił, że on będzie wiedział, co robić. Wrzuci tych piratów z powrotem do morza, żeby zjadły ich ryby.

— Piraci? Tak szybko? — wykrzyknął Jack.

Colin wytarł nos w rękaw, a następnie oparł tę samą rękę na ramieniu Jacka.

— Wiesz o nich? No, oczywiście. Jesteś uczniem barda.

Colin najwyraźniej nie przejmował się przybyciem piratów. Jack zauważył jego przyjazne gesty i zrobiło mu się miło w duszy. Nie był już chłopskim bachorem, któremu się dokuczało. Był uczniem, który wkrótce sam zostanie prawdziwym bardem, zdolnym sprawić, by człowiek, który go rozdrażni, oszalał, a jego skóra pokryła się czyrakami.

— Jeszcze tu nie dotarli — oznajmił syn kowala, zabierając rękę i znowu wycierając nos. Jack odsunął się na bezpieczną odległość. — Tata mówi, że szykuje się straszna bitwa. Mamy szczęście, co? Przez całe lata nic się nie działo. Teraz pójdziemy walczyć, jak bohaterowie z dawnych czasów. Może król pasuje nas na rycerzy?

Jack wiedział, że gdzieś na północy mieszka król. Nikt go nigdy nie widział. Krążyły też pogłoski o królu na południu. Nie było jasne, który z nich miałby się pojawić i pasować ich na rycerzy, ale Jack był podniecony tą perspektywą tak samo, jak Colin.

Obaj chłopcy pognali do wioski, gdzie wszyscy zgromadzili się przed domem wodza. Mężczyźni trzymali kije i motyki. Kilku wzięło łuki, używane do polowań na sarny, a wszyscy, co do jednego, mieli ze sobą noże. Nawet ojciec ściskał sierp. Ze świstem wymachiwał nim w powietrzu, by pokazać, jaka to wspaniała broń. Lucy klaskała.

Jacka przebiegł nagle zimny dreszcz. Ten sierp nie miał ścinać zboża, tylko chlastać ręce i nogi. Poczuł takie same zawroty głowy, jak podczas uboju świń. Jego zmysły zawirowały. Powietrze wypełniały krzyki i rżenie koni. Wrony krakały, gromadząc się nad polem bitwy.

— Jack, nic ci nie jest?

Podniósł głowę i zobaczył, że wszyscy na niego patrzą. Klęczał na ziemi — jak się na niej znalazł? — z rękami wyciągniętymi przed siebie, jakby chciał odepchnąć niepokojącą wizję. Zerwał się na równe nogi.

— Szukałem piratów. Bardowie tak robią.

Z wdzięcznością przyjął uśmiechy zgromadzonych.

— Będą tu niedługo? — zaszczebiotała Lucy, klaszcząc w dłonie. — O, chcę zobaczyć pirata!

— Wskaż nam kierunek, chłopcze — powiedział wódz, okazując mu więcej szacunku niż ojcu. Jack poczuł wstyd. Nie miał pojęcia, gdzie znajdują się piraci. Powiedział, że ich szuka, ot, tak, by cokolwiek rzec.

— Musimy ułożyć plan bitwy — stwierdził wódz. — Są na rzymskiej drodze? A może na moczarach?

Jack spróbował wyczuć obecność najeźdźców, ale mu się nie powiodło. Szansa, że odgadnie właściwie, wynosiła pół na pół. Jeśli mu się uda, zostanie bohaterem. Jeśli nie, po powrocie do domów mieszkańcy mogą zastać w nich zaczajonych wilczogłowych.

— Skąd się o nich dowiedzieliście? — spytał, chcąc zyskać na czasie.

— John Grotnik szukał drewna na strzały — wyjaśnił wódz. — Kiedy zapadał już zmierzch, zobaczył okręt. Był długi i miał wiele wioseł. Uciekał przed wichrem jak ptak, który leci do gniazda. Płynął w naszą stronę. Nigdy nie widziałem pirackiego okrętu, ale słyszałem opisy.

— To nie była rybacka łódź, tyle wiem na pewno — powiedział John Grotnik. W dłoniach dzierżył łuk, podobnie jak kilku innych mężczyzn.

— No? Gdzie oni są? — dopytywał się wódz.

Jack był świadom, że musi się przyznać do niewiedzy. Pomyłka mogła zbyt wiele kosztować. Otworzył usta, żeby się odezwać...

— Mówiłem ci, żebyś nie parał się magią bez mojego pozwolenia — rozległ się głos barda. Jack odwrócił się na pięcie. Uczucie ulgi połączonej z wdzięcznością wręcz go obezwładniło. Starzec nie zamierzał demaskować jego głupoty. — Wróg jest na rzymskiej drodze, wodzu. Ale nie będziecie z nim walczyć. Broni użyjcie tylko w ostateczności. Zbierzcie swoje rodziny i tyle dobra, ile możecie unieść, a potem ukryjcie się w głębi lasu.

— Nie lubię się chować — stwierdził wódz.

— Ja też nie! — wykrzyknął kowal.

— Ani ja! — odezwało się kilku innych.

— My, Sasi, nie uciekamy jak psy — oświadczył wódz. — Jesteśmy dumnymi władcami tego wybrzeża.

— Kiedyś byliście — poprawił bard. — Kiedyś. Ale zatraciliście całą bitność. Pozwoliliście, by wasze miecze zardzewiały, a włócznie zgniły. Obrośliście w tłuszcz razem ze swoimi owcami.

— Gdybyś nie był naszym bardem, obciąłbym ci język za tak nikczemne słowa! — wrzasnął wódz.

— Ale jestem waszym bardem — odparł spokojnie starzec. — Ci, z którymi chcesz walczyć, nie są tacy, jak ty czy ja. To berserkerzy. — Wśród zgromadzonych rozległy się pomruki. Najwyraźniej słyszano tu o berserkerach. Bard pokazał skrzynkę, którą znalazł Jack. Wódz podał ją dalej i każdy z mężczyzn powąchał drewno. Zapach, który poczuli, wyraźnie ich nie ucieszył.

— Czy oni... naprawdę... mają głowy wilków? — spytał wódz. Jack widział, że mężczyzna stara się nadrabiać miną, ale jego pewność siebie zniknęła.

— Tego nikt nie wie — odparł bard. I Jack przekonał się, że niewiedza jest czymś gorszym od pewności, że twój przeciwnik to na wpół zwierzę. — Wiem jedno: berserkerzy nie boją się ani ognia, ani żelaza. Żyją, by toczyć bitwy. Śmierć to dla nich hańba, więc walczą bez końca, nie bacząc na najgorsze rany. Powiadają, że możesz im odciąć głowę, a głowa wciąż będzie próbowała gryźć cię po nogach. Nie wiem, czy tak jest w istocie, ale daje to o nich jakieś wyobrażenie.

— Racja — przyznał wódz z pobladłą twarzą. — Racja.

— To żaden wstyd wycofać się przed takim przeciwnikiem — powiedział bard. — Waszym celem musi być ochrona kobiet i dzieci. Mądry przywódca stosuje strategię, puste bohaterstwo pozostawiając kmiotkom z sąsiedniej wsi.

— Bo tamci to kmiotki, prawda? — upewnił się wódz.

— Ich wódz pewnie właśnie prowadzi swoich ludzi do bitwy. Głupcy! — wykrzyknął starzec.

— Ja nie będę głupi — oświadczył wódz. — Kowalu! Dopilnuj, żeby kobiety zabrały dobytek z domów. Owce popędzimy na wzgórza.

— Pośpiech byłby wskazany — podpowiedział bard.

— Słusznie! Dalej, ruszać się! Już my pokażemy tym piratom! Nie wezmą nas z zaskoczenia!

Bard dał Jackowi znak, by został przy nim.

— Nasza praca zacznie się, gdy oni skończą swoją — powiedział cichym głosem. Jack patrzył, jak kobiety wywlekają meble i ukrywają je w krzewach, porastających miedze między polami. Dziewczęta gnały na plażę, by zakopać w piasku garnki i przybory kuchenne. Chłopcy wpychali do koszy gdaczące kury. Ziarno przesypywano do sakw, owoce pakowano do worków. Kowal chodził tam i z powrotem, wydając polecenia, choć wyglądało na to, że kobiety i dzieci same radzą sobie doskonale.

Pośród tej krzątaniny Jack zauważył w oddali człowieka. Podążał drogą, utykając. Pokonał wzniesienie i omal nie upadł. Zdołał się wyprostować, podpierając się laską, po czym szedł dalej.

— Panie, spójrz — szepnął Jack, wskazując drogę.

— Na gwiazdy, to mnich — rzucił bard. Zaczął się przeciskać między wieśniakami, a Jack ruszył za nim. Nikt inny nie dostrzegł nadchodzącej postaci.

Gdy się zbliżyli, chłopiec zobaczył, że habit mnicha nie jest czarny, jak mu się zdawało, tylko umazany sadzą. Wiatr przyniósł swąd spalenizny. Mnich znowu się potknął i tym razem już nie wstał.

Bard pospieszył do niego.

— W porządku. Jesteś wśród przyjaciół — rzekł uspokajająco.

— Wszystko stracone — jęknął zakonnik. — Martwe. Spalone na popiół.

— Jack, sprowadź pomoc. Ten człowiek nie zdoła już iść o własnych siłach.

Wkrótce mnich leżał na prowizorycznym łożu z suchej trawy. Matka Jacka podała mu sok z sałaty, by uśmierzyć ból, a żona kowala nacierała jego oparzenia gęsim łojem. Ojciec Jacka i wódz przyklękli u boku przybysza.

— To chyba brat Aiden ze Świętej Wyspy — szepnął wódz.

— Tak! Tak! — krzyknął zakonnik. — Tak mnie nazywano. — Wierzgnął gwałtownie nogami, przewracając garniec z gęsim łojem. — Uciekajcie, wszyscy. Nadszedł koniec świata!

— Właśnie mieliśmy uciekać, kiedy się zjawiłeś — powiedział bard, który usiadł na kamieniu obok.

— Co ze Świętą Wyspą? — spytał wódz.

— Już po niej — jęknął brat Aiden.

— Jak to już po niej?! — zawołał ojciec, szeroko otwierając oczy.

— Martwa. Spalona na popiół.

— To niemożliwe! — Giles Kuternoga zerwał się z kolan. Wyglądał, jakby zaraz miał zemdleć. — Nikt nie zaatakowałby Świętej Wyspy. To najbezpieczniejsze miejsce na Ziemi. Ochrania je Bóg. Bóg nigdy by na to nie pozwolił!

— Milcz, Giles. Ten człowiek nie ma dość siły, żeby cię przekrzyczeć — uciszył go bard.

Mnich, kawałek po kawałku, opowiedział im całą straszliwą historię. Był piękny, ciepły dzień i zakonnicy żęli zboże na polach. Siostry zakonne robiły masło i szyły nowy obrus na ołtarz. Słudzy zbierali kamienie na budowę nowej obory.

Około południa zauważono statki. Cztery, a może pięć. Mknęły w kierunku brzegu. „Goście", ktoś powiedział. „Jaka miła niespodzianka".

Brat Aiden pobiegł zawiadomić kucharza. Chcieli przyrządzić posiłek dla niespodziewanych przybyszów. Ale kiedy statki dopłynęły do płycizny, na brzeg wypadli mężczyźni wymachujący toporami i miotający przekleństwa.

— Pierwszych biedaków po prostu posiekali — łkał brat Aiden. — Innym posępni wojowie przywiązali kamienie do szyi, po czym wrzucili ich do morza. Zabijali wszystko na swojej drodze: mężczyzn, kobiety, służących, bydło i owce. Potem zniszczyli budynki. Pozrywali jedwabne gobeliny i zaczęli je deptać. Rozbili witraż.

— Tylko nie witraż — jęknął ojciec.

— To jeszcze nie koniec — ciągnął opowieść brat Aiden. Okazało się, że napastnicy przewrócili ołtarz i nasikali na księgi. Przeszli przez bibliotekę i podarli manuskrypty, których skopiowanie zajęło mnichom pięćdziesiąt lat.

— Tam właśnie byłem — opowiadał zakonnik. — Ukryłem się na stryszku, pod samym dachem. Podarli manuskrypty, a potem je podpalili. Nie odważyłem się wyjść. Kuliłem się pod dachem, gdy wokół gęstniał dym. Mój habit omal się nie zapalił od gorąca. Kiedy nie mogłem już wytrzymać, zeskoczyłem w płomienie i zacząłem biec.

Płonęła już cała wyspa, klasztor, kościół, spichlerz, stodoły i pola. Brat Aiden błąkał się w poszukiwaniu ocalałych z pogromu, ale nie znalazł nikogo. Długie łodzie odpłynęły, załadowane skarbami i zarżniętymi zwierzętami. Nie zostało nic. Z wyjątkiem trupów oraz dymiących ruin.

— To straszne, straszne! — krzyknął ojciec, opadając na kolana. Matka zalała się łzami. Żona kowala pobiegła do innych wieśniaków, którzy jeszcze się pakowali, by przekazać im ponure wieści. Okrzyki niedowierzania i donośny płacz rozprzestrzeniały się niczym ogień. Jack też płakał. Nigdy nie widział Świętej Wyspy — podobnie jak większość mieszkańców wioski — ale ona zawsze istniała w jego świadomości, niczym przyjazne światło na skraju niepewnego świata.

Nagle przypomniał sobie słowa barda: „Na tym świecie szczęście nie może istnieć samotnie. Złoty pałac był zbyt piękny i dlatego, jak wszystko, co świetliste, przyciągał zniszczenie".

— Zupełnie jak pałac Hrothgara — powiedział na głos.

— Bardzo dobrze — pochwalił bard i Jack zauważył, że on jeden nie płacze. — Czasami twoja inteligencja mnie zaskakuje.

— Powinienem tam być — jęknął ojciec. — Powinienem zostać mnichem i umrzeć jak prawdziwy męczennik. Co za potworność!

— Giles, ty głupcze. Gdybyś został mnichem, nigdy nie pojąłbyś tej dobrej kobiety za żonę i nie miałbyś swoich wspaniałych dzieci. Leżałbyś tam teraz wśród popiołu. — Bard powstał i wzniósł rozłożone ręce do nieba. Z oddali dobiegło chrapliwe krakanie kruka. Ptak zatoczył koło i przysiadł na drzewie, by odpocząć.

— Pewnie żarł zwłoki — powiedział ojciec.

— Pora już iść — zwrócił się bard do wodza, nie zwracając uwagi na Gilesa Kuternogę. Wódz otrząsnął się.

— Oczywiście — odparł nieobecnym głosem.

— Niech chłopcy zrobią nosze, żebyście mogli zabrać brata Aidena ze sobą.

Niebawem pochód wieśniaków, z których wielu nadal płakało, ruszył na zachód do lasu. Gdakanie, syczenie i beczenie zwierząt domowych powoli milkło w oddali. Nad polami zapadła cisza.

Jack odczuwał wewnętrzny ból. Za każdym razem, gdy pomyślał o Świętej Wyspie, łzy napływały mu do oczu. To było zaczarowane miejsce, w którym jedzono pieczoną jagnięcinę z rozmarynem, pudding jarzębinowy oraz budyń — najlepszy, z gałką muszkatołową i śmietaną. Zacni mnisi modlili się za chorych pod witrażem, który jaśniał wszystkimi kolorami tęczy, gdy na zewnątrz świeciło słońce.

— Kobiety świetnie się spisały — zauważył bard, przerywając rozmyślania chłopca. — Ma się rozumieć, szkoliłem je. Ćwiczyły to od miesięcy.

— Wiedziałeś, że nastąpi coś podobnego? — zdziwił się Jack.

— Nie do końca. Wiedziałem, że kiedy skończą się zimowe burze, nadejdą jakieś kłopoty. Posłałem też zalecenia do innych wsi. Mam nadzieję, że posłuchali.

— Co teraz? — spytał chłopiec, chcąc słowami zagłuszyć przygnębiającą ciszę, która panowała wokół.

— Teraz zrobimy największą i najbardziej mokrą mgłę, jaką widziałeś.

Rozdział ósmy

RUNA OCHRONNA

Siedzieli przed rzymskim domem, przyzywając siłę życiową. Rzeki w ziemi przyspieszyły swój bieg. Rzeki powietrzne wzburzyły się. Jeszcze nigdy Jack nie wyczuwał ich tak mocno. Piękno i cudowność tego zjawiska sprawiły, że po policzkach popłynęły mu łzy, które szybko znikały z jego twarzy i zmieniały się w mgłę.

Stado kruków spadło z nieba, niczym trafione strzałami z łuków. Ptaki niezgrabnie wylądowały na dachu i uczepiły się strzechy. Ich dzioby otwierały się i zamykały. Były zbyt zdumione, by krakać.

Daleko w dole przewalały się fale, niewyraźne, białe wstęgi, które lśniły we mgle, a potem znikały. Zimna wilgoć przesiąkła przez koszulę Jacka, ale była to dobra wilgoć. Chciało mu się śmiać. Roześmiał się więc, a kruki odpowiedziały mu stłumionym pomrukiem.

— Powinniśmy odpocząć — orzekł bard.

Jack obudził się i stwierdził, że światło blaknie. Słońce zaszło! Minął cały dzień! Wstał, czując takie wyczerpanie, jakby zmagał się z setką owiec o czarnych pyskach. Bolały go ręce i nogi, w głowie mu pulsowało i nawet koszula zdawała się ranić obolałe ciało.

Bard pochylił się i Jack zdał sobie sprawę, że starzec jest u kresu sił.

— Roznieсę ogień, panie — powiedział. — Przyniosę jedzenie. — Wziął krzemień i kawałek żelaza, nie miał już bowiem energii, by przyzwać ogień. Wkrótce w palenisku buzował płomień, a nad nim bulgotał kocioł z owsianką. Poprowadził barda do paleniska i oparł jego dłonie na kubku z parującym cydrem. Chłopcu też doskwierał głód, ale przywrócenie sił bardowi było teraz najważniejsze.

— Ach, niech Frey i Freya cię błogosławią — westchnął z wdzięcznością starzec. Wypił gorący napój i pozwolił, by Jack nakarmił go owsianką. — To był wyczerpujący dzień — stwierdził w końcu.

— Czy dziś wieczorem nie powinniśmy zrobić więcej mgły? — spytał Jack.

— Nie dam rady. Liczę na to, że ciemność nas ochroni. — Starzec powlókł się na zewnątrz, do wygódki. Jack poszedł za nim z pochodnią, by mieć pewność, że bard nie spadnie z urwiska. Noc była ciemna niczym wnętrze kopalni ołowiu.

Kiedy wrócili, bard opadł na swoje legowisko i momentalnie zasnął. Jack zgasił ogień i odstawił resztę owsianki na śniadanie. Nie mogli przecież liczyć na dostawy żywności z wioski.

Gdzie spali jej mieszkańcy? Jack zastanawiał się nad tym, patrząc, jak namalowane ptaki poruszają się na swoich namalowanych drzewach. Czy mokli pod gołym niebem? Lucy by pewnie się to nie podobało. Zawsze zależało jej na cieple i miękkim posłaniu. „Jestem zaginioną księżniczką", mawiała. „Zaginione księżniczki muszą spać w łóżeczkach". W domu narzekania małej i ślicznej Lucy były ujmujące. Ale rodzice mogą już mieć ich dość podczas noclegu w lesie.

Jack zasnął przy dobiegającym z dachu tupocie kruków.

— Obudź się! — zawołał bard. Jack usiadł na posłaniu. Przez drzwi wpadały promienie słońca i początkowo go to ucieszyło. Po chwili jednak przypomniał sobie, że potrzebują brzydkiej pogody.

— Mam podgrzać owsiankę, panie?

— Nie ma czasu. Zjemy zimną.

Jack skosztował kleistej, grudkowatej papki. Choć od ognia nabrała dymnego posmaku, chłopiec stwierdził, że jest całkiem niezła. Ważne, że wypełniła otchłań, ziejącą w jego żołądku. Umoczył kawałek stwardniałego chleba w cydrze.

— Chodź! — ponaglił bard. — Berserkerzy z pewnością nie guzdrają się tak ze swoim śniadaniem.

„Wcale się nie guzdram", pomyślał Jack z goryczą. „Jestem zmęczony i głodny, a muszę pracować, podczas gdy reszta odpoczywa sobie w lesie". Ale wiedział, że to niesprawiedliwe myśli. Mieszkańcy wioski zapewne tulili się do siebie jak oszołomione owce. Widział kiedyś takie skupione stado, które straciło przewodniczkę z dala od domu.

Z westchnieniem usiadł na zewnątrz wraz z bardem i zaczął przywoływać siłę życiową. Tym razem poszło im znacznie łatwiej. Ziemia i powietrze odpowiedziały tak, jakby tylko czekały na wezwanie. Mgła rozprzestrzeniała się z dużą prędkością, która wręcz budziła lęk. „A co, jeśli potem nie zdołamy jej rozegnać?", pomyślał Jack. „Co, jeśli już nigdy nie zaświeci słońce i ziemia pogrąży się w wiecznej ciemności?"

— Co się stało? — spytał bard.

Jack otworzył oczy. Mgła przerzedzała się na skutek nagłego podmuchu od morza. W górze pojawiły się pasma błękitu.

— O czym myślałeś? — dopytywał się starzec.

— No... no... tylko o tym, że ta mgła jest taka gęsta... — wyjąkał Jack. — I że może już nigdy nie zniknąć.

— Chłopcze, posłuchaj. Siła życiowa bezustannie się porusza, zmienia swój wygląd. Tylko śmierć jest niezmienna.

— A-ale gdyby się nie poruszyła — chłopiec poczuł strach, choć nie umiał określić jego źródła — ciemność zapadłaby na zawsze. Tak jak ci grzesznicy... ojciec mówi, że trafiają do mrocznej otchłani.

— Na młot i kowadło Thora! Oszczędź mi tych majaków Gilesa! — Bard podniósł ręce, jakby prosił boga piorunów na świadka tych idiotyzmów. Kruki na dachu — od jak dawna tam siedziały? — zakrakały głośno. Ich głosy brzmiały niemal jak śmiech.

— Ale istnieje taka możliwość... bardzo nikła... — przyznał bard.

— Co? — krzyknął Jack.

— Ciszej. Ona — nie chcę wymawiać jej imienia — może działać przeciwko nam. Może przesyłać nam swoje myśli przez morskie przestworza. Woda osłabia jej wpływ. Nie zauważyłem jej zaklęcia, bo było zbyt słabe. By podziałać na mnie. Z dużej odległości może oddziaływać tylko na słabe umysły.

— Hej — obruszył się chłopiec.

— Ale ja to naprawię. Postawię barierę, na której połamie swoje zepsute zęby, jeśli spróbuje znowu. Proszę. — Bard sięgnął pod koszulę, wyciągnął wisiorek na łańcuszku i zawiesił go Jackowi na szyi.

Chłopiec nie widział go nigdy wcześniej, choć towarzyszył starcowi już od wielu miesięcy. Podniósł wisiorek do góry, otwierając usta z wrażenia. Miał kształt kwadratowej płytki ze złota. Widniał na nim symbol, który mógł przedstawiać słońce, tyle że każdy promień posiadał odgałęzienia niczym drzewo, które puszcza pąki. Na oczach Jacka wisiorek zniknął. Chłopiec aż się zachłysnął. To była prawdziwa magia. Wciąż czuł na szyi ciężar złota.

— To runa ochronna — wyjaśnił bard. — Nosiłem ją, kiedy szedłem przez Dolinę Szaleńców w Irlandii. Dzięki niej zachowałem zmysły, kiedy inni je stracili. Możesz ją zatrzymać.

— Ale, panie... — Jackowi znowu zbierało się na płacz. Jeszcze nikt nie uznał go za godnego takiego podarunku. Rzymska moneta, którą znalazł ojciec, została przeznaczona dla Lucy. — Co, jeśli Frith cię zaatakuje?

— Nie wypowiadaj jej imienia! Na ten dźwięk od razu przylatuje. O mnie się nie martw — odparł starzec szorstkim tonem. — W swoim życiu już niejednego potwora obdarłem ze skóry. A teraz zróbmy trochę mgły.

Jack nie wiedział, czy to zasługa runy, czy po prostu rozpierającej go radości, ale czuł się silny i szczęśliwy. Przyzwał wody ziemi. Ściągnął chmury z nieba. Twarz oblepiało mokre dotknięcie mgły, wilgoć przesiąkła przez ubranie. Włosy gładko przylegały do głowy, z brody kapały krople wody, która chlupotała także w butach. Był szczęśliwy jak żabka w rozgrzanym słońcem stawie.

Usłyszał chrapliwy kaszel. Błyskawicznie otworzył oczy, lecz nic nie zobaczył. Świat stał się czarny. Przez chwilę ogarnęła go panika. A potem kaszel rozległ się znowu. To był bard. Kiedy Jack był pochłonięty swoją magią, zapadła noc — zwyczajna, niewinna noc. Mgła, którą przyzwał, była tak gęsta, że przesłoniła każdy skrawek światła. Jack namacał drogę do drzwi domu. To stamtąd dobiegał kaszel.

Wewnątrz, w palenisku jaśniała tylko jedna, maleńka bryłka żaru.

— Panie? Dobrze się czujesz? — szepnął. Szept wydawał mu się jak najbardziej na miejscu.

— W łóżku — powiedział starzec.

Chłopiec po omacku podszedł do posłania starca. Dotknął jego twarzy i ku swojemu zdumieniu poczuł, że skóra barda płonie od gorączki.

— Rozpalę ogień, panie, i uwarzę ci lekarstwo.

— Dobry z ciebie chłopiec — powiedział bard słabym głosem.

Jack pospiesznie rozdmuchał żar, aż buchnął płomień. Nagrzał wody z wierzbową korą. Dodał kolendry, by złagodzić gorycz. Matka nauczyła go przyrządzać wywar. Ojciec nie był zadowolony, gdy uczyła syna takich rzeczy. Mawiał, że babskie sekrety nie przystoją mężczyznom, a może nawet dobrym chrześcijanom. Mama tylko się uśmiechała i nie przestawała przekazywać Jackowi swoich umiejętności.

— Fuj — skrzywił się bard, gdy spróbował napoju.

— Mama się zarzekała, że to zbija gorączkę.

— Na pewno tak. Ale to nie znaczy, że musi mi smakować. — Dopił wywar do końca. Kaszlał teraz dłużej i bardziej intensywnie, co przeraziło Jacka.

— Weź runę ochronną! — krzyknął chłopiec. — Potrzebujesz jej bardziej niż ja!

— Nie mogę — powiedział bard z wysiłkiem. — Kto ją raz dostanie, nie może już zwrócić. Zresztą i tak chciałem, żebyś ty ją miał. — Położył się i Jack okrył starca owczą skórą.

Chłopiec szperał wśród zapasów w drugim krańcu domu. Musiał namoczyć fasolę. Musiał nazbierać małży. Jak długo mogli sobie radzić bez jedzenia z wioski? Skąd będą wiedzieli, że wilczogłowi odeszli?

Powiesił nad ogniem kocioł z fasolą, cebulą i rzepą. Dodał kawałek boczku, nieco już pozieleniałego. Jack był głodny i smakowity zapach doprowadzał go do szału, ale składniki musiały się gotować dłuższy czas. Znalazł twardy jak kamień kawałek chleba i namoczył go w cydrze. Kiedy pieczywo zmieniło się w miękką papkę, podał je bardowi.

Był tak zmęczony, że ciągle się o coś potykał. Plamy tańczyły mu przed oczami. Wszystkie prace wykonywał niezdarnie. Wykrzesał jednak siły, by podpalić trochę podbiału i położyć kopcący wiecheć przy posłaniu barda. Dym miał złagodzić ból w płucach.

Jack nie pamiętał, jak znalazł się na ziemi. Nie zamierzał się kłaść przed przyniesieniem drewna. Ale w jakiś sposób jego ciało usiadło, a wtedy niewiele dzieliło go już od podłogi. Tak czy owak, spał jak kamień, z workiem fasoli pod głową, kiedy zjawiła się Zmora.

Rozdział dziewiąty

ZMORA I JEŹDZIEC

Pierwszym dźwiękiem, jaki usłyszał Jack, był wiatr. Wiał znad morza i uderzał w dom, aż trząsł się dach. Wciskał się pod drzwiami do środka. Zimne powietrze przebiegło po podłodze i ogień strzelił w górę. W tle rozbrzmiewał grzechot otoczaków, miotanych przybrzeżnymi falami. Hałas stawał się coraz głośniejszy, a potem wdarł się w sen Jacka z siłą gromu.

Chłopiec skoczył na równe nogi. Wiatr, przedzierający się pod drzwiami, wywiewał żar z paleniska. Jack rzucił się, by zamieść go z powrotem. Dach trzeszczał, duży wiecheć słomy oderwał się od strzechy i poleciał w dal. Cztery czy pięć kruków, które się pod nim schroniło, wpadło do pomieszczenia i z trzepotem pofrunęło na posłanie barda. Z oddali dobiegł złowrogi tętent kopyt, który przybliżał się i przybliżał, aż rozbrzmiewało nim całe niebo.

Jack widział niebo. Rozciągało się nad dziurawym dachem, zimne, czarne i pełne bezdusznych migoczących gwiazd, nieprzysłoniętych ochronną mgłą. Musiał coś zrobić, ale co? Nie był w stanie myśleć. W głowie słyszał jedynie tętent. Chciał uciec, niczego więcej nie pragnął. Cofnął się i nadepnął na rozżarzony kawałek drewna. Ból oczyścił mu umysł i chłopiec zrozumiał, co się dzieje.

To była Zmora. Powróciła pod osłoną ciemności. Odkryła słabość barda i przybyła, by go zniszczyć. Jack chwycił runę ochronną, zawieszoną na szyi. Była dziwnie ciepła — nie, gorąca. Ogrzewała jego ciało niczym słońce w upalny dzień.

Jack usłyszał przeciągły, przerażony jęk barda. Był to straszny dźwięk, podobny do krzyku królika, schwytanego w szpony jastrzębia. Starzec rzucił się na posłaniu, a kruki wczepiły się w owczą skórę, którą był okryty.

— Wynocha! Przestraszyłyście go! — krzyknął chłopiec, lecz kruki tylko zakłapały dziobami i trwały ponuro na miejscach.

Łoskot rozlegał się niemal nad nimi. Gorszy od najstraszliwszej zimowej burzy. Gwałtowniejszy od fal uderzających o brzeg. Jack nigdy jeszcze nie słyszał tak głośnego huku. Złapał się posłania i patrzył w górę, oszołomiony, na otwór w dachu, niezdolny do jakiegokolwiek ruchu, jak kruki.

Nagle na ciemnym niebie pojawiła się istota tak ogromna i przerażająca, że Jack krzyknął, a ptaki zaskrzeczały ze strachu. Był to szarej maści koń o zmierzwionej, pełnej pajęczyn grzywie, okryty całunem sopli, które odłamywały się i z trzaskiem spadały do pomieszczenia. Koń miał zbyt wiele nóg! Jack nie był w stanie policzyć, ale wiedział, że jest ich więcej niż być powinno.

Na grzbiecie wierzchowca siedział jeździec, ciemniejszy niż niebo, tak czarny, że przyćmiewał światło gwiazd. Najeżone kolcami nogi ściskały boki konia, aż ciekła z nich krew — biała, gęsta krew, przypominająca raczej ropę. Koń zarżał. Chłopiec upadł na podłogę, nieprzytomny, nieświadom niczego z wyjątkiem pulsującego ciepła wisiorka na wysokości serca.

Obudził się w ciemnościach. Ogień zgasł. Przez dziurę w dachu przeświecały gwiazdy, ale na szczęście nie było Zmory. Powietrze stało nieruchomo, jakby burza nigdy się nie zdarzyła.

Jack wymacał sobie drogę do łóżka barda. Starzec oddychał spokojnie i wyglądało na to, że śpi. Ulga wypełniła serce chłopca. Sięgnął po przykrycie z owczej skóry. Dotknął przy tym jednego z kruków, który dziobnął go w odpowiedzi.

— Wynoś się! — krzyknął i uderzył ptaka dłonią. Pośród mroku usłyszał niskie skrzeczenie. — Nikt cię tu nie zapraszał — dorzucił. Przyszło mu do głowy, by przepędzić ptaszyska za pomocą miotły, potem jednak stwierdził, że miło mieć towarzystwo, nawet jeśli dotrzymują go tylko niezbyt miłe kruki. Nie wiedział, czy zdoła znieść samotność po tym, jak zobaczył to coś na grzbiecie Zmory.

„Nie powinienem o tym rozmyślać", powiedział sobie w duchu. Bard mówił, że nie należy rozwodzić się nad złem. Lepiej myśleć o dobrych rzeczach, takich jak blask słońca i zielone drzewa. Nie wiedział, co spłoszyło Zmorę, ważne jednak, że zniknęła, a starca nie spotkała żadna krzywda. Jutro uradzą, jak ją pokonać.

Jack zaczął szukać w ciemnościach, aż natrafił na krzemień i kawałek żelaza. Pozbierał zgasłe drewno i rozpalił je od nowa. Zupa w kotle była lodowata. Albo stracił przytomność na dłużej, niż mu się wydawało, albo też ten jeździec wyssał z niej całe ciepło.

„Nie powinienem o tym myśleć. Nie powinienem o tym myśleć", powtarzał sobie.

Zapalił tyle kaganków, ile zdołał znaleźć. Zmiana była imponująca. Nawet kruki poweselały. Zeskoczyły z posłania i podeszły do paleniska. Z namysłem wpatrywały się w kocioł.

— Nie myślcie sobie, że to zjecie — oświadczył Jack. Kruki zakłapały dziobami, jakby chciały powiedzieć: „zobaczymy".

Jack czuwał, aż niebo, widoczne przez dziurę w dachu, poszarzało. „Muszę zebrać trawę na strzechę", pomyślał, dorzucając kolejne zadanie do i tak długiej listy. Kiedy spojrzał znowu w górę, niebo przybrało barwę jasnoniebieską, co bez wątpienia oznaczało, że się zdrzemnął.

— Wiem, że powinniśmy wywołać mgłę, panie — powiedział w kierunku barda, rozcierając zesztywniałe ręce i nogi. — Ale ty musisz odpocząć, a ja muszę znaleźć jedzenie. Pójdę na plażę poszukać czegoś na śniadanie. — Zamieszał w kotle. Fasola zmieniła się w sycącą breję. Od zapachu cebuli i boczku zaburczało mu w brzuchu. Jeden z kruków, śmielszy od pozostałych, podskoczył bliżej.

— Precz — powiedział Jack, machając łyżką. Odrobina zupy poleciała na podłogę i ptaki się na nią rzuciły. — Sio! To jedzenie dla ludzi, a nie dla was. Jeśli jesteście głodne, możecie sobie poszukać małży. — Napełnił miskę i położył na kotle ciężką, żelazną pokrywę. Zamachnął się na ptaki nogą i podszedł do barda. Jeszcze nigdy nie widział tak śmiałych zwierząt.

Bard leżał z otwartymi oczami.

— Czy mógłbyś usiąść, panie? — spytał uprzejmie chłopiec. — Będzie mi znacznie łatwiej cię nakarmić. — Bard zamrugał powiekami i pociągnął nosem. Na jego brodzie pojawiła się kropla śliny.

— Pomogę ci — powiedział Jack. Postawił sobie miskę między kolanami, poza zasięgiem ptaków. Sięgnął po rękę barda.

— Ud-da — powiedział starzec.

— Co takiego? Wody? — spytał Jack. — Chcesz wody?

— Ud-da.

— Nie rozumiem — powiedział chłopiec, czując nagły przypływ lęku.

— Gaaa — odrzekł starzec. Tylko ślina na brodzie wskazywała na jego zainteresowanie miską.

— Jesteś chory? Jeśli nie możesz mówić, pokiwaj głową.

— Ud-da! — Bard najwyraźniej się zdenerwował. Jego oczy błyszczały, a twarz się wykrzywiła. Jack siedział oniemiały. Co mu się stało? Takiej choroby Jack nie potrafił ogarnąć umysłem. Czy Zmora odebrała bardowi rozum? Albo duszę?

— Panie, proszę, boję się. Gdybyś spróbował usiąść, mógłbym ci pomóc. — Starzec jednak dalej wydawał dziwne dźwięki i wpadł w taki gniew, że twarz mu poczerwieniała i ryczał niczym małe dziecko w napadzie złości.

Jack próbował nakarmić go łyżką. Starzec odwrócił głowę i rozbryzgał zupę na łóżko.

— Gaaa! — krzyknął.

— To dobre, naprawdę dobre. Sam spróbuję pierwszy — powiedział szybko Jack. Zupa rzeczywiście była smaczna. Żołądek Jacka domagał się więcej i chłopiec z trudem powstrzymał się przed opróżnieniem miski. Znowu próbował nakarmić barda, ale w odpowiedzi jedzenie wylądowało na jego twarzy. Rozległo się chóralne krakanie kruków.

— Będziesz się ze mnie śmiał? — wykrzyknął Jack, ze złości nie panując nad sobą. Cisnął miską w ptaki, które oczywiście tylko czekały na taką okazję. Wylądowały wśród rozlanej zupy i pochłonęły ją w mgnieniu oka.

— Jak mogłem być taki głupi? — Jackowi zbierało się na płacz. Jedzenie już prawie się kończyło, a on w porywie wściekłości wyrzucił część tego, co jeszcze zostało. Nie miał pojęcia w jaki sposób wybudzić barda z tego dziwnego stanu.

— Przynajmniej coś wypij — poprosił. Zamoczył w wodzie strzęp wełnianej tkaniny i wycisnął go wprost do ust barda.

W taki właśnie sposób mama karmiła Lucy, gdy była maleńka. Bard zacisnął zęby na wełnie i zaczął ssać ją ze wszystkich sił.

— Nareszcie do czegoś doszliśmy — mruknął Jack. Raz po raz moczył szmatkę, aż bard nie chciał więcej pić. Potem znów napełnił miskę i tym razem zamoczył materiał w zupie, po czym podał go starcowi.

Wydawało się, że karmienie trwa całymi godzinami. W końcu starzec wypluł wełnę i beknął. W jego oczach pojawiło się zadowolenie i senność. Jack usiadł przy kotle i — nareszcie — zaspokoił głód, który dręczył go od dawna.

Co miał teraz zrobić? Samemu przywołać mgłę? Iść do lasu i szukać pomocy? Nie miał pewności, czy bezpiecznie będzie zostawić barda samego.

Kruki, z wyjątkiem jednego, wyfrunęły przez dziurę w dachu. Ten ostatni czaił się tuż poza zasięgiem nogi Jacka i obserwował go czujnym wzrokiem. Był to ładny ptak, o starannie uczesanych, czarnych piórach. Wrażenie doskonałości psuł jedynie brakujący pazur u lewej nogi. Jack pomyślał, że pewnie kruk podszedł zbyt blisko do lisa.

— No, dobrze. Możesz dostać łyżkę. Jedną łyżkę — powiedział Jack. Wyciągnął łyżkę i ptak zaczął jeść, delikatnie niczym kot. — Kto cię tego nauczył? — wykrzyknął z zachwytem chłopiec. Podał krukowi jeszcze jedną łyżkę zupy. — Może bard. Ludzie mówią, że rozmawia z ptakami, chociaż nigdy mi tego nie pokazał.

— Szkoda, że nie możesz mi powiedzieć, co robić — ciągnął chłopiec. — Muszę chronić wioskę, ale muszę też chronić barda. W dodatku bez jedzenia długo nie wytrzymam. Od tej magii człowiek robi się bardzo głodny. — Kruk zakołysał się w górę i w dół, jak gdyby mówił: „dobrze powiedziane". Jack roześmiał się i dał mu jeszcze trochę zupy.

— Muszę zabrać barda do lasu — głośno myślał chłopiec. — Dzięki temu będzie bezpieczny, a ja będę mógł chronić ludzi z wioski. — Głęboko w sercu poczuł jakieś ukłucie, jakby usłyszał krzyk jastrzębia w mroźny poranek albo zobaczył delfina, wyskakującego ponad fale. Wrażenie było niespodziewane i budziło lęk, a zarazem ogromne podniecenie. „Mogę dokonać tego sam", pomyślał. „Nie będę już tylko uczniem. Zostanę prawdziwym bardem".

Kruk podskoczył do drzwi i dziobem postukał w drewno.

— Masz rację — powiedział Jack. — Im szybciej ruszymy, tym lepiej. — Otworzył drzwi na oścież. Niebo było czyste, a słońce stało wysoko — zrobiło się prawie południe.

Jack pociągnął barda i postawił go na nogi. Później wystarczyło już tylko nakłonić go do marszu. W tym celu Jack obwiązał sznurem starca w pasie i pociągnął. Bard zaczął powoli stawiać drobne kroki, jakby miał ochotę na spacer.

— Ud-da — odezwał władczym tonem.

— Zgadzam się w pełni — powiedział Jack, prowadząc go ścieżką do wioski.

Początkowo Jack zamierzał iść do lasu przez wioskę. Ale bard poruszał się powoli i chłopiec zaczął się bać, że nie dotrą tam przed zapadnięciem zmroku. Minęli gospodarstwo ojca Jacka. Chłopiec popatrzył tęsknym wzrokiem. Jak dobrze tu wszystko zbudowano! Ręce ojca nadały kształt każdemu budynkowi, każdemu płotu i poletku. Teraz obejście zionęło pustką. Jack otarł oczy rękawem i z ponurą miną pociągnął za sznur, którym obwiązany był bard.

Żadnej reakcji. Jack odwrócił się i zobaczył, że starzec postanowił usiąść.

— Nie teraz — poprosił chłopiec. — Wiem, że jesteś zmęczony, panie, ale nie możemy się zatrzymywać, dopóki nie dotrzemy w bezpieczne miejsce.

— Gaaa — powiedział bard, spoglądając na dom.

Jack podążył za jego spojrzeniem. Nad dachem unosiła się biała smużka. Czy dom się palił? Jack rzucił sznur i popędził pod górę. Bez wątpienia był to ogień. Czuł jego zapach. Rzucił się do drzwi i stwierdził, że są zaryglowane. Załomotał w nie pięściami.

— Nie ruszaj się, Lucy — rozległ się znajomy szept.

— To ja, mamo! Jack! Co się stało? Dlaczego jesteście tutaj?

Nastąpiła przerwa, a potem rozległ się odgłos odmykania żelaznej sztaby. Przez drzwi wyjrzał ojciec. Jack zobaczył, że w pogotowiu ma widły, gotów dźgnąć przybysza. Za nim matka trzymała garnek wrzątku.

Lucy pisnęła i przepchnęła się obok ojca.

— A, to ty, skarbie — stwierdziła mama i odłożyła garnek.

— Witaj w domu — powiedział ojciec łagodnym tonem, tak jakby celowanie widłami w gościa było najzupełniej normalne.

— Teraz wszystko jest w porządku! — krzyknęła Lucy, pląsając dookoła. Wciągnęła brata do środka. Dom wyglądał pusto, większość bowiem dobytku została zakopana bądź ukryta w lesie, ale przy palenisku leżały posłania z wrzosu, a o ścianę oparte były worki z prowiantem.

Jack był zaskoczony.

— Wszyscy wrócili do wioski? — spytał.

— Tylko my — odparł ojciec.

— Jesteśmy mądrzejsi — dodała Lucy.

Jack popatrzył na matkę, która jako jedyna wydawała się niespokojna.

— To przez Lucy — zaczęła.

— W lesie było okropnie! Wszystko było mokre i zimne — krzyknęła mała. — Na ziemi leżało mnóstwo kamieni. To nie było dobre miejsce dla zaginionej księżniczki.

— To było bezpieczne miejsce dla zaginionej księżniczki — zauważył Jack. Od razu odgadł, co się stało. Lucy, która pierwszy raz w życiu musiała znosić niewygody, zażądała powrotu do domu. Wiedział, jaka potrafi być uparta. Nie dawała człowiekowi spokoju, nieraz miał ochotę ją uderzyć, jednak powstrzymywał się, bo była mała i taka piękna. — Myślę, że pozostanie tutaj to zły pomysł — powiedział Jack.

— Wiem, ale... — Matka gestem wskazała ojca. Giles Kuternoga najwyraźniej uległ błaganiom Lucy. Nigdy niczego jej nie odmawiał.

— Nie wrócę tam! — krzyknęła dziewczynka. — Zwłaszcza po ostatniej nocy!

— To było coś strasznego — przyznała matka.

— Myślałem, że nastał koniec świata — powiedział ojciec złowróżbnym tonem. — To coś z krzykiem runęło z nieba. Lód spadał wokół niczym sztylety. Gwiazdy zgasły. Wokół biegali ludzie, obijając się o drzewa. Syn kowala stracił przytomność, a konie pozrywały powrozy i uciekły. Szukali ich jeszcze dziś rano.

— Zmora — mruknął Jack. I wtedy wróciła mu pamięć. — O, na gwiazdy, zapomniałem. W nocy coś zaatakowało barda. To była jakaś magia, naprawdę tego nie rozumiem, ale odebrało mu rozum. Prowadzę go właśnie do lasu.

Wyszli na drogę. Starzec siedział pośrodku, nieruchomy niczym pniak.

— Jeśli się nie ruszysz, dopadną cię wilczogłowi — powiedział Jack. Złapał barda za ręce i pociągnął.

— Ła-ła-ła-ła! — krzyknął starzec.

— Ćśść. Nie hałasuj. — Chłopiec próbował zakryć bardowi usta, lecz ten ugryzł go mocno w rękę.

— Ud-da!

— Zaraz ci dam udda! — krzyknął Jack, rozcierając dłoń. — Nie, nic nie zrobię. Wcale tak nie myślałem. Ale doprowadzasz mnie do szału. Wiem, że rzucono na ciebie zaklęcie, panie, więc się nie gniewam. Ale czy nie mógłbyś chociaż trochę mi pomóc?

— Przemawianie mu do rozsądku nie ma sensu. Jest jak owca. — Giles Kuternoga podniósł starca z ziemi. Pokuśtykał z powrotem do domu, a bard ryczał i próbował go kopnąć. Ojciec był wprawdzie kulawy, ale lata ciężkiej pracy wzmocniły mu mięśnie. — Uff! — odetchnął, niezbyt delikatnie opuszczając starca na podłogę. — Masz rację co do jego rozumu, synu. Wyraźnie szwankuje. Mówiłeś, że Zmora mu go odebrała?

— Nie wiem. Może rzuciła zaklęcie.

— A może to po prostu wiek — wtrąciła łagodnie matka. Wytarła twarz barda wilgotną ściereczką i podłożyła mu pod głowę zwinięty płaszcz. — Może wypoczynek i dobra opieka sprawią, że wróci do siebie.

Jack usiadł na podłodze i próbował zebrać myśli. Nie było to takie proste, kiedy Lucy wspinała się na niego i opowiadała o swojej niedoli w lesie.

— Mgła była okropna! Wszystko przemakało, a wódz nie pozwalał rozpalić ognia. Jest taki niedobry!

— Bard wywołał mgłę, żeby was chronić — powiedział Jack.

— Phi! — parsknęła Lucy. — Wszystko może przez nią przejść. Potwory! Trolle!

— Nie mów o trollach.

— Będę mówiła, jeśli zechcę. Trolle, trolle, trolle, trolle!

Ręka go świerzbiła, żeby dać jej klapsa.

— Zostaw go w spokoju, skarbie — powiedziała matka. Odwróciła uwagę Lucy garścią orzechów laskowych. Dziewczynka zabrała się za rozbijanie ich kamieniem.

— Powiedziałeś, że bard wywołał mgłę? — spytał ojciec. — Kto czuje bojaźń bożą, nie czyni takich rzeczy. To czarnoksięstwo.

„Dlaczego nie trzymałem języka za zębami?", pomyślał Jack. Wszystko, co miało związek z magią, wyprowadzało Gilesa Kuternogę z równowagi. Uważał, że to zło. Czary śmierdziały prochem i siarką. Przywoływały demony o długich pazurach.

— Mam nadzieję, że nie sprowadził cię na drogę hańby — powiedział ojciec. — Na tych, którzy działają wbrew prawom bożym, czeka ogień piekielny.

— To była zwyczajna mgła — odparł Jack zmęczonym tonem. — Próbowałem tylko wyjaśnić Lucy to i owo. — Sytuacja go przerastała. Jego rodzina narażała się na niebezpieczeństwo. Bard był niespełna rozumu. A wilczogłowi być może szli już rzymską drogą. Czuł się bardzo, bardzo zmęczony.

— Może chcesz usiąść w ogrodzie i coś zjeść — zaproponowała mama. Jack zdał sobie sprawę, że matka wie dużo więcej, niż daje po sobie poznać. Nagle zrozumiał niemą nić sympatii między nią a bardem. Była mądrą kobietą, miała magiczny dar obłaskawiania pszczół i dzikich zwierząt. Dlaczego wcześniej tego nie dostrzegał? Pewnie teraz siła życiowa wyostrzyła mu umysł. Rozpoznawał łagodne czary, którymi osnute było jego dzieciństwo, piosenki, hamujące gorączkę, dotyk, dzięki któremu nawet najzwyklejsza strawa smakowała wyśmienicie.

— Dziękuję, mamo — powiedział. Wkrótce siedział w ogrodzie wśród ziół z kubkiem gorącego cydru i kromką chleba, posmarowaną miodem. Matka popatrzyła na północ, na rzymską drogę. Nie odezwała się, ale wiedziała, że to stamtąd nadciągnie niebezpieczeństwo.

Gdy tylko matka poszła, Jack podniósł się, zmęczony i obolały. Bardzo pragnął znów być małym dzieckiem, wolnym od trosk i odpowiedzialności. Ale ten czas przeminął bezpowrotnie. Teraz Jack stał między wioską i wilczogłowymi. Samotny przeciw nieznanemu złu. Walka z nim była jego zadaniem i obowiązkiem.

Rozdział dziesiąty

OLAF JEDNOBREWY

Jack usiadł w zagłębieniu przy rzymskiej drodze, otoczony paprociami, niczym królik kryjący się przed lisem. Nikt nie mógł go zobaczyć, ale chłopiec chciał stać się jeszcze bardziej niewidzialny. Wciągnął głęboko powietrze, przesycone zielonym zapachem ziemi i paproci. Umysłem sięgnął do wilgotnych korzeni drzew. „Przyjdź", wzywał. „Przyjdź do mnie. Otul powietrze swoją szarą obecnością. Połącz morze i niebo".

Bardziej poczuł, niż zobaczył nadciągającą mgłę. Blask słońca przybladł i stał się perłowy, niebo nabrało ciemnej, gołębiej barwy. Na paprociach zbierała się woda. Okrągłe krople przystawały na koniuszkach liści, po czym spadały, tworząc blade strużki na mchu. Powietrze wzdychało i szeleściło.

Jeszcze nigdy nie wniknął tak głęboko w siłę życiową. Poniosła go jak rybę, jak leśne zwierzę, którego jedyne pragnienie brzmiało: być. To wystarczało. Nie potrzebował niczego więcej. Wspaniałość tego zjawiska porwała go bez reszty.

— Jack... Jack...

Głos dobiegał z oddali. Odrzucał go, jakby nie chciał już być człowiekiem.

— Jack... proszę! Zimno mi i boję się!

Wróciły mu zmysły. Na chwilę ogarnął go ślepy gniew. Kto śmie mu przeszkadzać?

Usłyszał urywany szloch, który wniknął mu w samo serce. To Lucy! Była w pobliżu, ukryta jednak we mgle tak gęstej i ciężkiej, że nawet Jack się przeraził. Tym razem naprawdę przeszedł sam siebie.

— Lucy, tu jestem! — zawołał.

— To znaczy gdzie? Jest tak ciemno i strasznie. Tu na pewno są potwory. — Zaczęła szlochać.

— Nie ruszaj się, Lucy. Dalej, mów coś, żebym cię znalazł.

— Kiedy wyszłam na dwór, świeciło słońce. Powinieneś być w ogrodzie. Tata powiedział, że jesteś w ogrodzie, ale cię tam nie było. — W zalęknionym głosie siostry Jack usłyszał ślady oburzenia.

Jack potknął się na kamieniu i podrapał się o gałąź.

— Widziałam cię z daleka — powiedziała Lucy. — Szedłeś bardzo szybko. Chciałam cię zawołać, ale wtedy mama dowiedziałaby się, że wyszłam. Była dla mnie dzisiaj taka niedobra. Nie pozwoliła mi się pobawić na dworze i w ogóle.

Jack pomyślał, że matka z troski o rodzinę odchodzi od zmysłów. Zdawała sobie sprawę z niebezpieczeństwa, jakie im groziło. Ojciec też o nim wiedział, ale postanowił je zignorować.

— Wyruszyłam rzymską drogą, a ty zniknąłeś. Poszedłeś sobie i mnie zostawiłeś. Niedobry Jack! A potem szybko nadciągnęła mgła. Zrobiło się ciemno i się przestraszyłam. Uprawiałeś magię? Tata mówi, że czarnoksiężnicy uprawiają magię, a potem idą do Piekła. Pójdziesz do Piekła?

— W tej mgle nawet bym tam nie trafił — mruknął Jack. Stopą wyczuł krawędź drogi. Chwilę później zobaczył Lucy, przycupniętą na kamieniach. Dotknął jej ramienia, a ona krzyknęła.

— To ja, nie bój się — powiedział uspokajająco.

— Dlaczego tak się do mnie podkradłeś? — załkała.

— Wcale się nie podkradłem... a, nieważne. Posłuchaj, mam coś ważnego do zrobienia. Musisz być cicho.

— Zawsze jestem cicho. Godzinami umiem trzymać buzię zamkniętą. Tata mówi, że jestem jak mała myszka. Powiedział, że zła czarownica zmieniła mnie w myszkę, kiedy mieszkałam w pałacu, ale dobra wróżka mnie odczarowała.

— To może teraz będziesz cicho? — poprosił Jack. Wydawało mu się, że powietrze zaczęło się poruszać. Może zerwał się morski wiatr.

— To dobra historia. Umiem ją ładnie opowiedzieć. Tata mówi, że znam tyle słów, co dziesięciolatka.

— Ćśśś! — Jack pociągnął ją w dół, między paprocie.

— Strasznie tu mokro — jęknęła Lucy.

— Cicho bądź. Ktoś idzie drogą — szepnął Jack. — Może to potwór — dodał. Lucy uczepiła się go i przestała narzekać na wilgoć. Z oddali dobiegły czyjeś głosy. Odległość była zbyt duża, by rozróżnić słowa, ale coś sprawiło, że na ten dźwięk włosy na karku Jacka stanęły dęba. Wtem w pobliżu ktoś zadął w myśliwski róg.

Lucy próbowała schować się pod koszulę Jacka. Trzymał siostrzyczkę blisko, czując jej drżenie, podobnie jak własne. Gdzieś w dali odpowiedział drugi róg.

— *Hvað er þetta?* — odezwał się ktoś tak blisko, że Jack omal nie krzyknął. Usłyszał kolejne głosy, cztery czy pięć. Mgła wyraźnie się przerzedzała. Na drodze dostrzegał kształty, ciemne istoty, idące ciężkim krokiem. Słyszał szczęk mieczy.

„Przyjdź. Przyjdź do mnie. Otul powietrze swoją szarą obecnością", przyzywał siłę życiową, stracił jednak koncentrację. Lada chwila mógł wpaść w panikę. To byli wilczogłowi. Prawdziwi. Zmierzali do wioski.

— Czy to rycerze? — szepnęła Lucy.

— Nie. Bądź cicho. — Jack sądził, że nawet bez mgły zdołają się ukryć w paprociach. Mogli uciec. Ale co z ojcem i matką? Albo z bardem?

— Myślę, że to rycerze — stwierdziła Lucy.

— To potwory. Bądź cicho.

— *Hvað?* — powiedział jeden z mężczyzn na drodze. Podszedł do jej skraju i popatrzył na paprocie.

— *Ekkert. Þetta er bara kanína* — odezwał się na to drugi. Słowa te brzmiały niemal jak saski, czyli język, którym posługiwał się Jack. W swoim życiu słyszał kilka innych języków, od ludzi, którzy przyjeżdżali na jarmarki w wiosce. Słyszał walijski, gaelicki, piktyjski i oczywiście łacinę, ale żadnym z nich nie umiał się posługiwać. W niczym nie przypominały jego własnej mowy. A ten przypominał. Był niemal pewien, że pierwszy mężczyzna powiedział: „Co?" — a drugi odparł: „Nic. To tylko królik".

Lucy wierciła się obok niego, a on przytrzymał ją mocniej. Rozróżniał już poszczególnych wojów, byli okryci owczymi skórami i nosili skórzane czapki, nasunięte na długie, jasne włosy. U ich pasów wisiały miecze i topory. Jeden z nich wydawał się jeszcze niedorostkiem.

Przez chwilę rozmawiali, a potem nastąpił cud i zawrócili w stronę, z której przyszli. Nie trafią do wioski! Jack przytulił Lucy.

— Odchodzą — szepnęła.

— Ćśśś — syknął Jack. Najmłodszy z tamtych odwrócił się i znowu zaczął obserwować paprocie.

— *Komdu, Thorgil* — zawołał go jeden z mężczyzn.

— To rycerze, którzy chcą mnie zabrać do mojego zamku! — wykrzyknęła nagle Lucy. — Tutaj jestem! Tutaj!

Chłopak na drodze krzyknął:

— *Þarna er kanínan!* — Skoczył w paprocie z nożem w dłoni i złapał Lucy. Jack próbował go przewrócić, ale tamten chwycił małą za włosy i przystawił jej ostrze do gardła. Pozostali mężczyźni biegli już z powrotem.

Jack miał jedną chwilę — tylko jedną — w której mógł uciec, zostawiając Lucy w łapach berserkerów. Nie potrafił tego zrobić. Była taka mała i bezbronna. A on był jej bratem. Nie miał szans pokonać takiej bandy wojów, ale mógł z nią przynajmniej zostać, nawet jeśli niewiele to da. Przynajmniej zginą razem.

W następnej chwili potężny mężczyzna z pojedynczą, krzaczastą brwią zwalił się na Jacka niczym drewniana kłoda i chłopiec stracił przytomność.

Ziemia się poruszała. Najpierw podrzucała go w górę, a potem opuszczała w wywołującym mdłości rytmie. Jack otworzył usta, by zaczerpnąć powietrza. Zamiast tego poczuł paskudny smak brudnej wody i zwymiotował. Podparł się na rękach i kolanach. Leżał wcześniej twarzą w dół, w kałuży. Całe jego ciało było mokre i przemarznięte. Ziemia znowu zafalowała.

— *Þrællinn er vaknaður* — powiedział ktoś.

Jack czuł pulsowanie w skroniach. Spojrzał w dół i zobaczył kroplę krwi wpadającą do wstrętnej kałuży. Dotknął swoich włosów. Były splątane i lepkie. Jak to się stało?

— *Hei þræll! Þú hefur svolitið kettlingaklór þarna.* — Rozległ się chrapliwy rechot, do którego dołączyło kilka innych głosów.

Jack starał się zrozumieć, co mówią. Posługiwali się językiem podobnym do saskiego, mieli jednak tak barbarzyński akcent, że rozróżniał co trzecie słowo. Czy *þræll* znaczyło to samo, co *thrall*? Jeśli tak — Jack musiał wysilać umysł — oznaczało „sługę" albo może „niewolnika". Nie brzmiało to zbyt dobrze. *Kettlingur*, które przypominało *kettlingaklór*, oznaczało „kotka". Co kotki miały z nim wspólnego?

Podniósł wzrok. Głowa tak go bolała, że bał się nią poruszać. Ziemia znowu się zakołysała i wtedy za drewnianą burtą chłopak zobaczył bezmiar szarej wody. Spojrzał w drugą stronę. Też woda.

Był na statku! Pływał wcześniej małymi łódkami blisko brzegu. Dostawał się nimi na przybrzeżne wysepki podczas odpływu, aby zbierać jaja mew i trąbiki. Nigdy nie wypływał daleko. Teraz zaś nie widział żadnych wysp, tylko falujące, szare morze i bezlitosne szare niebo. Jęknął i pochylił głowę, by nie patrzeć na ten koszmarny widok.

— *Skræfan þín.*

Skrafan thin. Jack z łatwością przełożył te słowa na swój język. Była to ulubiona obelga, którą obrzucali się chłopcy ze wsi: „strachliwe portki". Rzeczywiście, był przestraszony. Kto by się nie bał? Pływał po otwartym morzu i nie pamiętał, jak na nie trafił.

Odwrócił się, by popatrzeć na tego, który mówił, i natychmiast się wzdrygnął. Co za olbrzym. Może nie prawdziwy olbrzym — ci mieli podobno ogromne ręce, tak wielkie, że mogli podnieść wołu. Ale ten stwór był z pewnością większy od wszystkich mężczyzn, jakich Jack widział. Miał jasne warkocze, zwieszające się na ramiona, gęstą brodę, która przykrywała klatkę piersiową i zrośnięte brwi, ciągnące się jednym pasmem przez całą szerokość czoła.

Teraz chłopiec sobie przypomniał. Po tym, jak ujrzał Lucy z nożem na gardle, a jeszcze przed całkowitą ciemnością, która go potem ogarnęła, przez krótką chwilę widział potężnego mężczyznę z jedną brwią, który się na niego rzucił. To był właśnie on! Berserkser z krwi i kości, tak przerażający, jak w opowieściach. Inni mężczyźni robili wiosłami. Byli mniejsi od olbrzyma, ale mieli równie złowrogi wygląd.

Lucy! Co się z nią stało? Czy oni... To było nie do pomyślenia! Ale ludzie, którzy wycięli w pień pobożnych mnichów, bez wahania mogli zabić małą dziewczynkę. Jack zamknął oczy. Nie zdołał ocalić jedynej osoby, którą miał obowiązek chronić. Jego małą, bezbronną siostrzyczkę odrzucono, jakby była tylko jakąś nic nieznaczącą myszką.

Przekonał się, że kiedy zamykał oczy, choroba morska doskwierała mu jeszcze bardziej.

Podciągnął się, wstał na nogi i chwiejnym krokiem podszedł do poręczy. Wystarczyłby niewielki wysiłek, by rzucić się do morza. Czemu nie? Po co miałby żyć? Lucy została zabita, rodzice pewnie też. Nie wiedział, co się stało, kiedy stracił przytomność. Przyszłość malowała się ponuro. Berserkerzy chcieli zapewne go zabić, w taki sposób, by mieć rozrywkę. Może go nawet zjedzą.

Z bólu i rozpaczy zakręciło mu się w głowie. Sprawił zawód wszystkim, łącznie z bardem. Gdyby starzec nie oddał mu runy ochronnej, być może sam wytrzymałby atak Zmory.

Dotknął swojej szyi. Była tam, niewidzialna, ale wciąż ciepła w dotyku. Śmieszne! Ocaliła mu życie? Po co? Okazał się żałosnym nieudacznikiem, który pozwolił berserkerom zabić swoją siostrę. Pozwolił, by Zmora odebrała bardowi zmysły. Biedny starzec będzie wędrował, aż zajdzie do Doliny Szaleńców. Przynajmniej tam znajdzie przyjaciół.

Usta Jacka wykrzywiły się. Co się z nim działo? Nie miał żadnego powodu, by się uśmiechać. A jednak myśl o bardzie, bawiącym się w Dolinie Szaleńców z innymi, którzy mówią „ud-da" i „gaaa" i ani jednego sensownego słowa, była śmieszna. „Wcale nie jest", powiedział sobie z naciskiem.

„Owszem, jest", odparły jego usta, uśmiechając się z uporem. Poczuł ciepło, rozprzestrzeniające się z ukrytej runy. Wypełniła go jakaś odległa nadzieja. W końcu nie miał pewności, że rodzice nie żyją. Bard mógł jeszcze wyzdrowieć. Życie to cenny dar i nie należy go beztrosko odrzucać.

W tym momencie wzrok Jacka pobiegł wzdłuż pokładu. Zauważył chłopaka, który zabił Lucy. Rzucił się naprzód, stwierdził jednak, że nie przedostanie się przez szpaler mężczyzn. Siedzieli pośrodku łodzi i każdy robił parą wioseł. Wielkolud ulokował się z przodu na drewnianej skrzyni.

— *Hvert ertu að fara?* — spytał olbrzym.

„Dokąd idziesz?", przetłumaczył w myślach Jack.

— Zabić tego chłopaka — powiedział, pokazując ręką.

Przez chwilę wielkolud najwyraźniej próbował zrozumieć te słowa. Potem jego oczy otwarły się szeroko.

— *Að drepa þetta brjóstabarn. Cha! Cha! Cha! Cha!*

— *Ég er ekki brjóstabarn!* — rozległ się oburzony głos chłopaka.

— *Jú, það ertu!*

Wyglądało na to, że rozmowa wszystkich niezwykle śmieszy. Ryczeli i wyli. Chłopak protestował wyższym, piskliwym głosem.

— *Það er gott* — powiedział olbrzym, wycierając łzy z oczu. Odsunął swoje potężne jak pnie drzew nogi na bok i dał sygnał pozostałym, by poszli w jego ślady. — *Að drepa þetta brjóstabarn. Cha! Cha! Cha! Cha!*

„Co to za ludzie?", pomyślał Jack. Wiedzieli, że chce popełnić morderstwo... i to im się podobało! Nie rozumiał słowa *brjóstabarn*, ale *drepa* niemal na pewno oznaczało „zabić". Przepchnął się między berserkerami, przechodząc nad ich nogami i pod łokciami. Nie wiedział, co zrobi, kiedy już dotrze do celu. Wychynął spod ostatniej cuchnącej, odzianej w owczą skórę ręki i potknął się o Lucy. Kucała w brudnej wodzie na dnie łodzi.

— W samą porę. — Pociągnęła nosem. — Tak strasznie cierpiałam, a ty sobie spałeś.

— Żyjesz! O, Niebiosa! — Przytulił siostrzyczkę, która natychmiast zalała się łzami.

— Próbowałam powiedzieć tym rycerzom, żeby zabrali mnie do zamku — załkała.

— To nie rycerze — odparł Jack, niepewny, ile powinien wyjawić małej.

— Masz rację! Śmierdzą jak wieprze i szczekają jak psy. W dodatku się ze mnie śmieją. Powiedz im, żeby natychmiast zabrali nas do domu.

— Wątpię, żeby mnie posłuchali — powiedział Jack.

— *Hei þræll! Því drepurðu ekki þetta brjóstabarn?*

— Pyta, dlaczego mnie nie zabijasz — powiedział chłopak z doskonałym saskim akcentem. — Tylko spróbuj, a zetnę ci głowę. — Dalej robił swoim wiosłem, które różniło się od pozostałych. Opierało się na jakimś zawiasie i schodziło prosto do wody.

— To ty jesteś *brjóstabarn*? — spytał Jack.

W odpowiedzi tamten kopnął go w brzuch i poprawił ciosem w głowę. — Nędzny *thrallu*. Mogę cię zabić, kiedy zechcę.

Uderzenie otworzyło ranę na głowie Jacka. Chciał walczyć, ale brakowało mu sił. Mógł tylko trzymać się za brzuch i powstrzymywać wymioty.

— Ty potworze! — wrzasnęła Lucy. — Ty... ty *brjóstabarn*! — Przedarła się przez gąszcz rąk i nóg, po czym wspięła się olbrzymowi na kolana, podciągając się za jego warkocze.

— Nie... nie... — jęknął Jack. Spodziewał się, że wielkolud ciśnie dziewczynkę do morza.

— Musicie coś zrobić! — krzyczała Lucy. — Jesteście moimi rycerzami i macie zabrać mnie do zamku. Zejdź z tej skrzyni i zbij tego *brjóstabarn!*

Zamiast się zdenerwować, olbrzym znowu wybuchnął swoim szczekliwym śmiechem. Postawił Lucy na ziemi i podążył na rufę. Pod jego ciężarem łódź zakołysała się lekko.

— *Hann er þrællinn minn, Thorgil* — powiedział, uderzając chłopaka tak mocno, że głowa mu odskoczyła. — *Þú mátt ekki drepa hann.* — Następnie poczłapał z powrotem na swoją skrzynię.

Thorgil zgrzytnął zębami, ale nie wydał żadnego dźwięku. Wpatrywał się w Jacka z taką nienawiścią, że ten prawie ją czuł. Tymczasem wróciła Lucy. Przykucnęła w brudnej wodzie i poklepała brata po ramieniu.

— Będę cię bronić — oznajmiła. — W końcu jestem księżniczką.

Krwawienie stopniowo ustawało i Jack mógł nabrać tchu po mocnym kopniaku w brzuch. Nie przychodziło mu do głowy, co mógłby zrobić, oprócz trzymania się przy życiu dla dobra Lucy. Nie zdawała sobie sprawy z ogromu niebezpieczeństwa. Dla niej była to po prostu niemiła przygoda.

Po dłuższej chwili Thorgil odwrócił się do Jacka i znowu przemówił po sasku:

— Nie zabiję cię, bo należysz do Olafa Jednobrewego. Ten przywilej jest przypisany jemu. Ale dziewczynka to moja *thrall.* — Uśmiechnął się zimno. — Zabiję ją, kiedy zechcę, jeśli mnie zdenerwujesz. — A potem znowu zaczął wiosłować pojedynczym wiosłem.

Rozdział jedenasty

CÓRA MIECZA

Płynęli przez cały dzień, z przerwami na odpoczynek wioślarzy. Niebo pozostawało szare, ale chmury podniosły się na tyle, że po lewej stronie, w oddali, Jack dostrzegł ląd. W pewnej chwili minęli wyspę, z której unosiły się słupy dymu. Czy to była Święta Wyspa? We mgle nie dało się tego stwierdzić.

W pewnym momencie wioślarze przestali wiosłować i Olaf Jednobrewy rozdał wszystkim wędzoną rybę, ser oraz podpłomyki, jakich Jack nigdy nie widział. Wydały mu się pyszne, później jednak zdał sobie sprawę, że ukradziono je z jakiejś biednej wioski. Olaf znalazł garnczek miodu i posmarował nim podpłomyk Lucy. Nikt inny nie dostał słodkiego przysmaku.

— *Litla valkyrja* — zagrzmiał olbrzym, czochrając włosy małej.

— Księżniczka — poprawiła Lucy. Uśmiechnęli się do siebie.

— Mały robak — powiedział chłopak przy wiośle.

Jack przyjrzał mu się uważnie. Thorgil był przystojny, na swój ponury sposób. Miał niebieskie oczy, a jego włosy byłyby złote jak włosy Lucy, gdyby nie były tak brudne. Zauważył, że wszyscy berserkerzy są zapuszczeni. Ich buty cuchnęły jak padlina, a owcze skóry były przesiąknięte fetorem potu. W niebieskiej sukience Lucy wyglądała wśród nich niczym kwiat wrzucony do chlewu.

Co miał z nią zrobić? Jack spróbowałby dopłynąć do brzegu, ale nie mógł zostawić siostry. Olafa Jednobrewego dałoby się może nakłonić do jej uwolnienia, Lucy jednak nie należała do niego. Berserkerzy przykładali wielką wagę do własności. Raz Thorgil ją uszczypnął, by sprawdzić reakcję Jacka, a Olaf nic wtedy nie zrobił.

Sunęli na północ po szarym oceanie, aż późnym popołudniem słońce zaczęło zachodzić. Czerwone i nabrzmiałe, unosiło się nad horyzontem, a oni skierowali się w stronę lądu. Jack zobaczył gęsty las i rząd ognisk. Dwie inne łodzie wciągano na brzeg. Powitały ich radosne okrzyki.

Grupa wojowników składała się w sumie z około czterdziestu mężczyzn i siedmiu chłopców. Ci, którzy byli na brzegu, z dumą pokazywali zdobyte łupy: haftowane szale, naszyjniki, a nawet małe damskie buciki, przewieszone przez szyje niczym trofea. Paradowali dookoła, rechocząc i wskazując jeden drugiego palcami. Inne łupy rozłożono na piasku: metalowe narzędzia, gliniane naczynia, łyżki, sterty barwnych tkanin i wysadzany klejnotami krzyż, który pochodził być może ze Świętej Wyspy. Pod lasem, ze skrępowanymi nogami, siedzieli jeńcy.

Jack został wepchnięty w tę grupę, Lucy zaś demonstrowano zebranym wojom niczym rzadką zdobycz. Olaf podniósł ją nad głowę i huknął: — *Litla valkyrja!* — Następnie odstawił dziewczynkę z powrotem na ziemię. Wszyscy ją podziwiali. Lucy kłaniała się. Tamci kłaniali się w odpowiedzi. Klaskała w dłonie, a oni się śmiali. Lucy była pochłonięta swoim marzeniem o księżniczkach, ale Jacka głęboko niepokoiły prawdziwe motywy kierujące berserkerami.

— Urocza, prawda? — odezwała się jakaś kobieta. Była wychudzona, a w jej oczach malował się smutek. — Miałam córeczkę. Nie była taka śliczna, jak twoja siostra. — Zamilkła, a Jack domyślił się, co się stało. Córeczka kobiety nie była wystarczająco ładna, by warto ją było zatrzymać.

— Ta mała jest niewolnicą, tak jak my wszyscy — stwierdził mężczyzna w podartym zakonnym habicie. — Będą hodować ją jak świnię, a potem sprzedadzą.

— Przynajmniej żyje — wtrącił Jack.

— Czasami śmierć bywa lepsza.

— Nieprawda.

Mnich zaśmiał się sucho.

— Patrzcie go! Dzieciak chce pouczać starszych. Słuchaj, chłopcze. Długie życie to tylko okazja, by popełnić więcej grzechów. Im dłużej żyjesz, tym więcej Szatan szepcze ci do ucha. Twoja dusza staje się tak ciężka, że ciągnie ją prosto do Piekła. Lepiej umrzeć młodo, a najlepiej zaraz po chrzcie, i trafić do Nieba.

— Moja córeczka jest w Niebie — powiedziała kobieta o smutnym wzroku.

— Tak, no, tego nie wiadomo — odparł mnich. — Nawet małe dzieci są zdolne do złego.

— Wiem, że tam jest — przerwała mu kobieta zawziętym tonem.

— A ja pani wierzę — odezwał się Jack. — Myślę, że wszystko zależy od tego, czy ktoś celowo czyni zło. Moja siostra Lucy potrafi doprowadzić człowieka do szału, ale nie ma w niej ani krztyny zła.

— Człowiek rodzi się grzeszny — oświadczył mnich pustym głosem. Jack nie odpowiedział. Ojciec również często powtarzał podobne rzeczy.

Wojowie opychali się pieczonym mięsem, aż brzuchy im napęczniały, a brody lśniły od tłuszczu. Potem spili się miodem.

Wybuchały bójki. Kilku z nich skończyło z rozciętą wargą albo rozkwaszonym nosem, ale najwyraźniej dobrze się bawili. Jack zauważył jednak, że niektórzy nie brali udziału w bijatyce.

Grupa Olafa Jednobrewego biwakowała osobno. Nikt ich dla zabawy nie poszturchiwał ani nie sypał im piasku do włosów. Nikt na nich nie gwizdał. Wyglądało na to, że ludzie Olafa są zbyt ważni, by angażować się w podobne harce.

Wyjątek stanowił Thorgil. Inny chłopak, z nierówno przyciętymi włosami, przebiegając obok grupy, rzucił w niego otoczakiem. Thorgil z krzykiem zerwał się na równe nogi i puścił się biegiem za tamtym. Biegli, aż Thorgil dopadł winowajcę.

— *Hættu!* — krzyknął krótkowłosy chłopak.

— *Aldrei! Nei!* — wrzasnął w odpowiedzi Thorgil.

Inni tańczyli wokół, śpiewając:

— *Dreptu hann! Dreptu hann!*

— Mówią: „Zabij go! Zabij go!" — wyjaśnił cicho mnich.

— Brat zna ich język? — spytał Jack. Thorgil, ogarnięty szałem, miał wyraźną przewagę w bójce.

— O, tak. Miałem okazję głosić kazania do tych... zwierząt.

Krótkowłosy próbował uciec, ale Thorgil przyciągnął go z powrotem do siebie i dalej bezlitośnie okładał go i kopał. Okrzyki widzów brzmiały teraz:

— *Nóg! Hættu!*

— Krzyczą: „Dosyć! Przestań!". Ale ona nie przestanie — powiedział mnich.

— Ona? — Jack sam był zdumiony, że ta walka tak go fascynuje. Wyglądało to dość paskudnie, Thorgil bowiem ciągnął głowę chłopaka do tyłu, próbując skręcić mu kark.

— Tak. To dziewczyna.

— *Nóg* — warknął Olaf Jednobrewy i poderwał Thorgila w górę z taką łatwością, jakby podnosił kociaka. Krótkowłosy chłopak oddalił się na czworakach. Pozostali się rozpierzchli.

— Dziwne — ocenił mnich. — Olaf zwykle pozwala dokończyć walkę.

Wielkolud poczłapał z powrotem przez plażę, mocno trzymając Thorgila pod pachą.

— Jakim cudem może to być dziewczyna? — nie potrafił pojąć Jack. Znał parę niemiło usposobionych dziewcząt w wiosce, ale żadna z nich nie rzuciłaby się do tak ostrej bójki. Zresztą żaden z chłopców też nie.

— To córa miecza — powiedział mnich. — Wstrętna istota, która na pewno przez wieki wieków będzie się smażyła w Piekle. Próbuje dorównać Olafowi, więc wdaje się w bójki dwa razy częściej niż mężczyźni. A ci tłuką się doprawdy nierzadko. — Zakonnik długo patrzył na grupę hardym wzrokiem. Większość wojowników leżała już na piasku w pijackim zamroczeniu. Tylko ludzie Olafa rozpostarli na ziemi płachty materiału i ułożyli się do snu jak należy.

Nawet we śnie uformowali regularny kwadrat, niczym szyk bojowy. Pośrodku leżała Thorgil. Obok niej, na kocu, ulokowała się Lucy. Miała prawdziwą poduszkę i bogato haftowane przykrycie, które być może zerwano z kościelnego ołtarza.

— Co to jest *brjóstabarn*? — odezwał się Jack.

— Dziwne pytanie — stwierdził mnich.

— Tak Olaf nazwał Thorgil.

— Aha. — Mnich ze zrozumieniem pokiwał głową. — To słowo oznacza „niemowlaka". Mówi tak do Thorgil, żeby ją rozgniewać. Denerwowanie innych to ulubiona rozrywka Ludzi Północy.

— A co to jest... — Jack urwał, usiłując sobie przypomnieć to słowo — *kettlingaklór*?

Zakonnik zaśmiał się gorzko.

— Dosłownie „zadrapanie kociaka". Tak nazywają ciosy, które zwalają z nóg. Domyślam się, że oberwałeś.

— Tak — przyznał Jack.

— Wiele ci chyba nie zrobili. Wierz mi, nie chciałbyś się przekonać, jak boli zadrapanie naprawdę dużego kota.

Po tych słowach mnich pogrążył się w swoich myślach i nie chciał powiedzieć już nic więcej. Jack patrzył na migoczące płomienie, leżących na piasku wojów i równy kwadrat, w który ułożył się Olaf ze swoimi ludźmi.

Jeńców strzegło trzech wartowników, którym nie pozwolono pić. Nie było co marzyć o ucieczce. Jack wyciągnął się na zimnym wilgotnym gruncie i pomyślał, że i tak nie mógłby zostawić Lucy. A nie miał najmniejszych szans wyciągnąć jej z budzącego grozę kwadratu ludzi Olafa.

Obozowali na brzegu przez kilka dni. Łodzie wypływały i wracały z łupami. W końcu, kiedy wojowie zgromadzili tyle dóbr, ile mogli zabrać, cała grupa pożeglowała na północ.

Było nadzwyczaj niewygodnie. Jacka i innych jeńców traktowano niczym powiązane kurczaki. Leżeli twarzami do góry, widząc tylko niebo i czując zimną wodę, chlupoczącą pod plecami. Łodzie przeciekały. Więźniów na zmianę uwalniano, by wylewali wodę. Kiedy przyszła kolej na Jacka, chłopiec przeraził się, widząc, jak niewiele brakuje, by fale wdarły się na pokład. Łódź była tak przeładowana, że gdyby dorzucić jeszcze jedną belę tkaniny, niechybnie poszłaby na dno.

„To dziewczyna", pomyślał, patrząc na Thorgil. Zauważył, że steruje. Praca z prawdziwym wiosłem byłaby ponad jej siły. Jack próbował wyobrazić ją sobie w sukience, ale nadaremno. Miała w sobie zbyt wiele brutalności. Mężczyźni rzucali obelgami na prawo i lewo, ale ona przebijała ich złośliwością. Kiedy pluli i puszczali bąki, chętnie szła w ich ślady.

W sumie była najobrzydliwszą istotą — męską czy żeńską — jaką Jack w życiu spotkał. Zawsze musiał stawać między nią a Lucy, bo największą przyjemność sprawiało Thorgil zadawanie bólu. Nigdy — no, prawie — nie kaleczyła małej, ale ręce Lucy były całe w siniakach od uszczypnięć.

Jacka zdumiewało, że siostrzyczka zachowuje taką pogodę ducha. Z całą pewnością wiedziała już, że nie płynie do zamku. Musiała też tęsknić za mamą i tatą. A jednak podnosiła się po każdym uszczypnięciu, ocierała łzy i szukała Olafa. Wydawała mu polecenia niczym ulubionemu psu, a jeśli Olaf ich nie wykonywał, Lucy i tak udawała, że olbrzym jej słucha. Było to ciekawe i niepokojące zarazem.

Towarzystwo Olafa narażało na niebezpieczeństwo. Lekką ręką rozdzielał kary, wybijając zęby lub łamiąc żebra, zależnie od nastroju. Widok Lucy obok tego potwora przyprawiał Jacka o mdłości. Ale nic nie mógł poradzić.

Trzeciego dnia nadciągnęła burza. Łódź kołysała się groźnie, fale przelewały się przez burtę. Wszyscy jeńcy gorączkowo wylewali wodę, a wioślarze za wszelką cenę starali się dotrzeć do brzegu. Kobieta o smutnych oczach zemdlała. Nie była zbyt silna. Olaf podniósł ją, szybkim ruchem poderżnął jej gardło, po czym wyrzucił ciało za burtę.

Jack i pozostali więźniowie zamarli. Lecz po chwili zdwoili wysiłki, by gniew Olafa nie zwrócił się przeciwko nim. Brzeg i tak wciąż wydawał się strasznie daleko. Wiatr dął w niesprzyjającym kierunku i na trzy uderzenia wioseł dwa w ogóle nie popychały łodzi do przodu. Thorgil z ponurą miną mocowała się ze sterem. Morze próbowało go jej wyrwać z rąk, ale dziewczyna zacisnęła zęby i nie dawała się.

— Niech aniołowie zaniosą cię do twojej córki — wyszeptał mnich, harując za dwóch. — Niech Pan skróci ci pobyt w Czyśćcu.

Modlił się za biedną, zamordowaną kobietę. Po policzkach Jacka płynęły łzy, zmieszane z kroplami deszczu. Nawet nie wiedział, jak się nazywała, a obraz jej twarzy już rozmywał się w jego pamięci. „Niech siła życiowa trzyma cię w swojej dłoni", pomyślał Jack, powtarzając słowa, których nauczył go bard. „Obyś powróciła wraz ze słońcem i odrodziła się na tym świecie".

Taka modlitwa nie spodobałaby się ojcu. Sprałby za nią Jacka na kwaśne jabłko. Ale Jack uznał, że rozsądnie będzie odwołać się do dwóch religii, na wypadek gdyby jedna zawiodła.

Lucy wcisnęła się między sterty futer i ubrań. Jack słyszał jej płacz pośród sztormu, który tak się nasilił, że nie było widać już nawet rufy. Starał się nie myśleć o biednej, zabitej kobiecie. Miał obowiązek dopilnować, by Lucy nie podzieliła jej losu, oczywiście pod warunkiem, że oboje nie utoną. Jack nie czuł już ślepego przerażenia, które ogarniało go przez kilka pierwszych dni niewoli. Mógł się zdobyć najwyżej na tępą, bydlęcą bierność.

Olaf przemierzał pokład, rozdając ludziom monety.

— Teraz naprawdę mamy kłopoty — mruknął mnich.

— Płaci im? — spytał Jack, tak skrajnie wyczerpany, że nie czuł już bólu.

— Daje im złoto, by nie pokazali się z pustymi rękami w komnatach swojego morskiego boga. Szatan zabierze złoto i wrzuci ich prosto do Piekła. — Mnich uśmiechnął się bez radości.

„Nawet odrobinę ognia piekielnego przyjąłbym teraz z wdzięcznością", pomyślał Jack. Przez ten ziąb stał się niezdarny i wiadro stale wypadało mu z rąk. Ze zmęczenia plamy latały mu przed oczami. Bał się, że zemdleje. A omdlenie oznaczało śmierć.

— *Land fyrir stafni!* — krzyknął ktoś. Między strugami deszczu ukazał się brzeg, który był już rzeczywiście dość blisko.

Chwilę później Jack poczuł szorowanie piasku pod kilem. Wioślarze wyskoczyli i pokonując silne fale, wepchnęli łódź na bezpieczną plażę.

Leżeli na brzegu niczym stado potopionych szczurów. Nikt, nawet żaden z berserkerów, nie miał siły się ruszyć. Odciągnęli łódź od wody tak daleko, jak się dało, po czym padli z wyczerpania. Jack zdołał dobrnąć do Lucy i trzymał ją w objęciach. Morze huczało, wicher wył, a deszcz lał nieprzerwanie. Na pokładzie mieli płachty, które mogły służyć za schronienie, ale nikt się nie ruszył, by je wypakować.

Zapadł już zmierzch. Gdy dotarli do brzegu, zbliżał się zachód słońca. Jack czuł, jak Lucy drży i próbował wydrążyć w piasku dół, który przynajmniej częściowo chroniłby ją przed narastającym zimnem. Usiadł. Kilku wojów — między innymi Olaf — nabrało już dość sił, by wstać. Wydawali rozkazy, wzmacniając je kopniakami. Powoli, z bólem, jeńcy podnosili się z ziemi. Tych, którzy nie byli w stanie, ciągnięto bez ceregieli na plażę ponad linią przypływu.

Zrobiło się niemal zupełnie ciemno. Jack poczuł, że ktoś związuje mu sznurem nogi na wysokości kostek. Popychany, pokuśtykał do pozostałych, ale na szczęście nie zabrano od niego Lucy. Znów miał ją blisko siebie. Z ulgą poczuł, że ktoś otula ich płachtą. Berserkerzy nie chcieli przez chorobę stracić swojego towaru.

— Spokojnie — mruknął Jack do siostrzyczki, która wciąż trzęsła się z zimna. Gardło miał zdarte, bo wcześniej przekrzykiwał sztorm.

— Dlaczego nie zabierają mnie do zamku? — spytała, szczękając zębami.

Był zdumiony. Niemożliwe, żeby nadal w to wierzyła. Zawahał się, niepewny, co odpowiedzieć.

Mała zaczęła płakać.

— Ciągle im to powtarzam, a oni nie słuchają.

— Skarbie, to nie są rycerze.

— Właśnie, że rycerze! Tylko źli.

Jack przygryzł wargę i postanowił wyjawić jej całą prawdę.

— To handlarze niewolników.

— Nie mów tak! — jęknęła. — Nie chcę tego słuchać!

— Musimy spojrzeć prawdzie w oczy, moje kochanie. Jesteśmy niewolnikami.

— Nie chcę tego słuchać! — Szlochała, aż wyczerpała wszystkie siły. Przytuliła się do Jacka, drżąc i pojękując. Nie miał pojęcia, jak jej pomóc. Potem, niespodziewanie, Lucy przemówiła głosem, który był niemal spokojny: — Wiem, że ci ludzie to nie rycerze. Widziałam, jak... jak zabili tę biedną kobietę. Wiem, że Thorgil mnie nienawidzi i... i pewnie mnie zabije. Ale wtedy pójdę do Nieba, prawda?

— Oczywiście — Jacka ścisnęło w gardle i łzy napłynęły mu do oczu.

— No to dobrze. Ale dopóki to się nie z... zdarzy, nie chcę o tym myśleć. Nie rozumiesz? Nie mogłabym żyć, gdybym o tym myślała.

I wtedy Jack zrozumiał. Lucy była taka, jak ojciec. Ojciec tak cierpiał z powodu kalekiej nogi, że musiał wymyślać różne historie. Lucy była zdruzgotana, gdy zabrano jej wszystko, co znała. Jack zresztą też, ale był starszy. Mógł to znieść. Od szaleństwa oddzielało Lucy tylko cieniutkie zaklęcie wiary. Podjął szybką decyzję.

— Większość księżniczek przeżywa różne przygody, zanim trafia do zamku — powiedział.

— Czasami okropne — dodała Lucy. Ziewnęła i przytuliła się mocniej.

— Są porywane przez ogry albo nawet rzucane smokom na pożarcie. Wyobrażasz sobie coś gorszego? Przywiązane do drzewa przed głęboką, ciemną jaskinią...

— Z której wylatuje dym. — Głos Lucy stawał się coraz bardziej nieobecny.

— Czarny, paskudny, śmierdzący dym.

— Ale zawsze przyjeżdża rycerz i je ratuje.

— Tak, zawsze — zapewnił ją Jack. Zamrugał powiekami, powstrzymując łzy. Uścisk dłoni Lucy na jego tunice zelżał. Wkrótce usłyszał jej dziecięce pochrapywanie.

Nie wolno mu płakać. Nie wolno mu płakać. Był wszystkim, co Lucy miała, i nie mógł jej zawieść. Dotknął szyi. Runa ochronna ogrzała jego dłoń, ciepło powędrowało w górę ramienia. Opieka nad Lucy naprawdę wcale nie była przykrym obowiązkiem, przeciwnie, było to znacznie lepsze, niż samotność. Dziwne, pomyślał. Zupełnie nie panował nad swoim życiem, niczym pies na łańcuchu, ale odpowiedzialność za Lucy sprawiała, że czuł się... silny.

„Szkoda, że bard nie może mi tego wyjaśnić", pomyślał. Westchnął i zaczął się szykować na długą noc. Deszcz mocno bębnił w płachtę nad ich głowami.

Rozdział dwunasty

TARG NIEWOLNIKÓW

Po jednodniowym odpoczynku ruszyli dalej na północ, płynąc wzdłuż wybrzeża. Mijane ziemie stawały się coraz dziksze. W tych stronach wiosek było niewiele, a te nieliczne przycupnęły na skalistych brzegach, jakby lada moment miał je porwać wiatr.

Fale wciąż sięgały wysoko, choć deszcz przestał padać i wyszło słońce. Jeńcy na zmianę wybierali wodę z pokładu. Ta praca zdawała się nie mieć końca. Co jakiś czas na odległych wzgórzach Jack dostrzegał okrągłe wieże. Wznosiły się na pustkowiu, a sam ich wygląd odstraszał. Nigdy nie widział w ich pobliżu żadnych ludzi.

— To twierdze Piktów — wyjaśnił ponury mnich.

Jack widywał już Piktów. Czasami przychodzili drogą do jego wioski, by wymienić żelazne narzędzia na żywność. Byli niskimi, tajemniczymi ludźmi, a ich ciała pokrywały niebieskie wzory, które podobno zostawały na całe życie. Przypominali duchy, z łatwością, jak dzikie zwierzęta, mogli wtopić się w leśny cień. Nigdy nie widział więcej niż dwóch Piktów naraz.

— Wielu ich jest? — spytał Jack, bardziej dla zabicia czasu, niż z ciekawości.

— Tego nikt nie wie — odparł mnich. — Wychodzą tylko o świcie albo o zmierzchu, chowają się przed blaskiem dnia. Niektórzy mówią, że światło słońca ich osłabia. Ale w walce słyną z zaciętości.

Jack z zaciekawieniem obserwował wieże, wypatrując smugi dymu albo innych oznak życia. Ale na wzgórzach nie poruszało się nic, z wyjątkiem przesuwających się cieni chmur.

Od czasu sztormu Jack czuł się tak, jakby zdjęto mu z barków ogromny ciężar. Oddalał się od domu, ale morskie powietrze wydawało się pełne nadziei. Teraz już rozumiał ruchy fal i sposób, w jaki na te ruchy odpowiadał okręt. Przestał się bać. Zaczynał wręcz czerpać przyjemność z tego, że płynie. Podróżowanie w tak szybkim tempie było cudownym uczuciem.

— *Það er gott. Þú ert hrifinn af sjónum* — zagrzmiał Olaf za jego plecami. Jack wzdrygnął się mimowolnie.

„To dobrze. Lubisz morze", mówił olbrzym. Chłopiec coraz lepiej rozumiał język Ludzi Północy. Przypominało to patrzenie w pieniący się strumień. Kiedy wzrok przyzwyczaił się do zniekształceń, obraz dna stawał się wyraźny.

— *Mér líkar hann* — odparł Jack. „Lubię".

Wielkolud wyglądał na zadowolonego i postanowił poświęcić trochę czasu, by nauczyć Jacka kolejnych nazw.

— *Skip* — mówił, ruchem ręki wskazując okręt. — *Vígamenn.* — Tym razem wskazał wojów. — *Brjóstabarn. Cha! Cha! Cha! Cha!* — dodał, kierując palec na Thorgil, która zgrzytnęła zębami.

Nawet ona wydawała się inna po tym sztormie. Rzadziej dręczyła Lucy i spędzała sporo czasu na wpatrywaniu się w wodę. Rzadziej też dołączała do zabawy w bekanie i puszczanie bąków, którą berserkerzy tak uwielbiali. Gdyby Jack miał jakoś określić jej stan, powiedziałby, że jest smutna.

Zastanawiał się, z jakiego właściwie powodu miałaby być smutna. Była wśród swoich, wracała do domu. Wyglądało na to, że ktoś tak bezwzględny, jak Thorgil, stawał się łatwiejszy do zniesienia, gdy dopadała go zgryzota.

Pewnego dnia okrążyli cypel i wpłynęli w rozległą zatokę. Na jej przeciwległym krańcu wnosiło się duże miasto z kamiennym nabrzeżem. Inne okręty berserkerów, rozdzielone przez sztorm, już tu przypłynęły. Rozległ się radosny okrzyk, gdy Olaf powstał i zadął w swój róg. Okręt płynnie dobił do brzegu, niczym ptak wlatujący do gniazda. Rzucono liny. Zaczęło się ich przeciąganie. Niektórzy wojowie wypadali za burtę, po czym wdrapywali się z powrotem, by dalej brać udział w zmaganiach.

Było to tak wesołe spotkanie, że Jack na moment zapomniał, jaką odgrywa w nim rolę. Ale potem zobaczył tłum powiązanych jeńców idących brzegiem. Był niewolnikiem. Lucy też była niewolnicą. Nikt nie będzie wiwatował na ich cześć. Zapewne tutaj zostaną sprzedani. Miasto było duże.

Jeńców Olafa wypchnięto, by dołączyli do pozostałych. Czekali cały długi dzień, wojownicy zaś świętowali. Ludzie przychodzili, by się na nich pogapić. Jack został szturchnięty, a potem zmuszony, by stanął i się obrócił. Oglądano jego zęby, rozwierano powieki — domyślał się, że sprawdzano, czy nie jest chory. Gdyby nie był związany, ci ludzie pewnie rzucaliby mu patyk do aportowania.

Ale był związany. To miejsce umożliwiało ucieczkę, dlatego też więźniów starannie pilnowano. Tylko Lucy trzymano z dala od nachalnych kupców. W końcu, późnym popołudniem, grupa dotarła do skraju miasta.

Długie, szare cienie domów stykały się z mrokiem zagajnika. Z tego mroku powoli wyłaniali się ludzie. Trudno było powiedzieć, ilu ich jest. Ich ciała wydawały się porośnięte pnączami i można było pomyśleć, że sam las budził się do życia. Włosy na karku Jacka stanęły dęba.

Mężczyźni podchodzili ostrożnie, cicho, niczym stado saren. Dopiero wtedy zauważył, że są nadzy — albo prawie. Zamiast ubrań mieli dziwne, niebieskie wzory, wymalowane na skórze.

— Piktowie — szepnął. Nie byli tacy, jak tajemniczy handlarze w jego wiosce. Tworzyli liczną grupę, a ciemność tylko dodawała im siły. Nagle zaczęli się tłoczyć przy więźniach i szczypać ich, sprawdzając, czy są grubi.

— *Hættið!* — krzyknął jeden z berserkerów. „Przestańcie!” Pierwszy raz Jack ucieszył się z ich obecności. Wojowie odepchnęli Piktów na bok, a Olaf Jednobrewy podszedł bliżej, by stanąć im naprzeciw.

— *Ekki núna!* — zagrzmiał. „Nie teraz!”

Ani teraz, ani nigdy, pomyślał Jack z bijącym sercem.

— *Farið!* — „Odejdźcie!”

Wydając syczące dźwięki, Piktowie wycofali się. W jednej chwili stali przy szpalerze niewolników, a w następnej zniknęli w lesie.

Jack pomyślał z przerażeniem, że nie ma chyba nic gorszego, niż trafić do jednego z nich. Wolałby zostać niewolnikiem w kopalni ołowiu, nosić ciężkie kamienie albo do końca swoich dni przerzucać nawóz, niż odejść z Piktami.

Olaf nakazał swoim ludziom, by doprowadzili jeńców do porządku. Zanurzano ich w lodowatej wodzie i szorowano im włosy cuchnącym mydłem. Zmarzniętych, ociekających wodą więźniów stawiano przy buzujących ogniskach, by wyschli. Podano im pajdy chleba, polane tłustym, mięsnym gulaszem.

Od tygodni Jack nie jadł nic równie smacznego. Pochłonął swoją porcję i oblizał palce. Z rąk do rąk podawano sobie bukłaki z cydrem, a każdy pił, ile wlezie. W końcu Jack, objedzony, senny, położył się wraz z innymi na ziemi.

„Zachowuję się jak zwierzę", pomyślał, gdy jego żołądek zajął się trawieniem obfitego posiłku. „Nie zmówiłem modlitwy dziękczynnej. Nie oddałem ani kęsa duchowi życia. Po prostu zżarłem wszystko jak świnia tuczona jabłkami".

Wstał i zaczął obserwować iskry strzelające w górę z ognisk. Próbował przyzwać ducha życia, ale miał zbyt napchany brzuch i był zbyt zmęczony. „Stałem się prawdziwym niewolnikiem", pomyślał z żalem, gdy zasypiał.

Tego dnia w mieście odbywał się targ. Chłopi nieśli kosze z jabłkami i rzepą. Piekarze wystawiali tace z gorącym chlebem o oszałamiającym zapachu. Na ziemi stały klatki z kurami, a konie, kozy i świnie prowadzano na postronkach, by kupujący mogli je obejrzeć. Ale największym wydarzeniem, zapewne niecodziennym, była sprzedaż niewolników.

Więźniów podzielono na grupy: młodzi mężczyźni i kobiety, dalej starsi, oddzielnie kobiety w ciąży.

— *Tveir á verði eins* — wykrzykiwał Olaf. „Dwaj za cenę jednego". Transakcje zawierał przyjaciel Olafa, który nazywał się Sven Mściwy i znał kilka języków.

Oprócz Jacka, nie było żadnych dzieci. Lucy trzymano z tyłu, nie miał pojęcia, z jakiego powodu. „Błagam, niech nas nie rozdzielają", modlił się Jack. Najwyraźniej przypadł do gustu pewnej parze o miłym wyglądzie. Obchodzili go z podziwem dookoła. Ale potem żona coś powiedziała, a mąż wzruszył ramionami i poszedł oglądać dorosłych.

Najwyraźniej dzieci nie były tak użyteczne. Do Jacka docierały strzępki rozmów. Nie rozumiał gaelickiego ani łaciny, ale niektórzy z miejscowych mówili po sasku. Dzieci były słabowite i chorowały. To tak, jakby wyrzucać pieniądze na coś, co i tak zwiędnie i umrze zaraz po powrocie do domu.

Jeńców stopniowo wyprzedawano. Najszybciej znaleźli się kupcy na najsilniejszych, potem na ciężarne kobiety. W dalszej kolejności na nieco starszych i mniej zdrowych. Jeden był szewcem, drugi umiał tresować konie, a pewna wątła staruszka potrafiła gotować sześć rodzajów budyniu i warzyć piwo.

Zdarzały się też jednak odrzuty. Dwaj mężczyźni mieli blizny na plecach — niechybny znak, że lubili awantury. Jedna z kobiet miała krzywą nogę, co boleśnie przypomniało Jackowi o ojcu. Inna pluła na każdego, kto się zbliżył. Nikt nawet nie próbował targować się o mnicha. Jack podsłuchał, jak pewien mężczyzna mówił, że mnisi rzucają zaklęcia, od których kwaśnieje mleko.

Pod koniec dnia zostały tylko niedobitki. W końcu pojawiła się Thorgil z Lucy. Wojowniczka usiadła na ziemi i zaczęła przycinać paznokcie nożem o dziwnym kształcie, a Lucy przytuliła się do brata. Oczywiście, ucieszył się na widok siostry, ale zaraz przypomniał sobie o Piktach. Słońce zniżało się już nad horyzont, a on był pewien, że tamci wrócą.

Gdy targowisko zaczęło pustoszeć i większość miejscowych poszła do domu, na miejscu pozostało kilku sprzedawców zwierząt. Z dużą uwagą patrzyli na las. Wydawało się, że cienie zawirowały i Jack ścisnął dłoń Lucy. Olaf stał przy ognisku i czekał.

Nie ulegało wątpliwości, że olbrzym nie lubi ludzi o malowanej skórze, przyjechał tu jednak, żeby zarobić. Piktowie wyłonili się spomiędzy drzew, niosąc pobrzękującą broń i worki pełne ozdób. Rozłożyli swój towar przed ogniskiem.

— Trollowy pomiot — mruknęła Thorgil. W jej oczach jaśniał dziwny blask.

Jack musiał przyznać, że broń jest piękna. Ozdabiały ją wymyślne wzory, podobne do rysunków na skórze Piktów. Biżuteria — szpile, brosze, kolczyki i bransolety — była znacznie bardziej wyszukana, niż można by się spodziewać po dzikusach. Może jednak nie byli tacy źli. Ale gdy Jack spojrzał w ich posępne oczy, wiedział już, że nie należy spodziewać się po nich niczego dobrego.

Piktowie oglądali więźniów. Najwyraźniej nie obchodziły ich szramy na plecach mężczyzn ani kalectwo jednej z kobiet. Cofnęli się, gdy inna kobieta na nich krzyknęła, ale zaraz wrócili, uśmiechając się tajemniczo. Pulchny mnich wzbudził w nich wyraźny zachwyt. Szczypali go raz po raz, pokrzykując i sycząc. Sven Mściwy występował w charakterze tłumacza, uzgadniając cenę za niewolników.

Wreszcie przyszła kolej na Lucy i Jacka.

Pewien Pikt o szerokiej piersi, ze zmierzwioną brodą i obwisłymi brwiami, uważnie im się przyglądał. Najwyraźniej to on był wodzem. Dotknął jasnych włosów Lucy, z podziwem patrzył na jej małe dłonie i stopy.

Jack zacisnął pięści, marząc, by z całej siły walnąć głową w brzuch mężczyzny.

Piktyjski wódz uśmiechnął się i wyciągnął broń, której wcześniej nie pokazywał. Był to wspaniały miecz, na którego lśniącej klindze wyryto wizerunek smoka. Rękojeść wykonano z ciemnego drewna, inkrustowanego złotem. Thorgil aż się zachłysnęła.

— Twój wybór — powiedział Olaf cichym głosem.

— Tak — odparła Thorgil z dziwnym blaskiem w oczach.

— Ucieszysz królową, jeśli zatrzymasz dziewczynkę. Mnie też ucieszysz.

— Wiem! — Skrzywiła się i sięgnęła po piękny miecz. Obróciła go w świetle płomieni. Przejechała palcem po rysunku smoka.

— Zgrabna robota. Niezbyt mocny, ale ładny — ocenił Olaf.

— Dobrze już, dobrze! Wiem, czego ode mnie chcesz! — krzyknęła Thorgil. Odrzuciła broń i złapała Lucy za włosy, odciągając ją na bok.

Piktyjski wódz włożył miecz z powrotem do worka i wyjął mały, tandetnie wykonany sztylet. Wskazał na Jacka. Najwyraźniej chłopiec nie był wart zbyt wiele.

— Chyba żartujesz! — powiedział Olaf. Pikt pokazał spinkę z jakiegoś nieszlachetnego metalu. — Lepiej — stwierdził wielkolud. Targowali się, aż na piasku obok sztyletu i spinki znalazł się cienki miedziany pierścionek. Olaf podniósł dłoń, by dobić targu. Popatrzył na Jacka, jakby oceniał, czy mógł uzyskać więcej.

„Nie! Nie!", pomyślał Jack. Wkrótce zabiorą go od Lucy. Pójdzie do ciemnych ostępów i milczących twierdz na wzgórzach. Nagle dotarło do niego, że rozumiał każde słowo, które wypowiedział Olaf.

Od tygodnia słuchał i tłumaczył. Język Ludzi Północy nie różnił się tak bardzo od jego własnej mowy, ale bał się w nim mówić. Bał się, że go wyśmieją! Jakimż był głupcem!

— Nie sprzedawaj mnie — odezwał się.

Olaf opuścił rękę.

— Co?

— Powiedziałem, żebyś mnie nie sprzedawał.

Jednobrewy zachichotał.

— A dlaczego nie?

Jack zaczął rozpaczliwie szukać jakichkolwiek argumentów. Wiedział, że nie może błagać. Berserkerzy nie znosili mazgajów. Nie mógł się wykazać żadnymi umiejętnościami, chyba że potrzebowaliby kogoś do łapania owiec. Ale zaraz! Coś jednak umiał. Nie wiedział, czy zrobi to wrażenie na berserkerze, ale znał się na muzyce.

Nie zastanawiając się dłużej, wyśpiewał zaklęcie, którego nauczył go bard. Było po sasku, ale tego nie dało się zmienić. Sven Mściwy mógł przetłumaczyć słowa.

Oto strofy, które znam ja, a nie zna szlachetny pan ani pani.
Pierwsza zwie się „na pomoc". Pomaga mi unikać sporów.
Ratuje mnie przed każdym nieszczęściem.
Druga każe mieć nieprzyjaciół na oku.
Tępię ostrza swoich wrogów.
A oto trzecia: gdy ktoś założy mi pęta na nogi,
Mój śpiew pozwoli mi chodzić wolno.
Kajdany spadną z mych rąk.

Olaf wydawał się zupełnie oszołomiony.

— Czy to jest to, o czym myślę?

— Magiczne zaklęcie — odparł poruszony do głębi Sven.

— Już je słyszałem. Nie pamiętam gdzie — rzekł powoli Olaf. — Czy ono może nam zaszkodzić?

— Ja bym nie ryzykował — stwierdził Sven.

— Jesteś bardem? — Wielkolud zwrócił się do Jacka. W odpowiedzi chłopiec zaśpiewał pierwsze wersy *Sagi o Beowulfie*. To była jedna z jego najlepszych pieśni, pełna przygód, o porywającej melodii. Pomyślał, że głos ma całkiem dobry, nawet lepszy niż wtedy, gdy ostatni raz śpiewał dla barda.

— Masz! Zabieraj te swoje śmieci! — krzyknął Olaf, kopiąc sztylet, który potoczył się z brzękiem. — Wynoście się, zanim naostrzę swój topór na waszych czaszkach.

Piktowie starannie pozbierali towary. Groźba Olafa nie zrobiła na nich wrażenia, choć byli od niego dwa razy mniejsi. Olbrzym wziął Jacka pod pachę i poczłapał z powrotem do obozowiska berserkerów. Jack zobaczył jeszcze w blasku ogniska bladą, nieszczęśliwą twarz mnicha.

Rozdział trzynasty

OPOWIEŚĆ O ŻYCIU PO ŚMIERCI

Płynęli przez cały następny dzień. Dął silny wiatr, który wypełniał żagiel i pchał ich naprzód z oszałamiającą prędkością. Przy sprzyjającym wietrze okręt Olafa był zdecydowanie najszybszy. Zostawił pozostałe we mgle, na południu. Ląd po lewej rozdzierały zatoczki i szerokie kanały, morze przybrało mlecznozieloną barwę. Powietrze pachniało świeżo i dziko. Mewy, rybitwy i maskonury rozpierzchały się przed nimi. Ze skalistych wysepek poderwało się nawet kilka kruków.

— Ptaki Odyna — powiedział Olaf, wskazując je ręką.

Jack skinął głową. Bard mu o tym opowiadał. Jednooki bóg wojowników rzadko opuszczał swoją fortecę na dalekiej północy. Za to jego słudzy o czarnych piórach fruwali we wszystkie strony świata, by przynosić wieści o wojnach, rzeziach i innych rzeczach, które cieszyły ich okrutnego pana.

Z wody po prawej stronie wyłoniło się coś szarego. Eryk Pięknolicy, budzący lęk kolos, przez którego twarz biegła długa szrama, wykrzyknął: — Wieloryb!

— Zwrot! Zwrot! — ryknął Olaf. Wojowie rzucili się do wioseł, których wcześniej nie używali z uwagi na dobry wiatr.

Rozpoczęli pościg. Szara wypukłość uciekała przed nimi, by w końcu zanurzyć się pod powierzchnię.

— Nieźle go pogoniliśmy — stwierdził Olaf, siadając obok Jacka. — Gdybyśmy nie mieli tyle ładunku, upolowałbym go.

— To był wieloryb? — spytał Jack. Słyszał o tym stworzeniu. Nie wyobrażał sobie jednak, że z bliska jest takie wielkie.

— Owszem, młody skaldzie — potwierdził Olaf. Tak Ludzie Północy określali barda. — Trolle jeżdżą na nich jak na koniach. Dostarczają wspaniałej kości i tłuszczu do lampek, którymi zimą można oświetlić wioskę. — Od kiedy Olaf poznał talent Jacka, spędzał z chłopcem dużo czasu, wyjaśniając mu różne rzeczy. Uczył go też słówek i poezji. Miał dość bogaty repertuar wierszy, chociaż z pewnością nie odznaczał się delikatnym głosem. — Chcę, żebyś znał odpowiednie słowa, gdy przyjdzie pora, aby sławić moje imię — wyjaśnił.

Jack nie był pewien, czy mu się to podoba, ale na pewno wolał nauki Olafa od niewoli u Piktów.

Ze wszystkich niewolników pozostali tylko on i Lucy. Miejsce pozostałych jeńców o smutnych oczach zajęły futra, gliniane naczynia, narzędzia z metalu, lekarstwa i worki ze zbożem. Stanowiły dodatek do zagrabionych wcześniej łupów. Wszyscy berserkerzy wracali do domu bogaci i zadowoleni. To znaczy wszyscy z wyjątkiem Thorgil. Dziewczyna siedziała ponuro na swoim miejscu przy sterze. Czasami ożywiała się i ciągnęła Lucy za włosy, przez większość jednak czasu Jackowi udawało się chronić siostrzyczkę. Olaf chętniej wysłuchiwał skarg Jacka, od kiedy rozpoznał w nim barda.

Także pozostali berserkerzy pilnowali się w jego towarzystwie, jakby Jack potrafił ciskać gromy. Chętnie podsmażyłby ich piorunami, ale nie umiał tego zrobić. „Szkoda, że bard nie nauczył mnie, jak doprowadzać ludzi do szaleństwa", myślał, gdy Olaf zamęczał go opowieścią o różnych zastosowaniach wielorybiej kości. — „Posłałbym wszystkich za burtę, żeby pożarły ich wieloryby".

— Chcę chleba z miodem — powiedziała Lucy, która przycupnęła przy kolanie brata. Uczyła się mowy berserkerów jeszcze szybciej niż on i używała jej do wydawania poleceń. Głos miała absolutnie pewny siebie, niczym prawdziwa księżniczka. Tylko Jack wiedział, jak cienka skorupka chroni jej psychikę przed szaleństwem. Tylko on dostrzegał oznaki jej rozpaczy. Twarz małej była teraz ściągnięta i jakby starsza. Głos brzmiał piskliwie, kryjąc nutki histerii. — Chcę chleba z miodem, i to już — powtórzyła.

Olaf roześmiał się i sięgnął po kosz z jedzeniem.

— A co zrobisz, jeśli ci go nie dam? — przekomarzał się.

— Poskarżę się bratu, a on sprawi, że odpadnie ci broda.

— Cicho bądź — upomniał ją cicho Jack. Był przerażony, że ktoś może go poprosić o uprawianie czarów.

— O! Ale się boję — odparł Olaf, podając jej przysmak, o który prosiła.

— I dobrze — odparła mała. Zlizała miód, po czym zabrała się za twardą niczym kamień pajdę.

— Olafie... — zaczął Jack z wahaniem.

— Też jesteś głodny? Wy, dzieciaki, jesteście gorsze niż wataha wilków.

— Nie jestem głodny. — Nie był pewien, jak zacząć ten temat. Na ogół Olaf zachowywał się przyjaźnie, potrafił jednak wybuchnąć strasznym gniewem. — Zastanawiałem się... Nie potrzebujesz Lucy. To znaczy, ona jest malutka, a ja mogę pracować dwa razy więcej. Śpiewać pieśni na twoją cześć i tak dalej. Czy nie mógłbyś... czy nie mógłbyś jej puścić? To znaczy zostawić jej w klasztorze, żeby ktoś się nią zaopiekował. — Jack mówił coraz szybciej, widział bowiem, jak olbrzym czerwienieje na twarzy. — Jakoś ci się za to odwdzięczę. Nie wiem jak, ale na pewno to zrobię. Proszę...

Cios zwalił go z nóg i chłopiec padł na pokład. W uszach mu dzwoniło, ale wiedział, że w ostatniej chwili Olaf cofnął pięść. To, co do niego dotarło, było zaledwie zadrapaniem kociaka. Uderzenie wyrośniętego kota posłałoby go prościutko na tamten świat.

— Przestań! Przestań! — zapiszczała Lucy. — Zabraniam ci krzywdzić mojego brata! Ty... ty zgniły *kindaskitur!* — Obelga zupełnie zaskoczyła Olafa. Wybuchnął śmiechem i poderwał dziewczynkę, kołysząc nią jak w tańcu. Łódź niebezpiecznie się zachybotała.

— Jestem więc stertą owczych odchodów, mała walkirio. Zdaje się, że Thorgil dawała ci lekcje języka. — Olbrzym posadził Lucy na stercie futer. Jack z trudem podźwignął się na nogi. Warto było spróbować, teraz przynajmniej wiedział, że nawet jako bard nie jest nietykalny.

Rękawem otarł krew z nosa. Nie ważył się płakać. W Ludziach Północy nic nie budziło większego wstrętu niż beksy. Otoczył się ramionami, żeby powstrzymać drżenie. Musiał panować nad sytuacją, jeśli mieli przeżyć.

Olaf usiadł, by kontynuować lekcję, jak gdyby nigdy nic.

— Musisz nauczyć się, w jaki sposób mówimy o ważnych rzeczach — rzekł pouczająco. — Nie wystarczy powiedzieć po prostu „okręt". W tej nazwie nie ma szacunku, dlatego mówimy „morski wierzchowiec" albo „rydwan oceanu". Z tego samego powodu miecz nie jest po prostu mieczem, lecz „wężem bitewnym". Tak okazujemy mieczom cześć za to, że potrafią kąsać.

— Co z nią? — spytał Jack, przerywając to, co zapowiadało się na długą rozmowę. Przyglądał się Thorgil. Dziewczyna od paru godzin siedziała oparta o burtę. Nie poruszała się ani nie odzywała.

Olbrzym osłonił oczy dłonią i spojrzał w stronę rufy.

— *Brjóstabarn?* Smuci się, bo nie padła w bitwie.

— Nie rozumiem.

— Nie zginęła. Nie zabili jej.

— Teraz to już zupełnie nie pojmuję — stwierdził Jack, patrząc na poszarzałą, poznaczoną smugami brudu twarz młodej wojowniczki.

— Mówiłem jej, żeby trochę poczekała — powiedział Olaf. — Nie możemy wszyscy zginąć od razu na pierwszej wyprawie. Prędzej czy później się uda. Ale ona nie słuchała. Zawsze miała skłonność do smutku.

— Dlaczego ktoś chciałby zginąć? — wykrzyknął Jack.

— To jedyny sposób, by trafić do Walhalli. Na pewno o tym wiesz? Chociaż nie, wychowano cię po chrześcijańsku... — Olaf opowiedział mu o różnych niebach, do których mogli iść Ludzie Północy. Najwspanialszym była twierdza Odyna, zwana Walhallą. Tam najlepsi i najdzielniejsi toczyli całymi dniami zaciekłe bitwy, w których zabijali i ginęli. Wieczorem zabici powstawali, by całą noc ucztować i pić ze swoimi zabójcami. Pieczeni z dzika nigdy nie brakowało, a kubki zawsze były pełne miodu. Do tego cudownego miejsca wpuszczano tylko poległych w bitwie.

— Niektórych wojowników, a także kobiety, które mężnie zginęły, wybiera sobie bogini Freya, by żyli w jej świecie — tłumaczył Olaf. — Osobiście bym się tam nudził. Freyę interesuje miłość, więc nie ma tam mowy o walce. Trafiasz do gospodarstwa i tresujesz konie. Kobiety przędą i szyją. Zupełnie jak normalne życie, tyle że pozbawione cierpienia.

— Dla mnie brzmi całkiem dobrze — stwierdził Jack.

— Jeśli zginiesz na morzu, zabierają cię do pałacu boga Aegira i jego żony Ran — ciągnął Olaf. — To dobre miejsce. Piwo jest smaczne, a uczty wyśmienite, o ile lubisz ryby. Możesz żeglować niezależnie od pogody i nigdy nie martwisz się, że utoniesz, bo przecież już utonąłeś. Jeśli chcesz być tam naprawdę dobrze widziany, musisz przynieść prezent dla Ran.

— Dlatego rozdawałeś złoto, kiedy mogliśmy pójść na dno — stwierdził Jack.

— Bardzo dobrze! Widzę, że uważałeś. — Olbrzym się rozpromienił.

— Ale jeńcy go nie dostali.

— Oczywiście. To tylko *thrallowie*.

— Dokąd więc idą *thrallowie*? — spytał chłopiec.

— Do Hel — odparł po prostu Olaf.

„Do Piekła. To było do przewidzenia", pomyślał Jack. Berserkerom nie wystarczyło, że brali ludzi w niewolę i niszczyli im życie. Musieli ich dręczyć jeszcze po śmierci. Jack nie wierzył, że trafi do któregoś nieba z opowieści Olafa. Bard twierdził, że ludzie mają takie życie po śmierci, jakiego oczekują, więc warto wybrać sobie coś dobrego. Mówił, że sam zamierza odpocząć na Wyspach Błogosławionych razem z dawnymi królami i królowymi Irlandii.

Olbrzym zamilkł. Popatrzył na ocean, a w jego niebieskich oczach malował się podziw. W ten piękny dzień fale nie były ani za duże, ani za małe, a wiatr wiał z tyłu. Wielki żagiel wydymał się nad wyładowanym łupami okrętem.

Jack zobaczył, że Lucy zasnęła z nadgryzioną pajdą chleba w ręce. Wstał i okrył ją futrem. A potem stanął i w zamyśleniu popatrzył na głęboką wodę. Żałował, że w ogóle spotkał Olafa i jego paskudną załogę. Jednocześnie widok fal trącał jakąś wrażliwą strunę w duszy chłopca. Jego płuca wypełniły się zimnym, rześkim wiatrem. Żyć — to było wspaniałe uczucie. Świat jest zaiste pięknym miejscem, nawet dla *thralla*. Słońce ogrzewa go równie mocno, a powietrze jest dlań równie słodkie, jak dla Thorgil. Chyba lepiej nie zwracać uwagi na jej kwaśną minę.

— Ojciec wiele mówił o Piekle — powiedział Jack po chwili. — Idziesz tam, jeśli jesteś zły.

— Hel to olbrzymka, a nie miejsce — poprawił Olaf. — Bierze do siebie tchórzy, krzywoprzysięzców i ludzi bez honoru. Jej twierdzę, Świat Lodu, wypełniają mgły i ciemności. Panuje tam wieczny ziąb. W ciszy słychać tylko pełzające węże.

— W naszym Piekle jest gorąco, ale to chyba bez znaczenia — powiedział Jack. — To okropne miejsce, dla ludzi, których nie lubimy. Ale nadal nie rozumiem, dlaczego Thorgil nie chce żyć.

— Nie słuchałeś — stwierdził Olaf. — Wojowie muszą zginąć w walce. Jeśli umrą od chorób albo ze starości jak byle pastuch, zostają uznani za tchórzy i trafiają do twierdzy Hel razem z *thrallami*. Thorgil całym sercem marzy o Walhalli. Nie zazna szczęścia, dopóki tam nie trafi.

Olaf posłał Jacka do wylewania wody z pokładu. Był to nieustający obowiązek, który teraz, gdy zabrakło już dorosłych niewolników, spadł także na Ludzi Północy. Jack harował u boku Eryka Pięknolicego, którego umięśnione ręce unosiły pięć razy więcej wody, niż zdołał udźwignąć Jack. Eryk pogwizdywał niemelodyjnie przez wybite zęby. Na jego nodze widniało coś, co wyglądało jak ślad po ogromnych kłach.

Z duszą na ramieniu, wiedząc, że wszyscy Ludzie Północy łatwo wpadają w gniew, Jack spytał: — Skąd to masz?

— HĘ? — rzucił Eryk, który po wielu latach bijatyk miał stępiony słuch i cały czas krzyczał.

— Skąd to masz? — Jack wskazał bliznę.

Na twarzy wojownika pojawił się kwaśny grymas.

— TROLL MNIE UGRYZŁ — odparł.

— Jakie... jakie to wielkie — Jack poczuł, że przewraca mu się żołądek, gdy wyobraził sobie rozmiary paszczy, która zadała taką ranę.

— NIE, TO BYŁ MAŁY GNOJEK. MAM TU JEGO ZĄB. — Eryk podniósł w górę kawałek kości, który nosił na rzemieniu na szyi. Był to kieł wielkości koźlego rogu. Eryk, który nie należał do zbyt rozmownych, z powrotem zajął się wylewaniem wody.

„To wariaci", pomyślał Jack, zabierając się do pracy. „Nie doprowadziłbym ich do szaleństwa, nawet gdybym wiedział, jak to się robi. Już są tak stuknięci, jak ludzie z Doliny Szaleńców. Zasługują na całą wieczność w Walhalli".

W końcu trzy okręty dopłynęły do samotnej wyspy, na której wznosiła się niewielka osada. Niskie domy, zbudowane z torfu, wyrastały prosto z ziemi, jak małe pagórki. „Albo jak groby", pomyślał Jack z dreszczem.

Był to ostatni postój, zanim okręty skręciły na wschód. Podczas dalszej żeglugi mieli już nie widzieć lądu. Pozostaną sami pośród szarego oceanu, a za jedyne towarzystwo będą mieli wieloryby, czy też wierzchowce trolli, jak nazywał je Olaf.

Wojowie wymienili towary na słodką wodę i suszone ryby. Jack ostatni raz popatrzył na ląd, niknący w oddali. Był jałowy, omiatany wichrami, a daleko na zachodzie świecił łagodnym światłem. Zupełnie jakby ktoś umieścił źródło blasku na granicy morza. Były to Wyspy Błogosławionych, którymi władali starzy bogowie i gdzie swoją siedzibę mieli dawni bohaterowie. Może nawet bard siedział tam pod jabłonią.

Na wschodzie, w kierunku, w którym płynęli, niebo miało barwę ołowiu. Nawet najmniejszy promień światła nie rozświetlał szarości. Jack westchnął i sięgnął do runy ochronnej. Jak dotychczas, spełniała swoje zadanie. Ani on, ani Lucy nie zostali zabici. Nie zamknięto ich w jednej z mrocznych piktyjskich wież. Oczywiście, ogarniała go rozpacz, a Lucy balansowała na krawędzi szaleństwa, ale w końcu runa gwarantowała jedynie życie, a nie szczęście.

Rozdział czternasty

ZAGUBIONY PTAK

Nieskończona połać wody napełniała Jacka pewnym lękiem. Z każdym dniem jego dom oddalał się coraz bardziej. Gdyby nawet za sprawą jakiejś magii przejął kontrolę nad statkiem, nie umiał wiosłować ani refować żagla. Nigdy nie odnajdzie drogi powrotnej.

Czuł się bezradny niczym robak na dryfującym liściu. Wszystko mogło posłać liść pod wodę. Wąż morski mógł się wynurzyć i połknąć okręt. Olaf przysięgał, że podczas rejsu w tamtą stronę widział jednego.

Lucy z apatią patrzyła na bezmiar szarości.

— Chcę zobaczyć drzewa — oświadczyła. — Nie chcę już płynąć.

— Ja też — przyznał Jack. Choroba morska, która dokuczała mu podczas pierwszych dni żeglugi, teraz powróciła. Od kołysania skręcały się kiszki. Kiedy okręt nie płynął na wprost przez fale, przechylał się na bok, a woda przelewająca się przez burtę, chlapała wszystkim pod nogi. Jack rozumiał już, dlaczego buty Ludzi Północy tak paskudnie cuchną.

Na początku wiatr był łagodny, ale na tyle silny, że wypełniał żagiel. Wojowie snuli się po pokładzie i grali w grę planszową o nazwie „Wilk i owce" za pomocą kołków, które pasowały do otworów, umieszczonych w siedmiu rzędach. Kołek pośrodku to był wilk. Wokół niego należało rozmieścić stado trzynastu owiec. Owce miały zapędzić wilka w pułapkę, podczas gdy ten próbował je pożreć. Była to ciekawa gra i Jack chętnie obserwował rozgrywki, gdy czuł się nieco lepiej.

Ale niebawem wiatr się wzmógł. Na grzbietach fal zaczęła się tworzyć piana. „O, nie! Tylko nie następny sztorm", pomyślał chłopiec. Maszt trzeszczał złowrogo i Olaf rozkazał zrefować żagiel. Wojowie usiedli przy wiosłach.

— To dobry moment, by wykorzystać twoje umiejętności — zagrzmiał olbrzym nad głową Jacka.

Chłopiec wiedział, czego Olaf od niego oczekuje. Miał uspokoić fale, a zupełnie nie wiedział, jak się do tego zabrać. Przecież wcale nie był bardem, choć pozwolił olbrzymowi wierzyć, że jest inaczej.

Przerażający wódz berserkerów stanął nad nim. W całej jego postaci, począwszy od śmierdzących butów i nóg niczym pnie drzew, aż po lodowate, błękitne oczy, spoglądające spod pojedynczej, krzaczastej brwi, kryła się groźba. Jack wiedział, że musi coś zrobić, i to szybko.

— Potrzebuję absolutnej ciszy — powiedział, mimowolnie trzęsąc się ze strachu.

— Cicho bądźcie, prostaki! — ryknął Olaf na załogę. — Jeśli usłyszę choćby jedno słowo, wyślę winowajcę do komnat Aegira. Coś jeszcze? — spytał chłopca.

— Niech Lucy będzie na drugim końcu statku. Dajcie jej słodycze czy coś, żeby była cicho. Jest za mała, żeby to zrozumieć. Ale jeśli usłyszę, że Thorgil robi jej krzywdę, moje czary się skończą.

— W porządku — odparł Olaf, człapiąc na rufę, by postraszyć Thorgil.

Wiatr wiał coraz mocniej, woda zalewała pokład. Dwóch wojów porzuciło wiosła i zabrało się za jej wylewanie.

„Jedyne, co potrafię, to przywołać mgłę", pomyślał Jack z rozpaczą. „Co to da? I jak miałbym zrobić to tutaj, kiedy nie widzę drzew ani lądu?" I wtedy, zupełnie jakby jakiś głos zaczął mu szeptać do ucha, przypomniał sobie coś, co powiedział mu kiedyś bard: „Mówiłem o tym, jak siła życiowa płynie strumieniami w głębi ziemi. To ona karmi wielkie lasy i łąki o słodkim zapachu. To ona przywołuje kwiaty i motyle, które bardzo przypominają kwiaty. Jej szlakami podążają sarny. Borsuki i krety budują nad nimi swoje domy. Przyzywa nawet jaskółki na środek morza".

Na środek morza! Skoro ptaki mogą wyczuć siłę życiową w powietrzu, on sam z pewnością mógł ją przywołać stąd, z dołu. Zamknął oczy i spróbował wniknąć umysłem w otaczające go morze. Wciągnął w nozdrza ostry zapach wiatru. Usłyszał — tak, usłyszał! — jęki wielorybów, podążających swoimi szlakami w głębinach. Posłał swój umysł w dół, tam, gdzie nie ma już światła i głęboko znalazł strumień ognia. „Przyjdź", wezwał. „Przyjdź do mnie. Otul powietrze swoją szarą obecnością. Połącz morze i niebo".

Światło słońca przyblakło. Wiatr osłabł, a wilgoć wniknęła do płuc Jacka. Ubranie przesiąkło od wody, ale nie była to woda wlewająca się na pokład. Po chwili otworzył oczy i zobaczył, że Olaf patrzy na niego — czy to możliwe? — z lękiem.

Ciężka mgła przesłoniła morze, a okręt kołysał się łagodnie. Oczywiście. Mgła i wiatr nigdy nie idą w parze. Nie zdając sobie z tego sprawy, Jack znalazł sposób na uspokojenie fal. „Udało się!", pomyślał z radością. „Jestem prawdziwym bardem".

Pamiętał jednak, co się stało, gdy przestał przywoływać mgłę przy rzymskiej drodze. Wiatr się wzmógł, rozwiał opary, a on i Lucy stanęli bezbronni przed Ludźmi Północy.

Ponownie zamknął oczy. Przyzwał siłę życiową i znalazł ją wszędzie dookoła. Wirowała w ukrytych strumieniach daleko w głębi, niosąc rój świecących w ciemnościach stworzeń. Nigdy przedtem ich nie widział. Nie wiedział też, w jaki sposób widzi je teraz. Wyczuł ruch ławicy ryb tuż pod powierzchnią wody. Wyczuł kruka, szybującego w prądzie powietrznym ponad osłoną mgły. Słońce lśniło w jego czarnych piórach.

Kruk? Co robił lądowy ptak tak daleko od brzegu? O ile chłopiec wiedział, kruki nie umiały pływać. Pod tym względem nie były podobne do mew. Przypomniał sobie, jak znalazł jednego z tych ptaków, który utonął przy tamie, służącej nawadnianiu pól. Jego pobratymcy siedzieli na drzewach, kracząc i kłapiąc dziobami, jakby to był pogrzeb. Ich zachowanie wywarło na chłopcu takie wrażenie, że wszedł do wody i wyjął z niej nieszczęsne stworzenie. Położył je na kamieniu w promieniach słońca — wydawało mu się, że powinno spoczywać pod sklepieniem nieba, a nie w wodzie. Pozostałe kruki cały czas siedziały na drzewach, krakały i kiwały głowami, wiercąc się na gałęziach.

Tego ptaka, który frunął ponad mgłą, sztorm musiał zanieść daleko od brzegu. Jack czuł jego skrajne wyczerpanie. Bolały go skrzydła. Pierś z trudem łapała oddech. Nie zdoła ulecieć daleko. „Pofruń w dół", pomyślał Jack. „Przyfruń do mnie". Nie wiedział, dlaczego to robi ani czy ptak w ogóle go słyszy. Nie potrafił ochronić siebie ani Lucy, a co dopiero przemęczonego kruka. Ale myśl, że ptak po prostu spadnie do morza, wydawała mu się straszna.

„Przyfruń do mnie, przyfruń", myślał Jack. Poczuł, że kruk się zawahał, a potem stracił stabilność i runął we mgłę. „Wszystko w porządku. Uratuję cię. Przyfruń do mnie". Ptak krążył, obniżając lot. Frunął na ślepo. Otworzył dziób, by zakrakać...

...i wpadł na żagiel. Ześlizgnął się po mokrej płachcie i wylądował na pokładzie. Wojowie, którzy stali najbliżej, odskoczyli jak oparzeni.

— Nie róbcie mu krzywdy! — krzyknął Jack. Poczłapał przez rozkołysany pokład i wziął kruka na ręce. Ptak trząsł się gwałtownie, ale nie próbował uciekać.

Jack zauważył, że Olaf wybałusza oczy.

— To ptak Odyna — powiedział głosem aż piskliwym ze strachu. Gdyby wojownik nie był tak potężny i groźny, Jack parsknąłby śmiechem. — Przyleciał do ciebie. Tutaj. Gdzie żadne kruki nie latają.

— Przywołałem go — odparł Jack. Od razu zrozumiał, że jego pozycja w oczach berserkera znacznie się wzmocniła.

— Gdzie nauczyłeś się tej sztuki? — spytał Olaf. Ptak zaklapał dziobem i olbrzym aż się wzdrygnął.

— Od swojego mistrza — wyjaśnił z dumą Jack. — Nauczył mnie wielu rzeczy: mowy zwierząt, przyzywania wiatru... Umiem też wywoływać u ludzi szaleństwo, dmuchając w garść słomy... au! — Kruk dziobnął go w rękę. — Ten ptak jest głodny, ja zresztą też. Mamy ochotę na suszone ryby i chleb.

Jack uznał, że skoro już ma kłamać, to na całego. Z zadowoleniem stwierdził, że Olaf pospieszył spełnić prośbę. Wkrótce odrywał kawałki ryby i podawał je łapczywemu krukowi. Kiedy ptak skończył jeść i napił się wody, wpełzł we wgłębienie między workami zboża i zapadł w sen.

Chłopiec postanowił sprawdzić, jak się miewa Lucy.

— Myślisz, że jesteś taki mądry — odezwała się po sasku Thorgil. Zauważył, że dziewczyna używała saskiego, kiedy chciała mu okazać agresję. Wiedziała, że Olaf nie lubi gróźb pod adresem swojego barda.

— Jestem mądry — odparł z uśmiechem. W odpowiedzi Thorgil zacisnęła wargi.

Oparła się o ster, który w tej chwili nie był potrzebny. Ludzie Północy wciągnęli wiosła i prostowali ręce i nogi. Na morzu panowała taka cisza, że woda ledwie się marszczyła.

— Zauważ, że nie opuścili żagla — powiedziała dziewczyna.

— A po co mieliby to robić? — spytał Jack. — Nie ma wiatru.

Lucy wspięła mu się na kolana i nieobecnym wzrokiem patrzyła na otaczającą okręt szarość. Ssała kciuk.

— No i nie wiosłują.

Gdzieś w głębi umysłu Jacka coś zajaśniało, jakieś zagrożenie, którego nie widział jeszcze wyraźnie.

— I co z tego? Nawet durni berserkerzy mogą się zmęczyć.

Thorgil zrobiła jeszcze bardziej kwaśną minę niż zazwyczaj. Wiedział, że ją drażni i wcale na to nie zważał. Niech no tylko spróbuje go skrzywdzić!

— Myślisz, że nic ci nie grozi. Jak długo Olaf będzie miał dobry humor, jeśli mgła się nie podniesie?

— Podniesie się, kiedy jej rozkażę — odparł.

— Ciekawe. Ciekawe, ilu sztuczek prawdziwy bard nauczyłby swojego sługę. A może po prostu ukradłeś kilka najłatwiejszych?

— Nie jestem złodziejem! — wykrzyknął Jack, dotknięty do żywego.

— Mówisz, że umiesz rozmawiać ze zwierzętami i sprowadzać na ludzi szaleństwo, jeśli dmuchniesz w garść słomy. Jesteś strasznie młody jak na barda. Jedyny bard, jakiego widziałam, miał długą, siwą brodę. Nawet on nie miał z nami szans. Nasz król zostawił go w łódce na pełnym morzu.

— Chwileczkę — powiedział Jack, gdy w głowie zaświtała mu przerażająca myśl. — Kiedy to było?

— Trzy lata temu — odparła Thorgil. — Królowa chciała spalić go żywcem, ale król okazał mu łaskę. Ja bym tego nie zrobiła! Król Ivar zmiękł na starość.

Poczuł mróz na karku.

— Król Ivar... bez Kości?

— Przy nim go tak nie nazywaj. — Wybuchnęła śmiechem, którego zgrzytliwy dźwięk przypominał wyciąganie gwoździa z deski. — Zwał się Ivar Nieustraszony, zanim poznał królową. To prawdziwa wojowniczka. Kiedy dorosnę, zostanę jednym z berserkerów królowej i zabiję setki wrogów. — Pierwszy raz na twarzy Thorgil malowało się coś zbliżonego do radości. W tym momencie była niemal ładna.

— Ivar bez Kości — mruknął Jack, głaszcząc Lucy po włosach.

— Brzmi okropnie — powiedziała mała, przytulając się do jego piersi. Jakże chude miała rączki! Skóra opinała jej kości policzkowe i zdał sobie sprawę, że niemal nic nie jadła, od kiedy stracili z oczu ląd.

— On jest okropny — stwierdziła Thorgil, pochylając się naprzód, by napawać się przerażeniem Lucy. — Jego oczy przypominają obrane jajka z jasnoniebieskimi kropkami pośrodku. Kiedy jest wściekły, czyli prawie cały czas, zgrzytanie jego zębów słychać w drugim końcu pałacu.

— Nie pozwolę, żeby cię skrzywdził, Lucy — obiecał Jack, próbując zamaskować strach we własnym głosie. — Szkolił mnie bard. Ivar zostawił go na pastwę morza, ale on wypłynął na powierzchnię jak korek i przybył do nas.

— Co? — wrzasnęła Thorgil. — Jesteś uczniem... Olaf! Olaf! — Skoczyła na równe nogi i krzyknęła w języku Ludzi Północy: — Ten *thrall* mówi, że szkolił go Smoczy Język!

Olaf przygnał na tył łodzi. Odepchnął Lucy na bok i złapał Jacka za tunikę. Jego twarz znalazła się tak blisko, że brew się rozmyła. Od cuchnącego rybami oddechu olbrzyma Jacka zapiekły oczy. Po chwili wielkolud rzucił go na pokład.

— To wiele wyjaśnia — warknął.

Sven Mściwy puścił swoje wiosło i też przyszedł na rufę.

— Królowa przysięgała, że ten stary wichrzyciel wymknął się rybom.

— Dlatego wysłała Zmorę, żeby go zniszczyła. Kiedy ją zobaczyłem, myślałem... — Olaf pokręcił głową.

— Wszyscy myśleliśmy — potaknął Sven.

— Wysłano nas, żebyśmy zastraszyli tubylców. Pokazali im, że nie należy dawać schronienia wrogom królowej. Miałem potwierdzić śmierć Smoczego Języka. Ale byłem leniwy i nie dokończyłem zadania.

— Nie obwiniaj się, Olafie — powiedział Sven. — Kto by nie skorzystał z tak wspaniałej okazji do grabieży? Na brwi Odyna, ale była zabawa!

— Tak, ale powinienem poszukać ciała — rozpaczał olbrzym.

— Widziałam Zmorę — odezwała się nagle Lucy. Jack zakrył jej usta dłonią. Nie chciał, by zdradziła, że bard wciąż żyje. — Nie uciszaj mnie! — krzyknęła, wbijając paznokcie w jego dłoń. — Krzyczała na niebie. Wszędzie spadał lód. Chciałam iść do domu, ale tata nie pozwolił. Płakałam i płakałam! — Lucy zaczęła szlochać, wypowiadając ostatnie słowa.

— Zmora to nie przelewki — powiedział Olaf z łagodnością, o jaką Jack go nie podejrzewał. — Włada więzami umysłu, od których miecz wypada z dłoni nawet najsilniejszym wojom. Jeśli dowiedziała się, gdzie jest Smoczy Język, miał małe szanse na przeżycie.

— Znalazła go — oznajmił Jack. „Błagam, niech Lucy dalej płacze”, modlił się w duchu. „Niech nie psuje mi opowieści”. — Byłem tam. Widziałem, jak padł. — Jack skinął głową, chcąc wywołać w słuchaczach wrażenie, że atak zakończył się śmiercią barda. Zresztą w pewnym sensie bard naprawdę nie żył. Pozbawiony rozumu, nic nie znaczył.

— No. W takim razie w porządku. — Olaf poweselał.

— Ale ten *thrall* to jego uczeń. Co powiemy o nim królowej? — spytał Sven.

— Nic — odparł Olaf. — Wykonaliśmy zadanie. Mamy okręt pełen łupów. Po co to marnować?

— Uważam, że ukrywanie prawdy jest tchórzostwem — rzekła Thorgil.

— To nierozsądne — odparł Olaf, ważąc słowa — psuć królowej nastrój. Ten młody skald może nam się przydać. A przy okazji, mała *brjóstabarn*, równie nierozsądne jest zarzucanie mi tchórzostwa. — W głosie olbrzyma kryła się jednoznaczna groźba.

Thorgil poczerwieniała, ale powstrzymała słowa, które cisnęły jej się na usta. Patrzyła na Jacka hardo i przeciągle. Pomyślał, że chętnie zepsułaby królowej nastrój, gdyby on miał przez to ucierpieć.

— Wierz mi, rozgniewanie królowej odbierze ci szansę na dołączenie do jej dworu — ostrzegł Olaf.

Dziewczyna zmarszczyła brwi.

— Zawsze musisz mieć ostatnie słowo — skwitowała.

Wróciła do steru, a Olaf i Sven oddalili się w kierunku dziobu. Jack przeniósł Lucy między koszami i workami w miejsce, gdzie wcześniej siedział.

Nad morzem wciąż wisiała mgła. Wokół nie było nic widać. Szara wilgoć pochłonęła ich tak całkowicie, jakby zostali zamurowani w jakiejś jaskini. Powietrze pociemniało — nadciągał zmierzch, choć nie dało się odróżnić wschodu od zachodu. Wojowie siedzieli bezczynnie przy wiosłach. Odzywali się rzadko, jakby coś ich gnębiło.

— Kto to jest Smoczy Język? — spytała Lucy.

— Nie znasz go — odparł Jack. Pokazał jej kruka, wtulonego między worki ze zbożem. Chciała się z nim pobawić, ale Jack odwrócił jej uwagę kawałkiem suszonej ryby. Posłusznie zaczęła jeść, ale potem wypluła wszystko na pokład obok uśpionego ptaka.

— Chcę jedzenie naszej mamy — powiedziała.

— Musisz próbować jeść, skarbie. To tylko na jakiś czas, zanim znów przybijemy do brzegu.

— Nigdy nie przybijemy do brzegu — jęknęła mała. — Zostaniemy tutaj, we mgle, z tymi śmierdzącymi potworami. Na zawsze. — Przycisnęła wychudłą buzię do piersi brata.

— Prawdziwa księżniczka tak nie mówi — powiedział. — Prawdziwa księżniczka wie, że to tylko przygoda, i że magia przybędzie do niej w potrzebie. — „Wielkie nieba. Gadam jak ojciec", pomyślał.

— Niech lepiej przybywa szybko — powiedziała Lucy.

— Już przybyła. Ten kruk przyleciał do nas z Wysp Błogosławionych. Przysłano go, żeby cię pilnował.

— Spełni moje trzy życzenia? — spytała, ściągając płaszcz ze sterty ubrań, które Ludzie Północy zagrabili w jakiejś wiosce. Jack pomógł jej się okryć.

— W swoim czasie — odparł. — Teraz jest bardzo zmęczony. Przebył długą drogę.

— Chciałabym mieć ciepłą izbę z paleniskiem i miękkim łóżkiem. Chciałbym, żeby byli tu mama i... i... ta... tata. — Znowu zaczęła płakać.

— Pamiętaj, że życzenia nie zawsze spełniają się od razu. Zapach ryby chyba przeniknął do snu kruka, ptak bowiem z zamkniętymi oczami kłapnął dziobem i zacisnął pazury.

— Spójrz na jego nogę — szepnęła Lucy.

Jack poczuł, że włosy na karku stają mu dęba. Światło przygasało, ale wyraźnie widział, że na lewej nodze ptaka brakuje jednego palca. Jakby odgryzł go lis. Znał to stworzenie. To był kruk, który został w domu, kiedy bard stracił rozum. Ten, który wyprosił od niego jedzenie i uważnie wysłuchiwał trosk chłopca.

Ludzie powiadali, że ptaki przekazują bardowi różne wieści, ale on nigdy nie pokazał Jackowi, jak się z nimi porozumiewać.

— Szkoda, że cię nie rozumiem — powiedział chłopiec, wyciągając dłoń, by pogładzić splątane pióra ptaka. — Szkoda, że nie wiem, po co leciałeś za mną na środek morza. Ale cieszę się, że tu jesteś. — A kruk, jakby słyszał wszystko przez sen, nastroszył pióra i ułożył się wygodniej między workami ze zbożem.

Rozdział piętnasty

MĘŻNE SERCE

Jack spał jak suseł. Przyzwyczaił się już do układania się do snu w każdym kącie, jaki udało mu się znaleźć, a łagodnego kołysania fal prawie nie zauważał. Obudził się, kiedy na okręt padły pierwsze promienie światła.

Nie było to jednak czyste światło. Z każdej strony na pokład wciskała się mgła, pokrywając wszystko wilgocią. Woda skapywała z lin, wsiąkała w ubrania Jacka i sklejała mu włosy. Spojrzał w drugą stronę, gdzie morze i niebo łączyły się w niebieskoszarą masę, tak gęstą, że widoczność sięgała ledwie kilku metrów. Równie dobrze okręt mógłby się unosić wewnątrz chmury.

Powietrze stało nieruchomo. Słyszał, jak wojowie się budzą — przeciągają się, postękują, bekają i sikają za burtę. Nie rozmawiali, co było rzeczą niezwykłą. W każdy inny dzień wstawali przy wtórze obelg i rubasznych żartów.

Lucy poruszyła się pod płaszczem. Jack jej nie przeszkadzał. Im dłużej spała, tym dłużej mogła uciekać w świat swoich snów. Kruk wskoczył na krawędź burty. Przycupnął na niej, irytująco kłapiąc dziobem. Jack był pewien, że to samiec, chociaż nie miał pojęcia, skąd wzięła się ta pewność.

— Nie masz ochoty lecieć — powiedział ze zrozumieniem. Ptak zaskrzeczał. Dźwięk tak przypominał ludzką mowę, że chłopiec wybuchnął śmiechem. U barda przez całe miesiące zajmował się dzikimi stworzeniami i nieźle wyczuwał już nastroje kruków. — Tak, wygląda to paskudnie, jak ślina trolla. Wczoraj nie mogłem się doczekać, aż wiatr ustanie. Teraz nie mogę się doczekać, aż znowu zacznie wiać.

— Wywoływanie wiatru należy do ciebie — zagrzmiał za jego plecami głos Olafa. Jack chwycił się burty, by nie skulić się ze strachu. Jak na takiego kolosa, wojownik poruszał się niemal bezszelestnie.

— Myślałem, że chcesz ciszy. — Jack przygotował się na uderzenie. Olaf nie lubił dyskusji.

— Chciałem. A teraz chcę słońca.

— Mgła nigdy nie utrzymuje się zbyt długo — powiedział ostrożnie Jack. Nie wiedział, jak przywołać wiatr, ale chciał zyskać na czasie. — Po południu na pewno się rozproszy.

Cios nie spadł, ale wielka dłoń Olafa, ściskająca go za ramię, wcale nie była lżejsza.

— Słuchaj, mały skaldzie. Tkwimy tutaj, nie wiedząc, gdzie północ, a gdzie południe. Jeśli powiosłujemy w złą stronę, znajdziemy się na bezkresnym morzu. W krótkim czasie skończy się słodka woda i do picia pozostanie nam tylko twoja krew.

— Ach. Skoro tak stawiasz sprawę... — wydusił z siebie Jack. Ciężka ręka zwolniła chwyt. Osunął się na worek ze zbożem, a serce waliło mu jak młotem. Kruk odchylił głowę w tył i wydał rechotliwy dźwięk.

— Jeśli myślisz, że poradzisz sobie lepiej, proszę bardzo, próbuj — złożył mu propozycję Jack.

Kruk zakołysał się w górę i w dół, jakby chciał powiedzieć: „Nie, kolego. To twoje zadanie".

— Zgadza się. To moje zadanie. To ja tu jestem bardem. — Jack nie przestawał mówić, chcąc zagłuszyć narastającą panikę. Nie miał bladego pojęcia, co robić. — Skoro już masz tu zostać, nadam ci imię. Może... Krzywulec.

Ptak kilka razy głośno zakrakał, aż Ludzie Północy kurczowo chwycili amulety, które nosili na szyjach. Z ugryzień trolli mogli sobie żartować, ale zwykły kruk napawał ich lękiem.

— Przecież jesteś krzywy. Lis odgryzł ci palec i nie możesz iść prosto.

Kruk kłapnął dziobem tuż przed jego twarzą.

— No, niech ci będzie. Pewnie byłeś odważny i nie poddałeś się bez walki. Nazwę cię Mężne Serce.

Na te słowa ptak wykonał w powietrzu pętlę i wylądował z powrotem na burcie z nastroszonymi piórami. Wydawał się nadzwyczaj zadowolony ze swojego nowego imienia.

— A teraz, jeśli pozwolisz, mam trochę pracy — powiedział Jack.

Usiadł ponownie na worku zboża i próbował się uspokoić. „Co robić? Co robić?", myślał. Mężne Serce skacząc przesuwał się po krawędzi burty, aż znalazł się znowu w zasięgu wzroku Jacka. Kruk rozpostarł skrzydła i wrzasnął, jakby zobaczył jastrzębia.

Zdumiewające, ile różnych dźwięków umiał wydawać ten ptak.

— Co to znaczy? — spytał Jack. — Nie mam czasu na zabawę. Jeśli żebrzesz o jedzenie, musisz poczekać, aż skończę. — Zamknął oczy i przygotował się, by wniknąć umysłem w siłę życiową. Ku jego zaskoczeniu, poszło mu bardzo łatwo. Zupełnie jakby prościej było podążać drogą, którą już raz poznał.

Wyczuł ogień daleko w głębi, ale nie tylko tam. Siła życiowa promieniowała wszędzie dookoła, w morzu i w powietrzu.

Wprawiała je w ruch niczym muzyka. Wypełniała wszystko swoją radosną obecnością. Jack znalazł się w wielu miejscach naraz, podążając za kluczem dzikich gęsi wysoko na niebie i za ławicą śledzi, które płynęły w jednym kierunku, by za chwilę równocześnie zawrócić i ruszyć w przeciwną stronę. To było wspaniałe! Czuł się tak, jakby żył sto razy.

W końcu przypomniał sobie o swoim zadaniu. Znów pogrążył umysł w głębinach. „Wróć do mnie", pomyślał. „Rozdziel morze i niebo. Zabierz swoje chmury i opary". Jack nie wiedział, skąd bierze te słowa, wydawały się jednak właściwe. Poczuł, jak z ognia ukrytego w głębinach wyrasta gorący palec i wznosi się przez mroźną ciemność. Rozpycha na boki zimne prądy morskie i zmierza w jego kierunku. Śledzie rozpierzchły się. Żar rozciągnął się niczym ogromna sieć — tu, tam, wszędzie — która wyłapywała mgłę. W tysiącach miejsc równocześnie do morza zaczęły wpadać krople wody. Z oddali dobiegały nawoływania mężczyzn.

— Jack! Jack! — krzyczała Lucy, potrząsając bratem.

Otworzył oczy. Wokół lały się takie strugi wody, że ledwie coś widział. Ludzie Północy przeklinali i próbowali osłonić najmniej trwałe dobra. Ulewa huczała niczym wodospad. Olaf kazał wszystkim wybierać wodę z pokładu.

— Spraw, żeby przestało! — wrzasnęła Lucy. Oczy miała szeroko otwarte ze strachu.

Jack trzymał ją mocno. Jego umysł odmówił działania. Mógł tylko patrzeć na spustoszenia wokół. Mężne Serce wskoczył mu na kolana i wcisnął dziób pod pachę Lucy.

— Lubi mnie — oświadczyła mała, na chwilę zapominając o deszczu.

Jack uważał, że kruk stara się raczej nie zmoknąć, ale powiedział: — Pewnie, że lubi. Przecież ma cię chronić. — Lucy uśmiechnęła się do niego blado. Woda na pokładzie dochodziła jej niemal do kolan. Jeśli stanie się głębsza, oboje utoną.

— Ej! Bardzie! Zrób coś! — ryknął Olaf. Jack zamknął oczy i rozpaczliwie próbował połączyć się z siłą życiową. Ale siła nie była dobrym sposobem na moce, które zawładnęły Ziemią. Jack próbował raz po raz, ale słyszał tylko walący deszcz i czuł wodę, która powoli pełzła coraz wyżej po jego nogach. Wojowie wybierali ją bardzo szybko, jednak deszcz padał jeszcze szybciej. Okręt był tak przeciążony, że ledwie wystawał ponad powierzchnię wody. Każda kropla przybliżała jego zagładę.

I wtedy, gdy już się wydawało, że nie zniosą więcej, deszcz ustał. Ludzie Północy dalej gorączkowo wylewali wodę. Wkrótce tylko brudna kałuża chlupotała pod ich przemokniętymi butami. Nadal wokół kłębiły się chmury, ale z przodu zaczęło się przecierać. Mała plamka błękitu wskazywała, że nie zostali zupełnie odcięci od słońca.

— Omal nas nie utopiłeś! — zagrzmiał Olaf, kopiąc stertę przemoczonych ubrań. — Zmarnowałeś nam połowę łupu! — Chodził w tę i z powrotem, aż okręt się kołysał.

— Napad wściekłości — szepnęła Lucy.

Jej komentarz był tak niespodziewany i trafny, że Jack wybuchnął głośnym śmiechem. Nie mógł się powstrzymać. Tak długo się bał, że jego zdolność do odczuwania strachu się wyczerpała!

Olaf wyglądał jak ogromne dziecko. Wściekał się i przeklinał, a mokra broda w posklejanych kosmykach zwisała mu na piersiach. Wydawało się, że lada chwila rzuci się na pokład, zacznie wierzgać nogami i kopać w deski. Jack śmiał się, aż zabrakło mu tchu. Kiedy odzyskał zmysły, zobaczył, że Ludzie Północy rechoczą i poklepują się nawzajem po plecach. Olaf wydawał się oszołomiony.

— Ty... ty... — zachłysnął się. A potem twarz mu się zmieniła i też się roześmiał. Odrzucił głowę do tyłu i zatrąbił niczym dzika gęś: huuu... huuu... huuuu. Łzy pociekły mu po policzkach na zmokłe wąsy. Lucy dołączyła do nich swoim dziecięcym chichotem i nawet Mężne Serce huśtał się w górę i w dół w jakiejś dzikiej ekstazie.

Trwało to kilka minut. Jack wyczuwał skrzącą się wokół nich siłę życiową. Radość ogarnęła wszystkich. Przeżyli! Oddychali słodkim powietrzem. Morze stało się przed nimi niczym droga pełna nieograniczonych możliwości. Potem napad śmiechu minął i wojowie, ciężko dysząc, oparli się o burty.

— Hooo! Prowadzisz niebezpieczną grę, młody skaldzie — rzekł w końcu Olaf. — Ale zatrzymałeś deszcz i dlatego cię nie zabiję.

Jack wiedział, że niczego nie dokonał. Niebo po prostu oczyściło się samo, ale nie zamierzał informować o tym Olafa.

Szare chmury wciąż wisiały nad horyzontem i nie sposób było określić położenia słońca. Olaf pogrzebał w woreczku, który nosił na szyi. Jack podszedł bliżej i olbrzym, widząc jego zainteresowanie, wyciągnął rękę. Chłopiec ujrzał przejrzysty, wielokątny kamień, który odbijał światło niczym bryłka lodu. Był przezroczysty, ale nie bezbarwny.

— O, nie — powiedział Olaf, zabierając kamień, gdy tylko Jack spróbował go dotknąć. — Nie pozwolę ci wyssać z niego magii. To mój kamień słoneczny. — Uniósł go na wyciągnięcie ramienia w stronę prześwitu w chmurach. Słońce przenikało przez kryształ, teraz żółty niczym kocie oko. Olaf obrócił go powoli. W pewnym momencie światło w kamieniu zmieniło barwę na niebieską. Jack westchnął ze zdumienia.

— Nie tylko ty masz moc — zagrzmiał olbrzym. Znów przekręcił kamień, a ten powrócił do pierwotnego koloru. Berserker obracał nim jeszcze parę razy, aż najwyraźniej uzyskał pożądany efekt. — Wskazuje położenie słońca — wyjaśnił. — Tam — wskazał ręką — jest wschód i słońce. Widzisz, niebieski jest wyraźny. — Przekręcił kryształ i Jack zobaczył, że jego barwa zmienia się z żółtej w niebieską, a potem niebieskoszarą. — Tam zachód, skąd przypłynęliśmy. Dobra, leniwe kundle! Do roboty! — Ludzie Północy natychmiast chwycili za wiosła i zaczęli nimi zawzięcie machać.

Ruszyli na wschód, Olaf od czasu do czasu sprawdzał kierunek. Niebawem chmury się rozproszyły i mógł już schować kamień. Światło słońca podniosło wszystkich na duchu. Wojowie wiosłowali i śpiewali:

Czasem przychodzę za wcześnie.
Czasem przychodzę za późno.
Piwa albo już nie ma,
Albo się jeszcze nie uwarzyło.
Życie to wrzód na tyłku, przyjaciele.
Życie to wrzód na tyłku.

Czasem proszą mnie na obiad,
Kiedy obżarłem się w domu.
Co ci po szynce na stole,
Gdy drugą masz już w żołądku?
Życie to wrzód na tyłku, przyjaciele.
Życie to wrzód na tyłku.

Kiedy skończyli tę pieśń, a miała ona wiele strof, zaintonowali następną. Ich donośne, czyste głosy niosły się po morskich falach:

Bydło umiera, umierają krewni.
Domy płoną na popiół.
Ale jedno nie znika nigdy:
Sława dzielnego wojownika.

Okręty idą na dno morza.
Królestwa obracają się w pył.
Tylko jedno trwa wiecznie:
Sława dzielnego wojownika.
Sława nie umiera!
Sława nie umiera!
Sława nie umiera!

Ostatnie słowa wzniosły się ku błękitnemu niebu. Jack zadrżał. Pierwszy raz zrozumiał, co kieruje tymi gwałtownymi ludźmi. Żyli krótko, ale bardzo intensywnie. Wiedzieli, że czeka ich śmierć. Pewnego dnia Odyn, który teraz się do nich uśmiechał, rzuci więzy na ich umysły. Tak powiedział Olaf. Odyn bywał bogiem zdradliwym. Wspierał swoich ulubieńców, ale tak naprawdę chodziło mu głównie o wybór najlepszych do swojego pałacu. Pewnego dnia wybrańcom miecze wypadną z dłoni. W walce z wrogami staną bezradni, a potem zostaną wezwani do Walhalli, by walczyć i ginąć bez końca.

Wiedząc o tym, Ludzie Północy wciąż walczyli. Było to odważne, szalone i nadzwyczaj głupie. Ale zarazem szlachetne.

Jakby w odpowiedzi na porywającą pieśń, wiatr wydął żagiel w czerwono-kremowe pasy. Ludzie Północy wznieśli radosny okrzyk. Aegir i jego żona Ran ich wysłuchali. Wojowie głośno dziękowali bogom i odpoczywali przy wiosłach.

„Sława nie umiera!" Jack czuł się poruszony. Te słowa działały mu na nerwy! Jak mógł czuć sympatię do takich zbrodniczych łotrów? Powinien ich nienawidzić. Ale nie potrafił.

„Straciłeś swoją barierę ochronną", dawno temu powiedział Jackowi bard. „Teraz wszystko, zarówno los pisklęcia, które wypadło z gniazda, jak i oszałamiające piękno jastrzębia, pikującego, by je zabić, wstrząśnie twoją duszą. To niedobrze.

Nie jesteś gotowy, by stawić czoło rzeczywistości w tak wielkiej dawce. Ale stało się”.

— Jeśli to ma być rzeczywistość, nie mam o niej dobrego zdania — odezwał się Jack do kruka. Mężne Serce przechylił głowę. — Możesz teraz rozpostrzeć skrzydła — powiedział mu chłopiec. — Szkoda, że całą resztę trudniej wysuszyć.

Serce mu się kroiło, gdy patrzył na przemoknięte worki zboża. Od góry chroniła je natarta tłuszczem płachta, ale woda zniszczyła je od spodu. Ułożony w stosy chleb do niczego się nie nadawał. Suszone ryby zupełnie rozmiękły. Fasola już zaczęła puchnąć. Kiedy Jack pomyślał o tym, ile pracy włożyli wieśniacy w zgromadzenie tej żywności — i o tym, że Ludzie Północy zabili ich, by ją zdobyć — miał ochotę połamać wiosło na głowie Olafa Jednobrewego.

Wszystko było stracone. Całe to okrucieństwo poszło na marne.

Jack znalazł kawałek sera, którym skusił Lucy. Ludzie Północy żuli rozmiękłe ryby — chcieli je zjeść, zanim zgniją. Późnym popołudniem Eryk Pięknolicy, który trzymał wachtę na dziobie, krzyknął, że widać ląd. Jack przez zmrużone oczy popatrzył na wschód. Zobaczył biały obłok, unoszący się nad morzem. Gdy podpłynęli bliżej, wydało mu się, że obłok płynie w górę niczym leniwa, mleczna rzeka. Był oczarowany. Patrzył na mgłę, podnoszącą się znad porośniętej drzewami góry. W oddali słyszał łoskot fal.

— Gdzie jesteśmy? — spytał Olaf.

— Wydaje mi się, po kształcie tej góry, że to teren Magnusa Zabijaki — powiedział jeden z wojów.

— Nie, nie. Prądy z tego fiordu układają się w kształt węża — sprzeciwił się inny. — To ziemia Gizura Łamikciuka.

— Tego krzywoprzysięzcy! — warknął Olaf.

„Czemu żaden z nich nie nazywa się Gizur Dobry albo Magnus Wesoły?”, pomyślał Jack.

— Wyślijmy specjalistę — zadecydował Sven Mściwy. Zza wiosła wstał mężczyzna, którego Jack właściwie nie zauważał, zastanawiał się tylko czasem, co ktoś taki w ogóle robi na pokładzie. Był tak stary, że wydawał się niemal niezdolny do wiosłowania, nie mówiąc o machaniu mieczem podczas bitwy. Włosy w bezładnych kosmykach zwisały mu spod skórzanej czapki. Dłonie pokrywały starcze plamy, a całe ciało było chude jak szczapa. Z trudem zwlókł się ze swojego miejsca, zdrętwiał bowiem przy wiośle.

— Pomożesz nam, Runo? — spytał grzecznie Olaf. Jack popatrzył zaskoczony. Wielkolud nigdy nie prosił nikogo o współpracę. Wydawał rozkazy, zwykle wsparte groźbami.

— Pomogę — odparł Runa głosem tak cichym, że Jack musiał wytężać słuch, by cokolwiek usłyszeć. Potem zauważył straszliwą bliznę z boku szyi mężczyzny. Dziwne, że w ogóle mógł oddychać, a co dopiero mówić.

Wojowie pomogli starcowi zdjąć ubranie. Jeśli ubrany przedstawiał sobą żałosny widok, to nago wyglądał jeszcze gorzej. Całe ciało znaczyły stare rany i blizny. Był pomarszczony jak wysuszone jabłko, a kolana i łokcie zniekształcił reumatyzm. Mężczyźni obwiązali go liną pod ramionami i opuścili za burtę. Jack usłyszał plusk, gdy Runa wpadł do wody.

— Powoli! — ryknął Olaf. — To nie łowy na wieloryby! — Jack słyszał, jak starzec macha rękami, a potem parska, nabrawszy w usta wody. Wszyscy stali bez ruchu i czekali. Kilka ciekawskich mew szybowało nad okrętem. Było już późno, więc krążyły tylko przez chwilę, po czym odfrunęły na ląd.

— Skończyłeś, stary przyjacielu? — zawołał Olaf.

Runa najwyraźniej zaprzeczył, bo wódz berserkerów nie zareagował. W końcu drżącego i ociekającego wodą Runę wciągnięto na pokład. Olaf szybko owinął go futrem i podał mu bukłak z winem.

— Morze nie jest już tak ciepłe jak za twoich młodych lat, co? — spytał.

— Zawsze było zimne jak pośladki trolla — szepnął w odpowiedzi Runa.

Olaf parsknął śmiechem.

— Co możesz nam powiedzieć?

— Morze smakuje sosną i świerkiem. Wpada do niego wartki strumień z wysokich gór. Prąd wije się jak żmija, pełznąca przez piasek. Jest czarny, choć samo morze jest zielone, i schodzi głęboko, bo to stopniały śnieg. Powietrze pachnie wędzoną dziczyzną i świeżym torfem. Wiatr wieje z doliny niedaleko na północy i skręca nad rzekę. — Runa mówił dalej, podając zdumiewające szczegóły. Zakończył słowami: — To ziemia Gizura Łamikciuka. Jego wioska leży o godzinę żeglugi stąd na północ.

Wojowie zgromadzili się wokół starca. Słońce już zaszło i szary zmierzch rozciągał się nad morzem aż po mgłę, która wciąż pełzła w górę ciemnej, lesistej góry. Tu i ówdzie pojawiały się pierwsze gwiazdy.

— Kto chce powalczyć jak berserker? — spytał cicho Olaf.

Rozdział szesnasty

GIZUR ŁAMIKCIUK

Chcę iść! Mam do tego prawo! — krzyknęła Thorgil. Okręt został wciągnięty na brzeg, wojowie wyjmowali broń i oglądali ją w blasku niewielkiego ogniska.

— Masz prawo słuchać moich rozkazów — odparł Olaf. — A ja rozkazuję ci stać na straży okrętu.

— Dlaczego mnie?

— A któż inny będzie pilnował twojej *thrall*?

— Nie chcę jej! — rozeźliła się Thorgil. — Jest słaba i do niczego. Chciałam wymienić ją na miecz, ale mi nie pozwoliłeś.

— Przyjaźniłem się z twoim ojcem, ale wymagasz zbyt wiele — odparł Olaf cicho i spokojnie. Jack zauważył, że wielkolud tak właśnie mówi przed napadem szału.

Thorgil widocznie też zdała sobie z tego sprawę, bo spuściła z tonu: — Chciałam tylko, żebyś był ze mnie dumny.

— Jestem z ciebie dumny — zapewnił Olaf. — Ale musisz się nauczyć dyscypliny. Eryk Szerokie Bary i Eryk Zapalczywy zostaną z tobą. Boją się ciemności, więc i tak na wiele by się nam nie zdali. Runa też zostanie i dopilnuje, żebyś dobrze traktowała Lucy.

— Runa — mruknęła Thorgil.

— Mogę popilnować swojej siostry, jeśli potrzebujesz jeszcze jednego wojownika — odezwał się z nadzieją Jack. Przy odrobinie szczęścia, młoda wojowniczka zginie w bitwie.

— O, nie. Idziesz z nami — oznajmił Olaf.

— Ja? — krzyknął Jack.

— On? — wrzasnęła w tej samej chwili Thorgil.

Olaf złapał dziewczynę za kostki i potrząsał tak długo, aż zabrakło jej tchu, by przeklinać.

— Dyscyplina — warknął, rzucając ją na piach.

Zaciągnął Jacka do ogniska i wybrał dla niego nóż.

— To do obrony. Masz się nie włączać do walki.

— Nie ma obaw — odparł Jack.

— Wiem, jak pociągająca jest grabież — powiedział olbrzym z czułością w głosie i dłonią potargał chłopcu włosy. Jack odczuł pieszczotę jak uderzenie pięścią. — Choćby cię nie wiem jak kusiło, powiedz sobie „nie".

— Podczas grabieży powiem sobie „nie". Dobrze.

Olaf przykucnął, jego twarz znalazła się na wysokości twarzy chłopca. Oczy wojownika błyszczały w blasku ognia.

— Chcę, żebyś ułożył o mnie pieśń. Jesteś młodym skaldem, ale innego nie mamy, od kiedy Runie przecięli krtań.

— Czy on — Jack przełknął ślinę — patrzył na walkę?

— Tak. Miał układać poezję, ale zapomniał i rzucił się w wir bitwy. Nie mogę go winić. Dawniej należał do najlepszych wojów, ale pokonał go reumatyzm. Kiedyś wezmę go na wypad i pozwolę zginąć z mieczem w dłoni.

— Miło z twojej strony — stwierdził Jack.

— Prawda? — powiedział Olaf, cały rozpromieniony. — Pamiętaj, żeby wspomnieć o tym w pieśni.

Jack patrzył, jak wojowie się zbroją. Większość miała miecze, ale niektórzy używali krótkich włóczni. Wszyscy wzięli topory.

Mieli też po kilka pochodni i kociołki z rozżarzonymi węglami. Każdy nosił dwie tarcze, jedną z przodu, a drugą przewieszoną przez plecy. Wykonano je z drewna i nie sprawiały wrażenia mocnych.

Najbardziej imponujący widok przedstawiał sobą Olaf Jednobrewy. Jego ludzie chronili głowy skórzanymi czapkami, on natomiast nosił metalowy hełm. Przez szczyt hełmu biegł grzebień, jak u koguta, a po bokach znajdowały się dwie płytki, które osłaniały policzki. Ale największą grozę budziła metalowa maska, podobna do głowy jastrzębia, przymocowana z przodu. Dziób chronił nos Olafa, a oczy wielkoluda patrzyły przez dwa otwory. Wojownik wyglądał dziwnie i niesamowicie.

W odróżnieniu od pozostałych, nosił kolczugę. Wielki miecz wisiał mu u pasa razem z dwoma toporami do rzucania. Ogólnie rzecz biorąc, wyglądał przerażająco. Jack pomyślał, że niemal każdy umarłby ze strachu, gdyby spotkał berserkera w ciemną noc.

A właśnie zbliżała się północ. Sierp księżyca wisiał na zachodnim niebie. Olaf powiedział, że wartownicy Gizura będą spali. Jeśli psy dadzą się zwabić na wpół zgniłymi rybami, które w worku niósł Sven Mściwy, wojowie zrobią, co zechcą.

— Czyli weźmiecie wszystko bez walki — stwierdził Jack.

Cios Olafa rozciągnął go na ziemi.

— Masz mnie za prostaka bez honoru? Gdybym zabrał bogactwa Gizura, nie wdając się w walkę, nie byłbym lepszy od byle złodzieja. Należy mu się szacunek, choć jest krzywoprzysięzcą.

Jack usiadł, próbując uporządkować myśli. Nigdy nie pojmie tych bestii.

— Musisz zrozumieć jeszcze jedno — przez wirowanie w głowie dobiegł go głos Olafa. — Zaraz wypijemy wilczy wywar.

Chłopiec podniósł wzrok i zobaczył, jak jeden z wojów zdejmuje z ogniska metalowy kociołek. Para przysłoniła twarz mężczyzny, a powietrze przyniosło do nozdrzy Jacka słodko-gorzką woń. Znał ten zapach! Tak samo pachniała skrzynka, którą znalazł w morzu.

„Czy berserker to człowiek, czy wilk?”, zapytał wtedy barda.

„Przez większość czasu są ludźmi”, odparł starzec, „ale kiedy przyrządzą wywar z tej rośliny, zaczynają szaleć jak wściekłe psy. Wygryzają dziury w swoich tarczach. Biegają boso po ostrych skałach i wcale tego nie czują. Ani ogień, ani stal ich nie powstrzymają”.

— Kiedy to wypijemy — ciągnął Olaf — stajemy się... inni... niż zazwyczaj.

— Stajecie się berserkerami — powiedział chłopiec.

— Zawsze jesteśmy berserkerami — wyjaśnił Olaf. — Tacy się urodziliśmy. Ta zdolność przechodzi z ojca na syna, ale możemy wybrać czas swojego szaleństwa... a przynajmniej większość z nas może wybrać. — Olbrzym skrzywił się. Jackowi przypominało to grymas bólu. — Ojciec Thorgil był jednym z najlepszych, ale szaleństwo spadło na niego bez jego woli. Zanim Thorgil się urodziła, jej brat Thorir bawił się przed domem rodziców. Miał zaledwie trzy latka. Ojciec wpadł w szał berserkerów i zabił go.

Jack był tak wstrząśnięty, że nie mógł wydusić ani słowa.

— To nie była jego wina. Dostał ataku, a dzieciak mu się nawinął. Tak czy owak, płynie stąd nauka, że nie warto wchodzić nam w drogę. — Olaf pokręcił głową. — Chcę, żebyś natarł się liśćmi. Wtedy będziesz pachniał tak jak my. Po przemianie w wilki wyostrza nam się węch. Każdy obcy staje się wrogiem.

Wojowie przycupnęli wokół ogniska. Kociołek krążył z rąk do rąk i mężczyźni kolejno pociągali z niego duży łyk. Gdy naczynie dotarło do Jacka, Olaf wybrał zeń liście i natarł nimi ręce, nogi i twarz chłopca. Fusy wylał mu na tunikę. Ciepła ciecz szybko stygła na morskim wietrze. Pod wpływem zapachu liści Jack poczuł dreszczyk emocji. Serce biło mu bardzo mocno. Jego świadomość zaczęła rejestrować bardzo wiele rzeczy jednocześnie: szmer krzaka, przez który przedzierał się zając, szum fal, wpływających na brzeg, miły zapach — tak, miły zapach — martwych ryb, liści w lesie, sosen, ogniska. Ale zwłaszcza martwych ryb.

Jack miał ochotę wytarzać się w zgniłym rybim mięsie.

Usłyszał dziwny dźwięk i zauważył, że wojowie zaczęli dyszeć. Ich oczy zalśniły żółto w blasku ognia, a języki wysunęły się z ust. Olaf wydał z siebie przeciągły jęk, który zmroził Jackowi krew w żyłach, a zarazem wywołał u niego radosne podniecenie. Chciał biec i biec, bez końca. Od tego pragnienia aż świerzbiły go dłonie i stopy.

Olaf zerwał się z miejsca, reszta poszła w jego ślady. Jack nie miał szans nadążyć, ale cały czas słyszał przed sobą ciężki odgłos stóp, biegnących po piasku. Skręcili z plaży, przemknęli przez trawiaste wzgórze, z pluskiem pokonali strumień i wpadli na łąkę, tratując paprocie i turzycę. Z ziemi uniósł się zapach świeżo zdeptanej trawy. Dotarli do krawędzi zbocza i gwałtownie się zatrzymali.

Jack dogonił ich, z trudem łapiąc dech. To był bardzo długi bieg. Berserkerzy wciąż dyszeli. Poszturchiwali się nawzajem nerwowo, niczym ogary, czekające na sygnał do pościgu za jeleniem.

Poniżej znajdował się rząd domów, ledwie widocznych w świetle księżyca. Dolinę wypełniały zapachy bydła, koni, psów i ludzi. Była to obfita mieszanka, zwłaszcza w porównaniu z czystymi woniami lasu i morza. Jackowi wydała się ona rozkoszna, choć zupełnie nie wiedział, dlaczego. Zazwyczaj odór, dochodzący z zagród, aż go odrzucał.

Sven Mściwy ześlizgnął się po zboczu z workiem zgniłych ryb. Po kilku chwilach Jack ujrzał jego ciemną sylwetkę, przesuwającą się przez plażę w pobliżu domostw. Za nim tańczyła grupa mniejszych kształtów, skomlących i żebrzących o jedzenie.

Olaf zapalił pochodnie i rozdał je swoim ludziom. Jego hełm w świetle ognia połyskiwał czerwienią. Otwory na oczy były czarne i zdawały się być puste.

— Teraz! — ryknął.

Berserkerzy zawyli. Rzucili się w dół zbocza, ślizgając się na kamieniach. Ciągle krzycząc, podbiegli do domów i wrzucili pochodnie na dachy. W wielu miejscach naraz strzechy stanęły w płomieniach. Jakieś drzwi otworzyły się i wybiegł z nich mieszkaniec wioski, próbując sięgnąć po swój miecz. Zasypał go grad kamieni. Jeszcze na zboczu wojowie uzbroili się w te darmowe pociski. Z domów wypadało coraz więcej wieśniaków. Berserkerzy obrzucali ich kamieniami, przebijali włóczniami, toporami rozbijali głowy. Wszystko działo się tak szybko, że Jack nie miał czasu myśleć.

Podobnie zresztą jak wieśniacy, oszołomieni niespodziewanym atakiem. Zataczali się nieprzytomnie, wzywając pomocy. A napastnicy przewracali ich na ziemię i siekli swoją bronią. Wszędzie lała się krew, czarna w roztańczonym blasku płomieni.

Domy płonęły już na całego. Ze środka dobiegały krzyki kobiet i dzieci. Niektóre próbowały uciekać, ale im także nie szczędzono okrucieństwa. Jack stał na wzgórzu jak przymurowany. Nie mógł ani się poruszyć, ani odwrócić wzroku. Widział, jak Olaf ścina głowę młodej kobiecie i wrzuca jej dziecko w płomienie. Widział dachy, które zapadają się, strzelając w górę snopami iskier. Widział, jak berserkerzy wypędzają bydło.

W swej wściekłości wciąż byli niezaspokojeni, rzucili się więc na zwierzęta i też je pozabijali.

Nie wiedział, jak długo tam stał. Kiedy odzyskał zmysły, zobaczył, że brzask zaróżowił już niebo. Do tego czasu z domów zostały tylko dymiące stosy. Berserkerzy grzebali wśród popiołów, szukając zakopanego srebra. Ze spichlerzy, które nie spłonęły, wynieśli worki zboża i suszone ryby. Trzy krowy stały przywiązane do drzewa. Przeżył też jeden piękny koń, z czarnym pasem biegnącym wzdłuż grzbietu.

I to wszystko.

Jack słyszał opowieść mnicha ze Świętej Wyspy, ale wówczas potworny obraz śmierci i zniszczenia jakoś do niego nie przemówił. Była to tylko historia, podobna do makabrycznych gawęd o świętych, które lubił opowiadać ojciec. Albo do historii o walce Beowulfa z Grendelem. Ale to, co zobaczył tej nocy, działo się naprawdę.

Zgramolił się na plażę i wszedł do wody. Mógł popłynąć tam, gdzie niebo stykało się z morzem, coraz dalej i dalej, aż opadnie z sił. A potem, drogami znanymi tylko duszom oddzielonym od ciała, mógł dotrzeć na Wyspy Błogosławionych. Tam siedziałby bard ze swoją harfą. „Dzień dobry, chłopcze", powitałby go. „Mamy piękny dzień". Tyle że bard powiedziałby raczej: „Co się stało, że zostawiłeś swoją siostrzyczkę w tarapatach?"

— Nic jej nie będzie — odpowiedział starcowi Jack, a zimna woda pieniła mu się wokół nóg. — Jest taka śliczna, że nawet Ludzie Północy ją lubią. Thorgil odda ją królowej.

„Czy ja dobrze słyszę?", spytał bard. „Mowa o ciotce Grendela, Frith?"

Jack wszedł dalej w morze. Przewróciła go fala, a gdy upadł, nozdrza wypełniła mu gorzka morska sól. Rozhuśtana runa ochronna uderzyła go w usta. Jej gorąco było równie dojmujące, jak chłód wody. Z kaszlem i parskaniem wydostał się na powierzchnię, a potem zaczął brnąć przez wodę, podczas gdy ciepło rozchodziło się po jego ciele.

Stado jaskółek krążyło pod chmurami na porannym niebie. Jedna z nich skręciła w dół, szybka niczym strzała, i podfrunęła na tyle blisko, że mogła odwrócić głowę i spojrzeć Jackowi prosto w oczy. Potem machnęła ostro zakończonymi skrzydłami i wróciła do pozostałych ptaków, krążących w górze.

„Ze śmiercią należy walczyć za pomocą życia, a to oznacza odwagę i radość", powiedział bard spod jabłoni.

— Nikt mi nie wyjaśnił, że życie będzie trudniejsze niż śmierć — mruknął Jack, z wysiłkiem wychodząc z morza. Usiadł na plaży i pozwolił, by ciepłe promienie słońca wysuszyły mu ubranie.

— Mam nadzieję, że rozmyślasz nad pięknymi słowami na mój temat — odezwał się Olaf, kucając, by wytrzeć o piasek zakrwawiony miecz.

Rozdział siedemnasty

RUNA

Ze względnie bezpiecznego miejsca, czyli z pokładu okrętu, Jack obserwował, jak Ludzie Północy świętują na morskim brzegu. Najpierw rozłożyli na piasku zdobyte nocą łupy. Worki z suszoną fasolą i jęczmieniem leżały rzędami. Sven Mściwy przesuwał je, tworząc różne wzory, a następnie cofał się o kilka kroków, by ocenić efekt. W końcu zdecydował się na szeroki łuk z worków z ziarnem, przylegający do sterty srebra. Udało im się odkopać znaczną ilość kruszcu. Od przodu kompozycję ozdabiał rząd bukłaków. Eryk Szerokie Bary lękał się wprawdzie ciemności, ale nie bał się zabić trzech ocalałych krów. Eryk Zapalczywy wykopał głęboki dół, by je upiec.

Najciekawszym znaleziskiem był zapas brudnobiałych brył, który odkryto pod dachem spichlerza. Na początku Jack myślał, że to jakiś dziwny rodzaj chleba, ale podniecenie wojów wskazywało, że chodzi o coś innego.

— Sól! — wykrzyknął Olaf, tańcząc wokół z jedną z brył w swojej ogromnej dłoni.

— Sól! Sól! Sól! — powtórzyli pozostali. Rzucali do siebie nawzajem białe grudy i lizali je.

— Sól! — pisnęła Thorgil, kładąc sobie jedną z brył na głowie i balansując ciałem, by nie spadła.

— Co w tym takiego niezwykłego? — szepnęła Lucy. Tuliła się do Jacka. Otoczył ją ramieniem.

— To szaleńcy, i tyle — odparł.

Ludzie Północy ogryzali grudy, aż ich wąsy pokrył biały pył. Od takiej ilości soli normalnemu człowiekowi zrobiłoby się niedobrze i Jack miał nadzieję, że zaczną wymiotować, tak się jednak nie stało. Po chwili atak solnego szaleństwa minął i bryły z nabożną czcią zapakowano w worki.

Zgniłą żywność z okrętu wyrzucono. Opadła na nią chmara mew, a za nimi kruki. Mężne Serce nie pozostawał w tyle. Niesamowite, jak łatwo Jack odróżniał go w tłumie rozpychających się czarnych ptaków. Mężne Serce był szybszy, sprytniejszy i odważniejszy od reszty.

— Teraz pewnie nas opuści — powiedział Jack.

— Na pewno nie — zapewniła Lucy. — Przysłano go z Wysp Błogosławionych.

Jack pomyślał, że ptak wylądował na pokładzie z wyczerpania, ale nie wypowiedział swych myśli na głos.

Wojowie ucztowali cały dzień. Pożerali mięso upieczonych krów i pili słodkie, czerwone wino pochodzące z krainy, zwanej Iberią. Śpiewali pieśni o bogach, którzy najwyraźniej byli równie rozpasani, jak ich wyznawcy. Pewien długi poemat opowiadał o uczcie bardzo podobnej do tej, którą Jack i Lucy oglądali właśnie na własne oczy. Aegir, bóg morza, uwarzył kocioł piwa. Nie dość, że wszyscy się upili, to jeszcze wdali się w pojedynek na obelgi z Lokim, bogiem podstępu. Loki nazwał Odyna kłamcą, a Odyn Lokiego — zboczeńcem. Potem Loki oznajmił, że Freya, bogini miłości, puszcza bąki, kiedy się przestraszy, zaś Njord, patron okrętów, trafił w łapy trolli, które używały jego ust jako nocnika. Każdy kolejny wers poematu witano salwami śmiechu. Wojowie wesoło poklepywali się po plecach.

— Jakim ludziom potrzebny jest bóg podstępu? — spytał Jack, obserwując ucztę z okrętu. Zapadała noc.

— Takim — odrzekła Lucy, ziewając. Pierwszy raz od kilku tygodni zjadła porządny posiłek, nic więc dziwnego, że głowa opadała jej na piersi. Mężne Serce też się najadł i z zamkniętymi oczami przysiadł na krawędzi burty. — Może powinniśmy teraz uciec? — zapytała Lucy.

— A dokąd? — odparł z goryczą w głosie Jack.

— Nie wiem. Uaaa! — Znowu ziewnęła. — Może do tej wioski, na którą napadliśmy.

— Mieszkańcy uciekli. — Jack nie powiedział siostrze, co naprawdę stało się z ludźmi Gizura Łamikciuka.

— Pomogą nam, jeśli ich znajdziemy.

— Nigdy ich nie znajdziemy. Idź spać, skarbie. — Lucy posłusznie zwinęła się na stercie futer.

Zapadała noc, ale hulanka wcale nie miała się ku końcowi. Recytowano już całkiem obrzydliwe poematy i Jack cieszył się, że jego siostrzyczka śpi. Najbardziej prostacko zachowywała się Thorgil, która udawała Freyę, krzycząc: — Ojoj! Tak się boję! — i puszczała przy tym bąki.

— Wkrótce Olaf będzie chciał usłyszeć swoją pieśń — rozległ się szept za plecami Jacka. Chłopiec odwrócił się i zobaczył opartego o maszt Runę. Mężczyzna był tak niezwykle chudy, że przy słabiutkim świetle wydawał się niemal częścią masztu. Mężne Serce otworzył oczy i kłapnął dziobem.

— Dlaczego nie jesteś z pozostałymi? — spytał Jack.

— Reumatyzm — powiedział po prostu Runa. — No i łupienie nie bawi mnie już tak jak kiedyś. — Przerwał i przez chwilę chrapliwie oddychał. Mówienie wyraźnie sprawiało mu trudność. — Może to wina Smoczego Języka. Zawsze mówił o radości życia. Pewnie to przez niego tak się rozkaprysiłem.

Jack znów zwrócił wzrok na biesiadę na plaży. Olaf odgrywał oszalałą z miłości trollkę. Mężne Serce przesuwał się chyłkiem po burcie, aż znalazł się obok Jacka. Pociągnął chłopca za rękaw i machnął głową w stronę Runy.

— Masz miłego zwierzaka — wyszeptał sędziwy wojownik. — Smoczy Język rozmawiał z krukami.

— Nauczył mnie tej sztuki — oznajmił Jack. Skoro mógł wydać się kimś ważnym, skorzystał z okazji.

— Był dobrym człowiekiem — stwierdził nagle Runa. — Zupełnie niepodobnym do nas. Prawdziwym wojownikiem.

Chłopiec nie odpowiedział. Do oczu napłynęły mu łzy.

— Wiem, że nie umiesz ułożyć pieśni dla Olafa — powiedział starzec. Jack odwrócił się i popatrzył na niego, choć w bladym świetle ledwie widział jego sylwetkę. — Smoczy Język nie potrafił wychwalać ludzi, których nienawidził. Był na to zbyt uczciwy.

— Co Olaf mi zrobi? — Nie spierał się ze stwierdzeniem Runy. Robiło mu się niedobrze za każdym razem, gdy pomyślał o rzezi w wiosce Gizura.

— Rzuci cię rybom na pożarcie — odparł Runa. — Poza tym za słabo znasz nasz język. Dobrze sobie radzisz, ale popełniasz błędy.

— Chcesz mi powiedzieć, że powinienem uciec? — Jack nie wiedział, z jakiego powodu zaufał staremu wojowi, ale kierował nim instynkt. W tym człowieku kryła się jakaś głębia, miał w sobie coś przyciągającego, jak bard.

— Nie przeżyłbyś. Na południe stąd leży kraina Magnusa Zabijaki. Na północ — ziemia Einara Ucholuba. Einar ma kolekcję zasuszonych uszu, którą chętnie powiększy.

— Rozumiem — odparł Jack.

— Dam ci pieśni — obiecał Runa. — Kiedyś byłem skaldem. Nie tak wspaniałym jak Smoczy Język, ale niezłym. Każdego dnia wzbierają we mnie wiersze, a nie mam głosu, by je wyśpiewać. Ty będziesz moim głosem.

Krzyki ucztujących wojów wydawały się dobiegać z oddali. Świat skurczył się i teraz było w nim miejsce tylko dla trojga ludzi: Jacka, jego siostry i nowego, niespodziewanego sprzymierzeńca.

— Olaf chyba nie będzie miał nic przeciwko temu — zastanawiał się na głos Jack.

— Nie mów mu! — Wypowiedziane gwałtownie słowa wywołały długotrwały atak kaszlu. Jack przestępował z nogi na nogę, nie wiedząc, co robić. W końcu Runa doszedł do siebie i zaczerpnął kilka urywanych oddechów. — Olaf pragnie mieć osobistego skalda. Chce cię mieć tylko dla siebie, tak samo jak chce mieć tego konia Gizura. To przysparza mu sławy. Jeśli uzna, że się nie nadajesz, zabije cię.

Rumaka, o którym mówił starzec, uwiązano przy stosie złota. Był to piękny wierzchowiec, biały, niczym solne bryły, z dziwnym, czarnym pasem, biegnącym wzdłuż grzbietu. Patrzył na zataczających się Ludzi Północy ciemnymi, mądrymi oczami.

— W takim razie... dziękuję ci. — Jack był głęboko wdzięczny za pomoc, choć zarazem nie mógł ścierpieć myśli, że sam stał się czyjąś własnością.

— Zaczynamy — szepnął Runa.

Lekcja ciągnęła się godzinami. Mężne Serce zasnął ponownie i Jack żałował, że nie może pójść za jego przykładem. Poprzedniej nocy w ogóle nie odpoczął, a cały dzień spędził na pracy. W końcu po ogniskach na brzegu został tylko żar. Ludzie Północy poszli spać. Jacka przebiegł dreszcz, gdy zobaczył, jak zrzucają ubrania i kładą się w równych rzędach. Choć wyglądali na całkowicie zamroczonych, wciąż zachowywali się jak wojownicy.

W końcu Runa okazał zadowolenie z postępów Jacka. Chłopiec osunął się na stos ubrań i zasnął, jeszcze zanim na nie opadł.

Następnego dnia pożeglowali na północ, wzdłuż wybrzeża. Kiedy minęli ziemie Einara Ucholuba, zaczęli obozować na brzegu. Od tego miejsca nie mieli już spotkać nikogo, kto ośmieliłby się ich zaatakować.

Olafowi i jego ludziom się nie spieszyło. Czuli, że zasłużyli sobie na odpoczynek. Szlachetny koń, którego Olaf nazwał Chmurną Grzywą, stanął na samym środku pokładu. Każdego dnia sprowadzano go na ląd, by mógł się napaść świeżą trawą. Wojowie urządzali polowania w ciemnym lesie, który rozciągał się nad brzegiem, i znosili na okręt sarny oraz dziki. W strumieniach zarzucali sieci na pstrągi. Eryk Zapalczywy pokruszył jedną z solnych brył, by solić zapasy. Sól wzbudzała w Ludziach Północy łapczywość. Łaknęli jej bardziej niż wina, a to już o czymś świadczyło.

— Nie mamy jej u siebie — wyjaśnił Runa.

— My pozyskujemy sól, osuszając morską wodę — powiedział Jack. — Czemu wy tego nie robicie?

— Za mało słońca — odparł sędziwy wojownik i odwrócił się. Nie chciał tracić czasu na próżne gadanie, oszczędzając głos na poezję. Co noc, w tajemnicy przed Olafem, szkolił chłopca. Jack był zdumiony, jak bardzo skomplikowane są te strofy. Żadnej rzeczy nie określało się zwykłą nazwą, a im więcej wariantów udało się wymyślić, tym lepiej. Okręt w jednym i tym samym wersie nazywano „smukłym zwierzem", „rumakiem oceanu" i „łabędziem Njorda". Zamiast „bitwa" mówiono „spotkanie kolczug i kling". Takie sformułowania były mylące i zdaniem Jacka, zupełnie bezcelowe.

— Nie! — zaświszczał Runa, gdy Jack powiedział „król pożeglował przez morze na bitwę", zamiast „dawca złotych pierścieni powiódł łabędzia Njorda wielorybim szlakiem na spotkanie kolczug i kling".

— Nie! Nie! Nie! — Runa skulił się w ataku kaszlu i Jackowi zrobiło się wstyd, że go drażni.

— Nie — powiedział starzec, gdy doszedł do siebie. — To nie takie sobie zwyczajne śpiewanie. Tworzysz magię.

— Magię? — Chłopiec momentalnie się ocknął.

— Smoczy Język na pewno ci mówił. Każda pieśń czerpie swoją moc z Yggdrasila, wielkiego jesionowego drzewa, które wznosi się przez dziewięć światów.

— Nigdy nie słyszałem o Yggdrasilu.

— Smoczy Język nazywał go pewnie siłą życiową. Daje ci ona moc tworzenia. Zmęczyłeś mnie i zmarnowałeś mój czas. — Runa umilkł i skupił się na oddychaniu. Każdemu haustowi powietrza towarzyszył straszny dźwięk, ostry i pełen bólu. Co i rusz stary wojownik przerywał, jakby musiał zebrać siły na następny oddech.

— Przepraszam, panie — powiedział Jack.

Runa odprawił go gestem dłoni.

Chłopiec wrócił do obozowiska, a w głowie kłębiły mu się setki pytań. Ludzie Północy nie byli pochłonięci wyłącznie rzeziami i grabieżami. Wierzyli w coś, co nazywali Yggdrasilem, a było to inne określenie siły życiowej. Czy drzewo naprawdę istniało? Jeśli tak, jakże musiało być piękne! Kogo mógł o nie spytać?

Patrzył, jak Sven Mściwy i Eryk Pięknolicy demonstrują najlepszy sposób na rozłupanie czaszki. Thorgil poczuła taki zapał, że ułożyła rząd sarnich głów i waliła w nie pałką. Pytanie tych bestii o siłę życiową nie miało sensu. Westchnął i odszukał Lucy. Bawiła się małymi drewnianymi figurkami, które wystrugał dla niej Olaf.

Przedstawiały krowę, konia, mężczyznę i kobietę. Lucy zrobiła płot z patyków i narysowała na piasku kontur domu. Mężne Serce uważnie ją obserwował. Złapał w dziób krowę, a następnie ją upuścił. Lucy pisnęła, a ptak zakołysał się z wyraźnym zadowoleniem. Teraz podniósł konia.

— Powiedz mu, żeby przestał! — krzyknęła mała i zamachnęła się na kruka. Z łatwością odskoczył i znalazł się poza jej zasięgiem. Jack wyjął drewnianego konika z jego dzioba i postawił go z powrotem przed siostrzyczką. Mężne Serce czesał sobie pióra, jakby zupełnie go to nie interesowało. Chwilę później złapał figurkę mężczyzny i odfrunął na pobliską skałę.

Lucy krzyknęła. Sven Mściwy upuścił topór na nogę Eryka Pięknolicego, co wywołało zażartą kłótnię.

— Przestań! Nie widzisz, że ją denerwujesz? — krzyknął Jack. „Po co gadam do głupiego ptaka?", pomyślał. Ale Mężne Serce zrozumiał! Przyfrunął z powrotem i położył zabawkę przed Lucy.

— Nareszcie — warknęła.

Sven Mściwy i Eryk Pięknolicy przestali się kłócić i złapali za amulety, które nosili na szyi.

— *Seiðer* — mruknął Sven. Oddalili się, rzucając nerwowe spojrzenia przez ramię.

— *Sajtfer* — powtórzył Jack. — Co to takiego?

— To znaczy „czarnoksięstwo" — wyjaśniła Thorgil, podnosząc wzrok znad zwierzęcych czaszek, które rozłupywała. — Nie lubimy czarnoksiężników. Czasami — uśmiechnęła się — rzucamy ich do bagna, żeby utonęli.

Mężne Serce przefrunął jej tuż nad głową. Thorgil wrzasnęła i uchyliła się.

— Widzisz? O tym właśnie mówię! Jesteś czarnoksiężnikiem, a ten ptak to twój kompan! To nienaturalne, że kruk nie śpi po zmroku. To nienaturalne, że ktoś z nim rozmawia. Was obu trzeba by utopić w bagnie. — Mężne Serce wykonał kolejny nalot, tym razem z rozczapierzonymi pazurami, i Thorgil uciekła, rękami zasłaniając włosy.

Jack stał jak wryty, gdy podbiegła do Olafa i złapała go za rękę. Zaczęli się kłócić. Na swoje nieszczęście, dziewczyna przeszkodziła wielkoludowi w czymś ważnym. Po chwili leżała już na ziemi jak długa.

— Przestań bredzić o jakichś czarach! — krzyknął. Młoda wojowniczka zmełła w ustach przekleństwo, wstała i oddaliła się chwiejnym krokiem.

Jack usiadł i zaczął rozmyślać. Thorgil tak łatwo nie zrezygnuje. Poczeka na pierwszą sposobność, po czym uderzy znowu. Musiał wymyślić sposób obrony.

Nie widział nic złego w mówieniu do zwierząt. Matka robiła to ciągle. Śpiewała, by uspokoić pszczoły albo uciszyć przestraszoną owcę. Nauczyła go swych drobnych czarów, a Jack nigdy się nad tym specjalnie nie zastanawiał. Czy był przez to czarnoksiężnikiem? A Mężne Serce? Rzeczywiście fruwał w ciemnościach niczym puchacz.

W tej chwili kruk siedział przed Lucy. Wydawał ciche, rechotliwe dźwięki.

— Wiem, że powinnam mieć w gospodarstwie kury — odparła mała. — Ale Olaf ich nie zrobił.

Znowu rechot.

— Tak, mogłabym zastąpić je muszelkami. To dobry pomysł.

Jacka rozbolała głowa. Teraz Lucy rozmawiała z krukiem i lada chwila wojowie wezmą ją za czarownicę.

— Pora spać — powiedział stanowczo, zbierając zabawki. Lucy głośno zaprotestowała. Jack zaciągnął ją na stertę futer i położył.

— Opowiem ci bajkę — obiecał.

— Tylko żeby była ciekawa — poprosiła.

Mężne Serce pofrunął na pobliskie drzewo i przysiadł na gałęzi nad głową Chmurnej Grzywy. Koń zaczął nerwowo przestępować z nogi na nogę, lecz kruk wydał z siebie mrukliwy odgłos i wierzchowiec znowu zamknął oczy. Niesamowite, jak ten ptak się do nich przyzwyczaił. Codziennie odlatywał i Jack spodziewał się, że zniknie na dobre. A jednak Mężne Serce za każdym razem wracał.

„Szkoda, że nie ma tu barda", pomyślał chłopiec ze smutkiem. „Mam nadzieję, że jest szczęśliwy na Wyspach Błogosławionych. Chciałbym naprawdę być czarnoksiężnikiem. Wszystkich Ludzi Północy zmieniłbym w ropuchy. Oprócz Runy. A Thorgil zaczarowałbym w oślizgłą dżdżownicę i dał ją do zjedzenia Olafowi".

Rozdział osiemnasty

MORZE TROLLI

W miarę jak płynęli na północ, powietrze stawało się coraz zimniejsze, a na niebie wisiało więcej chmur. Mgła pojawiała się wcześniej i dłużej się utrzymywała. Brzeg zrobił się bardziej urwisty. Olaf popędzał swoich ludzi, by wiosłowali szybciej.

— Jesteśmy już prawie w domu! — ryczał. — Wieziemy wielkie bogactwa! Okryliśmy się chwałą! Jesteśmy berserkerami królowej!

— Berserkerami królowej? — zdziwił się Jack. — Myślałem, że służycie królowi.

— No, cóż, przestał być sobą, kiedy się ożenił — przyznał Olaf.

— Dlatego nazywamy go Ivarem bez Kości — dorzucił Sven.

— Ale nie mówimy mu tego prosto w oczy — zastrzegł olbrzym. — Nie mogę się już doczekać, kiedy usłyszę pieśń, którą o mnie ułożyłeś. Możesz ją zaśpiewać na przyjęciu powitalnym. — Olaf aż promieniał na myśl, że będzie mógł popisać się przed królem i królową swoim własnym bardem.

Jack starał się okazywać entuzjazm. Dzięki Runie ułożył wspaniały poemat, ale kryło się w nim mnóstwo skomplikowanych słów i był pewien, że coś pomyli. A taki błąd mógłby się okazać bardzo poważny, jak stwierdził Runa, akcentując słowo „poważny".

Wkrótce otoczyła ich mgła, wprawdzie nie bardzo gęsta, ale wilgotna i przygnębiająca. Jack rozumiał już, dlaczego Ludzie Północy nie mogą pozyskiwać soli z morskiej wody. Miejscami mgła rzedła, odsłaniając posępny widok. Fale uderzały o klifowe wybrzeże. Szczeliny w linii brzegowej prowadziły do mrocznych, jałowych dolin. Wydawało się, że te miejsca przypadłyby do gustu smokom.

— To są fiordy — wyjaśnił Olaf, cały w uśmiechach na myśl o czekających go wkrótce fecie i uznaniu.

— Czy tam cokolwiek żyje? — spytał Jack, spoglądając w pewną szczególnie ponurą zatoczkę.

— Nic dobrego — odparł olbrzym. — Oczywiście, my mieszkamy nad fiordami. Ale też nie jesteśmy dobrzy.

„Trudno się z tym nie zgodzić", pomyślał Jack.

— W jednej z takich zatoczek pierwszy raz walczyłem z Jotunem — ciągnął Olaf. — Byłem zaledwie młodzieniaszkiem bez brody, a ten troll miał jeszcze mleczne kły. Ech, jak ten czas leci.

— Domyślam się, że wygrałeś.

— Oczywiście. Wojownik, który nie pokona trolla, zostaje pożarty. Kiedyś ci o tym opowiem, żebyś mógł ułożyć wiersz.

Olaf dalej wspominał swoją młodość. Znał na tym brzegu każdy kamień i drzewo. Miał fantastyczną pamięć i wkrótce Jack pożałował, że w ogóle go o coś pytał.

Dopłynęli w miejsce, gdzie ląd się rozdzielał. Morze stało się niespokojne, a silny wiatr rozpędził mgłę. Widok, który ukazał się oczom Jacka, nie miał w sobie nic radosnego. Od północy napływały wielkie fale odcinające się złowrogo na tle dziwnego, mlecznego nieba. Woda miała bladozieloną barwę, a wiatr niósł zapach lodu. Okręt przechylił się niebezpiecznie, gdy skręcili i popłynęli wzdłuż brzegu na wschód.

— Nazywamy to miejsce Morzem Trolli — oznajmił Olaf.

— Mieszkają tutaj? — spytał Jack.

— Stąd pochodzą. Teraz przeniosły się w wysokie góry, w których śnieg nigdy nie topnieje.

— Nie wiedziałem, że Jotuny potrafią robić łodzie. — Chłopiec wyobrażał je sobie jako ogromne i niezdarne stwory. Ludzie mówili, a może po prostu mieli nadzieję, że trolle są głupie.

— Nie, ale one nie pływały, tylko chodziły — wyjaśnił Olaf.

— Po wodzie? — zdumiał się Jack. Ojciec opowiadał, że tylko najświętsi spośród mnichów posiedli tę umiejętność. Jeden mieszkał nawet na Świętej Wyspie. Zaprzestał tej praktyki, by nie popaść w grzech pychy. Myśl, że brudny troll dysponował taką samą mocą, wstrząsnęła Jackiem.

— Nie po wodzie, tylko po lodzie. Dawno temu morze było zamarznięte — powiedział wódz berserkerów. — Żaden człowiek nigdy nie widział go skutego lodem, ale Jotuny były tu znacznie wcześniej niż ludzie. Ich stara siedziba leżała na dalekiej północy, w pobliżu góry, która pluła ogniem.

— Żartujesz — uznał Jack.

— Takie góry istnieją. Runa widział jedną w Italii. Mówił, że w środku mieszkał smok. Tak czy owak, góra trolli wypluła tyle ognia, że pękła na dwoje, a ziemia potworów zatonęła w morzu. Jotuny musiały uciekać przez lód.

— Może to wszystko kłamstwo — podsunął Jack, któremu nie mieściło się w głowie, że to falujące, bezkresne morze na północy mogło być kiedyś zamarznięte.

— Trolle nie kłamią — odparł po prostu Olaf.

— Zabijają i zjadają ludzi, ale są zbyt szlachetne, by łgać?

— Chodzi mi o to, że nie potrafią kłamać. Nie mówią tak, jak my, choć niektóre nauczyły się naszej mowy. One do ciebie myślą.

I wtedy Jack przypomniał sobie, co bardzo dawno mówił mu o trollach bard: „Potrafią wkraść się do twojego umysłu i poznać twoje myśli. Z góry wiedzą, kiedy i gdzie uderzysz. Tylko szczególni wojownicy mogą je pokonać".

— Wnikają do twojego umysłu — powiedział chłopiec.

— Właśnie! — przytaknął Olaf. — Nie można ich zaskoczyć, bo znają twoje zamiary. A jednocześnie nie mogą cię oszukać. Kiedy do ciebie myślą, nie potrafią kłamać.

Jack zastanawiał się nad tym, trzymając się burty. Okręt kołysał się na bladozielonym morzu, a nieszczęsny Chmurna Grzywa, uwiązany do masztu, ciągle ślizgał się po pokładzie. Klif z prawej strony porośnięty był potężnymi drzewami. Chmary morskich ptaków krążyły nad spienionymi rzekami, które wydrążyły sobie drogę przez górskie zbocza.

— Jak można walczyć z wrogiem, który zna każdy twój ruch? — dziwił się Jack.

— Ha! To właśnie zadanie dla berserkerów — podsumował Olaf. — Nigdy nie wiemy, co zrobimy, kiedy ogarnie nas szał. I nie pamiętamy, co wcześniej zrobiliśmy. Jotuny nie mogą czytać nam w myślach, bo ich nie mamy!

„Więc to takich szczególnych wojowników miał na myśli bard", pomyślał chłopiec. Zerknął na Olafa, który stał dumnie przy sterze. Wiatr rozwiewał jego jasną brodę i mierzwił krzaczastą brew. Olbrzym wydawał się podniecony niczym dziecko na Boże Narodzenie. Twarz poróżowiała mu z zimna, a jasnoniebieskie oczy lśniły entuzjazmem.

Trudno było nie lubić Olafa w takim stanie. Trudno było pamiętać, jak mordował mnichów i wyrzynał całe wioski, włącznie z krowami i końmi. Może właśnie dlatego, że naprawdę nie pamiętał, co zrobił. Istniał Dobry Olaf, który strugał zabawki dla Lucy, i Zły Olaf, który, zdyszany, siedział na wzgórzu, wznoszącym się nad wioską Gizura.

Jack musiał jednak pamiętać, że zarówno jeden, jak i drugi bywali nadzwyczaj niebezpieczni.

— Bez berserkerów ludzie by tu nie przeżyli — stwierdził wielkolud. — Wiesz, jak nazywały nas trolle? „Dwunożną zwierzyną". Drugie określenie brzmiało: „przekąska Jotunów". Na pierwszych ludzi, którzy się pojawili, trolle polowały jak na kaczki. Co chudszych zamykały w zagrodach i tuczyły.

Jack zadrżał.

— Czy trolle nadal, ee, robią coś takiego?

— Teraz raczej dla zabawy. Wiedzą, że ludzie to nie zwierzęta. Młody troll nie może nosić tatuażu na łuku brwiowym, dopóki nie zabije swojego pierwszego człowieka. Nadal wolno mu zjeść zdobycz. O, spójrz! To jedna z naszych łodzi.

Olaf wskazał okręt, który właśnie wypłynął z fiordu. Trzy okręty z grupy Olafa rozdzieliły się podczas długiej morskiej podróży.

— Założę się, że Egil Długa Włócznia wziął nas za wrogów i szykuje się do bitwy — powiedział wielkolud. — Zrobi się cały czerwony, kiedy zrozumie swoją pomyłkę!

Ale gdy Egil rozpoznał berserkerów, jego twarz nie poczerwieniała, lecz stała się blada jak płótno. Przez dzielącą okręty wodę wykrzykiwał przeprosiny.

— Zapłacisz za to bukłakiem wina! — ryknął w odpowiedzi Olaf. W tym akurat momencie był Dobrym Olafem i Egil, chwytając za amulet na swej szyi, z wdzięcznością przyrzekł mu bukłak.

Dalej oba okręty płynęły razem. Po trzecim ślad zaginął. Egil krzyknął, że pewnie zatonął podczas sztormu. Nikt, przynajmniej wśród berserkerów, nie wydawał się tym zasmucony. Thorgil stwierdziła, że tamci mieli szczęście, bo teraz biesiadowali już w pałacu Aegira i Ran.

— Ale ja wolałabym iść do Walhalli — powiedziała. — To znacznie większa chwała.

„Szkoda, że jeszcze cię tam nie ma", pomyślał Jack. Dziewczyna zamierzała oddać jego siostrzyczkę królowej Frith, która dosiadała Zmory. Jack przypomniał sobie istotę, która przefrunęła nad domem barda. Był to szarej maści koń, o zmierzwionej, pełnej pajęczyn grzywie, okryty całunem sopli, które odłamywały się i z trzaskiem spadały do pomieszczenia. Na grzbiecie wierzchowca siedział jeździec, jeszcze ciemniejszy niż niebo, tak czarny, że przyćmiewał światło gwiazd. Najeżone kolcami nogi ściskały boki konia, aż ciekła z nich krew — biała i gęsta krew, przypominająca ropę.

Ze strachu zakręciło mu się w głowie. Rozumiał, że to nie królowa we własnej osobie dosiadała Zmory, lecz jej duch. Jeśli ten duch, osłabiony po pokonaniu wielkiej odległości przez morze, był tak przerażający, to jakie wrażenie wywołuje królowa z bliska? Dotknął runy ochronnej. Promieniowała ciepłem, niczym maleńkie słońce, przytulone do jego piersi.

Czy powinien oddać runę Lucy? Będzie potrzebowała jej bardziej niż on, jeśli wpadnie w łapy Frith. Lecz kto weźmie runę, nie może jej zwrócić. Nie mógłby już odebrać talizmanu. Jack obserwował małą, która bawiła się z Erykiem Pięknolicym. Ponury wojownik zakrył swoją oszpeconą twarz dłońmi, wielkimi jak bochny chleba.

— A kuku! — krzyknęła dziewczynka, kiedy odsłonił oczy.

— HO! HO! HO! — zagrzmiał Eryk. Dla Lucy ta zabawa była już zbyt dziecinna, ale najwyraźniej odpowiadała niezbyt rozgarniętemu wojowi.

Lucy była po prostu za mała, by zrozumieć, jak ważna jest runa. Interesowałoby ją tylko błyszczące złoto, widoczne przez chwilę, w momencie gdy Jack wieszałby talizman na jej szyi.

— Co tam ściskasz? — dobiegł go głos Thorgil.

Natychmiast opuścił rękę.

— Coś tam chowasz. Dawaj! — Złapała go za gardło, a Jack ją kopnął. Rzuciła się na niego, krzycząc i okładając go pięściami.

Jack próbował się bronić, ale był bez szans. Nie dość, że miała większą wprawę, to jeszcze rzucała się do walki zupełnie bez opamiętania. Chłopiec runął na pokład. W uszach mu dzwoniło, a z nosa ciekła krew. Thorgil wparła kolano w pierś chłopca i znowu złapała go za gardło.

— Aaaaiii! — wrzasnęła naraz i odskoczyła. — Oparzył mnie! Oparzył! — W tym momencie podszedł do nich Olaf. Popatrzył na zakrwawiony nos Jacka i wykrzywioną twarz Thorgil. Podniosła rękę, demonstrując zwęglony kawałek skóry. — Za burtę z nim! — krzyknęła.

— A mnie się wydaje, że dostałaś za swoje — zauważył Olaf.

— Użył czarów! To wbrew naturze!

— Mówiłem ci dziesiątki razy, żebyś nie biła się z moim *thrallem* — oznajmił olbrzym. — Dlatego to ty zostaniesz ukarana. Nie pozwolę ci usiąść przy najlepszym stole na uczcie powitalnej. Będziesz siedziała przy drzwiach, z lepszymi *thrallami*.

— To nie w porządku! Nienawidzę cię! Zabiję cię! — łkała Thorgil.

— Tylko tak dalej, a będziesz jadła w chlewie — ostrzegł Olaf. — Jeśli chłopak użył odrobiny magii, żeby się bronić, to cóż... skaldowie tak czynią. A teraz idź na rufę i siedź tam, dopóki nie przybijemy do brzegu.

Jack pokazał jej język, kiedy z głośnym płaczem szła na tył okrętu.

— A ty, skaldzie — ogromna dłoń Olafa pociągnęła go do góry — przestań ją drażnić. Albo na tym okręcie zapanuje spokój, albo oboje będziecie zbierać swoje zęby z pokładu. — Zaniósł chłopaka do masztu i przywiązał go tam za szyję, razem z Chmurną Grzywą.

Przez resztę dnia Jack siedział zasępiony, ze sznurem na szyi. Wytarł rękawem krew z nosa i obmacał swoje posiniaczone ciało. Jeden ząb się ruszał. Lucy zabroniono z nim rozmawiać. Karanie nie było dla Jacka niczym nowym. Ale uwiązywanie go jak konia — już tak. Głęboko przeżywał swoje upokorzenie.

— Tobie to wszystko jedno — odezwał się do Chmurnej Grzywy. — Jesteś głupi i nie czujesz, że cię to obraża. Uważasz, że wszystko jest w porządku, o ile tylko dostajesz swój owies.

Chmurna Grzywa popatrzył na niego swoimi ciemnymi oczami. Chrapy mu zadrżały, jakby poczuł jakiś nieprzyjemny zapach.

— Żaden z nas się nie kąpał, więc przestań się mnie czepiać — mruknął Jack. Okręt płynął wzdłuż brzegu na wschód.

Rozdział dziewiętnasty

POWRÓT

Następnego ranka napotkali pierwszy dowód, że zbliżają się do krainy króla Ivara. Ciężki statek o długim kadłubie pozdrowił Olafa i Egila, gdy przepływał obok. Jack, którego odwiązano do masztu, wychylił się, by popatrzeć. Statek był wyładowany suszonymi rybami. Mężczyźni, którzy siedzieli w nim przy wiosłach, byli silni, ale nie tak groźni, jak załoga Olafa.

— To jest *knorr* — wyjaśnił Olaf. — Tak go nazywamy, bo podczas rejsu cały czas trzeszczy w nim drewno, *knorr, knorr, knorr*. Trzeba się do tego przyzwyczaić, dla ludzi, którzy nim pływają, ten dźwięk brzmi jak muzyka. A tam jest *tolfaeringr*, czyli łódź dwunastowiosłowa. Tfu! — Splunął przez burtę w stronę małego, ale solidnego statku. — Moim zdaniem nadaje się dla dzieci. Ta tutaj łowi pewnie śledzie. Widzisz sieci?

Jack skinął głową.

— A jak nazywa się nasza łódź?

— *Karfi* — odparł Olaf z zadowoleniem. Poklepał Jacka po plecach, przypominając mu tym gestem o wszystkich siniakach, których nabawił się w walce z Thorgil. — Jest długa, wąska i szybka. A najlepsze jest to, że można nią wpływać w górę rzeki i wciągać ją na piasek. W sam raz na wypady łupieskie.

— A tam? — Jack wskazał duży okręt, płynący przed nimi wzdłuż brzegu. Miał krwistoczerwony żagiel i niezliczoną liczbę wioseł, które równomiernie uderzały w fale, wzbijając wodną mgiełkę. Zgrabne linie okrętu wydawały się wręcz nieziemsko doskonałe. Chłopiec odwrócił się i ujrzał na twarzy Olafa Jednobrewego wyraz beznadziejnej tęsknoty. Wojownik wyglądał niemal tak, jakby się rozchorował.

— To jest *drekar*, smoczy okręt.

I Jack zobaczył, że dziób okrętu wznosi się łagodnym łukiem na kształt głowy smoka.

— Nazywa się Szybki. Należy do króla Ivara. — Z oblicza olbrzyma zniknął uśmiech. Jack postanowił oddalić się na bezpieczną odległość, choć nie bardzo miał dokąd. Pozostawał mu tylko dziób, bo na rufie siedziała Thorgil.

— Nie wpłynę do portu za tym *drekarem*! — krzyknął Olaf. — Nie dam się przyćmić temu słabeuszowi! To ja mam wrócić do domu w chwale! To ja mężnie stawiałem czoło niebezpieczeństwu, a nie ten... ten...

— Mąż bez kości — dokończył Sven i zaraz dostał za to w zęby.

— Kiedy ostatni raz podjął jakieś ryzyko? Nic, tylko głaszcze Frith po włosach! — Wielkolud kroczył przez pokład, rozdając ciosy na prawo i lewo. Wszyscy kulili się, jak się tylko dało. W końcu gniew Olafa nieco opadł i olbrzym kazał przycumować w niewielkiej zatoce. Łódź Egila Długiej Włóczni podążyła za nimi.

Tego popołudnia olbrzym siedział zamyślony przy ognisku. O zmierzchu Jack, zachęcony przez Runę, zaśpiewał początek swojej pieśni pochwalnej:

Słuchajcie, wojowie, opowiem wam
O wojennej chwale, o walecznym Olafie.
Szczodry jest ten wielki siewca strachu.

— Dość — krzyknął Olaf, rumieniąc się jak młodzieniec. — Nie chcę psuć sobie niespodzianki przed ucztą. — Włócznią pogrzebał w ogniu. — Chociaż to piękny początek.

Jack i Runa wymienili spojrzenia. Egil, który przez całe popołudnie chodził na palcach, posłał im uśmiech.

— Jest ciąg dalszy, prawda?

— O, tak — potwierdził Jack.

— Jest dużo więcej — zaświszczał Runa.

— Nie zaszkodzi posłuchać innego poematu — powiedział Olaf, więc Jack zaśpiewał opowieść o Beowulfie i jego walce z Grendelem. Może nie był to najlepszy wybór, ale olbrzym poweselał.

— Pewnie ułożył ją Smoczy Język — stwierdził. — Poznaję, że nie powstała w naszej mowie.

— Sam ją przełożyłem — powiedział Jack.

— I całkiem nieźle ci wyszło — szepnął Runa. — Użyłeś złych słów tylko na „melancholię" i „rechoczące ropuchy".

— Biedny Smoczy Język — odezwał się Egil. — Frith w życiu by się nie dowiedziała, kto zabił jej siostrę, gdyby się tym nie przechwalał. Nigdy nie umiał siedzieć cicho.

— Przynajmniej miał odwagę, żeby się jej sprzeciwić — mruknął Olaf.

Jack był zdumiony. Ci ludzie najwyraźniej lubili barda. I zdecydowanie nie przepadali za królową.

— Jeśli Frith... to znaczy królowa... jest półtrollką — zaczął, myśląc intensywnie — czy wie, kto jej nie lubi?

Wydawało się, że wokół ogniska powiało chłodem.

— Jeśli pytasz o to, czy umie czytać w myślach — powiedział Olaf — to nie. Półtrolle bardzo się różnią od obojga swoich rodziców. Są... jakby to powiedzieć?

— Wynaturzeniem — podsunął Egil.

— Jotuny to uczciwa rasa. Są głupie, prymitywne i brzydkie...

— Bardzo brzydkie — wtrącił Egil.

— ...ale na swój sposób porządne. Mógłbym mieć trolla za sąsiada, gdyby tylko ustalić pewne zasady — stwierdził Olaf.

— Półtrolle są zmiennokształtne — szepnął Runa. — Nie mają żadnego oparcia w rzeczywistości. Nienawidzą wszystkiego.

— Czyli... Frith umie kłamać? — spytał Jack.

— Frith nie zna pojęcia prawdy ani żadnej innej cnoty — wyjaśnił Olaf. — A teraz posłuchaj, chłopcze, i to uważnie. Możemy sobie mówić o niej tutaj, ale kiedy przybędziemy do pałacu, musisz trzymać język za zębami. I staraj się, żeby nie widziała twojego kruka. Nie znosi kruków. Uważa, że zanoszą Odynowi opowieści na jej temat.

— Szanujemy Ivara za to, jakim był władcą, ale doprowadził królestwo do upadku — powiedział Egil.

Na zakończenie wieczoru Jacka poproszono o ostatnią opowieść. Nie przełożył na ich język innych poematów, więc wybrał jedną z historii, które ojciec opowiadał mu na dobranoc. Męczeństwo świętego Wawrzyńca bardzo spodobało się Ludziom Północy.

— Święty Wawrzyniec piekł się na wolnym ogniu — mówił Jack do kręgu przejętych wojów. — Poganie powtykali mu ząbki czosnku między palce u nóg i całego polali go tłuszczem, jak kurczaka.

— Zupełnie jak robota trolli — stwierdził Olaf.

— A co to w ogóle są poganie? — odezwał się Sven Mściwy.

Gdy Jack dotarł do miejsca, w którym święty Wawrzyniec rzekł: „Chyba jestem gotowy. Możecie mnie zjeść, jeśli chcecie", wszyscy słuchacze wznieśli radosny okrzyk.

— To dopiero wojownik — powiedział Egil Długa Włócznia.

— Taki człowiek trafiłby prosto do Walhalli.

— Wydaje mi się, że poszedł do chrześcijańskiego Nieba.

— Jeśli w tym Niebie są tacy ludzie, mógłbym zostać chrześcijaninem — oznajmił Olaf.

W sumie był to udany wieczór.

Następny dzień spędzili w obozowisku. Przed wielkim powrotem każdy wykąpał się w morzu i zadbał o uczesanie. Jack zaprowadził Lucy na ustronną plażę. Jej ubranie, które z taką starannością uszyła matka, było całe w strzępach. Olaf dał jej nową, pięknie haftowaną sukienkę.

Jack poczuł się dziwnie, kiedy wziął do ręki sukienkę dla siostry. Zupełnie jakby kobieta, która ją uszyła, zostawiła w niej cząstkę siebie. Coś nieuchwytnego wisiało w powietrzu niczym cichutka melodia.

— Ooo! Jaka ładna! — krzyknęła Lucy i chwyciła ubranie. Bez wahania zrzuciła poprzednie, od mamy. Jack pomyślał, że siostra jest jeszcze bardzo mała. Zakopał starą sukienkę ponad brzegiem, gdzie nie docierała fala przypływu.

Thorgil wykąpała się za skałą, używając kostki mydła, zagrabionej w jakiejś saskiej wiosce. Wysuszyła włosy na słońcu i Jack zdumiał się, widząc ich złoty kolor. Dziewczyna była niemal równie piękna, jak Lucy. W pewnym momencie rzuciła w jego stronę wiązankę przekleństw i zepsuła cały efekt.

Jack usiadł obok Chmurnej Grzywy i obserwował przygotowania. Mężne Serce przycupnął na grzbiecie wierzchowca.

— Masz nie wchodzić Frith w drogę — powiedział Jack do kruka. — Szkoda, że nie mam pewności, czy rozumiesz. Wydajesz się bardzo inteligentny, ale jesteś tylko ptakiem. W sumie niczym więcej, jak tylko czarną kurą. — Mężne Serce nie zwrócił na niego uwagi i zabrał się za poszukiwanie kleszczy w końskiej sierści.

Czas nadszedł. Każde uderzenie wioseł przybliżało straszną chwilę, w której staną przed Ivarem bez Kości. Jack spoglądał posępnie na uciekający brzeg, podczas gdy wojowie wiosłowali ze zdwojoną siłą. Przyozdobili się kosztownościami — broszami, bransoletami, pierścieniami, im więcej, tym lepiej — a znoszone i przetłuszczone skórzane czapki zamienili na opaski ze złota. Olaf włożył płaszcz z wyśmienitej wełny, upięty na prawym ramieniu, by ręka, która włada mieczem, pozostała swobodna. Nawet na wyblakłej tunice Thorgil połyskiwał naszyjnik w kształcie liści, misternie wykonanych ze srebra. Z jasnymi włosami, rozwiewanymi przez wiatr, wyglądała bardzo dziewczęco.

Przez chwilę Jack miał ochotę jej to powiedzieć, znał już jednak karę za drażnienie Thorgil.

Napotykali łodzie różnej wielkości, choć żadna nie dorównywała rozmiarami *drekarowi* króla Ivara ani nawet okrętom Olafa i Egila. Kiedy wpłynęli do fiordu, rozpierzchła się przed nimi cała masa małych łodzi rybackich. Rybacy wiwatowali, a Olaf stał dumnie na dziobie.

Popłynęli fiordem w głąb lądu. Odgłos morza ucichł w oddali, fale zniknęły. Z czasem powierzchnia wody stała się spokojna jak jezioro. Po obu stronach wyrastały posępne, porośnięte lasem góry, tu i ówdzie po niebie krążył jastrząb. A daleko na północy wznosił się łańcuch wysokich gór, pokrytych śniegiem.

— Jotunheim — powiedział Olaf.

„Kraina trolli", Jack przetłumaczył w myślach budzącą grozę nazwę.

Widzieli teraz wioski wysoko na wzgórzach i strome łąki, na których pasły się stada owiec i bydła. Na krańcu fiordu znajdował się duży port z wieloma domami. Jakieś dziecko zobaczyło, że nadpływają i pobiegło ulicami, wykrzykując nowinę. Domy momentalnie opustoszały. Mężczyźni, kobiety, dzieci i psy — wszyscy pospieszyli do portu, wrzeszcząc wniebogłosy.

— Ivar się pokazał? — spytał Olaf.

— Jeszcze nie — odparł Sven Mściwy.

Radość na brzegu trwała w najlepsze. Większość ludzi szalała ze szczęścia, niektórzy jednak nie okazywali wesołości. Zasłaniali oczy przed słońcem i spoglądali to na jeden okręt, to na drugi. Jack domyślił się, że szukają tego trzeciego, który prawdopodobnie zatonął. A w każdym razie krewnych, których uratowano.

— Jest Ivar — oznajmił Sven.

Za miastem wznosiła się góra, wgryzająca się w wodę fiordu. Na szczycie nagiej, ciemnoniebieskiej skały, ponurej i martwej niczym metal, zbudowano długi dom, którego Jack wcześniej nie zauważył. Na zewnątrz stała grupa ludzi, choć z tej odległości nie było ich wyraźnie widać.

— Poczeka, aż do niego przyjdziesz — powiedział Sven.

— Słabeusz — mruknął Olaf pod nosem.

Pomimo nieobecności króla, powitanie wojów przebiegało najlepiej, jak mogli sobie wymarzyć. Kobiety ściskały ich i całowały. Mężczyźni, w większości starzy, poszturchiwali ich przyjaźnie. Rodzice pozdrawiali synów. Żony — czasami po dwie lub trzy na jednego mężczyznę — witały mężów. Dzieci biegały wokół z krzykiem. Ci, którzy nie doczekali się powrotu krewnych, stali z boku i płakali po cichu. Może tamci jeszcze przypłyną. A może nie.

Jack mocno trzymał Lucy za rękę. Tłum wokół nich narastał, przepychając ich to tu, to tam.

— Jaka ładna mała *thrall*! — zawołała jakaś kobieta, chwytając Lucy za podbródek.

— Idź sobie! — krzyknęła Lucy.

— No i ma charakter — stwierdziła kobieta z aprobatą.

Jack starał się wyciągnąć Lucy z tego ścisku. W końcu znaleźli się pomiędzy domami. Nie wiedział, co robić. Czuł samotność i lęk. W tym mieście nikt na nich nie zważał. Stanowili żywy inwentarz, przeznaczony na sprzedaż albo na rzeź. Ale musiał panować nad sytuacją, by chronić Lucy. Rozejrzał się za czymś, co uwolniłoby umysł od trosk i zobaczył Thorgil, która powoli szła ulicą. Ona też była sama. Nikt nie wyszedł jej na spotkanie. Wyglądało na to, że nie ma żadnych przyjaciół.

Jack poczuł, że coś w nim pęka. Jak można być tak samotnym? On i Lucy znajdowali się w rozpaczliwym położeniu, ale mieli siebie nawzajem. Mieli rodziców, którzy za nimi tęsknili i pewnie ich opłakiwali. Mieli wioskę, w której zostaliby przywitani z równym entuzjazmem, jak powracający z wyprawy Ludzie Północy. Jak można wracać do domu, gdzie nikt na ciebie nie czeka?

Jack ujrzał nagle watahę psów, pędzącą ulicą. Nie przypominały żadnych psów, które widział w swoim życiu, ani kundli z zakręconymi ogonami, które kręciły się w porcie. Te czworonogi były ogromne, prawie dorównywały chłopcu wzrostem. Miały długie, smukłe głowy i małe uszy. Ich sierść była szara i zmierzwiona.

Jack wepchnął Lucy za siebie. Psy galopowały w ich stronę niczym konie. Ale w ostatniej chwili zwolniły, po czym zaczęły podskakiwać i biegać wokół dzieci, trzymając się od nich w pewnej odległości!

— Rębajło! Wilcze Łyko! Wiedźma! Siekacz! — zawołała Thorgil. Psy opadły ją, szczekając i liżąc po twarzy. Potem jeden z nich — Jackowi zdawało się, że to Siekacz — odłączył się od reszty i wrócił do Lucy. Położył przednie łapy na ziemi i zawzięcie merdał ogonem.

— Dobry piesek — chwaliła go Lucy.

— Nie wydaje mi się — odparł Jack z bijącym sercem.

— Zostawcie je! — krzyknęła Thorgil, z trudem przedzierając się przez pozostałe psy. — To moi przyjaciele. Moi! Nie dla brudnych *thrallów*. — Pognała ulicą. — Chodźcie, przyjaciele! Do mnie! — zawołała przez ramię. Czworonogi popędziły za nią niczym strzały.

Jack patrzył za nią, zadowolony, że ogromne bestie dały im spokój.

— Miłe pieski — stwierdziła Lucy.

— Poszukajmy Olafa — powiedział Jack. Uświadomił sobie, że Thorgil, krzycząc: „Chodźcie, przyjaciele! Do mnie!", posłużyła się językiem saskim.

Rozdział dwudziesty

WIESZCZKA

Olaf zabrał ich do swojego gospodarstwa, położonego powyżej wioski. Kilku z jego *thrallów*, z niewolniczymi obręczami na kostkach, niosło skrzynie z łupem. Jack zastanawiał się, czy i jemu założą taką obręcz. Byłoby to straszne upokorzenie. Każdy, kto by na niego spojrzał, od razu znałby jego status.

Wszelkie złudzenia Jacka co do przyjaźni między panem a niewolnikiem rozwiały się, gdy poznał imiona *thrallów*: Świński Ryj, Brudne Gacie, Grubonogi. Pewne małżeństwo nazywano Brzydalem i Brzydulą. Brzydula poprowadziła Chmurną Grzywę do stajni. Nawet koń miał lepsze imię.

Ściany domu Olafa zakrzywiały się do środka. Szczyt dachu tworzył łuk, niczym kil przewróconego okrętu. Na obu jego końcach wyrzeźbiono smocze głowy. Wokół rozrzucone były inne budynki: stajnia, spichlerze, kuchnie i domki do spania.

Wewnątrz, podobnie jak w domu ojca, podłoga znajdowała się poniżej poziomu gruntu. Po bokach ustawiono ławy i stoły, a pod przeciwległą ścianą znajdowało się pięknie wykonane krosno. Wszędzie widać było efekty zdolności rzeźbiarskich Olafa. Belki dachowe i podpory zdobiły wizerunki koni, ptaków, ryb i smoków.

W podłużnym, obramowanym kamieniami palenisku pośrodku pomieszczenia buzował ogień. Dzięki temu powietrze było przyjemnie ciepłe, choć zadymione. Jack i Lucy zaczęli kaszleć, gdy tylko weszli do środka.

— To dobrze robi na płuca! — krzyknął Olaf, opadając na skrzynię. — Porządny kaszel zawsze mówi mi, że wróciłem do domu. Chodźcie, moje panie! Zobaczcie, co wam przywiozłem!

Trzy żony Olafa zgromadziły się wokół wodza, wraz z tuzinem dzieci o dużych głowach. Dzieciaki pchały się na ojca, wypytując, co dla nich ma.

— Klapsa w tyłek! — ryknął Olaf. Ale maluchy ani trochę się nie przestraszyły. Dalej wspinały się na kolana ojca i wieszały mu się u rąk.

W końcu żony zabrały je i rozpoczęło się rozdawanie prezentów, wśród których przeważały szale, tuniki, bele materiału i różne sprzęty domowe. Na widok sterty solnych brył, żony zaczęły wydawać pełne zachwytu okrzyki. Jack dowiedział się, że ich imiona brzmią Dotti, Lotti i Heide. Olaf wyciągnął haftowane przepaski na głowę dla chłopców i chusty dla dziewcząt. Wszyscy dostali nowe noże. Olbrzym rozdawał żonom naszyjniki, bransolety i brosze. Śmiał się, widząc, jak walczą o łup.

— A dla kogo ci *thrallowie*? — Kobiety odwróciły się, by popatrzeć na Jacka i Lucy.

— To jest mój skald — wyjaśnił Olaf.

— Oooch! Masz własnego skalda! — wykrzyknęła Dotti.

— Zasługujesz na to, naprawdę — powiedziała Lotti z entuzjazmem. Były do siebie podobne, niczym jabłka z jednego drzewa: niebieskookie blondynki o tłustych, różowych policzkach i zaokrąglonych rękach.

Trzecia żona wyglądała odmiennie. Miała szeroką, płaską twarz i oczy o kącikach skierowanych ku górze. Jej skóra była brązowa, co tylko podkreślało niezwykły wykrój niebieskich oczu. Ale to nie jedyna różnica. Jack czuł drżenie powietrza, gdy na niego patrzyła. Ogarniało go leniwe, senne ciepło, a głos Olafa zdawał się odpływać w dal. Nic do niego nie docierało z wyjątkiem widoku tej dziwnej, ciemnoskórej kobiety, która na niego patrzyła. W pewnej chwili roześmiała się i senność minęła.

— Podoba mi ssię ten chłopiec — oznajmiła z wyraźnym akcentem.

— Heide, nie dam ci go — powiedział Olaf.

— Nie możżesz oddać tego chłopca — odparła Heide.

— A ty nie możesz go dostać, kobieto. Zobacz, przywiozłem ci zioła i medykamenty, tak jak prosiłaś.

Heide skinęła głową, przyjmując dar.

— A co zz dzieffczynką? — Miała niski, chrapliwy głos. Lucy trzymała Jacka za rękę i ssała swój kciuk. Nieobecny wzrok utkwiła w ogniu, płonącym pośrodku pomieszczenia. Wydawała się pogrążona w jednej ze swoich fantazji.

— Należy do Thorgil.

— Thorgil? — chórem wykrzyknęły Dotti i Lotti.

— To jej pierwsza zdobycz — powiedział Olaf. — Cieszyła się, jak nie wiem co.

— Thorgil — odezwała się Heide swoim gardłowym głosem — zz niczego ssię nie cieszy.

— No cóż, nie zamierzam łamać swoich zasad i odbierać jej pierwszej zdobyczy.

Jack z fascynacją obserwował ostrożność, z jaką Olaf traktował Heide. Tłukł swoją załogę, pewnie zdarzało mu się też uderzyć Dotti i Lotti, ale trzecia żona należała do innej kategorii. Wyglądało na to, że olbrzym się jej boi.

— A co Thorgilll — powiedziała, przeciągając imię — zzrobi zz tym dzieckiem?

— Odda je Frith.

— Nie! — wykrzyknęły dwie pozostałe żony, a na twarzy Olafa odmalowała się skrucha.

— Chce zostać przyjęta w szeregi berserkerów królowej — powiedział. — To jej największe pragnienie. Mogę zabierać ją na wyprawy, ale nie mogę sprawić, by ją przyjęto. Jeśli podaruje królowej Lucy, bo tak nazywa się ta kruszyna, będzie miała zapewnione miejsce w gronie berserkerów.

— To zzły pomyssł — stwierdziła Heide. — Wielka głupota, mój gamoniowaty wojoffniku. To ssię źźle sskończy.

Teraz Jack spodziewał się, że olbrzym jej przyłoży, ale ten tylko się skrzywił.

— Nie próbuj ze mną tych swoich wiedźmowych sztuczek, Heide. Jestem zmęczony i brudny. Marzę tylko o tym, żeby porządnie wypocić się w saunie i wypić wiadro miodu.

„Wiadro" było dokładnie tym, co miał na myśli. Dotti napełniła ceber miodem z beczki, która leżała w jednym ze spichlerzy. Olaf pił, a krople miodu spływały mu po brodzie.

— Na potężne bary Aegira, jakie to pyszne! — oznajmił. — Miód z własnej pasieki. Nie ma nic lepszego. — Lotti pospiesznie podała mu chleb i ser.

— Wiesz, co by do tego pasowało? — spytał. — *Graffisk*. Przynieś trochę! — Lotti pognała do drzwi. — Poznasz prawdziwy przysmak, chłopcze — zwrócił się do Jacka. — Na morzu wiele razy śniłem o tym daniu. To prawdziwy znak, że jestem w domu. Lubię cię, więc dam ci spróbować.

— Dziękuję — powiedział niepewnie chłopiec. Chętnie zjadłby chleba z serem, ale tego mu nie zaproponowano. Nagle zza drzwi wdarł się do środka niewiarygodny fetor. Przypominał woń niemytych nóg, zepsutych zębów i brudnej wody, długo niewybieranej z pokładu. Jack nie umiałby go opisać. Musiał się powstrzymywać, żeby nie uciec z pomieszczenia.

Lotti weszła tanecznym krokiem, niosąc miskę.

— Otworzyłam świeżą beczkę — zaćwierkała.

„Świeżą?", pomyślał Jack. Miska była pełna lekko fioletowych grudek, pływających w glutowatej, szarej cieczy. Potrawa wyglądała równie paskudnie, jak pachniała.

— *Graffisk!* — zachwycił się Olaf. Rozsmarował odrobinę na kawałku chleba, który następnie błyskawicznie pochłonął. Twarz rozjaśnił mu uśmiech zadowolenia. — Spróbuj. — Wyciągnął miskę.

— Nie... nie jestem głodny — powiedział Jack.

— SPRÓBUJ.

A zatem Jack wziął kawałątek chleba i umoczył sam jego rożek w szarej cieczy. Włożył chleb do ust. Przełknął jak najszybciej... ale nie dość szybko. Smak oblepił mu wnętrze ust, tak jak błoto oblepiało mu nogi, kiedy sprzątał stodołę. Pognał do drzwi, skulił się i zwymiotował.

— *Cha! Cha! Cha! Cha! Brjóstabarn*! — wykrzyknął Olaf, krztusząc się ze śmiechu. Jego żony i dzieci też zaczęły śmiać się do rozpuku. Po chwili Heide się nad nim zlitowała i przyniosła mu kubek wody.

— Zzawsze robi ten kaffał przyjezzdnym — powiedziała. Zataczając się, Jack wrócił za nią do środka. W końcu zrozumiał, co oznacza *graffisk*: „martwa ryba". Martwa i zgniła.

— *Graffisk* przyrządzamy, kiedy nie mamy soli — wyjaśnił Olaf, chlebem wycierając z miski resztki tego paskudztwa. Naprawdę mu smakowało! — Czasami trafiamy na ławicę śledzi... tysiące, tysiące ryb! Jest ich tyle, że aż morze robi się gęste. Można położyć na wodzie topór i nie utonie. No to bierzemy te śledzie do domu. I co dalej? Jesteśmy w stanie zjeść tylko trochę. Jeśli pada, nie da się wysuszyć reszty.

A zatem ładujemy ryby do beczek i zakopujemy je w ziemi. Czekamy kilka miesięcy. Ryby dojrzewają jak dobry ser. Stają się fioletowe. Nabierają smakowitego zapachu. Im dłużej czekamy, tym lepiej smakują.

— Dlaczego nie są trujące? — spytał Jack, myśląc: „Szkoda, że nie są trujące".

Olaf wyszczerzył zęby i poklepał się po brzuchu.

— My, Ludzie Północy, jesteśmy silni. Nie to, co Sasi. — Podczas tej rozmowy Brzydal i Brzydula nagrzewali saunę. Brzydal podszedł do drzwi. Wielkolud wstał, starł okruszki z brody i ruszył za ponurym niewolnikiem.

Jack przeszedł pod ścianę i usiadł obok Lucy, która w skupieniu wpatrywała się w płomienie, buzujące pośrodku pomieszczenia.

— Lucy?

Bez odpowiedzi.

— Lucy? — Wziął ją za rękę. Zachowywała się dziwnie, zupełnie jakby była gdzie indziej.

— Jaki piękny — powiedziała, patrząc w ogień. Jedna z córek Olafa podeszła i zepchnęła ją z ławki.

— Ej! — krzyknął Jack.

— Ropuch — powiedziała dziewczynka. — Tak cię chyba nazwę. Teraz moja kolej, żeby wymyślić imię dla *thralla*.

— Zostaw go — powiedziała Heide, która podkradła się do nich od tyłu, cicho jak wilk. Dziewczynka uciekła. Jack z powrotem posadził Lucy na ławce. Mała patrzyła w ogień, jakby nic się nie wydarzyło.

— Co się z nią dzieje? Jest chora? — wykrzyknął Jack. W głębi duszy zaś pomyślał: „Oszalała?"

— Jej duch odfrunął — odparła ciemnoskóra kobieta. — Jesst w dziwnym miejsscu. Tto chyba miłe miejssce.

— Ojciec opowiadał jej, że jest zaginioną księżniczką — powiedział Jack z pewną ulgą. — Mówił, że pewnego dnia rycerze odnajdą ją i zabiorą z powrotem do zamku. Niestety, chyba mu uwierzyła.

— Jużż to widziałam — stwierdziła kobieta. — W mojej krainie zzimy ssą długie i ciemne. Dusze opuszczają ciała, żżeby ludzie nie oszaleli. Kiedy nadchodzi wiossna, wracają.

— Mam nadzieję, że do Lucy też wróci wiosna.

— Możże wrócić, jeśśli jej pomożżesz. Jessteś niezzwykłym chłopcem. Wiem. Zajrzałam.

— Czy jesteś wieszczką? — spytał Jack.

Heide wybuchnęła śmiechem, równie chrapliwym, jak słowa, które wypowiadała. Pozostałe osoby, obecne w domu, przerwały swoje czynności. Najwyraźniej wszyscy traktowali Heide z dużą dozą ostrożności. — Dziękuję, że nie nazzwałeśś mnie wiedźmą — powiedziała. — Oni tak myśślą. — Wskazała innych obecnych. — Ale tak, praktykuję *seiðer*.

— Czy to nie oznacza... czarnoksięstwa? — spytał chłopiec.

— To magia kobieca. Sskaldowie uprawiają magię męsską. Czarnokssięsstwo jesst wtedy, kiedy jedna zmiesza ssię zz drugą.

Jack nie był pewien, czy zrozumiał, ale przestał się zamartwiać. Był skaldem, czyli uprawiał dobrą magię. Thorgil nie będzie mogła go oskarżyć.

— Skąd jesteś? — spytał.

— Olaf znalazł mnie w Laponii. Mój ojciec był przywódcą wiosski, a Olaf handloffał futrami.

„Więc ten olbrzym nie zawsze zabija i kradnie", pomyślał Jack.

— Miałam wielu adoratorów. Wielu. Wieszczka jesst bardzo cenna. Ale mój duch wybrał Olafa. Powinnam wyjśść za kogośś innego, ale... — Heide wzruszyła ramionami. — Był taki ogromny i przysstojny. Nie jesstem taka jak one. — Ruchem oczu wskazała Dotti i Lotti, które właśnie sprawdzały, czy dzieci nie mają wszy. — Zosstanę, o ile ten wielki gamoń będzie mnie dobrze traktował. Jeśśli mnie obrazi, odejdę.

Heide znowu zajęła się ziołami i lekarstwami, które dostała w małych garnuszkach. Jack został z Lucy. Mała znowu siedziała z wzrokiem wlepionym w płomienie i wyglądała na zadowoloną. Kiedy Jack przyniósł drewniane figurki, które wyrzeźbił dla niej Olaf, zajęła się zabawą. Jack spytał Lotti o chleb i ser. Nie do końca rozumiał swój status — być może *thrallowie* dostawali cięgi, jeśli ośmielili się poprosić o jedzenie — ale Lotti dała mu to, czego chciał i jeszcze kubek maślanki na dokładkę. Chłopiec oddał maślankę Lucy.

Zainteresowanie Heide jego osobą spowodowało, że zostawiono ich oboje z Lucy, w spokoju. Nikt już nie spychał małej z ławki i nikt nie groził, że nazwie Jacka Ropuchem.

Późnym popołudniem pojawiła się Thorgil. Ku swojemu przerażeniu Jack dowiedział się, że dziewczyna mieszka z rodziną Olafa. Wpadła do domu, cała czerwona i spocona po zabawie z psami. Heide kazała jej iść do sauny. Podczas kolacji dołączył do nich Runa i okazało się, że on także należy do mieszkańców domu.

— Moja żona zmarła wiele lat temu, a żadne z naszych dzieci nie dożyło wieku dorosłego — wyszeptał. — Dom Olafa jest zawsze ciepły i miły niczym letnie popołudnie. Przypomina wielkie światło pośrodku głuszy.

Jack zadrżał. Już kiedyś słyszał te słowa.

— Chcesz powiedzieć, że jest jak pałac Hrothgara, zanim przyszedł tam Grendel.

— Naprawdę zacytowałem ten poemat? Zdaje się, że tak. To było najlepsze dzieło Smoczego Języka. — Runa wyciągnął stopy w stronę paleniska. — Żyję już dostatecznie długo, by wiedzieć, że nic nie trwa wiecznie. Taka radość, jak u Olafa, prędzej czy później ściąga na siebie zniszczenie. Ale wiem też, że dopóki radość trwa, wielki błąd popełnia ten, kto zamiast się cieszyć, użala się nad sobą.

Heide przyniosła mu kubek z parującym lekarstwem, które miało przynieść ulgę jego obolałemu gardłu. Uśmiechnęli się do siebie i Jack wyczuł nić porozumienia, łączącą sędziwego woja i wieszczkę.

To był niezapomniany posiłek. Żony i słudzy Olafa trudzili się przez cały dzień, by przygotować niezwykłą ucztę. Krzesło olbrzyma postawiono przy palenisku. Stoły zastawiono drewnianymi półmiskami. Po obu stronach rzędami ułożono łyżki i kubki. Jako że każdy z biesiadników powinien mieć swoje narzędzie do krojenia, Jack dostał nóż, bo własny już dawno stracił.

Wyśmienity pszenny chleb, gomółki sera, łosoś pieczony z koprem, gęś, z której sączył się smakowity tłuszcz, gulasz o kuszącym zapachu kminku i czosnku — słudzy ustawili na stołach wszystkie te wspaniałości. Do picia podano maślankę, cydr, piwo i miód. Na każdym stole stała misa z jabłkami. Jack nigdy w życiu nie widział takiej ilości jedzenia, a obfitość potraw wynagrodziła mu paskudny *graffisk,* którego musiał spróbować wcześniej.

Olaf zajmował miejsce na swoim wielkim krześle. Runa i Jack zasiedli przy jednym boku wodza, podczas gdy przy drugim jego synowie bili się o najlepsze kawałki mięsa. Żony i córki, kiedy akurat nie przynosiły potraw z kuchni, jadły w znacznie większym porządku, nieco dalej od Olafa. Heide opiekowała się Lucy. Nawet *thrallom* przydzielono miejsca przy drzwiach. Jack zauważył, że dostają dokładnie to samo, co pozostali.

Było to radosne spotkanie, często przerywane improwizowanym śpiewem. Tylko jedna osoba siedziała oddzielnie i nie uczestniczyła w ogólnej radości — Thorgil. Olaf nie spełnił swojej groźby i nie posadził jej z *thrallami*. Mimo to nie zajęła honorowego miejsca, a Jack — tak. Pozostawała samotna, niczym uosobienie nieszczęścia, pośród głośnej zabawy. „Gdzie jej rodzina?", zastanawiał się Jack.

— Możżesz pomóc przy ssprzątaniu — rzekła Heide do naburmuszonej dziewczyny.

W odpowiedzi Thorgil cisnęła drewnianym półmiskiem o podłogę.

— Nie będę zajmować się babskimi sprawami!

— To żaden wsstyd. Jessteśś jedną zz nass, czy ci ssię to podoba, czy nie.

Rozmowy umilkły. W domu zapanowała zupełna cisza, w której słychać było tylko trzask płomieni.

— Zbieraj się stąd! — ryknął nagle Olaf ku ogólnemu zaskoczeniu.

— Nie jestem taka jak one! Jestem wojowniczką! — krzyknęła Thorgil.

— Jesteś sierotą, która żyje na mojej łasce. Gdyby któryś z moich ludzi zachował się tak, jak ty przed chwilą, wytarłbym jego twarzą ten bałagan, którego narobiłaś na podłodze. A TERAZ WON!

Thorgil kopnęła swój stołek i uciekła za drzwi. Nikt nie próbował jej zatrzymać. Heide pokręciła głową i pochyliła się, by posprzątać porozrzucane mięso i chleb.

Jackowi serce waliło jak młotem. Zbierało mu się na mdłości. Stał tuż obok Olafa, gdy olbrzym krzyczał, i wciąż dzwoniło mu w uszach. Co gorsza, bijące od Thorgil wściekłość i cierpienie uderzyły go jak obuchem. Nie mógł tego pojąć.

Był szkolony, by służyć sile życiowej. Kiedy w jego umyśle panował spokój, czuł jej strumienie w powietrzu i w ziemi. Wyczuwał je pomiędzy Runą a Heide, ale trudno było się temu dziwić. Heide była wieszczką, a Runa skaldem. Lubił ich.

Bezwzględnie natomiast nie cierpiał gniewnej, nieokrzesanej Thorgil. Dziewczyna rozkoszowała się śmiercią. Jej osobowość nie kryła w sobie niczego, co choćby w najmniejszym stopniu by go pociągało, a jednak... Pamiętał, jak szła ulicą i zupełnie nikt jej nie witał. Olaf nazwał ją sierotą, a zatem nie miała rodziny. Zerknął z ukosa na Runę, który z całkowitym spokojem brudził sobie brodę gulaszem.

— Dokąd ona pójdzie? — spytał.

— Thorgil? Prześpi się w saunie. — Stary wojownik zdawał się tym zupełnie nie przejmować. — Jeśli księżyc będzie jasno świecił, pójdzie na wzgórze i będzie kotłować się z królewskimi psami.

— To jej bracia i siostry — wtrącił jeden z synów Olafa, krępy chłopak, na którego policzkach niedawno pojawił się pierwszy zarost. Miał lekko skośne oczy, co sugerowało, że jego matką jest Heide. — Tylko one potrafią z nią wytrzymać.

— Dość tego, Skakki — przerwał mu Olaf. — Ona nie umie powstrzymać tych swoich wybuchów. Ma to po ojcu, a Odyn mi świadkiem, że nigdy nie było lepszego berserkera.

Biesiadnicy przytaknęli.

— Czy królewskie psy są wielkie i szare? — spytał Jack.

— Widzę, że je spotkałeś — stwierdził Olaf.

Zdumiewające, jak szybko u olbrzyma wściekłość ustępowała miejsca łagodności. Jack wiedział jednak, że zmiana w drugą stronę następowała równie gwałtownie.

— Rzuciły się dziś na mnie i na Lucy, ale nie zrobiły nam krzywdy — wyjaśnił.

— Nigdy nie skrzywdziłyby dziecka — stwierdził Skakki. — Można by im włożyć do miski Hildę — tu wskazał na dość pulchne niemowlę, które głośno ssało pierś Lotti — a one nawet by nie warknęły.

— Gorzej, kiedy zobaczą wilka — powiedział Olaf. — Wtedy sam Thor ich nie powstrzyma.

— Możesz opowiedzieć mu tę historię — zaproponowała Lotti, podtykając drugą pierś Hildzie, która krzykiem zareagowała na przerwę w posiłku.

Olaf odchylił się na swoim ogromnym krześle, które zatrzeszczało złowieszczo.

— Ojciec Thorgil — zaczął — był największym berserkerem, jakiego widział świat. Zwał się Thorgrim. Zawsze pierwszy w bitwie, a ostatni w odwrocie. Nim ukończył szesnaście lat, miał już naszyjnik z trollowych zębów. Ale jego największą zmorą był szał. Kiedy go dopadł, Thorgrim nie widział ani nie słyszał nic, co się wokół działo.

— Nie sposób go było zatrzymać — wtrącił Skakki. — Pamiętam.

— Nie miał prawdziwej żony. Żadna nie chciała za niego wyjść — ciągnął Olaf. — Ale miał saską *thrall*. Zapomniałem, jak się nazywała.

— Allyson, mój drogi gamoniu — powiedziała Heide. — Zawsze zapominasz imiona kobiet.

— Tak czy owak, ta Allyson urodziła mu syna o imieniu Thorir. Opowiadałem ci, co się z nim stało.

— Tak — powiedział Jack, przypominając sobie historię straszliwego zabójstwa.

— Od tamtej pory Allyson nie była już taka sama. Nie wiedziała, co się wokół niej dzieje. Kiedy urodziła dziewczynkę, powtarzała tylko jedno słowo: „Jill". Tak nazwała dziecko.

— Tyle że jako *thrall* nie miała prawa nadawać imion — wtrącił Skakki.

— Akuszerka zaniosła córeczkę Thorgrimowi, ale on ją odrzucił.

— Odrzucił? — powtórzył Jack. To było coś niesłychanego. Wszystkie dzieci, nawet te brzydkie jak noc, przysyłał Bóg. Należało je kochać.

— Ojcowskie prawo — powiedział Olaf, surowo spoglądając na swoje liczne potomstwo. Bez wątpienia nigdy nie odrzucił żadnego z dzieci, widać było, że w najmniejszym stopniu się tego nie obawiają.

— Chciał chłopca — szepnął Runa. Wszyscy zamilkli, by nie zagłuszać jego słów. — Pragnął mieć dziecko, które zastąpi Thorira, a kiedy okazało się, że to dziewczynka, kazał ją wynieść do lasu.

Jack był tak wstrząśnięty, że nie mógł wydusić słowa.

— A zatem akuszerka zabrała dziecko daleko od domu i położyła je pod drzewem — mówił dalej Olaf. — Król Ivar dostał wcześniej w prezencie parę wilczarzy irlandzkich. Suka od dawna nie rodziła szczeniąt. Gdy biegała po lesie, znalazła niemowlę. Pewnie płakało.

— Jak moja Hilda — powiedziała Lotti z czułością w głosie, odrywając maleństwo od piersi.

— Położyła się i nakarmiła je, jakby było szczenięciem. Kiedy strażnik poszedł szukać suki, znalazł ją przy dziecku. Otuliła się wokół niego, by je ogrzać.

— Ciągle mówicie o dziecku „ono", zauważył Jack. — Przecież to była dziewczynka.

— Nie było jeszcze niczym — odparł Runa. — Nie zostało przyjęte.

— Ale teraz Thorgrim miał kłopot — stwierdził Olaf. — Nasze prawo mówi, że dziecka, które ssało już mleko, nie można porzucić. Czy mu się to podobało, czy nie, królewska suka je nakarmiła. Thorgrim musiał zabrać je, a właściwie już „ją", z powrotem. Nazwał ją Thorgil i oddał Allyson.

— Która nie miała dla niej zbyt wiele serca — dodała Heide. — Karmiła ją i tyle. Ojciec też lekceważył Thorgil. Miłość okazywała jej jedynie suka, a później także jej szczenięta.

Więc takie były losy Thorgil! Równie niezwykłe, jak wszystkie opowieści, których nauczył go bard. Byłby z tego wspaniały poemat, tyle że nieco smutny. Przydałoby się weselsze zakończenie i Jack obiecał sobie, że nad nim pomyśli.

Rozmowa zboczyła na inne tematy. Po krótkim czasie ciepło i dobre jedzenie sprawiły, że Jack poczuł się senny. Heide zaprowadziła go do pobliskiej chaty, gdzie dostał do dyspozycji stertę słomy i szorstki koc. Lucy położono do łóżka w kącie głównego budynku.

Koc roił się od pcheł. Chłopiec czuł, jak po nim skaczą, ale był zbyt senny, by się tym przejmować. Kilku młodych *thralli* chrapało już w najlepsze. Był ledwie przytomny, gdy Świński Ryj, Brudne Gacie i Grubonogi, cuchnący kwaśnym piwem i potem, weszli do chaty, po czym zagrzebali się w słomie.

Rozdział dwudziesty pierwszy

ZŁOTA SZCZECINA

Następnego dnia Jack zrozumiał, że niezależnie od tego, jak dobrze traktowano go podczas uczty, był *thrallem* i na zawsze nim pozostanie. Dla każdego, kto na niego spojrzy. O świcie Brudne Gacie bez ceregieli wyciągnął go spod koca i zaprowadził do kuźni. Tam wykuł niewolniczą obrożę. Otwartą obręcz założył Jackowi na szyję, po czym zacisnął ją za pomocą szczypiec.

— Zrobiłem dużą, żebyś miał miejsce, kiedy będziesz rósł — oznajmił. — Masz posprzątać chlew. To ten budynek obok jabłoni.

Jack, odrętwiały z rozpaczy, wytoczył się z kuźni. Bolała go szyja, w miejscu, gdzie otarł ją Brudne Gacie. Obroża była zimna, a przy tym zbyt duża, by ukryć ją pod tuniką.

Ledwie przytomny, podążał w stronę odległego budynku, który wskazał mu niewolnik. Wydawało mu się, że siła życiowa odeszła gdzieś bardzo daleko. Nawet niewidzialna runa, spoczywająca na jego piersi, pochłodniała od obroży. Z chlewu poderwało się stadko kruków. Chwilę krążyły w powietrzu, głośno kracząc, po czym znowu usiadły. Nie miały się czego bać. To tylko *thrall* szedł posprzątać chlew.

Jeden z ptaków, ładniejszy i bardziej lśniący od pozostałych, paradował wzdłuż krawędzi dachu.

— Mężne Serce! — zawołał Jack. — Nie pamiętasz mnie? To ja, Jack! — Ale ptak posłał mu zimne spojrzenie i nie wykonał żadnego ruchu, by się doń zbliżyć.

Z całą pewnością był to ten sam kruk.

— Wiem, że to ty, Mężne Serce — powiedział chłopiec. — Przywołałem cię z nieba i uratowałem ci życie. Powiedziałem Lucy, że przyleciałeś z Wysp Błogosławionych, i może tak jest naprawdę. Jesteś strasznie mądry.

Jack stanął na odwróconym wiadrze, próbując dosięgnąć krawędzi dachu. Palcami musnął pióra kruka. Ptak odleciał, a chłopiec stracił równowagę i spadł. Zobaczył, jak kruk znika na drzewie. Był to wprawdzie drobiazg, przepełnił jednak czarę goryczy. Jack skulił się na ziemi i zaczął spazmatycznie szlochać.

— To prawda! To prawda! Jestem tylko *thrallem*. Nawet ptaki o tym wiedzą. Jestem taki, jak Brudne Gacie i Świński Ryj! Szkoda, że nie utonąłem w morzu! Wtedy mógłbym przynajmniej iść na Wyspy Błogosławionych i znaleźć barda. — Mówił po sasku, co teraz nie zdarzało się często. Cały czas używał już języka Ludzi Północy, z wyjątkiem rozmów z Lucy.

Poczuł, że coś ciągnie go za włosy. Podniósł wzrok i zobaczył kruka, który podskakiwał i kołysał się na boki. Mężne Serce gadał coś w swojej kruczej mowie, to kracząc, to znów świergocząc. Pochylał się i dziobem szarpał Jacka za włosy i tunikę. Nastroszył pióra. Kiwał się w przód i w tył. Jack pomyślał, że gdyby Mężne Serce był psem, przewróciłby się na plecy w geście uniżonych przeprosin.

— W porządku — powiedział Jack i usiadł, by wygładzić ptakowi pióra. — Rozumiem. Byłeś ze swoimi kruczymi kolegami i zapomniałeś o mnie. Nic dziwnego, że wolisz ich towarzystwo.

Ptak wskoczył Jackowi na kolana i oparł się o jego pierś. Chrapliwy świergot przerodził się w pomruk. Drżał na całym ciele.

— Słuchaj, nie złościłem się na ciebie. Było mi smutno — powiedział chłopiec. — To duża różnica. Komu nie byłoby smutno z taką ohydną niewolniczą obrożą? Ale mogę z nią wytrzymać, dopóki mam przyjaciela. — Mężne Serce zakłapał dziobem, by pokazać, co myśli o niewolniczych obrożach. — Teraz muszę pracować — oznajmił Jack. — Nie wiem, co tu robią leniwym *thrallom*, ale na pewno coś okropnego. Możesz popatrzeć, jeśli chcesz. — Znalazł grabie, oparte o ścianę chlewu, i wszedł do środka. Mężne Serce wleciał za nim i poszybował na krokiew. Trzy maciory popatrzyły na chłopca wyczekująco.

Podobnie jak w wiosce Jacka, latem większość zwierząt pasła się pod gołym niebem. Świnie żyły sobie dziko w lesie i stanowiły zwierzynę łowną, ale każdej wiosny łapano i oswajano kilka prosiąt. Były to inteligentne stworzenia. Chodziły za człowiekiem i kwiczały z zadowolenia, kiedy podrapało się je za uchem. To utrudniało sprawę, gdy nadchodziła jesień, jesienią bowiem zarzynano wszystkie świnie z wyjątkiem ciężarnej maciory, której prosięta nadawały się w sam raz na święta Bożego Narodzenia.

Maciory zgromadziły się przy płocie. Były to blade, potężnie zbudowane i długonogie zwierzęta, inne od przysadzistych, biało-czarnych świń, do których przywykł Jack. Strzygły nerwowo uszami, a w ich oczach pojawił się błysk zaciekawienia, gdy wyciągnęły w jego stronę swe podłużne ryje. Wydawało się, że gdyby jego czujność osłabła, momentalnie powaliłyby go na ziemię.

— Ile tu gnoju — westchnął Jack. Maciory brodziły w nim po kolana. Od smrodu aż im łzawiły oczy. Na pewno im to przeszkadzało, chłopiec bowiem wiedział, że świnie są z natury czyste. Utrzymywały higienę, na ile to było możliwe. Z boku zobaczył niewielką, wysprzątaną zagrodę i domyślił się, że właśnie w niej powinien zamknąć świnie na czas swojej pracy w chlewie.

Wyszedł na zewnątrz w poszukiwaniu czegoś, co je zwabi. Ze zdziwieniem spostrzegł, że Świński Ryj, Brudne Gacie i Brzydal siedzą na płocie. Bez wątpienia byli zachwyceni, że pojawił się nowy niewolnik, którym mogli pomiatać. Sami najwyraźniej nie przykładali się ostatnio do pracy.

— Szukasz paszy? — zawołał Brzydal. Jack skinął głową. Mężczyzna wskazał skrzynkę z dziką gorczycą.

— Musisz zamknąć drzwi, żeby nie uciekły przy przenoszeniu do drugiej zagrody — powiedział Świński Ryj. Jack wziął naręcze gorczycy i wrócił do środka. Smród wydawał się nieziemski. Jack zauważył, że Mężne Serce rozsądnie wybrał miejsce obok dziury w dachu.

Gdy drzwi były zamknięte, jedyne promienie światła wpadały przez tę właśnie dziurę. W mroku chlew nabierał złowrogiego wyglądu. U krokwi wisiały narzędzia o nierozpoznawalnych kształtach. Przypominały Jackowi diablęta, które według słów ojca, czyhały na grzeszne dusze.

„Za bardzo popuszczam wodze fantazji", zrugał się w myślach. „To jest lina, a to sierp. Tak mi się wydaje, w każdym razie coś ostrego. A tam wisi piła". Jack wszedł do czystej zagrody i rozrzucił w niej gorczycę. Maciory zachrząkały niecierpliwie.

Znalazł furtkę między zagrodami i otworzył ją. Świnie przebiegły na drugą stronę, z takim zapałem, że aż go przewróciły. To była z pewnością łatwiejsza część roboty.

— Smacznego, moje panie — powiedział, śmiejąc się z ich łakomstwa.

Mężne Serce wzbił się z belki i przestraszony Jack skoczył na równe nogi. Zobaczył ogromnego stwora, wstającego z gnoju w dalszej zagrodzie. Z jego boków spływało błoto. Rzucił się naprzód z otwartym pyskiem i potężnymi kłami wymierzonymi w chłopca. Jack próbował zatrzasnąć furtkę, ale bestia okazała się zbyt silna. Przetoczyła się na drugą stronę, zawróciła i znów ruszyła na chłopca.

Jack wspiął się na ogrodzenie. Miał kilka sekund na podjęcie decyzji. Mógł albo dać susa w błoto po przeciwnej stronie — ale wtedy napastnik wróciłby tam za nim — albo skoczyć, by dosięgnąć belki dachowej. Skoczył. Drzazgi wbiły mu się w dłonie, gdy usiłował się podciągnąć. Przerzucił nogę przez wąską belkę i z trudem na niej balansował.

Co to było, tam na dole? Jack zerknął w mrok, a stwór uniósł swą masywną głowę i zakwiczał. Ogromny knur! Większy od wszystkich świń, jakie widział w życiu. Pod warstwą brudu chłopiec dostrzegł plamę złotawej sierści. Zwierzę wyglądałoby wspaniale, gdyby nie oblepiający je gnój. Knur znowu kwiknął i chłopiec omal nie spadł z belki. Nie zdoła długo się na niej utrzymać. Powoli, ostrożnie zmienił ułożenie ciała w taki sposób, by usiąść. Musiał zaprzeć się rękami o dach, inaczej mógłby się zsunąć. Plecy bolały go teraz nie mniej niż dłonie.

Knur zakwiczał groźnie, krążąc w tę i z powrotem. Stanął na tylnych nogach i zgrzytnął zębami. Gdzie się podziali *thrallowie*? Na pewno wiedzieli o tym monstrum, ale nie raczyli uprzedzić Jacka! Tak naprawdę — teraz widział to wyraźnie — nie istniał żaden powód, by zamykać drzwi. Dwie zagrody powstrzymałyby świnie przed ucieczką. Chodziło jednak o ciemność. Wiedzieli, że knur przyczai się w błocie i przy zamkniętych drzwiach będzie prawie niewidoczny.

— Ale ze mnie dureń — jęknął Jack. Skąd jednak miał wiedzieć, że spotka go taka złośliwość? Nie zrobił tym ludziom niczego złego. Dzielili ten sam los, a ich wspólnym wrogiem powinien być ten, kto ich zniewolił.

— Pożera go? — spytał Brudne Gacie.

— Mam nadzieję. Mały padalec, siedział sobie przy najlepszym stole, obok pana — wyzłośliwiał się Świński Ryj.

— Może powinniśmy go uratować — odezwał się Brzydal. — W końcu to jeszcze dzieciak.

— E, tam. Kiedy Złota Szczecina coś zacznie, trzeba dać mu skończyć — stwierdził Brudne Gacie. — Poza tym nie chcemy zostawiać świadków.

— Chyba masz rację — przyznał Brzydal.

„Złota Szczecina to pewnie imię knura", pomyślał Jack. Brzmiało pięknie, ale samo zwierzę w obecnym stanie nie miało w sobie urody za grosz. Pokrywała je gruba skorupa czarnego brudu, wyglądająca niemal jak zbroja.

Mężne Serce zakrakał spod dziury w dachu.

— Nie zmieszczę się tam — odpowiedział Jack. — Poza tym nie mogę dofrunąć tak wysoko jak ty, przyjacielu. Muszę poczekać, aż ktoś przyjdzie mnie szukać. — Gdy wypowiadał te słowa, poczuł ukłucie w sercu. Ręce bolały go z wysiłku. Jak miał wytrzymać na belce przez kilka godzin? I czy komuś przyjdzie do głowy, by go szukać?

Mężne Serce znowu się odezwał. Wydawał niezwykle słodki dźwięk, jak na kruka. Chłopiec nigdy czegoś podobnego nie słyszał.

— Co próbujesz mi powiedzieć? A może przemawiasz do niego? — Zauważył, że Złota Szczecina uniósł ryj i uważnie patrzył na ptaka. — Podoba ci się — stwierdził ze zdziwieniem.

I wtedy zrozumiał. Matka śpiewała, by uspokoić owce i barany. Śpiewała do pszczół, zanim zaczęła wybierać im miód. Uczyła Jacka tych drobnych czarów, ale nigdy nie przykładał do nich wielkiej wagi. Wydawały się banalne w porównaniu z wiedzą, jaką przekazywał mu bard.

Zaczął od zaklęcia, które koiło gniew pszczół:

Szczodre duchy powietrza,
Wasz dom bogaty i pełny
Gdy wracacie z odległych pól
Na skrzydłach wiatru.

Potem zaśpiewał kołysankę, która uspokajała nowo narodzone jagnięta, a później, nie wiadomo skąd, przyszła mu do głowy nowa piosenka, pełna radości i życia. Śpiewał o ciemnym borze, o śnieżnych zaspach i żołędziach pod dębami, o plamach słonecznego blasku i smakowitych, dzikich bulwach, czekających pod ziemią. Kiedy skończył, czuł lekkość i zadowolenie, jakby przed chwilą sam gnał przez las.

Spojrzał w dół i zobaczył, że Złota Szczecina pochrząkuje cicho i patrzy na niego oczami pełnymi uwielbienia. W potężnym zwierzu zaszła zdumiewająca zmiana. Tymczasem maciory skończyły gorczycę i niuchały wokół w poszukiwaniu pożywienia. Jack doszedł do wniosku, że owe stworzenia nie mają duszy. W przeciwieństwie do Złotej Szczeciny, który pochrząkiwał niecierpliwie. Wieprz bez dwóch zdań prosił o więcej.

A zatem Jack zaśpiewał jeszcze jedną piosenkę, cały czas przesuwając się po belce i czując, jak drzazgi wbijają mu się w pośladki. W końcu dotarł najdalej, jak mógł. Nie znajdował się jeszcze poza zasięgiem knura, ale miał szansę dobiec do zewnętrznego ogrodzenia, zanim zwierz go dopadnie.

Zeskoczył na ziemię. Źle spadł i stopy rozjechały mu się w błocie. Po chwili znów zerwał się na nogi, ale Złota Szczecina był szybszy. Pomknął do ogrodzenia i stał, zagradzając Jackowi drogę do wolności.

Chłopiec i knur patrzyli na siebie. Potem Złota Szczecina ruszył naprzód, ciężko dysząc i chrząkając, z ryjem uniesionym w górę, zupełnie jak pies, który prosi o odrobinę uwagi. Jack ostrożnie wyciągnął rękę i podrapał go pod brodą. Wieprz chrząknął ponownie.

— Łagodny z ciebie zwierzak — przemówił czule Jack, tak jak do świń w rodzinnej wiosce. — Zmiękniesz do reszty, kiedy zrobię to. — Poskrobał wieprza za uszami. Złota Szczecina przymknął oczy z zachwytu. — Proszę, proszę — powiedział Jack. — Zdaje się, że *thrallów* czeka niespodzianka. — Zamknął knura i maciory w czystej zagrodzie, po czym otworzył drzwi do chlewu.

Świński Ryj, Brudne Gacie i Brzydal aż odskoczyli.

— Śpiewałeś — powiedział Brudne Gacie. — O czym?

— Nie pożarł cię — stwierdził z zawodem Świński Ryj.

— Nie. — Jack stanął przed nimi dumnie i wziął się pod boki.

— Ale słyszałem, jak Złota Szczecina się wścieka — bąknął Świński Ryj.

W chłopcu wrzał gniew, ale nie zamierzał go okazywać. Miał inny plan.

Thrallowie wpadli do środka.

— Uuu! Ale smród — zauważył Brzydal.

— Nie moja wina — powiedział Świński Ryj. — Ten knur za bardzo lubi ludzkie mięso. To *trollowa* świnia. Nie podejdę do niego.

— Podejdziesz, jeśli Olaf ci każe — odparł Brudne Gacie.

— Przecież mamy tego nowego. Ej, chłopcze! Chodź tutaj. Nie wykonałeś swojej roboty.

Jack wszedł do środka i z rozmysłem oparł się o ogrodzenie. Złota Szczecina przydreptał do niego i uniósł ryj, by chłopiec go podrapał.

— Dobra świnka — powiedział cicho Jack. Na ten widok oczy niemal wyszły *thrallom* z orbit.

— *Seiðer* — mruknął Brudne Gacie. — Więc takie to było śpiewanie.

— To dlatego Heide tak się nim zainteresowała — wyszeptał Brzydal.

— Magia skaldów, a nie *seiðer* — oznajmił Jack, choć nie miał co do tego całkowitej pewności. — Jestem skaldem. Nie sprzątam chlewów. — Podał grabie Brzydalowi, który wziął je odruchowo. — Jeśli mnie rozgniewacie, sprawię, że dostaniecie czyraków. Jeśli spróbujecie mnie skrzywdzić, ześlę na was szaleństwo... albo coś gorszego!

Thrallowie wydawali się zupełnie oszołomieni. Najwyraźniej próbowali się domyślić, co też może oznaczać owe „coś gorszego".

— Jeśli powiem Olafowi, co zrobiliście, rozerwie was na strzępy. — Ich pobladłe twarze świadczyły, że groźbę tę potraktowali poważnie. — Teraz pójdę do dużego domu na śniadanie. Liczę, że do zmroku posprzątacie chlew. I oblejecie Złotą Szczecinę kilkoma wiadrami wody. Nie lubi być cały uwalany gnojem.

Jack wyszedł na zewnątrz, jakby był kapitanem *drekara*. Nie obejrzał się. W tym straszliwym kraju niewiele za nim przemawiało. Jeśli zdoła wzbudzić w *thrallach* lęk, tym lepiej. Nic nie był im winien.

Kiedy już go nie widzieli, położył się pod żywopłotem i opadł go strach przed rychłą śmiercią. Drżał na całym ciele, a po twarzy spływały mu łzy. Czemu tak wielu ludzi chciało mu zaszkodzić? Jak przetrwać, mając tak tylu wrogów? Podniósł wzrok i zobaczył Mężne Serce, który niedaleko skrzeczał sam do siebie. — Dobrze, że mam przyjaciela — szepnął Jack, ocierając oczy rękawem. — A może nawet dwóch, jeśli liczyć Złotą Szczecinę.

Jack wyciągał sobie z dłoni drzazgi i próbował się uspokoić. Z chlewu dobiegały krzyki i przekleństwa. Złota Szczecina nie był już zapewne taką grzeczną świnką. To zdecydowanie poprawiło Jackowi humor. Wszedł do domu Olafa w znacznie lepszym nastroju, tym bardziej, że Mężne Serce cały czas leciał nad nim i nie odfrunął z innymi krukami, jak zwykł czynić wcześniej.

Rozdział dwudziesty drugi

PRZEPOWIEDNIA HEIDE

To zły pomysł — powiedziała Heide, układając fałdy wspaniałego, szkarłatnego płaszcza Olafa. Było późne popołudnie i wszyscy szykowali się do uczty powitalnej u króla Ivara. Choć powitanie było znacznie spóźnione. Pomimo licznych prezentów, Ivar obraził triumfującego bohatera, zwlekając aż dwa tygodnie z ucztą na jego cześć.

— Dajesz Ivarowi trollowego knura, ale jeśli król zobaczy tego chłopca, też zapragnie go dla siebie — ciągnęła Heide. Przygładziła przystrojoną wstążkami brodę Olafa, a następnie podała mu paradny hełm. Jacka zmroziło. Znał tę niesamowitą jastrzębią maskę. Ten hełm jednak pokryto złotem i ozdobiono tłoczonym wzorem — wokół obręczy maszerował rząd wojowników, a górną część wieńczyły pięknie kute liście winorośli.

— Będzie śpiewał pieśni na moją cześć, kobieto. Co mi po pieśniach, gdy nie ma słuchaczy?

— A co — Heide przeciągnęła ostatnie słowo tak, że zabrzmiało niczym podmuch morskiego wiatru — powie król, na to, że masz skalda, a on nie?

— Ivar nie jest taki zły — powiedział niepewnie Olaf. — Służyłem mu całe życie. Jest człowiekiem honoru.

— Był — odparła z westchnieniem Heide. — Zzanim pojawiła ssię ona.

— Cóż, i tak niczego nie zmienisz. Podaj mój miecz, chłopcze. Będę, co prawda, musiał zdjąć go przy drzwiach, ale dobrze wygląda z tym płaszczem.

Broń rzeczywiście prezentowała się świetnie w nowej pochwie, którą Skakki ozdobił klejnotami, wydłubanymi ze zrabowanego krzyża. Jack ledwo uniósł miecz, ale Olaf z łatwością przypiął go do pasa. Skakki też wybierał się na ucztę we własnym rynsztunku, z mieczem, który zdobył w bitwie. Nigdy nie wyrośnie na takiego olbrzyma jak ojciec, ale jego odwaga nie budziła wątpliwości.

Jack go polubił. Chłopak odziedziczył inteligencję po matce. Zachowywał się łagodnie wobec dzieci i nadzwyczaj miło traktował *thrallów*. Olaf twierdził z żalem, że Skakkiego nie ciągnie do berserkerów, ale mimo to był dumny z syna.

Dotti i Lotti poobwieszały się biżuterią — nosiły pierścionki na wszystkich palcach, bransolety, naszyjniki, amulety i trzy duże brosze, z których dwie podtrzymywały bluzy na ramionach, a jedna przypięta była na gorsie. Z brosz zwieszały się na miedzianych łańcuszkach rozmaite przedmioty: klucze, grzebienie, nożyczki, noże i mała srebrna łyżeczka, która według słów Dotti służyła do dłubania w nosie. Kobiety dowiedziały się od Heide o istnieniu podobnych przyborów i uznały je za nadzwyczaj użyteczne.

W białej szacie, z harfą przewieszoną przez plecy, Runa wyglądał jak skald pełną gębą. Nie mógł już śpiewać, ale muzyka nie opuściła jego palców. Nawet Thorgil uległa na tyle, by przywdziać czystą, zieloną tunikę. Na jej szyi lśnił okazały naszyjnik ze srebrnych liści. A na szyi Jacka widniała żelazna obroża *thralla.*

Jack bardzo się denerwował przed spotkaniem z królową, ale wiedział, że po tym, jak zaśpiewa (bezbłędnie — raz po raz uczulał go Runa), może zniknąć w tłumie. Prawdziwym problemem okazała się Lucy. Miała stanowić dar dla królowej i Jack nie mógł nic na to poradzić. Olaf twierdził, że Frith lubi ładne dzieci, być może dlatego, że nie ma własnych. Traktowała je dobrze, oprócz momentów, w których nawiedzały ją ataki złości. Co działo się z dziećmi, kiedy ogarniała ją furia, Olaf nie powiedział.

— Nareszcie! Nareszcie! Pójdę do swojego zamku! — cieszyła się Lucy. — Zobaczę swoich prawdziwych rodziców.

— Mama i tata są twoimi prawdziwymi rodzicami — powiedział Jack.

— Nieprawda — odparła z naciskiem, a chłopiec nie miał serca się z nią spierać.

— Nie idziesz? — zwrócił się do Heide, która wciąż miała na sobie poplamioną suknię roboczą.

— Królowa mnie nie lubi — odparła swoim chrapliwym głosem. — Moja obecnośść ją drażni.

Jack poczuł zawód. Byłoby miło, gdyby na uczcie pojawił się ktoś, kto denerwuje królową.

— Powiem ci jedno, mój drogi gamoniu — ciągnęła Heide, gdy Olaf szykował się do wyjścia. — Jeśśli zzabierzesz tego chłopca i jego ssiostrę na dffór króla Ivara, czeka cię zzguba. Mówiłam ci o tym wiele razy, ale nie ssłuchałeśś. Osstatni raz cię błagam. Nie pokazzuj ich królowej. Widziałam, jak leżżysz w ciemnym lessie, a tffoja krew wssiąka w zziemię.

Runa zdawał się być zaskoczony.

— Nie mówiłeś mi o tym, Olafie.

— Babskie brednie — prychnął olbrzym.

— Nie wydaje mi się, by ktoś kiedykolwiek uznał, że Heide bredzi.

— Słuchaj, stary przyjacielu. Ci, którzy bezpiecznie żyją sobie w cieple, wciąż drżą przed niebezpieczeństwem. Ale wiesz, że wojownicy rodzą się po to, by stawiać niebezpieczeństwu czoło. Nasze duchy gnają nas na morze, byśmy żeglowali po słonych falach. Czujemy szczęście, gdy w walce stawiamy wszystko na jedną kartę, a jeśli przeżyjemy, powrót do domu staje się o wiele milszy. Na każdego przyjdzie kiedyś kres. Możemy co najwyżej dzielnie go przyjąć. Cokolwiek robimy, koniec nadejdzie.

Oczy Runy lśniły.

— Zasługujesz na najlepszy poemat, jaki może ułożyć skald.

— Prawda? — rozpromienił się Olaf.

— Zassługujesz na kopa w tyłek! — krzyknęła Heide. — Kto nakładł mężczyzznom do głów tych wszysstkich bzzdur? Dlaczego nie możżecie trzymać ssię zz dala od kłopotów?

Ale nikt jej nie słuchał, z wyjątkiem Jacka.

Popołudnie było bezchmurne i ciepłe. Nad polami unosiły się roje pszczół, a konie brykały za płotem. Nawet Chmurna Grzywa, który zwykle zachowywał się bardziej powściągliwie, zarżał donośnie. Pierwszy szedł Olaf, niosąc Lucy. Za nim podążał Skakki. Dalej Dotti i Lotti, Runa, Thorgil i Jack. Na samym końcu, w trzeszczącym wozie, jechał Złota Szczecina. Wóz był ciągniony przez woły, a po jego bokach maszerowali Grubonogi, Brudne Gacie i Brzydal. Ubrania mieli znoszone, ale przynajmniej byli czyści. Świński Ryj został w domu, by leczyć ranę w nodze, zadaną kłami Złotej Szczeciny.

Szli pod górę przez sosnowe lasy i łąki. Wśród kęp dzikiego czosnku skakały lemingi, a za krzewami malin i borówek skrył się łoś. Jack zauważył jastrzębia, który krążył w powietrzu, nagle zanurkował, by porwać spomiędzy traw małego, piskliwego gryzonia. Chłopiec poszedł zajrzeć do Złotej Szczeciny.

— Podoba ci się tutaj, co, świnko? — szepnął, a knur zakwiczał w odpowiedzi.

— Nie przywiązuj się do niego — powiedział Brzydal. — Zostanie złożony Freyi w ofierze.

— W ofierze?

— Takich bestii nie trzyma się ze względu na ładny wygląd — stwierdził Brudne Gacie. *Thrallowie* traktowali Jacka przyjaźnie, od kiedy zrozumieli, że nie zamierza sprawiać im kłopotów.

— Myślałem, że ma... no, wiecie... robić małe prosiaczki.

— A robił, robił, jeszcze jak — odparł Brzydal, rechocząc.

— To nie jest zwykły knur — wyjaśnił Grubonogi. — Wszystkie knury są wredne, ale takie jak ten przybyły zza morza wraz z Jotunami. Nie ma takiego drugiego. Gdy go schwytano, zabił człowieka, a później jeszcze zjadł dwa małe wieprzki.

„Dlatego podpuściliście mnie, żebym do niego wszedł", pomyślał Jack, ale nie powiedział tego na głos. — Chyba nie spotka go nic gorszego, niż gdyby zarżnęli go na mięso.

— Oj, spotka. I to dużo gorszego — odparł Brudne Gacie. — Rzucą go razem z wozem na Trzęsawisko Freyi. Będzie w nim powoli tonął. Czasami trwa to całymi godzinami, a on będzie wiedział, co się święci. Świnie to mądre stworzenia.

— To... to straszne!

— Zasłużył sobie, ludojad jeden — odparł Brzydal. — Szkoda, że Świński Ryj nie może tego zobaczyć.

Jack szedł obok wozu z knurem i śpiewał cichym głosem. Nie chciał, by słyszała go Thorgil. Śpiewał o Wyspach Błogosławionych, gdzie nigdy nie pada śnieg, powietrze jest zawsze słodkie, a woda — czysta niczym niebo. Złota Szczecina sprawiał wrażenie, jakby wszystko rozumiał, bo pochrząkiwał cicho.

Wyszli z lasu na nagą ziemię. Thorgil natychmiast puściła się biegiem, by znaleźć królewskie psy. Pałac Ivara wznosił się na samym końcu cypla, zwanego Zębową Skałą. Swoimi rozmiarami przyćmiewał wszystkie przylegające doń budynki, nawet dom Olafa. Łukowaty dach był tu przynajmniej dwa razy dłuższy, a po każdej stronie podtrzymywał go co najmniej tuzin filarów. Mimo to budynek nie wyglądał ładnie. Przypominał Jackowi olbrzymiego chrząszcza z filarami zamiast nóg. Z kilkunastu ognisk, płonących na zewnątrz, unosił się dym.

Rozległy się powitalne okrzyki innych gości — Svena Mściwego, Egila Długiej Włóczni oraz nieznanego Jackowi mężczyzny, który nazywał się Drewniana Stopa. Wyglądem przypominał beczkę na piwo. Szeroką pierś przykrywała kręcona, ruda broda. Ale w oczy najbardziej rzucała się jego lewa noga, zastąpiona w dolnej części grubą, pięknie rzeźbioną laską. Ozdabiały ją takie same wymyślne wzory, jakimi pokryto belki w domu Olafa.

— CHA! CHA! CHA! — roześmiał się donośnie Drewniana Stopa, kuśtykając w ich stronę. — A ZATEM WYMKNĄŁEŚ SIĘ RYBOM. — Poklepał Olafa po plecach.

— Jak noga? — spytał olbrzym.

— DOBRZE JAK NIGDY. ŚWIETNY Z CIEBIE CIEŚLA.

Drewniana Stopa był najwyraźniej równie przygłuchy, jak Eryk Pięknolicy. Kiedy się odzywał, Jack musiał zasłaniać uszy.

— Co się stało z jego nogą? — spytał Runy, gdy już dostatecznie oddalili się od obu wrzeszczących mężczyzn.

— Troll mu ją odgryzł — odrzekł Runa. — Ten sam, który zaatakował Eryka Pięknolicego.

Ściągało coraz więcej ludzi. Kręcili się przy paleniskach, napawając się zapachami pieczonej wieprzowiny, łososia, gęsiny i dziczyzny. Runa brzdąknął na harfie i wiele osób zgromadziło się wokół, by zaśpiewać. Tłum bawił się wesoło, ale Jack zauważył, że nikt nie wchodzi do pałacu Ivara. Wnętrze, które chłopiec dostrzegł za ogromnymi, otwartymi drzwiami, było zadziwiająco ciemne. Budowle Ludzi Północy nie znały okien, pomieszczenia rozświetlano ogniem. Podłużne palenisko w pałacu Ivara wyglądało na wygaszone. Zdawało się, że gęsta ciemność zmusiła nawet światło do ucieczki.

Ponieważ była pełnia lata, słońce powoli obniżało się nad horyzont, a kiedy w końcu zniknęło, na niebie jeszcze długo utrzymywał się słaby blask. Zaśnieżone góry na północy jaśniały czerwienią. „Jotunheim", pomyślał Jack. „Kraina stworów, które odgryzają nogi". Czerwień sączyła się przez niebo i malowała ziemię barwą zaschniętej krwi.

— Może lepiej wejdźmy do środka — zaproponował Olaf.

Rozdział dwudziesty trzeci

TRIUMF OLAFA

Gdy zapadł wieczór, wnętrze pałacu Ivara nie prezentowało się już tak groźnie. Pośrodku płonęło podłużne ognisko, a tu i ówdzie rozstawiono kamienne lampki, napełnione rybim olejem. Powietrze, przesycone cierpkim odorem, zdawało się jeszcze bardziej zatęchłe. Wzdłuż ścian biegł rów, zapewniający wąskie, lecz osłonięte miejsca do spania. Na Zębowej Skale, wystawionej na działanie wiatru, bez wątpienia panował chłód. Jack pomyślał, że spanie wewnątrz rowu musi przypominać leżenie w grobie.

W przeciwległym końcu sali wzniesiono podwyższenie, obramowane zdobionymi filarami. Zwykłe krzesło przy palenisku nie było dość dobre dla Ivara. Chciał mieć cokół; siedząc tam wraz ze swoją żoną, mógł górować nad gośćmi.

Filary i ściany pokryte były rzeźbieniami, które jednak nie przedstawiały wesołych zwierząt, jak w domu Olafa. Wydłużone, bezgłowe, powykręcane ciała wiły się i chwytały nawzajem pazurami. Jeśli gdzieś pojawiała się czyjaś twarz, miała bulwiasty kształt, wytrzeszczone oczy i nieszczęśliwą minę.

Na ścianach wisiały gobeliny. Wykonano je po mistrzowsku, a jednak nie cieszyły oka. Na salę spoglądały złowrogo rozmaite osobliwe istoty. Postacie ludzkie o rogatych głowach tańczyły z bronią w rękach. Jack nie wiedział, co właściwie robią, ale z pewnością nic dobrego. Tu i ówdzie widniały ośmionogie konie.

Na podwyższeniu, po drugiej stronie sali, siedziały dwie osoby. Jack przypomniał sobie słowa, którymi bard opisał króla Ivara: „Ma jasne, niebieskie oczy, podobne do morskiego lodu. Jego skóra jest biała jak brzuch ryby. Gołymi rękami potrafi złamać człowiekowi nogę i nosi płaszcz z bród pokonanych wrogów". Olafa i jego ludzi, jako gości honorowych, poprowadzono do stołu tuż obok pary królewskiej, Jack miał więc doskonały widok na ten szczególny płaszcz. Mieszały się na nim barwy brązu, czerni, odcieni rudych oraz bieli. Wydawał się bardzo brudny. Sam Ivar nie sprawiał wrażenia osoby zdolnej złamać ludzką nogę. Opierał się o krzesło, jakby ledwie mógł utrzymać się w wyprostowanej pozycji. Jak gdyby rzeczywiście nie miał kości.

Jack długo uciekał wzrokiem od stojącego obok Ivara krzesła. Czuł jej obecność, niczym podmuch spod drzwi w zimową noc. Po pomieszczeniu rozchodziło się ciepło z paleniska, ale to na niewiele się zdało. Czuł, jak ziąb chłodzi runę na jego szyi. Podniósł wzrok.

Była piękna.

Była więcej niż piękna. Jack, który nie zwracał większej uwagi na dziewczyny, stał oniemiały. Jakże mógł myśleć, że ona jest zła? Takie piękno mogło pochodzić jedynie od bogów — albo od aniołów, zależnie od religii, którą się wyznawało. Jej skóra była mlecznobiała niczym śmietana. Włosy spływały w dół rudozłotymi falami. Okalały ją niby połyskujący wodospad, sięgając aż do podłogi. Złociste loki Lucy wyglądały przy nich niczym zmoknięte siano.

Królowa Frith uśmiechnęła się, a Jack natychmiast wstał i złożył jej ukłon. Nie mógł się powstrzymać. Prawie nie poczuł, jak Runa pociągnął go w dół i siłą odwrócił jego twarz w inną stronę.

A potem — było to bardzo dziwne — ziąb powrócił. Kiedy na nią nie patrzył, czuł chłód, który ogarniał go od stóp do głów.

— Nie gap się na królową, chłopcze — szepnął Runa. — Pociągnie cię tam, gdzie sama jest, na granicę światów. Skup się na poemacie. Powtórz sobie słowa.

A zatem Jack raz za razem powtarzał wersy pieśni, lecz w głębi serca pragnął jedynie, by królowa Frith znów się do niego uśmiechnęła.

Rozpoczęła się biesiada. Na ogromnych półmiskach wnoszono upieczone w całości prosięta i sarny. Gęsi, faszerowane kurczakami, faszerowanymi skowronkami, faszerowanymi kolendrą, pojawiły się na wszystkich stołach. Miód, wino i piwo lały się strumieniami, lecz Runa surowo zabronił Jackowi wypić choćby odrobinę. Chłopiec musiał zachować trzeźwość umysłu, aż do zaśpiewania poematu na cześć Olafa.

W końcu, gdy Jack sądził, że lepiej już być nie może, królewscy kucharze wnieśli miseczki z budyniem.

— Budyń — odezwała się cicho Lucy i było to pierwsze słowo, jakie wymówiła tego wieczoru. — Najlepszy, z gałką muszkatołową i śmietaną.

Jack musiał powstrzymać łzy, które napłynęły mu do oczu. Król Ivar powstał i przy stołach zapadła cisza.

— Zebraliśmy się, by uczcić powrót naszego przyjaciela, Olafa Jednobrewego.

— SŁUCHAJCIE! SŁUCHAJCIE! — wydarł się Drewniana Stopa z przeciwnego końca sali.

— Zawsze był pierwszy w bitwie, a ostatni w odwrocie. Ocalił mi życie, gdy Królowa Gór zamknęła mnie w swojej jaskini i bez niczyjej pomocy zmusił Elfiego Króla, by zwrócił skradzione bydło. — Jack ze zdumieniem patrzył na Olafa. Nie słyszał wcześniej tych historii. — Od śmierci Throgrima przewodzi moim berserkerom. — Król Ivar wzniósł wysoko swój napełniony miodem róg. — Na jego cześć wydaję tę ucztę i nie mogę się doczekać poematu, chwalącego jego zwycięstwo. Za Olafa!

Władca opróżnił róg, a sala wybuchła wiwatami i okrzykami.

— ZA OLAFA! — ryknęli Drewniana Stopa i Eryk Pięknolicy.

— Też składam mu hołd — rozległ się głos słodki niczym letni wietrzyk na łące. Pomimo panującego gwaru, Jack słyszał ją wyraźnie, podobnie jak pozostali. Znowu zapadło milczenie.

— Olaf zawsze był nie tylko odważny, ale i hojny — dźwięczał piękny głos królowej. Jack chciał podnieść wzrok, ale Runa siłą opuścił jego głowę. — Obdarował nas złotymi pierścieniami i świetnymi tkaninami. Przyniósł nam wspaniałego trollowego knura na ofiarę w dzień przesilenia. A teraz przyprowadził nam prawdziwego skalda. Zbyt długo na tym dworze nie rozbrzmiewała muzyka. Zbyt długo król Ivar obywał się bez poety.

„Chwileczkę", pomyślał Jack. „Ja nie jestem darem dla króla".

Olaf wstał. Jack zauważył, że on też nie patrzy w górę. Swe oczy kierował na stopy królowej — a były to śliczne, filigranowe stópki. Wyłaniały się spod sukni... lecz nagle zza królowej wychynęło coś jeszcze... ogromny kot! Przecisnął się do przodu, ocierając się o szaty Frith i głośno mrucząc. Inne koty wylegiwały się w cieniu podwyższenia. Wszystkie miały długą, rudozłotą sierść i rozglądały się po sali jasnożółtymi oczami.

— Królowo, zanim mój skald zaśpiewa, muszę coś ważnego rzec — oznajmił Olaf. — Thorgil wyruszyła na swoją pierwszą wyprawę i przywiozła swoją pierwszą zdobycz. Zamiast zatrzymać ją dla siebie, pragnie podarować ją tobie, bo wie, że lubisz ładne dzieci. Thorgil zawsze wykazywała szczodrość i odwagę. Przyjąłbym ją w szeregi swoich berserkerów, jeśli się łaskawie zgodzisz. — Thorgil powstała i ukłoniła się. Twarz miała zarumienioną i szczęśliwą. Była przy tym trochę potargana po zabawie z psami. Olaf podniósł Lucy z ławy.

„Nie!", pomyślał Jack. Gdy ta chwila nadeszła, poczuł, że musi wyrwać swoją siostrę z ich rąk i nieważne, co stanie się później. Ale potem podniósł wzrok i ujrzał królową.

Była tak promienna i niewinna, jak majowy poranek. Na pewno nikomu nie wyrządziłaby krzywdy.

Thorgil wzięła Lucy za rękę i poprowadziła ją po schodach na podwyższenie. Koty wyszły naprzód, by się im przyjrzeć i Jackowi zdawało się, że Thorgil się wzdrygnęła. Wyraźnie nie spodobała się zwierzętom — może chodziło o psi zapach. Położyły uszy i zasyczały. Lucy pochyliła się, by pogłaskać jednego z kocurów. Jack cały się spiął, obawiając się najgorszego, kot jednak otarł się o małą i zamruczał.

— Lubią cię — stwierdziła królowa.

— Kot ogrzewał mnie, kiedy wykradziono mnie z zamku — poinformowała ją Lucy.

— Ach! Więc jesteś księżniczką.

— Twoją księżniczką, głupia — odparła Lucy. — Nie pamiętasz? Trolle wykradły mnie, kiedy byłam maleńka.

Po sali przebiegło zdumione westchnienie, gdy Lucy powiedziała „głupia". Jack domyślił się, że nikt dotąd nie ośmielił się obrazić Frith. Ale władczyni tylko wybuchnęła śmiechem.

— Teraz, kiedy o tym mówisz, może i sobie przypominam, że miałam córkę. Dziwię się, że trolle cię nie zjadły.

„Jesteś półtrollką. Wiesz coś o tym", pomyślał Jack, a jednak, gdy patrzył na Frith, jej plugawe pochodzenie nie mieściło mu się w głowie.

— O, chciały! — wykrzyknęła Lucy. — Zaczęły bić się między sobą. „Może ją upieczemy z jabłkiem w buzi?", mówiły. „A może zrobimy z niej placek?" „Placek! Placek!", wrzasnęła połowa trolli. Druga połowa wolała pieczeń z dziecka. Zaczęły się bić i wkrótce wszystkie straciły od tych ciosów przytomność. Wtedy przyszedł tata... to znaczy, mój drugi tata. Ten, którego tu nie ma.

Lucy nie mówiła tak wiele od kilku tygodni. Ze zdumiewającą łatwością wcieliła się w rolę księżniczki. Jack pomyślał, że tak naprawdę mała ćwiczyła to przez całe życie. Lucy podeszła do królowej i z ufnością objęła jej kolana.

— Co za wyobraźnia! — zachwycała się Frith. — Widzę, że będzie z tobą wesoło. Dziękuję ci, Thorgil. To bardzo hojny dar.

Thorgil bąknęła coś w odpowiedzi. Widać było, że i czuje się dość niezręcznie. Kontakty międzyludzkie i takt nie należały do jej mocnych stron.

— Tak? — spytała królowa.

— Czy mogłabym... to znaczy... czy byś... czy byś mogła, pani... pozwolić mi na przystąpienie do berserkerów?

— Takiemu dziecku? — zaszczebiotała Frith swoim uroczym głosem. — Powinnaś raczej uczyć się szycia, tkania i gotowania, jak na panienkę przystało.

Zupełnie jakby królowa dokładnie wiedziała, jak zaleźć Thorgil za skórę. Młoda wojowniczka aż poczerwieniała, starając się nad sobą zapanować. Jack pomyślał, że pewnie jej się to nie uda.

— Królowo — wtrącił Olaf. — To dziecko Thorgrima. Nigdy nie było lepszego berserkera, a ona odziedziczyła jego zapał.

— Czyżby? — odezwała się Frith chłodno. — Nigdy bym nie pomyślała, że córa miecza może nosić takie kobiece ozdoby, jak ten naszyjnik.

„Więc o to chodzi", pomyślał Jack, który przestał patrzeć na królową. Dzięki temu zachowywał jasność umysłu. „Chce dostać naszyjnik Thorgil".

Dziewczyna odpięła naszyjnik i podała go Frith. Chłopiec widział wyraźnie, że przychodzi jej to z trudem.

— Nie chcę go — powiedziała dziewczyna niezbyt wytwornym tonem. — Jest brzydki.

— Myślę, że mnie nie zaszkodzi — zagruchała królowa. — Dziękuję. Możesz teraz wrócić do swojego stołu. Pragnę wreszcie usłyszeć pieśń na cześć Olafa. Nie chcę czekać ani minuty dłużej.

Thorgil chwiejnym krokiem zeszła z postumentu i opadła na ławę. Twarz miała czerwoną ze złości i Olaf położył jej dłoń na ramieniu.

— Później, moja walkirio — szepnął. Thorgil trochę się uspokoiła, choć wciąż wyglądała jak burzowa chmura. Poświęciła pierwszą schwytaną przez siebie *thrall* i piękny srebrny naszyjnik, a i tak nie wstąpiła w szeregi berserkerów królowej.

Jack rozejrzał się. Napotkał spojrzenia przynajmniej setki mężczyzn, w tym wielu ludzi Ivara. Olaf posadził Drewnianą Stopę i Eryka Pięknolicego przy swoim stole i ostrzegł, że podczas występu nie wolno im gadać. Obaj zdjęli hełmy, żeby lepiej słyszeć. Runa uśmiechnął się łagodnie, opierając podbródek o harfę. To może być także jego triumf, choć nikt się o tym nie dowie. Thorgil siedziała zagniewana, Jack nie śpiewał wszakże dla niej.

Odchrząknął. Bardziej czuł, niż widział, królową za swoimi plecami. „Nie wolno mi o niej myśleć", powiedział sobie w duchu. Po plecach przebiegł mu zimny dreszcz. W końcu zaczął:

Słuchajcie, wojowie, opowiem wam
O wojennej chwale, o walecznym Olafie.
Szczodry jest ten wielki siewca strachu.
Szczęśliwi, którzy zasiadają przy nim,
Obdarza ich bogactwem i sławą.
Wilczogłowi ludzie zwą go wodzem.
Surowi wojowie Odyna zwą go przyjacielem.

Jack rozgrzewał się w miarę śpiewania. Zapomniał o słuchaczach. Zapomniał o królowej. Siła życiowa przenikała otoczenie, nie zważając na okrutną i krwawą treść poematu. Chłopcu przebiegła przez głowę myśl, że przyciąga ją wspaniałość poezji Runy. Dzięki sile życiowej każdy wers brzmiał piękniej, a głos Jacka — donośniej. Zdał sobie sprawę, że jeden z surowych wojów Odyna — kruk — siedzi na krokwi wysoko nad jego głową. Przez chwilę przeszkadzała mu obecność ptaka, ale szybko o nim zapomniał.

Kiedy skończył — a poemat był bardzo długi — nie rozległ się żaden dźwięk. Nawet ogień w palenisku przestał trzaskać. Po chwili wielka sala rozbrzmiała okrzykami.

— PIĘKNE! PIĘKNE! — darł się Drewniana Stopa, ocierając oczy kosmykami swojej brody.

— AŻ MOWĘ ODBIERA, PRAWDA? — zgodził się z nim Eryk Pięknolicy.

— Podobał mi się fragment o rozłupywaniu czaszek — stwierdził Egil Długa Włócznia.

— I o brodzeniu po kostki we krwi — dodał Sven Mściwy.

— To nie w porządku! — powiedziała głośno Thorgil. — Wszyscy chwalą Jacka, który nic nie zrobił. Nigdy nie walczył ani nie plądrował!

Runa siedział z lekkim uśmiechem na ustach. Komplementy opływały go niczym ciepły miód. Jack żałował, że nie może powiedzieć o zasługach starego wojownika, ale teraz byłoby to niebezpieczne. Może pewnego dnia zdoła okazać mu wdzięczność.

— Jaka urocza pieśń — dobiegł zza jego pleców słodki głos królowej. Powiedziała to takim tonem, że dzieło Runy wydało się banalne i głupie. Chłopiec obrócił się, gotów bronić pieśni. W samą porę przypomniał sobie o niebezpieczeństwie i zamaskował ten ruch ukłonem. — Nie sądzisz, że pieśń była urocza, Lucy? — Lucy, która przysnęła na kolanach władczyni, usiadła teraz prosto i skinęła głową.

— Ostatnio życie było raczej nudne — stwierdziła Frith. — Dzięki nowemu skaldowi czeka nas wiele atrakcji.

— To mój brat — oznajmiła Lucy z dumą.

— Tym bardziej powinien zamieszkać z nami. Nie sądzisz, mój panie?

„Olafie, zrób coś", pomyślał Jack.

Ivar powstał. Wydawał się blady jak trup i wyczerpany, jakby dręczyła go jakaś choroba.

— Olafie, czy ten skald to podarunek?

— Nie, stary przyjacielu — odparł po prostu wielkolud. — Oddałem ci wiele ze swego bogactwa. Zrobiłem to z własnej woli i z ochotą. U granic Jotunheimu złapałem wielkiego trollowego wieprza i dałem ci go na ofiarę dla Freyi. Czy to za mało?

Ivar skłonił głowę.

— Wstyd mi, że okazałem chciwość.

— Nigdy nie uważałem cię za chciwego, stary przyjacielu — rzekł łagodnie Olaf.

— Czy to oznacza, że ja jestem chciwa? — zapytała królowa. Wstała, zrzucając Lucy z kolan na podłogę. Jej koty wyłoniły się z cienia i otoczyły poły królewskiej sukni, krążąc wokół niczym migotliwy strumień czystego złota. Lucy krzyknęła, po czym zamilkła z kciukiem w ustach.

Frith podeszła do Jacka. Koniuszkiem palca dotknęła jego ust. Przez ciało chłopca przebiegł mróz, zmagając się z gorącem runy.

— Taki piękny głos. Szkoda, że nie będzie śpiewał na twoją chwałę, Ivarze. — Teraz koty ocierały się o nogi Jacka. Były tak duże, że sięgały mu do pasa i od ich bezustannego ruchu kręciło mu się w głowie. — Dobrze więc! Jestem chciwa, ale chodzi mi tylko o sławę naszego dworu, mój drogi mężu. Chcę tego skalda dla siebie.

— Królowo — zaczął Olaf. Do Ivara mówił wcześniej „stary przyjacielu", ale gdy zwracał się do królowej, w jego głosie nie było już ciepła. — Królowo, nie proś o to.

— Ale proszę.

— Weź coś innego — powiedział król Ivar. Pod wpływem spojrzenia, które posłała mu królowa, wrócił chwiejnym krokiem na swoje krzesło.

— Mam nowego konia bojowego — oznajmił Olaf i Jack widział, że zabolało go to równie mocno, jak oddanie naszyjnika zabolało Thorgil. — Zdaje się, że ogier, który go spłodził, pochodził z Krainy Elfów. Chciałem, by dostał go mój syn Skakki. Możesz go wziąć, jeśli zostawisz skalda.

— Nie zwykłam się targować, szlachetny Olafie — odparła królowa. — Niech mnie! Nie jestem jakąś przekupką na targu. Koń będzie oczywiście mile widziany, ale to nie rozwiązuje sprawy chłopca.

— Owszem, rozwiązuje — odezwał się Jack. Potwornie się bał. Musiał zmagać się z kotami, chodzącymi nieustannie wokół jego nóg. Do tego musiał też walczyć z wolą królowej. Na szczęście, siła życiowa, która wciąż unosiła się w powietrzu, ułatwiała mu zadanie. Frith nie wydawała mu się już tak atrakcyjna. Za sylwetką królowej mignął cień, który w niczym nie przypominał postaci ludzkiej.

— W tym kraju obowiązują pewne prawa — wypowiedział z wysiłkiem chłopiec. — To Ivar jest królem. Powiedział, byś mnie nie zabierała. — Przerażenie ściskało mu gardło, ale usłyszał szmer aprobaty, który przebiegł po pomieszczeniu.

— Ojcowie zawsze mówią mamom, co mają robić — zaćwierkała Lucy. Rozległy się śmiechy, które jednak szybko umilkły.

— Zaśpiewam na twoją cześć, królowo — powiedział Jack. — Ale muszę uszanować wolę króla.

Postać Frith lekko zafalowała. Lampki z rybiego tłuszczu zaskwierczały, wydawało się przez moment, że ogień w palenisku przygasa. Po chwili wszystko wróciło do normy.

— Widzę, że jesteś równie sprytny, jak muzykalny — stwierdziła królowa. — Zgadzam się na ten układ... na razie. Zaśpiewaj dla mnie pieśń pochwalną, chłopcze, a ja powiem, czy mi się podoba.

Jack czuł, że zaraz zemdleje. Nie miał przygotowanej żadnej pieśni, a w głowie czuł pustkę. Koty wciąż krążyły wokół niego, to uderzając o jego nogi, to znów depcząc mu po stopach. — Czy mogłabyś... zabrać swoje koty? — poprosił słabym głosem.

— Nie są moje — zaszczebiotała Frith. — Należą do Freyi. Ciągną jej wóz ofiarny i są posłuszne jej woli. Nie mogę mówić bogini, co ma robić. Jej zwierzęta cię polubiły i tyle.

Polubiły? Jackowi zdawało się, że kotom chodzi o coś innego. Miały ciężki krok i obijały się o niego dość mocno. W domu zdarzało mu się bawić z wiejskimi kotami. Miewały swoje humory i czasem, gdy wydawały się zadowolone, nagle zaczynały cię atakować, traktując jak potencjalną zdobycz.

Tak czy owak, nie miał wyboru. „Co zaśpiewać? Co zaśpiewać?", myślał gorączkowo. Wszystkie pochwalne poematy, które znał, mówiły o mężnych czynach albo o talentach takich, jak gra na harfie czy pływanie. Pasowały zarówno do mężczyzn, jak i do kobiet. Ale żaden nie nadawał się dla Frith. Może więc skłamać? „Nie", pomyślał. Umiejętności barda płyną z siły życiowej, a tej nie można oszukać.

Co więc pozostawało? Jej piękno. Poematy wspominały ogólnikowo o kobiecej urodzie. A urody królowej nie brakowało. Wprawdzie znacznie ważniejszy był jej charakter, ale Frith nie posiadała innych cech charakteru niż żądza i chciwość. Musiało mu wystarczyć piękno.

Jack zaczął dość niezgrabnie. Na poczekaniu wymyślał kolejne słowa. Uniósł głowę i zobaczył kruka, ukrytego gdzieś na krokwi. Mężne Serce! To na pewno był on, musiał przylecieć za nimi z domu Olafa. Ptak kołysał się w przód i w tył, okazując zdenerwowanie. Pewnie trudno mu było zachować spokój w obecności kotów. Mogłyby go rozszarpać w mig.

— Dlaczego przestałeś? — spytała królowa.

Jack odwrócił się i zobaczył, że Frith znów trzyma na kolanach Lucy i przytula ją do siebie. A właściwie Lucy przytulała się do niej. Frith nigdy nie zdobyłaby się na takie czułości. Życie jego siostry było w rękach władczyni. Musiał ją zadowolić. Nie chciał dowiedzieć się, co królowa robi z dziećmi, gdy dopadnie ją złość.

Popatrzył królowej prosto w oczy. Jej uroda oszołomiła go, tak samo jak wcześniej. Zaczął śpiewać, najpierw o jej białych ramionach, potem o idealnej twarzy. Chociaż ta twarz idealna nie była. Poeci zawsze wspominali o oczach kobiet, a oczy Frith wyglądały niczym bramy nicości.

Jej włosy! Mógł zaśpiewać o nich. Naprawdę na to zasługiwały, rudozłota rzeka, spływająca po niej niczym płaszcz utkany przez elfy. Sięgały podłogi, opadały z białego czoła jak promienie słońca. Pod tym względem nawet sierść kotów Freyi nie dorównywała włosom królowej.

Na wzmiankę o kotach, jeden z nich odwrócił głowę i zatopił zęby w nodze Jacka. Chłopiec krzyknął, zaskoczony. Zaklęcie prysło, bo w istocie było to tylko złudzenie. Mocno poczuł obecność siły życiowej, tak jak wtedy, gdy przyzywał mgłę. Włosy Frith nabrały przez moment jeszcze bardziej złotej barwy i opadały z jeszcze większą gracją. Opadały dosłownie.

Gdy czar prysł, włosy Frith po prostu oderwały się od jej głowy i z cichym szelestem zsunęły się na podłogę.

Biesiadnicy wstrzymali oddech. Frith rozejrzała się z niepewną miną, jakby nie zauważyła, co się stało.

— To *seiðer*! — krzyknęła Thorgil, przerywając ciszę. — Widzicie? Na krokwi siedzi jego kamrat!

Mężne Serce zakrakał złowrogo i wyfrunął przez drzwi.

— Kruk? — powiedziała Frith z zastanowieniem. Dotknęła swojej głowy. I wtedy krzyknęła, a był to straszliwy krzyk, nie przypominający ludzkiego głosu. Jej ciało wybrzuszyło się w kilku miejscach, rysy marszczyły się i drgały, tak jak stwory, wyrzeźbione na ścianach. Głowa stała się blada i bulwiasta, oczy wyłupiaste, a usta wykrzywione. Krzyknęła znowu, a potem jeszcze raz. Sala pustoszała błyskawicznie, a wojowie wpadali na siebie, wydając niezbyt mężne piski.

Jack starał się dotrzeć do Lucy, ale porwał go Olaf. Olbrzym torował drogę swoim żonom i przyjaciołom, a Skakki zabezpieczał tyły. Drewniana Stopa i Eryk Pięknolicy nieśli między sobą Runę. Sędziwy wojownik był zbyt słaby, by samemu przedzierać się przez ogarnięty paniką tłum. Gdy znaleźli się na zewnątrz, Olaf poprowadził ich na skraj lasu. Patrzył, jak goście zbierają się w sporej odległości od pałacu.

Krzyki umilkły. Nocne niebo było pełne gwiazd, a księżyc w pełni stał wysoko nad horyzontem. Słaby blask świadczył, że latem nawet o północy słońce nie odchodzi daleko. Nikt się nie odzywał, a Jack bał się zadawać pytania. Co się teraz stanie?

W końcu Runa szepnął: — Jeszcze nigdy nie widziałem takiego napadu furii.

Te słowa rozluźniły napięcie. Olaf zaśmiał się głosem pozbawionym wesołości.

— Heide miała rację. Jak zwykle. Trzeba było nie zabierać dzieci na ucztę.

— To przeznaczenie — stwierdził Runa.

— Przepraszam — powiedział Jack, kuląc się przed ciosem. Olaf był jednak zbyt przejęty, by go uderzyć. Patrzył na drzwi pałacu Ivara.

— Mam przyprowadzić *thrallów*, ojcze? — odezwał się w końcu Skakki.

— Tak — odparł olbrzym. — Weź ze sobą Jacka. Uspokoi trollowego knura, kiedy będziesz wyprzęgał woły.

Wrócili między biesiadników i Jack zaczął rozpytywać, co się stało z Lucy. Nikt nie wiedział i nikt nie chciał wrócić do środka, by to sprawdzić. Jack ocierał łzy, gdy szedł za Skakkim w stronę wozu ze Złotą Szczeciną. Pod wozem schowali się Grubonogi, Brudne Gacie i Brzydal.

— Co to były za dźwięki? — jęknął Brzydal.

— Królowa wpadła w złość. Możecie już wyjść — polecił Skakki. — Wyprzęgnijcie woły. Idziemy stąd. — Mężczyźni uwijali się przy zwierzętach, podczas gdy Jack śpiewał cicho stojącemu w wozie wieprzowi. Przez cały ten czas rozcinał nożem skórzane paski, podtrzymujące drzwiczki. W końcu Skakki zawołał go do siebie.

— Żegnaj, świnko — szepnął chłopiec. — Powodzenia.

W milczeniu szli przez las. Księżyc w pełni oświetlał im drogę, a pod drzewami po obu stronach gromadziły się cienie. Była to jednak zwyczajna ciemność, a nie paskudny mrok, jaki panował w pałacu króla Ivara. Na tle tarczy księżyca Jack ujrzał kruka, który w górze dotrzymywał im towarzystwa.

Rozdział dwudziesty czwarty

WYPRAWA

Następnego ranka Olaf wysłał królowi Chmurną Grzywę.

— Może to ukoi jego gniew. Nie mamy co liczyć, że złagodzimy złość Frith.

— Powinniśśmy wsiąśść na okręt i popłynąć do Laponii — powiedziała Heide. — Moi bracia nass ochronią.

— Bez obrazy, droga żono, ale nie chcę mieszkać w cuchnącym namiocie z twoimi braćmi. Nie chcę też, by nazywano mnie tchórzem.

— Ucieczka to jedyne rozssądne wyjśścieee — odrzekła kobieta, przeciągając ostatnie słowo.

— To hańba. Jestem poddanym króla Ivara, a nie krzywoprzysięzcą.

— Wolisz więc pozwolić nass wyrżżnąć, niżż narazzić na szwank sswoją bezcenną reputację. — Heide jak nikt inny potrafiła stawić Olafowi czoło.

— Reputacja to wszystko, co posiada mężczyzna. Tak czy owak, tobie śmierć nie grozi. Znam Ivara. Może ukarać mnie i oczywiście Jacka, ale dalej się nie posunie.

Jack chętnie wsiadłby na okręt i uciekł do Laponii, nieważne, gdzie ona leżała. Mógłby mieszkać w cuchnącym namiocie nawet do końca życia, nie miał jednak wyboru. Uwięziono go w domu, przywiązując za niewolniczą obrożę do ciężkiego stołu. „Jak psa", pomyślał.

Thorgil też nie mogła wychodzić, ale nie założono jej więzów, ufając w rozsądek dziewczyny. Olafa rozgniewał jej wybuch w pałacu Ivara.

— Jakby było nam mało — warknął — musiałaś jeszcze zarzucić Jackowi *seiðer*!

— Rozmawia z krukami — mruknęła pod nosem.

Skakki wpadł przez drzwi.

— Nie zgadniecie, co się stało! Złota Szczecina rozwalił drzwiczki wozu i uciekł. Królowa jest wściekła.

— Coraz gorzej — jęknął Olaf. — Powiadają, że kiedy człowiekowi pisana śmierć, nic mu nie wychodzi.

— Król chce cię widzieć w pałacu — oznajmił Skakki. — Wezwał też Jacka i Runę.

— Runę?

— Jako mistrza sag, a także znawcę magii skaldów. Wezwał jeszcze Thorgil, ze względu na to oskarżenie o *seiðer*.

— Mnie? — wykrzyknęła Thorgil z oburzeniem.

— Nigdy nie umiałaść siedzieć cicho — stwierdziła Heide.

Wszyscy ubrali się szybko. Runa włożył swoją białą szatę, miał się bowiem wypowiadać w sprawach magii. Ruszyli przez las, a Olaf prowadził Jacka na smyczy. „Jak psa", pomyślał znowu chłopiec. Zastanawiał się, jak też ukarze go królowa. Może odbierze mu rozum, tak jak bardowi. Albo rzuci na Trzęsawisko Freyi, by tonął w nim powoli. Albo upiecze nad ogniem. Jackowi przychodziły do głowy dziesiątki wymyślnych kar, jedna bardziej okrutna od drugiej.

Przynajmniej Złota Szczecina uciekł. Owszem, był złośliwą bestią i pewnie nie zasługiwał na litość, ale Jack go lubił. Schlebiało mu, że wieprz ceni jego poezję, nawet jeśli był tylko świnią.

Król i królowa zajmowali miejsca na podwyższeniu. Przed nimi prężył się szereg wojów, a z przodu stali kapłani Odyna i Freyi.

— Kapłani nie zdołali zdjąć zaklęcia — oznajmił król.

Jack poczuł ulgę, gdy przy nogach władczyni zobaczył Lucy. Ale kiedy dziewczynka podniosła oczy, zrozumiał, że postradała zmysły. Miała nieobecny wzrok i nawet nie poznała brata. Gdzie przebywała jej dusza? Na pewno nie w zamku. I na pewno nie w świecie fantazji, w którym półtrollka Frith była jej matką.

Zerknął na królową, która natychmiast odpowiedziała ostrym spojrzeniem. Odzyskała ludzką postać, ale jej świetlista uroda gdzieś się ulotniła. Skóra Frith wydawała się szorstka i nierówna, jak źle ugniecione ciasto. Głowę owinęła sobie chustą, a jej włosy leżały w koszu na podłodze.

— Chcę, by go ukarano — syknęła. Powietrze za nią zawirowało i chłopiec zorientował się, że nie straciła ani odrobiny ze swojej mocy. — Ma cierpieć tak, jak jeszcze nikt nie cierpiał. Całymi dniami. Niech rozpacza, odzyskuje nadzieję, a potem znowu popada w rozpacz.

— Jeśli to zrobisz, nigdy nie odzyskasz swej urody — powiedział Runa.

— Jak to? Kiedy on umrze, jego czar pryśnie.

— Obawiam się, że nie — odparł Runa. — To nie jest jakaś kiepska, kuglarska sztuczka. Jacka szkolił Smoczy Język.

— Smoczy Język! — wrzasnęła Frith. Wojowie skulili się i zakryli uszy. Król Ivar pobladł. — On nie żyje! Nie żyje! Nie żyje! — krzyczała królowa.

— Ale żyje jego sława — powiedział Runa. — Był najpotężniejszym skaldem w Midgardzie, a Jack to jego następca.

— Teraz wiem, że pragnę śmierci chłopaka!

— Królowo — przemówił kapłan Odyna — jeśli to sprawka Smoczego Języka, to znaczy, że zdjąć zaklęcie może tylko ten, kto je rzucił.

— To prawda — przytaknął kapłan Freyi.

Frith zawahała się, najwyraźniej zbierając siły. Cienie za nią zamarły w bezruchu.

— No, dobrze, chłopcze — powiedziała głosem, przepełnionym słodyczą — na co czekasz?

Olaf wypchnął Jacka przed siebie. Chłopiec poczuł opływające go fale chłodu.

— Ja... ee... — zaczął.

— No, dalej! Zdejmij zaklęcie.

— Nie wiem, jak — bąknął.

— Co?

Przełknął ślinę.

— Nie wiem, jak.

Królowa krzyknęła wniebogłosy i wszyscy, nawet Olaf, padli na kolana.

— To kończy sprawę — stwierdził kapłan Odyna.

— Przykro mi, chłopcze — jęknął Olaf. — Już myślałem, że mamy jakąś szansę.

— Ależ mamy — powiedział Runa. Thorgil pomogła mu wstać i otrzepać kolana, jako że wśród słomy na podłodze pałacu Ivara pełno było ogryzionych kości i kosteczek, nie mówiąc o pchłach. — Jeśli nawet na razie Jack nie zna odpowiedniej magii, może ją zaczerpnąć ze Studni Mimira.

— Ze Studni Mimira? — Kapłan osłupiał. — Przecież to w Jotunheimie!

— Nie powiedziałem, że będzie łatwo.

— Jotunheim pełen jest niewiarygodnych zagrożeń — odezwał się król Ivar. — Wiem. Byłem tam.

— Ja też — dodał Olaf.

— Ale z gwarancją bezpieczeństwa da się to zrobić — powiedział Runa.

Oczy wszystkich zwróciły się na Frith, która popatrzyła wokół wilkiem.

— W Jotunheimie mnie nie lubią. Własna matka mnie stamtąd wyrzuciła.

— Nie wyrzuciła cię — odrzekł cierpliwym tonem król. — Wydała cię za mnie za mąż.

— Na jedno wychodzi. — Frith uśmiechnęła się szyderczo. — Chciałam porządnego ogra albo goblina, ale nie. Matka uparła się, żebym wyszła za nędznego człowieka. — Król Ivar przykrył oczy dłonią, jakby słyszał to już wiele razy.

— Zdaje się, że... — Jack odchrząknął i królowa znowu popatrzyła na niego. Nawet w swojej mniej efektownej postaci sprawiała, że miał pustkę w głowie. — Zdaje się, że jeśli chcesz zostać uzdrowiona, muszę odnaleźć Studnię Mimira i... i... co mam z nią zrobić, Runo?

— Wypić z niej miód pieśni — powiedział cicho starzec. — To marzenie każdego skalda. Pragnąłem tego przez całe życie... cóż, nie ma sensu żałować czegoś, co się nigdy nie ziści. Miód pieśni zasila korzenie Yggdrasila, drzewa, które obejmuje dziewięć światów. To czysta siła życiowa, jak powiedziałby Smoczy Język.

Gdy Runa mówił, Jack doznał dziwnego uczucia. Przypominało wiatr ponad morzem, jastrzębie, nurkujące ze złożonymi skrzydłami i odległe wzgórza, przykryte mgłą. Widział siebie, idącego przez las olbrzymich jodeł. Powietrze wypełniał zapach lodowca. „Wielkie nieba", pomyślał. „Chyba podoba mi się ta przygoda". Uczucie było tak niezwykłe, że zastanawiał się, czy jest jeszcze przy zdrowych zmysłach.

Otworzył oczy i zobaczył oszołomioną minę Thorgil.

— Odnalezienie Studni Mimira — wyjąkała. — Co za misja!

Nawet Olaf zdawał się być zaskoczony.

— Brzmi rzeczywiście wspaniale — odezwał się z westchnieniem Ivar. — Niestety, nie mogę już wziąć udziału w tej sprawie. Cóż, mój trollowy kwiatuszku. Dasz Jackowi gwarancję bezpieczeństwa, żeby twoi ziomkowie wiedzieli, że to gość, a nie, ee, dwunożna zwierzyna łowna?

Frith nachmurzyła się i przyjęła nieprzejednaną postawę. Musieli ją błagać i wygłaszać pochlebstwa pod jej adresem. Ivar obiecał jej wiele prezentów i w końcu się zgodziła. Spod sukni wyjęła złotą figurę szachową, którą ukradła swojej matce.

— To królowa — oznajmiła. — Mam nadzieję, że bez niej szachy są do niczego. Tak czy owak, matka ją rozpozna. Ale chcę mieć pewność, że wrócicie, a nie uciekniecie, jak banda oszustów.

— Nie jesteśmy krzywoprzysięzcami! — zagrzmiał Olaf.

— Trollowy wieprz uwolnił się w nocy — powiedziała Frith. — Pewnie jest już w połowie drogi do Jotunheimu, a to oznacza, że nie mam ofiary dla Freyi.

„Trudno", pomyślał Jack.

— Myślałam o Chmurnej Grzywie — ciągnęła królowa, uśmiechając się na widok zaniepokojonej miny Olafa. — Ale potem wpadłam na lepszy pomysł. Ten prezent od ciebie, Thorgil, trochę się zepsuł. Nie chce mówić, nic a nic. Nudzi mnie. Dlatego pomyślałam: „Czemu by nie złożyć w ofierze Lucy?"

— Nie! — krzyknął Jack.

— Już od lat nie dałam bogini ludzkiej ofiary. Lucy to ładny dzieciak, a Freya nie przejmie się jej głupotą.

— Nie możesz tego zrobić! Nie pozwolę ci! — Jack chciał podbiec do podwyższenia. Upadł, gdy wrogość władczyni uderzyła w niego z całą siłą. Zachłysnął się, próbując złapać oddech. Otoczył go paskudny mrok i przenikliwy ziąb. Tylko runa na szyi ocaliła go przed zamarznięciem.

— Jeśli zabijesz skalda, wyprawa się nie powiedzie — ostrzegł Runa.

Ciemność odpłynęła. Jack otworzył oczy i zobaczył, że jego ciało pokrywają kryształki lodu, które powoli zaczynają się rozpuszczać.

— Poczekam do święta żniw — oznajmiła Frith. — Do tego czasu macie dotrzeć do Jotunheimu, znaleźć Studnię Mimira i wrócić. Jeśli się spóźnicie albo uciekniecie jak kundle z podkulonymi ogonami, wsadzę Lucy na święty wóz i osobiście rzucę ją na Trzęsawisko Freyi.

„To moja wina. To wszystko moja wina", myślał Jack, gdy wracali przez las. „Bard postradał zmysły, bo oddał mi runę ochronną. Pozwoliłem, by Ludzie Północy zabrali Lucy. Niechcący rzuciłem zaklęcie na Frith. Gdybym nie uwolnił Złotej Szczeciny, Lucy nie zostałaby przeznaczona na ofiarę. A teraz przeze mnie wszyscy ruszają na tę głupią wyprawę do krainy, której mieszkańcy odgryzają ludziom nogi. Nigdy nie znajdę tej studni. Albo wpadnę do niej i się utopię".

W górze pojawił się jakiś cień, który po chwili usiadł chłopcu na ramieniu. Mężne Serce miał ostre pazury.

— Au! Przestań! — krzyknął Jack. Kruk odfrunął na pobliski krzew. Olaf, Runa i Thorgil przystanęli.

— Może on naprawdę uprawia *seiðer* — odezwał się olbrzym.

— Mówiłam — odparła Thorgil.

— Bzdura. Po prostu rozmawia ze zwierzętami — szepnął Runa. Starzec dużo mówił w pałacu Ivara i teraz niemal zupełnie stracił głos. Domagał się nagród za triumfalny powrót z Jotunheimu. Po swojej stronie miał prawo, a także poparcie kapłanów Odyna i Freyi. Nagradzanie bohaterstwa należało do obowiązków króla.

Mówił, że jeśli Jackowi się powiedzie, zarówno chłopcu, jak i Lucy, należy zwrócić wolność. Trzeba ich zabrać do domu. „Jeśli chcesz, by Jack wrócił, musi go czekać coś więcej, niż życie thralla". Królowej się to nie podobało, ale zarazem rozumiała, że nikt nie chciałby bezinteresownie nadstawiać karku dla kogoś innego. Nagroda — którą nazywała „przekupstwem", stanowiła dla niej rzeczą zrozumiałą.

— Słyszałem, że smocza krew zapewnia umiejętność rozmowy z ptakami — wyszeptał Runa.

— Też o tym słyszałem — przyznał Olaf. — Smoczy Język mówił o mężu imieniem Sigurd, który zabił smoka. Gdy chował miecz, przypadkiem ukłuł się w palec i włożył go do ust. Na palcu wciąż była smocza krew. Sigurd od razu zaczął rozumieć, o czym rozmawia para skowronków.

— Pamiętam tę opowieść. Nikt nie oskarżał Sigurda o *seiðer* — powiedział Runa.

— Żaden zwykły *thrall* nigdy nie zabił smoka — mruknęła Thorgil.

Dotti i Lotti z wielką ulgą przyjęły powrót Olafa. Opadły go, tuląc się i szlochając. Nawet Heide go pocałowała.

— Mój najdroższy gamoniu! Wyrwałeś ssię wilkom!

Żony nie były już jednak tak zadowolone, gdy dowiedziały się o wyprawie.

— Dopiero wróciłeś — załkała Lotti. — Czemu wyruszasz między trolle?

— To rozkaz króla — odparł Olaf, sadzając sobie Lotti na jednym kolanie, a Dotti na drugim. — Musimy znaleźć Studnię Mimira, żeby Jack mógł wyleczyć królową.

— A kto by chciał ją leczyć? — parsknęła Dotti.

— Śświetne pytanie — przytaknęła Heide.

— Jeśli tego nie zrobimy, mała Lucy zostanie złożona w ofierze Freyi. — Olaf raz po raz podrzucał swoje młode żony na kolanach, jakby były dziećmi, bawiącymi się w jazdę na koniu. A one piszczały i prosiły o więcej.

— Szykuje się wspaniała wyprawa — powiedziała Thorgil z błyskiem w oku. — Spotkamy trolle, gobliny i ogry. Ograbimy ze złota kuźnie krasnoludów. Może nawet chwalebnie polegnę w bitwie.

— Ale jessteśś głupia — stwierdziła Heide.

— A Jack napije się miodu ze Studni Mimira — szepnął Runa. — Sam zawsze o tym marzyłem.

— Sspodziewałam ssię tępoty po całej reszcie, ale nie po tobie. — Heide załamała ręce, po czym zajęła się przędzeniem. Miała duże krosno, przymocowane do ściany. Kamienne ciężarki, wiszące na końcach włókien, napinały osnowę, a wątek wplatało się w osnowę ręcznie i naciągało za pomocą podłużnego kawałka wielorybiej kości. Heide tkała wspaniały wzór w czerwono-żółto-niebieską kratę, tkaninę piękniejszą od wszystkich, jakie kiedykolwiek zrobiła matka Jacka.

„Matka", pomyślał ze smutkiem chłopiec. Nie wiedział, czy żyje ona lub ktokolwiek z pozostałych. Droga do domu wiodła przez Jotunheim, gdzie równie łatwo spotkać można goblina czy ogra, jak owcę w gospodarstwie ojca. Nigdy mu się nie uda. Nigdy.

Rozdział dwudziesty piąty

JOTUNHEIM

Olaf kazał wyciągnąć na brzeg swoją długą, smukłą *karfi*. Szczeliny wypełnił starannie pakułami ze zwierzęcej sierści i wełny. Poodrywał od kadłuba skorupiaki i sprawdził, czy liny nie noszą oznak zużycia. Dotti i Lotti cerowały dziury w żaglu, zaś Skakki i Heide zajęli się prowiantem. Jack biegał w tę i z powrotem i pomagał wszystkim.

Tym razem nie potrzebowali licznej załogi, nie wyruszali bowiem na wyprawę wojenną. Sześciu ludzi zgłosiło się na ochotnika. Wśród nich Sven Mściwy, Eryk Pięknolicy i Eryk Zapalczywy. Pod koniec tygodnia ukończyli przygotowania. Tłum w porcie życzył śmiałkom powodzenia, a rybacy w małych łódkach krzyczeli na wiwat, gdy okręt przepływał obok. Zanim stracili miasteczko z oczu, na pokładzie wylądował Mężne Serce i głośno zakrakał.

— Nie chciałem cię zostawiać — wyjaśnił Jack. — Po prostu pomyślałem, że ta wyprawa będzie dla ciebie zbyt niebezpieczna. Napotkamy trolle, ogry i w ogóle. To nie jest miejsce dla ptaków. — W odpowiedzi kruk odwrócił się tyłem i napaskudził na pokład.

— Przestań do niego gadać. Działa mi to na nerwy — warknął Sven Mściwy.

Thorgil sterowała. Wypłynęli przez fiord na otwarte morze. Tylko ostatni etap podróży do Jotunheimu prowadził drogą lądową. Zdaniem Olafa wędrówka na przełaj, przez góry, była zbyt niebezpieczna.

— Morze Trolli — mruknął Jack, gdy wypłynęli na szaro-zielony bezmiar.

— Teraz już nasze — odezwał się Olaf. — Należało do nich, gdy było skute lodem. Jotuny nie lubią głębokiej wody, tak jak nie lubią słonecznego światła. Ich żywioł to lód i zima. Niektórzy nazywają je lodowymi olbrzymami.

— A więc to są lodowe olbrzymy — chłopiec ze zrozumieniem pokiwał głową. — Bard opowiadał mi, że czyhają na ludzi i oszałamiają ich swoim mglistym oddechem. Mówił, że zimową nocą nigdy nie wolno kłaść się na ziemi, choćby nie wiem jak cię kusiło. Lodowe Olbrzymy zesłałyby na ciebie senność, a ty zamarzłbyś na śmierć.

— Tak, to podstęp typowy dla trolli — stwierdził Olaf.

Podróż upływała Jackowi nadspodziewanie miło. Bezkresne morze i niebo napełniały go radością. Uwielbiał krzyk mew. Za to Mężne Serce za nimi nie przepadał. Podrywał się z pokładu i odpędzał ptaki, ale mewy zawsze wracały.

Jack nauczył się grać z wojami w „Wilka i owce". Śpiewał z nimi pieśni. „Sława nie umiera!", te słowa raz po raz niosły się po morskich falach. Nawet Thorgil śpiewała, aż któregoś razu Runa powiedział jej, że ma słodki głos. Wtedy nadąsała się i umilkła.

W miarę, jak płynęli na północ, na brzegu pojawiało się coraz mniej wiosek. Napotykali też coraz mniej statków. Po jakimś czasie już w ogóle nie widzieli ani jednych, ani drugich. Drzewa były bardzo wysokie i miały tak grube pnie, że za każdym mogłoby się schować sześciu mężczyzn. Łatwo było uwierzyć, że ten las został stworzony dla Jotunów, a nie dla ludzi. Ogromny łoś o porożu szerszym, niż rozłożone ręce Olafa, spoglądał na nich z cienia. Któregoś razu Jackowi zdawało się nawet, że widział niedźwiedzia.

Pewnego popołudnia natknęli się na ławicę śledzi i Jack zrozumiał, co Olaf miał na myśli, mówiąc, że można położyć na wodzie topór. W morzu wiło się wiele tysięcy ryb, które zupełnie unieruchomiły łódź. Eryk Zapalczywy wybierał je za pomocą sieci, Mężne Serce chwycił jedną w szpony. Można je było łapać dosłownie gołymi rękami.

— Szkoda tracić takie bogactwo — powiedział Olaf. — Na przepastny brzuch Thora, żałuję, że nie mogę wysłać ich do domu.

— Thor byłby teraz dobrym towarzyszem — odezwał się Sven Mściwy. — Wiedział, jak radzić sobie z trollami.

— Jotuny ukradły mu raz młot, wiedziałeś o tym? — zwrócił się Runa do Jacka.

Chłopiec pokręcił głową.

— Thyrm, król trolli, zabrał młot, kiedy bóg spał — wyjaśnił Olaf. — Jak wiesz, siła Thora pochodzi z jego młota. Thyrm powiedział, że go odda, jeśli Freya wyjdzie za niego za mąż.

— A kto zgodziłby się oddać boginię miłości brudnemu Jotunowi? — wtrącił Sven.

Olaf ciągnął: — Thor włożył suknię i welon, po czym poszedł do Jotunheimu. „Och, wpuśćcie mnie, wielkie i silne Jotuny", poprosił piskliwym głosem. „To ja, Freya. Ale z was przystojniaki!" Oczywiście trolle szybko otworzyły bramę.

„Och, chciałabym coś zjeść", oznajmił Thor. Przyniosły mu osiem łososi, pieczonego wołu, dziesięć kurczaków, świnię i owcę. Thor zjadł wszystko i popił beczką piwa.

„Do stu piorunów, ta bogini dużo je", powiedziały Jotuny. Thrym podniósł welon, zobaczył błyszczące oczy Thora i odskoczył, jakby dotknął rozgrzanego pieca. „Jaka rozpalona!", krzyknął. „Widać, że się we mnie zakochała". Trolle przyniosły młot Thora w zamian za Freyę. Thor zrzucił welon i złapał broń. — Olaf przerwał i popatrzył wyczekująco na Jacka. Pozostali wojowie wiercili się z niecierpliwości.

— I co się stało? — spytał w końcu Jack.

— Rozwalił wszystkim łby i wrócił do domu! — Olaf zwieńczył opowieść. Wojowie buchnęli śmiechem i zaczęli się radośnie poszturchiwać.

— Tak skończył Thyrm! — zakrzyknął Sven.

— Bach! Trach! Łup! Trzask! — Thorgil wymachiwała niewidzialnym młotem.

„Nigdy nie zrozumiem Ludzi Północy", pomyślał chłopiec.

— RYBY ODPŁYWAJĄ — oznajmił Eryk Pięknolicy. Jack zobaczył, że skotłowana, połyskująca masa przesuwa się na południe. Okręt zadrżał i po chwili znów poruszał się swobodnie.

— Zatrzymajmy się i zjedzmy coś, zanim wpłyniemy do Jotunowego Fiordu — zaproponował Runa. — Kiedy już tam dotrzemy, raczej nie będziemy mieli wiele czasu na odpoczynek.

Jotunowy Fiord. Woda była tu ciemna i głęboka. W oddali, po drugiej stronie zatoki, wyrastała pokryta lodem góra. Na klifach po obu stronach uwijały się rybitwy, alki, maskonury, kormorany i mewy. Do skał przylepionych było tysiące gniazd, a powietrze wypełniały ptasie krzyki. Orły bieliki krążyły leniwie w górze, wypatrując zdobyczy. Z kolei w wodzie roiło się od ryb. Pływało w niej mnóstwo dorszy, łupaczy, halibutów i łososi.

— Tak to właśnie jest na granicy światów — stwierdził Runa.

— Nie rozumiem — odparł Jack.

— Opuszczamy Midgard i wpływamy do Jotunheimu. Tutaj siła życiowa ma największą moc. Yggdrasil otacza granicę jedną ze swoich gałęzi.

— Nic nie widzę.

— Postaraj się — poradził Runa. Zatem Jack poszedł na dziób i wytężył umysł. Na początku niczego nie dojrzał. Ptasia wrzawa rozpraszała go, a nucenie Eryka Pięknolicego też nie ułatwiało sprawy. Chłopiec bał się, że może niechcący wywołać mgłę albo, co gorsza, ulewę. Tak naprawdę nie wiedział, co robi.

„Ujawnijcie się, żywe siły ziemi i nieba. Ukażcie mi swoje ścieżki w morzu. Rozwińcie liść, rozbłyśnijcie w słońcu, wypełnijcie powietrze swoją muzyką". Nie miał pojęcia, skąd w nim się biorą te słowa. Po prostu tam były, lśniły wszędzie wokół. Stopniowo powietrze zgęstniało niczym miód, a woda zebrała się w wir, który wypełnił się korzeniami.

Były wszechobecne, wciągały słońce w zieloną głębinę. Ryby wpływały w gęstą dżunglę i wypływały z niej. Korzenie wzrastały ku górze, a gdy docierały na powierzchnię, przekształcały się w gałęzie. Rosły na nich liście, jakich w Midgardzie nie widział nikt. Połyskiwały zielenią i złotem, a ptaki wiły wśród nich swoje gniazda.

Tego było za wiele. Wizja zdawała się tak intensywna i wyrazista, że chłopak nie był w stanie jej znieść. Poczuł, że kręci mu się w głowie i upadł bez przytomności. Gdy się ocknął, Runa trzymał przy jego ustach bukłak z wodą. Olaf klęczał obok.

— Co zrobiłeś?

— Ja... ee... — Jack zakrztusił się wodą.

— Ujrzał Yggdrasila — wyjaśnił Runa.

Jack usiadł prosto i zobaczył, że Eryk Pięknolicy, Sven Mściwy i pozostali zebrali się na drugim końcu pokładu. Sprawiali wrażenie zupełnie przerażonych. Za to Mężne Serce siedział na maszcie i skrzeczał wesoło. Najwyraźniej dla niego obecność Yggdrasila nie była niczym złym.

— Runa powiedział, że siła życiowa ma tu wielką moc i żebym spróbował ją zobaczyć — powiedział chłopiec.

— Nie rób tego więcej — odparł Olaf. — Usłyszeliśmy, jak intonujesz pieśń. W powietrzu rozległ się łopot skrzydeł. Już myślałem, że znalazł nas jakiś smok. Morze się spieniło, Sven był pewien, że atakuje nas wąż morski. Wiem, że przywykłeś do takich rzeczy, ale my ich nie lubimy.

— Przepraszam — powiedział Jack.

— To moja wina — wtrącił Runa. — Chłopak ma pewne braki w wiedzy i posunął się za daleko.

— Tak się stało również wtedy, kiedy królowa wyłysiała. Ale to była dobra sztuczka. — Olaf uśmiechnął się. — Świetny z ciebie skald i jeśli przeżyjemy, liczę na wiele pieśni.

— Też mogłabym układać poematy — odezwała się Thorgil. — Gdybym się postarała.

— Ty? Nie rozśmieszaj mnie — odparł Olaf. — Każdy wie, że kobiety nie umieją tworzyć poezji. To zajęcie tylko dla mężczyzn.

— Mogę robić wszystko to, co mężczyźni! — krzyknęła Thorgil. Twarz jej poczerwieniała.

— Dobra z ciebie wojowniczka i pewnego dnia zostaniesz wspaniałym berserkerem. Ale nie żądaj tego, co niemożliwe.

— Dałabym sobie radę! Nie śmiej się ze mnie!

— Wolę się śmiać, niż wyrzucić cię za burtę — odrzekł Olaf. Jego głos stał się cichy i groźny. Thorgil przestała się z nim droczyć, ale ze swojego miejsca przy sterze rzucała Jackowi jadowite spojrzenia.

Gdy wpłynęli w głąb Jotunowego Fiordu, masy ptaków i ryb znikły. Jack spostrzegł tylko jednego łososia, który wyskoczył z wody, by złapać przelatującego owada. Za to łosoś był ogromnych rozmiarów. Chłopcu ścierpła skóra. Usłyszał coś, może szum wiatru wśród drzew, dźwięk był jednak zbyt słaby, by określić jego źródło.

— Dziwnie tu — powiedział.

— Jesteśmy przecież w Jotunheimie. — Głos Runy był jeszcze cichszy niż zazwyczaj.

— Już?

— Minęliśmy granicę między naszym światem a ich. One — stary wojownik wskazał las, góry, fiord — są tu u siebie. A my nie. Po prostu czujesz, że cię obserwują.

Jack wolałby, żeby Runa tego nie mówił. Teraz wyczuwał uwagę, skupioną na okręcie. Drzewa wydawały się czujniejsze. Góry przybliżyły się, a przecież nie mogły się poruszać... prawda? Jakieś oczy obserwowały podróżnych zza świerków i jałowców. Nie widział ich, ale wiedział, że tam są.

— Nie lubią nas, co? — spytał.

— My też ich nie lubimy, kiedy wdzierają się do naszego świata — powiedział Runa. — Na szczęście troll jest znacznie słabszy w naszym świecie niż w swoim. Gdyby nie to, zęby Eryka Pięknolicego zdobiłyby pierś jakiegoś Jotuna, a nie na odwrót. Złotej Szczeciny też nigdy byśmy nie złapali na jego ziemi.

— Czy to oznacza, że tutaj my jesteśmy słabsi?

— Tak — przyznał starzec.

Okręt wpłynął głębiej do fiordu. Ośnieżona góra, którą Jack zauważył wcześniej, teraz wydawała się wyższa. Powietrze ponad nią lśniło jakimś połyskującym, mieniącym się blaskiem.

— Tam mieszka Królowa Gór — powiedział Olaf, który usiadł przy nich. — Matka Frith.

— A kto jest jej ojcem?

— Jakiś nieszczęśnik — odparł wielkolud. — Może był wielkim bohaterem. Nie wiem. Zginął dawno temu.

— Jotuny żyją długo — wyjaśnił Runa.

— Dlaczego jakiś człowiek chciałby ożenić się z trollką? — spytał Jack.

Olaf i Runa popatrzyli po sobie.

— To nie jest kwestia wyboru — powiedział ten pierwszy. — Trollki zdobywają mężów, porywając ich. Są większe, rozumiesz. Zwykle znajdują sobie odpowiedniego gbura.

— Gbury to nazwa samców trolli — wtrącił Runa.

— Ale czasami wybierają sobie ogra albo nawet potężnie zbudowanego człowieka.

— Takiego jak... ty? — spytał Jack, spoglądając na Olafa.

Wielkolud skrzywił się.

— Uniknąłem tego losu, tylko dzięki wielkiemu szczęściu. Ivarowi go zabrakło. Włóczyliśmy się w poszukiwaniu kuźni krasnoludów i jakiegoś złota. Wpadliśmy w zasadzkę Jotunów. Podczas ucieczki spadłem z urwiska i wleciałem do jeziora. Trolle myślały, że się utopiłem. Ale złapały Ivara. Królowa Gór uwięziła go w swojej jaskini.

— Czyli to nie Frith go złapała, tylko jej matka.

— Królowa Gór popadała już w desperację. Żaden gbur nie chciał Frith. Żaden ogr ani goblin też nie. Królowa gór mogła wprawdzie wymóc na nich zgodę torturami, ale przyznasz, że to kiepski początek małżeństwa.

— Czy Ivara... torturowano?

— O, nie! Był zachwycony. W przeciwieństwie do innych, nie był świadom prawdziwej natury Frith. Myślał, że trafiła mu się najpiękniejsza księżniczka pod słońcem.

— Nigdy nie był zbyt przenikliwy — wtrącił Runa. — Ja przejrzałbym ją od razu.

— Kiedy tam dotarłem, byli już małżeństwem — ciągnął Olaf. — Powaliłem kilka Jotunów, żeby uwolnić Ivara, nie stawiały jednak szczególnego oporu. Królowa Gór nie mogła się doczekać, kiedy córka opuści jej dom.

Dopłynęli już do krańca fiordu, który w tym miejscu rozszerzał się i przechodził w jezioro. Na odległym brzegu Jack dojrzał łąkę, porośniętą niebieskimi, różowymi, żółtymi, fioletowymi i białymi kwiatami. Ich zapach docierał do okrętu przez wodę.

— Miłe miejsce — stwierdził Jack, marząc o tym, by mogli pozostać na łące i nie zbliżać się do góry.

— Ciemiernik, tojad, wilcze jagody i trollowy dech — wymienił Runa. — W naszym świecie są trujące, jeśli je zjesz. Tutaj już sama ich woń może powalić.

— Żartujesz!

— To Jotunheim. Wszystko jest tu paskudniejsze.

Chłopiec z niepokojem patrzył na przybliżający się brzeg. Kwiaty były większe od tych, do których przywykł, i kołysały się lekko na wietrze (czy wiał jakiś wiatr?). Ziemia pod nimi wydawała się grząska.

— Kiedy już przejdziesz na drugą stronę, znajdziesz się w lesie, gdzie jest w miarę bezpiecznie. Możesz tam przenocować.

— Ja mogę tam przenocować? A ty?

— Kiedyś z ochotą przyjąłbym takie zadanie, ale teraz... — Runa westchnął. — Bez szybkości i dyskrecji wyprawa się nie powiedzie. Dlatego pójdzie z tobą tylko dwóch ludzi. Jednym z nich będzie oczywiście Olaf. Reszta poczeka w fiordzie. To jezioro, chociaż wydaje się spokojne, nie jest dobrym miejscem.

Jack słuchał oszołomiony. Od początku obawiał się wyprawy do Jotunheimu, ale obecność sześciu Ludzi Północy, a do tego Olafa, Runy i Thorgil, zapewniała pewną ochronę. A teraz miało ich zostać tylko dwóch!

— Jak was odnajdziemy?

— Będziemy tu wracać każdego dnia — powiedział Runa. — Radzę czekać w lesie, aż nas zobaczycie.

Zatrzymali się w pewnej odległości od brzegu, gdzie zapach kwiatów nie był jeszcze zbyt intensywny. Mimo to, gdy wiatr się zmieniał, wojowie robili się ospali, a Mężne Serce spadł nawet kilka razy z krawędzi burty.

Spakowali żywność i trochę wody, choć tej będą mieli pod dostatkiem, kiedy już dojdą do lodu. Runa dał Jackowi buteleczkę soku makowego, uśmierzającego ból.

— Na wypadek, gdybyś tego potrzebował.

„To oznacza, że będę tego potrzebował", pomyślał Jack. Buteleczkę zrobiono z brązowego szkła. Nie przypominała matowych flakoników, w których bard trzymał swoje najlepsze eliksiry, była przejrzysta jak lód, z wytłoczoną z boku makówką.

— Czasami ból zabija równie niechybnie, jak ostrze — powiedział Runa.

Olafowi dał buteleczkę w kształcie wilczej głowy. Jacka przeszedł dreszcz, gdy poczuł zapach jej zawartości. To był mirt, już uwarzony i gotowy do użytku. Najwyraźniej Olaf zamierzał gdzieś po drodze wpaść w szał berserkera.

— Wybrałem Thorgil, żeby poszła z nami — obwieścił olbrzym.

— Thorgil! — krzyknął Jack. — Ona jest do niczego! Potrzebny nam wojownik pełną gębą, a nie takie... chuchro! — Thorgil rzuciła się na niego, lecz chłopiec odsunął się na bok i pociągnął ją za nogę. Przez ostatnie tygodnie nauczył się tego i owego. Obróciła się i chwyciła go rękami. Oboje potoczyli się na pokład. Po chwili Olaf ich rozdzielił. Trzymał ich w rękach i potrząsał nimi jak pies swoją zdobyczą.

— Zachowajcie swój gniew na trolle! Pozwalam Thorgil iść, bo uważam, że na to zasłużyła. Poza tym chce zginąć w walce, a trudno o lepszą okazję. A swoją drogą, oboje jesteście chuchrami. — Opuścił ich na pokład. Jack i Thorgil wbili w siebie wściekły wzrok i dyszeli ciężko.

Mężne Serce podfrunął, by usiąść Jackowi na ramieniu.

— Tylko nie ty! — krzyknął chłopiec, próbując go zrzucić. — To nie jest wyprawa dla ptaków.

— Nie chcę widzieć tego kamrata czarownic! — wydarła się Thorgil.

Mężne Serce wbił pazury w tunikę Jacka i za nic nie chciał się ruszyć. Chłopiec przestał go trącać i zrezygnowany usiadł na pokładzie.

— Nie mogę cię zabrać. Oswój się z tą myślą.

— Ciekawe — odezwał się Runa, klękając z pewnym trudem, by przyjrzeć się krukowi. — Ciekawe, dlaczego to stworzenie przyleciało do nas pośrodku morza. I dlaczego z nami zostało. — Wyciągnął sękatą dłoń i Mężne Serce delikatnie skubnął go w palec.

— Został, bo to klątwa czarownicy — prychnęła Thorgil.

Runa pogładził pióra na głowie kruka. Ptak zagruchał, zaskrzeczał.

— Myślę... że nawet jeśli zostanie tutaj, ucieknie i pofrunie za tobą, chłopcze. To część twojego przeznaczenia.

— Mówisz, że mamy go zabrać?

— O, nie! — wykrzyknęła Thorgil.

— Zdaje się, że nie mamy wyboru. Poleci, czy nam się to podoba, czy nie. Jack, będziesz go musiał przenieść przez łąkę. Od trujących wyziewów ptaki mdleją o wiele łatwiej niż ludzie.

— Masz, co chciałeś — mruknął Jack, gdy Runa przełożył mu przez ramię tobołek, w który zawinął kruka. — Ale i tak ci się to nie spodoba.

Rozdział dwudziesty szósty

SMOK

Ostatni odcinek pokonali w zawrotnym tempie. Wojowie wiosłowali ze wszystkich sił i łódź z impetem wpadła na brzeg. Eryk Pięknolicy i Eryk Zapalczywy wyskoczyli, by ją przytrzymać. Olaf, Thorgil i Jack puścili się biegiem, gdy tylko zeskoczyli na ziemię.

Jack nie pomylił się. Grunt był grząski. Stopy zapadały się w błoto i trudno było utrzymać tempo. Pszczoły wielkości orzechów laskowych unosiły się nad łąką i Jack zobaczył, jak jedna z nich próbuje się uwolnić z wyjątkowo dużego i lepkiego liścia. Wydawało się, że liść zwija się wokół nieszczęsnego owada. Później chłopiec musnął przypadkiem jeden z liści i ze zgrozą zauważył, że ten przykleił się do niego. Wyrwał się i natychmiast wpadł w następne liście. Były wszędzie!

Szybko się męczył, a może to zapach kwiatów odbierał mu siły. Przypadkiem nadepnął na ślimaka bez skorupy, długiego jak jego ręka. Ślimak stanął dęba, ukazując bladożółte ciało w brązowe plamy, i zamachał czułkami. Mężne Serce wychylił głowę z tobołka i zakrakał.

— Wracaj do środka — wydyszał ciężko Jack i wepchnął ptaka z powrotem.

Woń kwiatów była tak intensywna, że zbierało się na wymioty. Widział jak przez mgłę, inne zmysły też miał przytępione. „Nie! Nie! Nie zatrzymam się!" Doznał mglistego wrażenia, że ślimak nie znalazł się na łące przypadkiem. Szukał pożywienia, a czy można sobie wyobrazić lepszy posiłek od oszołomionego chłopca? Jack potknął się i zachwiał. Wbił wzrok w las, czuł jednak, że nie zdoła doń dotrzeć. Opadł na kolana.

— Nie pora na drzemkę — warknął Olaf, podnosząc go z szeleszczących liści. Wielkolud przebiegł przez łąkę i między drzewami, aż wydostał się na wzgórze. Pognał w górę zbocza i po chwili posadził Jacka na zalanej słońcem polanie. Rosła tu zwyczajna trawa, a nie dziwaczne liście, jak na łące. Niedaleko leżała Thorgil. Olaf wyjął kruka z tobołka i położył go obok chłopca.

Jack przeciągnął się w słońcu, czekając, aż świeże powietrze rozjaśni mu myśli. Wyciągnął dłoń, by dotknąć kruka i poczuł się lepiej, gdy ten zamachał skrzydłami.

— Wstawaj, jeśli chcesz zobaczyć okręt! — zawołał Olaf.

Jack, który wciąż czuł zawroty głowy i mdłości, stanął chwiejnie na nogach i powlókł się na szczyt wzgórza. Dostrzegł okręt, płynący przez jezioro. Olaf pomachał ręką i ktoś — z tej odległości nie było widać, kto — pomachał w odpowiedzi. Wojowie wiosłowali z zapałem. Chłopiec zauważył — a przynajmniej tak mu się zdawało — że coś długiego i ciemnego podąża z tyłu.

— Uff! Nie chciałbym przechodzić tamtędy jeszcze raz — stwierdził Olaf, opierając się plecami o skałę. — Nie sądziłem, że ta trucizna będzie tak silna. Poprzednio szedłem inną drogą.

— Dlaczego tym razem nią nie szliśmy? — spytał Jack. Wciąż kręciło mu się w głowie, a Thorgil była zbyt osłabiona, by usiąść. Raz po raz usiłowała się podnieść i padała z powrotem. Wpadała we wściekłość, widząc, że Jack odzyskuje siły szybciej niż ona. Pomyślał, że lepiej by na tym wyszła, gdyby nie traciła energii na te wszystkie złorzeczenia. Mężne Serce zdołał stanąć na nogach, ale ciągle się potykał. Skrzeczał coś do siebie, Jack przypuszczał, że jakieś krucze przekleństwa. Na pewno nie brzmiało to zbyt miło.

— Na tamtym szlaku natknąłem się na gniazdo z małymi smokami. Podejrzewam, że zdążyły już dorosnąć. — Olaf wypił łyk wody i podał bukłak Jackowi. — Musiałem wynieść Thorgil z łąki, a potem wrócić po ciebie. Ledwie dałem radę. Uff! Już nie te lata.

Chłopiec miał ochotę się położyć, ale znacznie przyjemniej było siedzieć i denerwować tym Thorgil. Przekręcał głowę na boki, by się przekonać, czy nadal czuje wirowanie. Czuł.

— Co to były za liście?

— Rosiczki. Chwytają owady w pułapkę i zjadają je — wyjaśnił Olaf.

— To rośliny coś jedzą?

— Niektóre żrą, jeśli chcą. Hej, to brzmiało zupełnie jak poezja. Może jeszcze zostanę skaldem? W naszym świecie rosiczki są maleńkie, ale w Jotunheimie...

— Wiem. Wszystko tu jest paskudniejsze — dokończył Jack.

— Myślę, że powinniśmy zatrzymać się tu na jeden dzień. Musimy mieć trochę czasu, by dojść do siebie. Wśród skał widziałem dobre miejsce, łatwe do obrony. — Olaf wstał i zaczął zbierać drewno na opał.

— Czarną robotę powinien wykonywać *thrall*! — zawołała Thorgill. Olaf nie zwrócił na nią uwagi. Jack przyglądał się drzewom, rosnącym wokół łąki. Były to ogromne jodły o ciemnozielonych igłach i ciemnych, niemal czarnych pniach. Nie trzeba wspominać, że cienie pod nimi były równie mroczne. „Ciekawe, co tam żyje”, pomyślał Jack. Do jego uszu dobiegał ten sam niesamowity pomruk, niemal szept, który słyszał na statku. Wytężył słuch, by lepiej rozpoznać dźwięk. A może to były głosy?

Podniósł się i podszedł do Olafa.

— Nie zostawiaj Thorgil samej — powiedział wielkolud. — Jest bardziej bezbronna od ciebie.

— Nieprawda! — krzyknęła dziewczyna.

Po chwili Olaf zaniósł ją do schronienia, które znalazł wśród skał. Była to płytka grota, którą olbrzym ostrożnie zbadał. Powalone drzewo zasłaniało wejście. Znajdujący się w środku człowiek wydawał się odcięty od świata zewnętrznego. Olaf skrzesał iskry za pomocą kawałka kwarcu i swojego noża i rozpalił niewielkie ognisko. Jedli suszone ryby i chleb, w który musieli się wgryzać niczym szczury. Kiedy skończyli, Jacka bolała szczęka.

Po posiłku Thorgil wyraźnie się ożywiła. Wróciła do starego nawyku wydawania poleceń Jackowi, aż Olaf kazał jej przestać.

— Razem bierzemy udział w wyprawie. Wszyscy jesteśmy równi.

— Łącznie z tym kamratem czarownic? — zadrwiła, wskazując Mężne Serce.

— Nie wiem, jaką rolę ma do odegrania ten kruk, ale Runa uznał, że jest ważny. Mnie to wystarczy. — Olbrzym wyciągnął nogi i próbował przyjąć wygodną pozycję. Jaskinia miała tak niskie sklepienie, że nie mógł stanąć prosto, choć dla Jacka i Thorgil miejsca starczało aż nadto. Była pełnia lata, więc ciemności zapadały późno i krótko trwały.

„Może i dobrze", pomyślał Jack. „Kto wie, co wychodzi z kryjówek w środku nocy?" Wyobraził sobie wilki i niedźwiedzie, a potem dziwniejsze stwory, o których słyszał w opowieściach ojca: bazyliszki, mantykory i smoki. Jakie rozmiary miał mały smok? A jego matka?

— Źle się zaczyna, prawda? — zwrócił się do Olafa.

— Każda wyprawa ma swoje wzloty i upadki — zagrzmiał wielkolud. — Rzecz w tym, żeby się nie poddawać, nawet kiedy spadasz z urwiska. Nigdy nie wiadomo, co ci się przytrafi po drodze na dół.

— Możesz zginąć śmiercią bohatera i iść do Walhalli — dodała Thorgil.

— Ciągle mówisz o śmierci — stwierdził Jack. — Co złego ma w sobie życie? Tak czy owak, z tego, co mówił Runa, wynika, że wojowniczki nie mają w Walhalli lekkiego życia. Usługują tylko mężczyznom przy stole.

— Odszczekaj to! — krzyknęła Thorgil. — To nieprawda! Odyn uwielbia Walkirie!

— A mnie się zdaje, że to tylko trochę lepsze służące.

Wrzasnęła i rzuciła się na niego. Była jednak osłabiona, podobnie jak chłopiec. Ciężko dysząc, przetaczali się po ziemi.

— W życiu nie widziałem tak żałosnej walki — ocenił Olaf.

Położyli się spać jeszcze przed zachodem słońca. Wszyscy mieli noże w pogotowiu, a Olaf rozciągnął linę u wejścia do groty, by nieproszeni goście się o nią potykali. Kiedy Jack ocknął się na chwilę w ciemnościach, drzewa na zewnątrz wciąż szeptały, choć wcale nie było wiatru.

— Aaach! Wspaniały dzień na przygody! — oznajmił Olaf, wychodząc z groty. — Czuję zapach lodu.

Jack wypełzł na zewnątrz i wciągnął w nozdrza powietrze. Było czyste, świeże i orzeźwiające. Mężne Serce gonił czarną wiewiórkę. Zwierzątko biegało dookoła po pniu drzewa, a kruk skubał je za ogon. W końcu wiewiórka zniknęła w dziupli. Mężne Serce nastroszył pióra i zaskrzeczał.

— Masz rację. To jeden z tych poranków — zgodził się Jack. — Gdzie Thorgil?

Córa miecza wciąż kuliła się przy ognisku. Popatrywała to na Olafa, to na Jacka i zwlekała ze wstaniem.

— Poszukamy jedzenia — zaproponował Olaf. — Możesz dołożyć do ognia. — Zarzucił sobie na ramię łuk i kołczan, po czym ruszył naprzód, a Jack poszedł w jego ślady. Chłopiec cieszył się, że odchodzą od naburmuszonej dziewczyny. Jeśli jeszcze raz nazwie go *thrallem*, dojdzie do ostrej bójki.

W porannym słońcu las wyglądał pogodnie. Promienie światła przesączały się przez gałęzie i oświetlały mech, z którego wyrastały złote kwiatki, a także fiołki i storczyki w biało-różowe plamki. Jack widział także wiele innych roślin, których nie potrafił nazwać, oraz duże, naprawdę duże motyle, przefruwające z jednego kwiatka na drugi.

— Czy któreś z nich są... ee... groźne? — spytał.

— Tutaj trzeba przez cały czas zachowywać czujność, ale ten las okazał się w miarę bezpieczny — odparł Olaf. — To osłonięta dolina, cieplejsza niż większość miejsc w Jotunheimie. Dalej napotkamy skały i lód, więc spędzajmy miło czas, dopóki możemy.

Dotarli do plątaniny powalonych drzew. Wolne przestrzenie między pniami wypełniało gęste poszycie. Wtem usłyszeli piskliwe skomlenie, po którym rozległ się stukot i łopot skrzydeł. Jack był tak zaskoczony, że omal nie wpadł na drzewo.

— Słyszałeś? — szepnął Olaf. — To pardwa. W tym lesie jest ich pełno.

„Pardwa", pomyślał Jack, próbując uspokoić walące serce. Ptak, nic więcej. Nie większy od kury. Po chwili zdał sobie sprawę, że była to jednak kura z Jotunheimu. Pardwa pofrunęła w górę z głośnym furkotem. Miała metr długości i rozpiętość skrzydeł rodem z koszmarnego snu. Olaf strzelił z łuku i strącił ją na ziemię.

Następnie przewiesił pardwę przez ramię Jacka i ruszył na poszukiwanie kolejnych. Ptak ważył przynajmniej tyle, co jagnię. Szpony zaczepiły się o niewolniczą obrożę i wbiły w szyję Jacka, ale chłopiec nie odważył się przystanąć. Olaf podążał naprzód w zawrotnym tempie i Jack stwierdził, że lepiej mieć parę zadrapań, niż zostać w tyle.

Zauważył olbrzymie grzyby, rosnące na pniu drzewa. Były tak białe, że aż lśniły. Żerował na nich jeden ze ślimaków w brązowe plamy. Następna pardwa wystrzeliła z leśnego poszycia i Olaf trafił ją z łuku.

— Chyba wystarczy — mruknął, przewiesiwszy sobie ptaka przez ramię. — Ja zjem jedną, a ty i Thorgil podzielicie się drugą. Chodź. Pokażę ci coś ciekawego.

Szli pod górę, aż znaleźli się na wysokim urwisku. Poniżej widniały nagie skały i drzewa, które spadły z góry. Jack zobaczył dużą dolinę w kształcie litery U, na dnie której wiła się rzeka. W jednym miejscu, pod urwiskiem, z powalonych drzew powstało coś w rodzaju tamy i woda przelewała się na drugą stronę wąskimi strużkami. Łoś — jedno z tych wspaniałych stworzeń o ogromnym porożu — wyszedł spomiędzy rumowiska i ruszył w górę rzeki.

— W środku jest pusta przestrzeń — wyjaśnił Olaf. — Łosie chowają się tam, kiedy przychodzą napaść się mchem. Jutro my też skorzystamy z tej kryjówki, zanim ruszymy z biegiem rzeki na północ. — Skały w dolinie miały ciemną, niebieskawą barwę, pobieloną tu i ówdzie płatami śniegu. Na przeciwległym krańcu doliny wyrastała wielka, oblodzona góra.

„Chowają się? Przed czym?", pomyślał Jack. Okolica była jałowa i pusta, wydawało się więc, że każdego wroga widać jak na dłoni z dużej odległości.

— Odpocznijmy chwilę — zaproponował Olaf i chłopiec z ulgą położył swoją pardwę na ziemi. — Czuję się nadzwyczaj zmęczony — przyznał wielkolud. — Jotunheim nigdy nie był przyjazny ludziom i może właśnie to odczuwam. Tak czy owak, trochę się niepokoję.

„Olaf zmęczony?", pomyślał Jack. Pewnie znaczyło to, że może wyrwać z korzeniami jedno drzewo, a nie dwa. Chłopiec miał taką nadzieję. Myśl o spotkaniu z trollami, gdy siły Olafa były nadwątlone, rzeczywiście budziła niepokój.

Po chwili Jack zobaczył, że coś odrywa się od odległego urwiska, po czym szybuje leniwie nad doliną. Miało połyskujące, złote skrzydła i długi, biczowaty ogon, który przesuwał się w przód i w tył, gdy stworzenie balansowało wśród powietrznych prądów.

— Czy to jest to, o czym myślę? — szepnął chłopiec.

— Smoczyca — potwierdził cicho Olaf. — Ta sama, która posłużyła mi za wzór, gdy rzeźbiłem dziób okrętu Ivara.

— Ty go wyrzeźbiłeś?

— Uznałem to za zaszczyt. Ivar był wielkim królem, zanim Frith go usidliła.

Łoś podniósł wzrok, dostrzegł zagrożenie i pogalopował w stronę kryjówki. Smok złożył skrzydła i runął w dół, kołysząc się na boki, w miarę jak nabierał prędkości. Złapał łosia, rozłożył skrzydła, które rozbłysły czystym złotem, i zaczął się wznosić szerokim łukiem, by po chwili znaleźć się niedaleko miejsca, w którym stali Olaf i Jack. Chłopiec chciał uciec, ale potężny mężczyzna mocno przytrzymał go za ramię.

— Spójrz jej w oczy!

Jack zobaczył, że wielka, pokryta łuską głowa smoczycy odwraca się i patrzy na nich, gdy smoczyca przelatywała obok. Wielkie oczy otwarły się szeroko, a w ich głębi zapłonął ogień. Stwór pofrunął dalej. Poszybował w kierunku odległego urwiska, wciąż trzymając w szponach ryczącego łosia.

Olaf westchnął.

— Niewielu ludzi miało szansę podziwiać taki widok i przeżyć!

Chłopiec drżał na całym ciele. Słyszał o smokach od ojca i od barda, ale żadna opowieść nie przygotowała go na widok tej przerażającej i wspaniałej bestii.

— Całe szczęście, że będzie syta — zauważył Olaf. — Smoki polują mniej więcej raz na tydzień, a przez resztę czasu głównie śpią. Są bardzo podobne do kotów.

— B-będzie w-więcej s-smoków? — wyjąkał Jack.

— Nie na naszej drodze — odparł wesoło olbrzym. — Kiedy młode dorastają, matki wyrzucają je stąd. Ta dolina należy do niej. Pewnie tam, wyżej, ma teraz gniazdo. Większość smocząt nie dożywa dorosłości. Walczą ze sobą i zabijają się nawzajem.

Wielkolud uśmiechnął się, patrząc na okolicę. Dzisiaj u steru znalazł się Dobry Olaf. Wyglądał tak łagodnie, że Jack postanowił zaryzykować i zadać pytanie: — Dlaczego Thorgil tak mnie nienawidzi?

— Nienawidzi cię dlatego, że to leży w jej naturze — odrzekł berserker — i dlatego, że kiedyś była *thrallem*.

— Thorgil była *thrallem*?

— Nie mówię ci tego, żebyś miał broń przeciwko niej, chłopcze. Jeśli o tym wspomnisz, skręcę ci kark.

Groźby Olafa nigdy nie były próżne. Jack skinął głową z szacunkiem.

— Dziecko niewolnicy zostaje niewolnikiem. Thorgrim nigdy jej nie wyzwolił.

— W takim razie jak...

— Król Ivar wydał wojnę królowi Sigurdowi Wężookiemu. Walczyliśmy w pierwszej linii jako berserkerzy, Thorgrim i ja. Ależ to był wspaniały wojownik! Przyćmiewał mnie swoją odwagą. Ale w pieśniach o tym nie wspominaj.

— Oczywiście — powiedział Jack.

— Nikt nie dorównywał Thorgrimowi pod względem zapału do walki. Ciął na prawo i lewo swoim toporem bojowym i rozbijał tarcze wrogów — łup, łup, łup — jedną po drugiej. Wciąż mam ten widok przed oczami, chociaż sam rozwaliłem wtedy niejedną czaszkę. Ale Thorgrim został otoczony. Zanim ja i król Ivar do niego dotarliśmy, zadano mu już śmiertelny cios.

W ostatnim tchnieniu poprosił o pogrzeb godny bohatera i Ivar od razu się zgodził. Poprosił też o należne ofiary. To znaczyło, że Allyson będzie mu towarzyszyła w podróży w zaświaty. Thorgrim chciał także konia i szlachetnego psa.

— Rozumiem — powiedział Jack, któremu na samą myśl o tej ceremonii robiło się niedobrze. Jakież to rozbuchane poczucie własnej wartości domagało się zamordowania niewinnej kobiety i wiernych zwierząt! Coś potwornego. Powróciła odraza, którą Jack poczuł na początku wobec Ludzi Północy.

— „A co z Thorgil?", spytałem — ciągnął Olaf. — On na to: „Z kim?" Zapomniał, że ma córkę. „Z córką Allyson", rzekłem. „Chciałbym ją zatrzymać, jako pamiątkę po tobie". Rozumiesz, bałem się, że zażąda jej śmierci. „A, chodzi o tę *thrall*", powiedział. „Możesz ją wziąć, tak jak mój drugi miecz". Zabraliśmy jego ciało do domu i urządziliśmy wspaniały pogrzeb. — Oczy Olafa zrobiły się mokre na to wspomnienie. — Wciągnęliśmy jego okręt na cmentarzysko i wypełniliśmy go rzeczami, które lubił: winem, bronią, futrami. Ciało Allyson położyliśmy obok niego, a konia i psa u jego stóp. Król Ivar podarował mu sukę wilczarza, która uratowała Thorgil, co uznałem za godny gest. Potem podpaliliśmy okręt i wysłaliśmy jego duszę do Walhalli.

„Co za makabryczna, ohydna opowieść", pomyślał Jack. Thorgrimowi nie wystarczyło, że zabrał Thorgil matkę. Musiał jeszcze zażądać jedynej istoty, która okazała jej miłość. A potem odrzucił swoją córkę jak znoszony but. Przez chwilę Jack wolał się nie odzywać. Bał się, że powie coś okropnego i wyciągnie Złego Olafa z jego kryjówki.

Teraz więcej łosi żerowało nad rzeką w dole. Nic im nie groziło, choć o tym nie wiedziały. Ciągle zerkały w górę i co jakiś czas się płoszyły. Może czuły zapach krwi.

— Od razu wyzwoliłem Thorgil — powiedział Olaf, przerywając ciszę. — To było trzy lata temu, więc dobrze pamięta, jak wygląda życie *thralla.*

Jack dotknął palcami niewolniczej obręczy na szyi oraz zadrapań od pazurów pardwy.

— Powinienem kazać ci to zdjąć, zanim wyruszyliśmy — stwierdził Olaf, zauważywszy ten gest. — Brudne Gacie dostał ode mnie polecenie, by ci założyć obręcz, bo chciałem cię chronić.

Jack popatrzył z wyrazem zaskoczenia na twarzy.

— Ivar mógł wydawać rozkazy wolnemu skaldowi. Żeby zabrać *thralla,* musiałby mieć najpierw do czynienia ze mną. Swoją drogą, nie chciałem, żebyś sprzątał chlew. To był pomysł Świńskiego Ryja.

— Nie miałem pojęcia, że o tym wiesz — powiedział Jack.

— O, Heide zawsze dowie się wszystkiego, czego chce. Gdybyś mi się poskarżył, zabiłbym *thrallów,* którzy brali w tym udział. Ale się nie poskarżyłeś, więc dałem im spokój. Postąpiłeś szlachetnie, rezygnując z zemsty na gorszych od siebie. — Olaf powstał, po czym pomógł Jackowi podnieść jedną pardwę, a drugą przerzucił sobie przez ramię. Ruszył przed siebie, nie oglądając się, by sprawdzić, czy chłopiec podąża za nim.

Pochwała z ust Olafa wprawiła Jacka w niedorzeczną radość. „Na gorszych od siebie". To oznaczało, że on, Jack, jest lepszy. Wielkolud nie uważał go za niewolnika. Pierwszy raz chłopiec poczuł entuzjazm w związku z wyprawą. Byli trojgiem wojowników, którzy stawiali czoło niebezpieczeństwom, by okryć się chwałą i wykazać honorem. Byli sobie równi. A ich sława nigdy nie umrze.

Rozdział dwudziesty siódmy

RUMOWISKO

W drodze powrotnej Olaf znów upolował pardwę, mieli więc więcej mięsa, niż mogli zjeść. Olbrzym rozpalił w trawie jeszcze jedno ognisko, by upiec ptaki.

— Lepiej, kiedy zapach mięsa nie unosi się tam, gdzie śpisz — powiedział, lecz nie wyjaśnił, dlaczego.

Jack skubał pardwy, podczas gdy Olaf strugał rożna i rozwidlone patyki na podpórki. Thorgil nie robiła nic. Kiedy Jack oskubał z piór jedną z pardw, Olaf podał ją Thorgil.

— Wypatrosz ją — nakazał.

— Nie będę odwalała roboty za *thrallów*. — Dziewczyna wyszczerzyła się. Olaf złapał ją za kostki i podniósł do góry głową w dół.

— Nigdy nie byłaś na takiej wyprawie, więc nie znasz zasad — oznajmił, gdy zaczęła się szamotać. — Każdy uczestnik wykonuje wszystkie zadania, choćby najbardziej przyziemne. Nawet Thor gotuje, gdy jego towarzysze są zajęci. Zrozumiano?

Twarz dziewczyny poczerwieniała od krwi, która napłynęła do głowy.

— Tak — wydusiła wreszcie z siebie. Olbrzym położył ją z powrotem na ziemi. Zaczęła zaciekle patroszyć ptaka, rozbryzgując krew i wnętrzności na swoje ubranie.

— Tego Thor na pewno by nie robił — zauważył Olaf. — Nie chciałby przywabiać wilków, pachnąc jak pardwa. — Dziewczyna dalej pracowała jak szalona.

W końcu trzy ptaki piekły się nad ogniem. Jack poszedł umyć się w strumieniu, Olaf zrobił to samo. Thorgil nie. Za wszelką cenę chciała sprawiać jak najwięcej kłopotów i z biegiem dnia zaczynała coraz bardziej cuchnąć. Tak czy owak, posiłek był wyśmienity. Olaf nafaszerował pardwy dzikim czosnkiem. Każdy najadł się do syta, także Mężne Serce, który oskubywał kości z resztek mięsa.

Kiedy skończyli, wielkolud włożył pozostałą pieczeń do worka. Jack wspiął się na drzewo i umieścił worek wysoko nad ziemią. Później weszli do jaskini i Olaf nakreślił na ziemi planszę do gry w „Wilka i owce". Jako pionków użyli jagód jałowca. Kilka razy wygrała Thorgil. Wydawała radosne okrzyki i mówiła, że łatwo pokonać takich dziecinnych przeciwników. Dziewczyna nie umiała godnie przegrywać, ale nie umiała też godnie wygrywać.

Obudził ich łoskot i trzaski. W oddali coś dużego odzierało drzewo z gałęzi. Olaf wyjął miecz.

— Co to? — szepnęła Thorgil.

Olbrzym dał im znak, by się nie odzywali. W lesie na zewnątrz panowała zupełna ciemność.

Jack pomyślał, że ich ognisko, z którego został już tylko żar, jest wciąż świetnie widoczne w tę czarną noc. Ale powalone drzewo, zasłaniające wejście, mogło ich ochronić. Chłopiec trzymał nóż w pogotowiu. W drugą rękę nabrał garść piachu z podłoża jaskini, by cisnąć nim w oczy napastnika.

Łamanie gałęzi trwało przez chwilę, a potem ustało. Niczego niepokojącego nie słyszeli. Światło brzasku zaczęło rozświetlać las, a gdy było już w miarę widno, przysypali ognisko i ruszyli w drogę. Pospiesznie podążali ocienionym szlakiem przez bór. Ścieżka wiła się tu i tam między krzewami, cały czas prowadząc w dół, aż dochodziła do doliny, którą Jack widział poprzedniego dnia.

Wyszli na otwartą przestrzeń. Przed nimi wznosiły się ponure, szare skały, od strony lodowej góry wiał zimny wiatr. Słoneczny blask mimo wszystko podnosił na duchu. Jack cieszył się, że nie otaczają go już drzewa, wśród których mogło się ukrywać właściwie wszystko. Mężne Serce, który usiadł mu na ramieniu, zamruczał cicho, jakby i on cieszył się z wyjścia z lasu.

— Co tak hałasowało? — spytała jeszcze raz Thorgil.

— Coś, co lubi pieczone pardwy — odparł Olaf.

Jack przypomniał sobie, że nie wzięli zawieszonego na drzewie jedzenia. Poczuł, że robi mu się słabo. Umocował worek z mięsem najwyżej, jak tylko mógł. Stworzenie, które go znalazło, było za duże, by po prostu wspiąć się między gałęziami. Musiało je odrywać, by oczyścić sobie drogę, a gałęzie nie należały do cienkich.

Olaf prowadził ich dnem doliny. Wiatr tarmosił im ubrania i podrywał z ziemi drobniutki pył, od którego Jackowi łzawiły oczy. Zmiana temperatury była zdumiewająca. W lesie panowało ciepło późnego lata. Doliny najwyraźniej nigdy nie opuszczała zima. Lód skrzył się w miejscach, gdzie nie docierało słońce, a płaty śniegu tworzyły posępne wzory na ciemnoniebieskiej skale. Im bliżej góry, tym mniej było skał, a więcej śniegu. U jej podnóża widniała już tylko biel.

Doszli do rumowiska. Jack obejrzał się na rozległe urwisko, z którego wraz z Olafem obserwował wczoraj smoka. Na górze rósł gęsty las i bez wątpienia przez lata z krawędzi spadły setki drzew. Leżały w dolinie w formie hałd z pni, konarów, zaschniętego mchu i gałązek. Przed sobą chłopiec słyszał szum wody.

— To ostatnia kryjówka przed lodową górą — oznajmił wielkolud. — Możemy odpocząć, a ty, Thorgil, powinnaś się wykąpać i przeprać ubranie.

— Jest zimno! — krzyknęła.

— Gdybyś umyła się w lesie, nie byłoby tak źle — odparł olbrzym. — Nocne hałasy były wyraźnym ostrzeżeniem. Tam czai się jakiś głodny stwór, a dzięki tobie nietrudno mu przyjdzie nas śledzić.

Jack pomyślał, że zapach Thorgil czuć chyba nawet pod drzwiami pałacu Królowej Gór. Krew i wnętrzności pardwy nabrały przez noc jeszcze intensywniejszej woni. Nie wiedział, jak dziewczyna to znosi, ale zapewne na swój przewrotny sposób uważała, że dzięki temu uchodzi w ich oczach za jeszcze bardziej mężną.

Krętą ścieżką zeszli do przypominającej jaskinię niszy. Mężne Serce nie chciał jednak wlecieć do wnętrza. Środkiem, pod sklepieniem z pni i konarów, pełzła leniwie czarna struga. Jack z niepokojem podniósł wzrok. Widział fragmenty nieba i wydawało się, że niewiele trzeba, by sterta drewna zawaliła się z hukiem. Olaf jednak twierdził, że nisza istnieje od wielu lat. Podłoże pokrywała gruba warstwa igliwia, a w miejscach, gdzie wcześniej leżały zwierzęta, widniały zagłębienia. W powietrzu unosił się wyraźny zapach obory.

Było tu nieco cieplej. Ale nie bardzo ciepło, co Jack skonstatował z zadowoleniem, gdy wraz z Olafem odwrócili się do Thorgil plecami, by dziewczyna mogła się wykąpać. Do ich uszu dobiegło westchnienie, a potem przekleństwa i chlupot wody. Potem słychać było odgłos szorowania ubrań zwilżonymi kępami mchu.

— Możecie się już odwrócić! — zawołała. Nadal nie pachniała najlepiej, ale dało się przeżyć.

— Wiesz, co za nami idzie? — odezwał się chłopiec.

— Może nic — odparł Olaf. — Przy odrobinie szczęścia nie wyjdzie z lasu ze strachu przed smokiem.

— Przed smokiem? — wykrzyknęła Thorgil.

— Ciszej. Jack i ja widzieliśmy wczoraj smoczycę.

— Dlaczego mi nie powiedzieliście?

— Nie byłaś skora do rozmowy — stwierdził olbrzym. — Tak czy owak, smoczyca trawi teraz łosia, którego złapała. Nie będzie polowała przynajmniej przez tydzień, ale stworzenie z lasu o tym nie wie.

— Jakie stworzenie? — Jack nie dawał za wygraną.

— Powiedziałbym ci, gdybym wiedział — odparł Olaf poirytowanym tonem. — Odpoczniemy chwilę, a potem ruszymy dalej. Dojście do pałacu Królowej Gór zajmie nam trzy dni. Na oko wydaje się, że to niedaleko, ale ostatni odcinek jest stromy i śliski.

Odgarnął igliwie i nakreślił na piasku szlak, którym mieli podążać. Zadanie wydawało się dość proste: iść z biegiem rzeki do jej źródła u podnóża góry. Jeśli do tej pory nie natkną się na trolle, będą się wspinać, aż je napotkają.

— Jotuny regularnie patrolują swoje terytorium — wyjaśnił Olaf. — Można poznać, że są blisko... nie wiem, jak to dokładnie opisać... po tykaniu w głowie. To coś w rodzaju szeptu.

— Szeptu? — powtórzył Jack. — Słyszałem go, od kiedy tu przybyliśmy.

— A to ciekawe, bo ja nie — przyznał olbrzym. — Może łatwiej wyczuwasz takie rzeczy, bo jesteś skaldem.

— A może dlatego, że jest czarnoksiężnikiem — dodała Thorgil.

— Zamierzałem o to zapytać — powiedział chłopiec. — Co powstrzyma trolle przed atakiem, gdy nas zobaczą?

— Przede wszystkim nie próbujemy się ukrywać, a to wzbudzi ich ciekawość. Zapytają, co nas sprowadza, zanim spróbują spuścić nam lanie. A wtedy my pokażemy im naszą figurę szachową. — Olaf promieniał, wyłuszczając swoją strategię.

— Jesteś pewien, że właśnie tak zareagują?

— Raczej tak.

— Ułożyłam wiersz — oznajmiła nagle Thorgil.

Odwrócili się, by na nią spojrzeć. Wstała i ukłoniła się, jakby znajdowali się w pięknej komnacie, a nie w nędznej norze.

Słuchajcie, wszyscy, opowiem wam
O Olafie, który walczy, śpiewa i żegluje,
Rzeźbi w drewnie i gra w „Wilka i owce"
(Chociaż zwykle nie wygrywa.)
(Ja jestem lepsza.)
Mimo wszystko Olaf ma sporo zalet
I wszyscy uważamy, że jest wspaniały.

— Może lepiej już chodźmy — zaproponował Olaf. — Musimy pokonać kawał drogi, zanim zapadnie zmierzch.

— Nie podoba ci się mój wiersz? — spytała dziewczyna.

Olbrzym westchnął.

— Daruj sobie, Thorgil. Choćbyś stawała na palcach, nigdy nie będziesz miała siedmiu stóp wzrostu i choćbyś szybko machała rękami, nigdy nie pofruniesz. Pewne rzeczy są niemożliwe. Dziewczęta nie umieją układać poezji.

— Ja umiem! Wszystko potrafię zrobić lepiej niż Jack! — krzyknęła.

— Ciszej. Lepiej walczysz, ale nigdy nie dorównasz mu jako skaldowi.

— Nienawidzę cię!

Wtem rozległ się wrzask Mężnego Serca. Stanęli jak wryci. Kruk darł się wniebogłosy, zataczając kręgi nad rumowiskiem — Jack widział go przez szpary między pniami. Ton tych krzyków sprawił, że cała trójka wyciągnęła broń. Sklepienie zatrzęsło się nad ich głowami, jakby coś dużego wspinało się na górę.

Rozdział dwudziesty ósmy

CHWAŁA

Co to takiego? — szepnęła Thorgil.

— Nie wiem — odszepnął Olaf w odpowiedzi. Głową sięgał sklepienia niszy i trzymał miecz w pogotowiu, by dziabnąć to, co pokaże się w szczelinach. Pnie i konary zatrzeszczały i przesunęły się nieznacznie.

— Nie lepiej stąd wyjść? — spytał Jack.

— Chyba tu mamy większe szanse. Możemy odeprzeć atak w wejściu.

Zobaczyli wielką, włochatą stopę, która zapadła się między pnie. Olaf ciął ją mieczem. Stwór wrzasnął i poderwał łapę, zostawiając w drewnie ślady czarnych pazurów. Twarz Jacka była zbryzgana krwią.

Mężne Serce przefrunął nad kolejną szparą w sklepieniu. Potwór ryknął i zachwiał się, na dół spadł deszcz gałązek i igieł. Thorgil podniosła wzrok na powalone drzewa z szalonym, radosnym wyrazem twarzy.

— Nie mamy żadnych szans, jeśli sklepienie się zawali — naciskał Jack.

Stwór zaryczał, gdy Mężne Serce znów przeleciał nad rumowiskiem.

— Zdaje się, że ten ptak go atakuje — stwierdził Olaf ze zdziwieniem.

— Daje nam czas na ucieczkę — powiedział chłopiec. Zarówno Olaf, jak i Thorgil odwrócili się w jego stronę.

— Ucieczka to coś w sam raz dla tchórzliwych *thrallów*. — Dziewczyna uśmiechnęła się szyderczo.

— A śmierć na własne życzenie to coś w sam raz dla durniów — odparł Jack. — Ta bestia jest za duża dla nas trojga razem wziętych.

— Nigdy, przenigdy nie uciekłem przed walką — zagrzmiał wielkolud. — Jestem berserkerem ze wspaniałego rodu berserkerów. Nie okryję swoich synów hańbą.

— Twoi synowie nie dowiedzą się o twojej odwadze, jeśli zginiemy!

— Ty im powiesz. Daję ci pozwolenie na ucieczkę. Wrócisz i ułożysz pieśń o tym, jak z radością przyjąłem swój los.

— O mnie też możesz ułożyć — zapiszczała Thorgil. Jej głos zawsze stawał się piskliwy, gdy emocje dawały o sobie znać.

— A co z naszym zadaniem? Co ze Studnią Mimira? Co z ratowaniem Lucy? — Jack rozpaczliwie usiłował przełamać głupi upór Olafa. Stwór przez cały czas skakał po rumowisku, zapewne ścigając Mężne Serce, który darł się raz po raz, krzyczał i przypuszczał kolejne ataki. Drzewa trzeszczały, w dół leciał deszcz igieł i kawałków kory.

Olaf wyciągnął buteleczkę z wyobrażeniem głowy wilka.

— O, nie! — krzyknął Jack. — Nie możesz teraz wpaść w szał! Musisz uciec i uratować Lucy! — Wielkolud jednak nie zwracał już na niego uwagi. Wypił większość płynu, a resztę podał Thorgil. Silna woń wywaru sprawiła, że nerwy chłopca napięły się jak postronki. Zapragnął biec, nie wiedział jednak, czy chce uciekać, czy pędzić na spotkanie niebezpieczeństwu. Olaf zaczął ciężko dyszeć. Po chwili dołączyła do niego Thorgil. Jej źrenice rozszerzyły się. Oboje zawyli.

— Zdaje się, że to była łapa trollowego niedźwiedzia — odezwał się Olaf. Pod wpływem mirtu jego głos przypominał rodzaj psiego warkotu. — Oprócz smoków, nie ma groźniejszych bestii. Wątpię, czy przeżyjemy tę walkę.

— Zginiemy wspaniałą śmiercią, o której będą śpiewać w pieśniach do końca świata — powiedziała Thorgil.

— Sława nie umiera — rzucił olbrzym.

— Sława nie umiera — powtórzyła. Wydawała się odurzona.

— Dlaczego chcecie zginąć? W czym wam przeszkadza życie?

Olaf i Thorgil wywiesili języki i dyszeli jak psy. Nagle głośno zawyli i pognali na ścieżkę, obijając się o drzewa na zakrętach. Gałęzie drapały dziewczynę po twarzy i rękach, szarpały jej tunikę. Nie przystanęła ani na chwilę. Olaf zaryczał. Z ust ciekła im ślina, która odrywała się i w długich pasmach spadała na ziemię.

Jack pobiegł za nimi, ale zachowując znacznie większą ostrożność. Kiedy wydostał się na zewnątrz, tamtych dwoje już wspinało się na rumowisko, przeskakując z pnia na pień. Fragment rumowiska zapadł się pod ciężarem Olafa.

— Wracajcie! — krzyknął Jack. Równie dobrze mógłby próbować zatrzymać lawinę. Dwoje wojowników zaczęło rzucać wyzwania. Olaf huczał niczym grom, a Thorgil darła się jak oparzony kot. Po chwili Jack dostrzegł ich przeciwnika, który stanął na tylnych łapach po drugiej stronie rumowiska.

Był to rzeczywiście niedźwiedź, ale Jack nie wyobrażał sobie, że niedźwiedzie mogą osiągać takie rozmiary. Ten był ponad dwukrotnie większy od tańczącego misia, którego przyprowadzono kiedyś na wiejski jarmark. Miał wspaniałe, bladozłote futro. Stał na tylnych łapach i kołysał się na boki, wciągając powietrze w nozdrza. Długie, czarne pazury sterczały w pogotowiu. Jeśli kiedykolwiek istniał niedźwiedź berserker, Jack właśnie widział go przed sobą.

Mężne Serce, który wciąż zataczał kręgi w powietrzu, wydawał się przy nim maleńki. Zwierz miał zakrwawioną stopę i jedno oko wyłupane — zapewne przez kruka. Chłopiec poczuł przypływ nadziei.

A potem trzy rzeczy wydarzyły się niemal jednocześnie. Trollowy niedźwiedź złapał skrzydło Mężnego Serca, gdy ten po raz kolejny zanurkował. Machnął łapą i rzucił ptaka za rumowisko, prosto w błoto. Thorgil, pędząc pod górę, źle postawiła stopę i jej noga zaklinowała się w dziurze. Dziewczyna krzyknęła, miecz wypadł jej z dłoni. Próbowała się wydostać, ale nie dała rady. Jack skoczył na rumowisko, by ją ratować.

Niedźwiedź opadł na przednie łapy i zaatakował Olafa. Starli się z potwornym łomotem. Olaf ciął i pchał mieczem. Zwierz gryzł i orał pazurami. Od samego początku człowiek nie miał w tej walce szans, choć niedźwiedź był na wpół oślepiony i broczył z rany w nodze. Mimo iż nie ułomek, Olaf dwukrotnie ustępował niedźwiedziowi wzrostem. Zwierz otoczył wojownika łapami i rozorywał jego plecy i ramiona.

Raz po raz walczący przetaczali się po rumowisku. Nagle, ze straszliwym łoskotem, sterta pni runęła, zapadając się w niszę. Część drzew zaczęła się zsuwać po zboczu. Jedno ledwie minęło głowę Jacka. Uchylił się i uparcie wdrapywał się dalej. Osuwające się rumowisko co chwila zmieniało wygląd, tu powstawały nowe otwory, tam znikały stare. Dziura, w której zaklinowała się noga Thorgil, poszerzyła się, a potem zamknęła z trzaskiem, gdy z góry stoczył się ogromny pniak.

Jednak przedtem Jack zdążył ją uwolnić. Nawet nie podejrzewał, że ma tyle siły. Złapał dziewczynę, zbiegł w dół wciąż poruszającego się rumowiska, po czym, niewiele myśląc, pognał dnem doliny. Po chwili rzucił Thorgil na ziemię i padł na kolana, dysząc z wysiłku.

Twarz Thorgil pobladła z bólu, ale dziewczyna nie wydała żadnego dźwięku. Wstrząśnięta, podniosła wzrok. Jack też przeżył wstrząs. Wszystko wydarzyło się tak szybko. Stracił Mężne Serce, Olafa, a niewykluczone, że także Thorgil. Nie do końca wiedział, co jej się stało.

Po dłuższej chwili doszedł do siebie na tyle, że mógł obejrzeć jej nogę. Miała skręconą stopę. Innych obrażeń nie dostrzegał.

— Słyszysz mnie? — spytał.

Skinęła głową.

— Zostawię cię na parę minut. Muszę poszukać Olafa. Co ty na to?

Znowu skinęła głową, a w jej oczach zbierały się łzy.

Chłopiec pobiegł z powrotem do rumowiska. Tunel, prowadzący do niszy, zawalił się. Jack zaczął wdrapywać się na górę, zamierając przy najmniejszym poruszeniu drzewa. W końcu dotarł na szczyt i spojrzał w dół.

Środek rumowiska przekształcił się w gąszcz połamanego drewna. Po jednej stronie leżał trollowy niedźwiedź, z głową zmiażdżoną pod pniem. Po drugiej siedział Olaf, broczący krwią z ran. Miał połamane nogi i straszliwie poranione ramiona oraz klatkę piersiową. Mimo to żył. Zdołał nawet podnieść rękę w geście pozdrowienia.

Jack zsunął się po zboczu. Przynajmniej ta część rumowiska wydawała się stabilna. Niszę wypełniały drzewa, które dalej nie miały już gdzie spaść.

— Słyszysz mnie? — spytał.

— Słyszę — wykrztusił z trudem Olaf. Jego świszczący głos świadczył o innych obrażeniach, wewnętrznych, których nie było widać na pierwszy rzut oka. — Thorgil? — zarzęził olbrzym.

— Ma złamaną kostkę. Nic więcej, o ile się nie mylę.

— Niedźwiedź?

— Nie żyje.

— To dobrze — stwierdził Olaf.

— Mam lekarstwo na ból, które dał mi Runa — powiedział chłopiec. — Zostawię ci je i wrócę na okręt.

— Strata czasu — odparł olbrzym.

— Wcale nie. Runa to uzdrowiciel. Eryk Pięknolicy i Eryk Zapalczywy mogą cię nieść.

— Umieram — szepnął Olaf i Jack wiedział, że ma rację. Ran było po prostu zbyt wiele. Zanim dotrze na okręt, zakładając, że przeżyje drogę przez trującą łąkę, będzie już za późno.

— Przynajmniej dam ci soku makowego.

— Wypiję trochę — zgodził się Olaf. — Pomoże mi doczekać... aż przyjdzie Thorgil. — Szlochając, Jack podał mu buteleczkę. Mężczyzna wypił kilka kropel, po czym gestem odprawił chłopca.

Jack popędził z powrotem do Thorgil, ale po drodze dojrzał leżącego w błocie kruka. Ptak machał zdrowym skrzydłem i usiłował wstać.

— Mężne Serce! — krzyknął chłopiec. Delikatnie podniósł kruka i stwierdził, że prawe skrzydło jest połamane, ale poza tym brak poważniejszych obrażeń. Błoto złagodziło upadek.

— Nie zostawię cię — obiecał chłopiec. Dotarł do Thorgil, która także usiłowała się podnieść. Z nią było jednak gorzej.

— Wiem, jak mnisi leczyli nogę mojego ojca — powiedział. — Mogę usztywnić ci nogę za pomocą patyków. Będzie bolało, ale kość zrośnie się prosto. Kłopot z nogą ojca polegał na tym, że za późno się nią zajęli.

Zbierając kamienie i odrywając paski materiału od własnego płaszcza, nie przestawał mówić, głównie po to, by uspokoić nerwy.

— Teraz zrobię to prowizorycznie, a później jeszcze raz, staranniej. Olaf chce cię widzieć. Musimy się pospieszyć.

Na wzmiankę o Olafie, Thorgil pierwszy raz okazała zainteresowanie.

— On umiera — wyznał chłopiec łamiącym się głosem — ale zabił niedźwiedzia.

Ręce mu drżały, gdy mocno obwiązywał jej kostkę. Potem pociągnął dziewczynę, by wstała. Jęknęła i złapała go za ramię, podskakując na zdrowej nodze. Z każdym skokiem z trudem łapała oddech. Dla Jacka był to wyczerpujący marsz, bo w tobołku na ramieniu niósł jeszcze kruka. Powoli wracali do rumowiska. Później było już łatwiej, bo Thorgil mogła używać rąk podczas wspinaczki na stertę drzew. Jacka zastanawiało jej milczenie. On na pewno by jęczał. Złamana kostka musiała boleć jak diabli.

Dotarli do zapadliska pośrodku i zsunęli się w dół. Olaf uśmiechnął się słabo.

— Thorgil Córka Olafa — odezwał się.

— C-co takiego? — nie dowierzała Thorgil.

— Nazwałem cię swoją córką — odparł. Najwyraźniej eliksir przeciwbólowy ułatwiał mu mówienie. — Powiedziałem o tym Skakkiemu i Heide, zanim wyruszyliśmy.

— A-ale j-ja nie chcę żyć b-bez ciebie — załkała.

— To tak okazujesz wdzięczność? Odyn wzywa mnie do siebie. Już widzę walkirie, stojące na wzgórzach.

— Umrę razem z tobą! Chcę zostać poświęcona, tak jak moja matka!

— Nie! — ryknął Olaf i zaniósł się kaszlem, aż zapluł sobie brodę krwią. — Nie — powtórzył ciszej. — Nie po to ocaliłem cię przed Thorgrimem. Przeżyłaś bitwę z honorem. Musisz iść dalej. Jeszcze nie wykonałaś swojego zadania.

— A-ale ja chcę u-umrzeć.

— Tyle że nie możesz. Nikt jeszcze nie umarł od złamanej kostki.

Thorgil zaniosła się szlochem. Zaczęła drapać twarz paznokciami, aż Jack odciągnął jej ręce.

— Jack, musisz wziąć figurę szachową Królowej Gór — nakazał Olaf. — Jest w mojej sakwie. Kamień słoneczny przeznaczam Skakkiemu. Młot Thora jest dla ciebie, Thorgil, córko mojego serca. — Jack znalazł wszystkie trzy przedmioty. Ten ostatni był srebrnym talizmanem, jaki nosiło wielu Ludzi Północy.

Przez chwilę olbrzym milczał, oddychając z wysiłkiem. Chłopiec zaproponował mu lekarstwo na ból, ale odmówił. — Będzie go potrzebowała bardziej niż ja. — Ruchem głowy wskazał Thorgil.

Dzień mijał i słońce zbliżało się do horyzontu. Do zmierzchu zostały tylko cztery godziny. Olaf rozmawiał z Thorgil, słabnąc coraz bardziej. Jack patrzył na to ze smutkiem. Nadzwyczajna sytuacja minęła i mógł ocenić ich położenie. Większość prowiantu leżała w zawalonej niszy pod nimi. Nie było nadziei na odzyskanie pożywienia. Do siedziby Królowej Gór mieli wędrować trzy dni, ale przy złamanej kostce Thorgil podróż mogła potrwać tydzień albo więcej.

Przez tydzień smoczyca strawi już łosia.

A tymczasem co oni będą jedli? W dolinie nic nie rosło. Będą musieli pościć. Kiedy już dotrą do lodowej góry — o ile wcześniej nie zabiją ich trolle — poproszą Królową Gór o pomoc w odnalezieniu Studni Mimira. Czy ona w ogóle wie, gdzie to jest?

Później będą musieli wrócić tą samą drogą, przez łąkę, pełną trujących kwiatów, i dotrzeć do domu przed świętem żniw, by Frith nie złożyła Lucy w ofierze. Jack spuścił głowę w bezgranicznym przygnębieniu.

Aby o tym nie myśleć, zajął się ponownym obwiązywaniem kostki Thorgil. Pobladła jeszcze bardziej, gdy nastawiał jej stopę, ale nie wydała żadnego dźwięku. Rozpakował garstkę prowiantu, którą dał im Olaf. Miał wyrzuty sumienia, że zabiera jedzenie człowiekowi, który wciąż żyje. Olbrzym zapewnił go, że to jedyne rozsądne wyjście.

— Szkoda tylko, że nie mogę mieć pogrzebu godnego bohatera — westchnął.

Chłopiec wyprostował się.

— Możesz, panie! — wykrzyknął. — Masz swój miecz, a także łuk i strzały. Ani Thorgil, ani ja nie umiemy ich używać. Nawet nie damy rady ich unieść. Trollowy niedźwiedź leży u twoich stóp. Takiego stosu pogrzebowego nie miał jeszcze nikt. Będzie go widać wszędzie, w Walhalli też. A kiedy wrócę, ułożę o tobie pieśń, której nikt nigdy nie zapomni!

W oczach olbrzyma zalśniła radość.

— Moja sława nie umrze — szepnął.

— Nigdy — zapewnił go Jack. — Chcesz, żebym powtórzył pieśń, którą śpiewałem w pałacu króla Ivara?

— O, tak — mruknął Olaf, który gasł w oczach. A zatem Jack wstał i zaśpiewał poemat Runy, którego strofy zabrzmiały jeszcze wspanialej niż poprzednim razem.

Słuchajcie, wojowie, opowiem wam
O wojennej chwale, o walecznym Olafie.
Szczodry jest ten wielki siewca strachu.
Szczęśliwi, którzy zasiadają przy nim,
Obdarza ich bogactwem i sławą.
Wilczogłowi ludzie zwą go wodzem.
Surowi wojowie Odyna zwą go przyjacielem.

Gdy pojawiła się wzmianka o wojach Odyna, Mężne Serce wychylił głowę z tobołka i zakrakał. Jack ciągnął swą pieśń, a niebo ciemniało. Zerwał się wiatr i zaczął zawodzić kobiecym głosem nad połamanymi pniami rumowiska.

Gdy chłopiec skończył, dusza opuściła ciało Olafa. Jack wziął Thorgil za rękę, pomógł jej wspiąć się po zboczu zapadliska i zejść na ziemię. Światło zaczęło blednąć, musieli więc iść naprzód, dopóki coś jeszcze widzieli.

Jack doprowadził kuśtykającą Thorgil pomiędzy dwa głazy, po czym delikatnie umieścił tobołek z krukiem w niewielkiej szczelinie. Nie była to najlepsza osłona przed lodowatym wiatrem, ale musiała im wystarczyć.

— Wracam rozniecić ogień — oznajmił.

„Mam nadzieję", dodał w myślach, siadając na ziemi. Umiał rozpalić garść chrustu. Robił to po kryjomu, kiedy nikt go nie widział, by upewnić się, że nie zatracił swojej umiejętności. Ale teraz będzie znacznie trudniej. Pnie były grube, a w dodatku niektóre nasiąkły wilgocią. Na szczęście większość pozostała sucha. Musiał się skupić.

Jack zadrżał na wietrze i ciaśniej owinął się płaszczem. Na granatowym niebie skrzyły się setki gwiazd. Na szczycie odległego urwiska dojrzał blask ognia. Skąd się tam wziął? Czy Jotuny rozpaliły ognisko? Czy obserwowały dolinę? A potem przypomniał sobie o smoczycy.

„Żałuję, że nie mogę nakłonić jej do rozniecenia stosu", pomyślał. „Nie, wcale nie żałuję. Porwałaby mnie i Thorgil, by nakarmić swoje smoczęta. W tej krainie nie ma niczego dobrego. No, dobra, spróbujmy". Skupił myśli na gorącym słońcu, oblewającym ziemię niczym letni deszcz. Jego energia, zgromadzona głęboko pod ziemią, tylko czekała, aby Jack ją przywołał.

Zachowanie jasności umysłu przychodziło Jackowi z trudem. Marzł. Wiatr targał płaszczem i próbował zerwać mu kaptur. Stracił czucie w uszach. „Skup się. Skup się", powtórzył sobie w duchu.

W jak fatalnym znaleźli się położeniu! Pewnie zginą tu, zanim Jotuny będą miały okazję, by odgryźć im nogi. Ten świat należał do lodowych olbrzymów, a one zdmuchną każdy płomień, zanim ten buchnie na dobre. Jack poczuł, jak ogarnia go przemożna senność. Miło byłoby odpocząć. „Połóż się, chłopcze", szeptały lodowe olbrzymy. „Lód to bardzo wygodne posłanie".

— Zimno mi — powiedział Jack na głos.

„Zimno jest tylko wtedy, kiedy tak myślisz", rzekł bard.

— Łatwo ci tak mówić — odparł chłopiec z żalem. — Siedzisz sobie pod jabłonią na Wyspach Błogosławionych, gdzie zima nigdy nie dociera. A tutaj trwa cały czas.

„Jesteś pewien?", spytał bard.

— Teraz powinno być lato — przyznał Jack. — Jest zimno tylko z powodu okropnych trolli i okropnej lodowej góry. Nie zaznają radości, dopóki wszystko nie stanie się na wpół martwe. Ale nie mają racji. Naprawdę jest lato. Słońce tylko czeka, żeby wzejść po drugiej stronie tych gór. — Wreszcie je odnalazł, poczuł bijący żar. Światło istniało zawsze, należało tylko wiedzieć, gdzie go szukać.

Chłopiec poczuł się pewniej. Magia zdawała się znacznie bliższa. Z jakąż łatwością zobaczył Yggdrasila. Wciąż wyczuwał szepty, szepty, szepty bytów krążących wokół. Olaf twierdził, że to myśli Jotunów, ale Jack wiedział swoje. Owszem, trolli, ale także jastrzębi, drzew, ryb — wszystkiego, co żyło w Jotunheimie. Słyszał wręcz oddech życia tej dziwacznej okolicy.

Sięgnął w głąb ziemi, po pogrzebane światło słońca z minionych lat. Przenikał przez ziąb i ciemność, aż odnalazł je, płonące zaciekle w sercu krainy lodowych olbrzymów. Toczyło wojnę z lodem. Na jego wezwanie ruszyło naprzód, torując sobie drogę ku wolności. Wrzało, wznosząc się coraz wyżej i zmiatając wszystko na swej drodze...

Thorgil krzyknęła ostrzegawczo. Jack otworzył oczy. Tu i ówdzie na rumowisku pojawiły się świetliste ogniki. To płonął mech. Ogień rozprzestrzeniał się szybko, sycząc i trzaskając wśród wysuszonego igliwia. Małe gałązki zajęły się ogniem, potem rozgorzały konary, wreszcie pnie drzew buchnęły płomieniem, który wzniósł się ku niebu niczym potężny słup.

Jack, zaniepokojony nie na żarty, popędził do kryjówki między skałami. On i Thorgil przypadli do siebie, zapominając o wzajemnej wrogości. Słup ognia wzniósł się wyżej. Strzelające języki płomieni przypominały gałęzie, wyrastające z pnia drzewa. Snopy wirujących iskier rozświetlały noc. Żar był tak silny, że musieli kryć się za głazami. Mężne Serce wygramolił się z tobołka, a Jack złapał go i położył na ziemi w bezpiecznym miejscu.

— Powinnam być z Olafem! — krzyknęła nagle Thorgil i zaczęła się czołgać w stronę płomieni. Jack pociągnął ją z powrotem za zdrową kostkę.

— Ty idiotko! On chciał, żebyś żyła!

— Nie obchodzi mnie, czego on chciał! Ja chcę iść do Walhalli!

— To może po prostu rozwalę ci łeb kamieniem? — wydarł się Jack, straciwszy panowanie nad sobą.

— Nie! Nie! — krzyknęła, a w jej głosie pobrzmiewała prawdziwa panika. — Jeśli wojownik zginie z ręki *thralla,* nie trafia do Walhalli. Idzie prosto do Hel. Nie ma bardziej hańbiącej śmierci.

— W takim razie zostań tutaj — warknął chłopiec. — Żyj, do licha, albo naprawdę walnę cię kamieniem w głowę!

— Nie jesteś zdolny do takiego okrucieństwa! — wyjęczała.

— Chcesz się przekonać?

Bójkę przerwał im przeraźliwy wrzask. Po chwili rozległ się jeszcze raz, tym razem głośniejszy. Jack podniósł wzrok i zobaczył smoczycę, szybującą w ich kierunku. Przeleciała nad słupem ognia z chrapliwym krzykiem, wykonała gwałtowny zwrot i znowu przefrunęła nad płomieniami. Światło odbijało się od jej brzucha i spodniej strony skrzydeł. Latała w tę i z powrotem, niczym płachta żywego złota, krzycząc na ogień.

Jack zrozumiał, że ten krzyk to wyzwanie.

— Myśli, że inny smok wdarł się do jej doliny — mruknął.

— Nie. Oddaje cześć Olafowi — odparła Thorgil. Jej twarz lśniła od łez. Jack nie zaoponował. Może smoczyca rzeczywiście oddawała cześć Olafowi. Oboje byli istotami większymi i wspanialszymi od innych. Być może Olaf przyglądał się szalejącym płomieniom spod bramy Walhalli, myśląc sobie, że już nikt w Midgardzie nie będzie miał okazalszego pogrzebu.

Rozdział dwudziesty dziewiąty

ZMROŻONA RÓWNINA

Poranne słońce oblało lodową górę czerwienią. Wzmógł się zimny wiatr, który poderwał popiół ze stosu pogrzebowego Olafa. Wirujący, szary obłok pojaśniał aż do bieli, dotarłszy do rozświetlonych górnych warstw powietrza, po czym pożeglował na południe. Przy krawędzi dawnego rumowiska leżało kilka zwęglonych pni, ale pozostałe zniknęły. Rzeka płynęła przez środek doliny, jakby nigdy nic nie przegradzało jej drogi.

Jack przejrzał skromne zapasy. Został im worek suszonych ryb, bukłak na wodę i buteleczka z sokiem makowym. Za broń mogły służyć wyłącznie noże, bo miecz Thorgil przepadł w rumowisku. Miała jeszcze topór.

— Powinieneś mnie zostawić — oznajmiła.

— Dlaczego? Kostka wydobrzeje.

— Ale nieprędko. Poczekam tu na smoka i tanio skóry nie sprzedam.

— Nikt nie będzie czekał na smoka. Pójdziesz ze mną, albo przywalę ci w głowę. — Od kiedy Jack odkrył, że myśl o śmierci z ręki *thralla* tak przeraża dziewczynę, wiedział, że ma przeciwko niej niezawodną broń. Nie zabiłby jej, ale ona o tym nie wiedziała. Oceniała go wedle swojej własnej miary.

— To oznacza, że oboje zostaniemy pożarci gdzie indziej — stwierdziła z melancholijnym uśmiechem.

Jack wziął jej topór i ruszył do lasu w poszukiwaniu kija, którego mogłaby użyć w charakterze kuli do podpierania się. Znalazł jesion, rzadkość w tak chłodnym klimacie, i odrąbał dwie gałęzie. Jedna miała na końcu rozwidlenie, na którym Thorgil mogła się wesprzeć. Drugą wziął dla siebie. Wcześniej o tym nie myślał, ale sękate drewno przypomniało mu ciemną laskę, którą posługiwał się bard. Doznał dziwnego uczucia, trzymając w ręce jesionowy kij, jakby podążał szlakiem wyznaczonym dawno temu przez starca.

W drodze powrotnej zebrał garść wczesnych borówek dla Thorgil.

— Sam zjedz — powiedziała z westchnieniem, odpychając jego dłoń. — Szkoda ich dla mnie. I tak niedługo umrę.

Był już zmęczony spieraniem się z dziewczyną. Podzielił się borówkami z Mężnym Sercem i wszyscy napili się wody. Pomógł Thorgil wstać. Natychmiast upadła z powrotem na ziemię. Podciągnął ją znowu.

— No, dalej! Musisz spróbować! — krzyknął, gdy ponownie się przewróciła.

— To na nic. Tu będę walczyła ze smokiem.

Pociągnął dziewczynę w górę i spróbował wetknąć jej kulę pod pachę. Odrzuciła ją.

— Masz... używać... tej kuli — wycedził przez zaciśnięte zęby. — Pójdziesz... ze mną, albo... walnę cię kamieniem w głowę i poślę cię prosto do Hel! — Podniósł kulę i Thorgil, z ustami zaciśniętymi ze złości i bólu, posłuchała go. Odrzucała wszelką pomoc, ale Jacka to nie obchodziło. Miał dość kłopotów z niesieniem Mężnego Serca i prowiantu.

Powoli posuwali się wzdłuż doliny. Jack prowadził, a kruk siedział mu na ramieniu. Mężne Serce nie mógł latać i niewykluczone, że już na zawsze utracił tę umiejętność. Sprawiał jednak wrażenie dość ożywionego. Skrzeczał coś tam do siebie, zatapiając pazury w tunice chłopca.

Jack spojrzał w górę i ujrzał unoszący się z urwiska dym. Wiedział, że jest tam smoczyca, być może nawet w gnieździe pełnym smocząt. Zgłodnieje na długo przed tym, jak dotrą do lodowej góry.

Nocami biwakowali pod gołym niebem. Jack rozpalał niewielkie ognisko z porostów i mchów, które jednak spalały się szybko i wkrótce znów robiło im się zimno. Tulili się do siebie, przykryci płaszczami, z krukiem wciśniętym w środek. Sypiali niespokojnie. Thorgil budziła się z płaczem, Jackowi śniły się smoki. Kiedy nie mógł spać, myślał o trollach i o tym, jak zwrócić ich uwagę na figurę szachową, zanim odgryzą mu nogę.

Gdy wstawał dzień, ruszali w dalszą drogę. Dookoła nie rosły żadne drzewa ani krzewy. Zaśnieżone połacie zajmowały większe powierzchnie doliny, a zdradliwa, oblodzona ziemia sprawiała, że poruszali się jeszcze wolniej. Jack zauważył, że życie z Thorgil staje się łatwiejsze, w miarę jak dziewczyna słabnie. Przestała nazywać go *thrallem*, a raz mu nawet podziękowała, gdy podał jej bukłak. Może nie miała już dość energii, by zachowywać się źle.

„W tym stanie nie jest taka zła", pomyślał. Słuchała jego opowieści i zadawała mu pytania na temat dawnego życia. Szczególnie ciekawiły ją sprawy związane z rodzicami Jacka. Zdumiewało ją, że ojciec poświęcał tyle sił uszczęśliwianiu Lucy.

— Dlatego jest słaba — stwierdziła. — Powinien ją bić i kazać jej spać na dworze, żeby była twardsza.

— Tak właśnie postępował twój ojciec? — spytał Jack, oburzony, że można traktować małe dzieci tak okrutnie. Ale z drugiej strony Thorgrim kazał przecież rzucić nowo narodzoną córeczkę wilkom na pożarcie.

— Oczywiście — odparła Thorgil z dumą. — Dzięki niemu jestem dziś taka, jaka jestem.

„Dobrze powiedziane", pomyślał Jack.

— Ale Maeve mnie ogrzewała.

— Maeve?

— Suka wilczarza irlandzkiego. Należała do króla Ivara.

— Aha — powiedział Jack ze zrozumieniem. Chodziło o psa, który uratował Thorgil, gdy była noworodkiem. — Wiedziałaś, że Maeve nosiła imię po słynnej królowej-wojowniczce?

— Nie! Naprawdę?

— Smoczy Język mi o niej opowiadał. Dawno temu władała Irlandią. Mówił, że królowa wciąż żyje na Wyspach Błogosławionych pośród innych wielkich bohaterów.

— Nigdy nie słyszałam o Wyspach Błogosławionych.

— Leżą na dalekim zachodzie, tam, gdzie chowa się słońce. Morze wokół nich jest czyste niczym niebo, a zima nigdy tam nie zagląda.

— A wpuszczają psy na te wyspy?

— Na pewno tak. — Jack poczuł, że coś mocno ściska go za gardło i wolał nie mówić nic więcej. Wędrowali dalej przez jałową dolinę, a lodowa góra wydawała się równie daleka, jak na początku drogi. Jack wyobraził sobie barda, siedzącego pod jabłonią z ogromnym wilczarzem Maeve przy boku.

Rano Thorgil nie chciała wstać. Miała opuchniętą kostkę i głębokie cienie pod oczami. Od kilku dni nic nie jadła.

— Tutaj umrę — oznajmiła.

— Jesteś wyczerpana — stwierdził Jack. — Olaf kazał mi zachować dla ciebie sok makowy. Powiedział, że będziesz go potrzebowała, nim dotrzemy do celu.

— Chcę cierpieć. Odyn kocha wojowników, którzy potrafią znosić ból.

— Wy, Ludzie Północy, jesteście szaleni — parsknął Jack.

— Jesteśmy dzielni — poprawiła Thorgil. — Mój wuj, gdy umierał trafiony z łuku, wyrwał strzałę z piersi za pomocą szczypiec. Kiedy trysnęła krew, zaśmiał się i zawołał: „Zobaczcie, jak dobrze odżywione jest to serce!" A potem umarł na stojąco, jak przystało prawdziwemu berserkerowi!

— Rozsądniej byłoby poprosić wieszczkę, by go wyleczyła — stwierdził Jack.

— Nie dziwię się, że saski *thrall* tego nie rozumie.

— W twoich żyłach również płynie saska krew. A może o tym zapomniałaś?

— Moja matka się nie liczy. Jestem berserkerem — odparła Thorgil.

Jack już miał powiedzieć, że dziewczyna urodziła się jako *thrall*, w porę jednak przypomniał sobie obietnicę, złożoną Olafowi.

— Wiesz co... Chyba nazwę cię Jill.

— Co takiego?

— Takie imię nadała ci matka. Thorgil to męskie imię i nie pasuje do ciebie — wyjaśnił.

Wyprostowała się. Była wyraźnie pobudzona, i o to Jackowi chodziło. Z Thorgil nie dało się rozsądnie dyskutować, ale zawsze można było liczyć, że ożywi ją gniew.

— Jill to piękne, stare saskie imię — powiedział.

— Nie podoba mi się!

— Oj, ale dobrze do ciebie pasuje. Ładne imię dla ładnej dziewczyny. Jill! Jill! Jill! — Jack pląsał dookoła, a Thorgil z trudem podnosiła się na nogi z wściekłą miną. Dyszała z wysiłku, ale to jej nie powstrzymało. Pokuśtykała za chłopcem z morderczym gniewem w oczach. Mężne Serce zakrakał i uskoczył jej z drogi.

— O, Jill! Słodka Jill! Daj buziaka, Jill! Jak ślicznie wyglądasz ze wstążkami i kwiatkami we włosach!

— Nie nazywam się Jill! — Thorgil podniosła kulę, by uderzyć Jacka, i przewróciła się z okropnym łomotem. Spojrzała dziko i straciła przytomność na oblodzonych kamieniach.

„Wielkie nieba, co ja narobiłem?", pomyślał Jack. Natychmiast uklęknął przy leżącej wojowniczce, by sprawdzić, czy oddycha.

— Nie chciałem cię skrzywdzić, Thorgil! — krzyknął. — Proszę, proszę, ocknij się. Więcej tego nie zrobię.

Thorgil zatopiła zęby w jego dłoni. Jack krzyknął z bólu i zabrał rękę. Z dłoni leciała mu krew!

— Ty sterto owczych odchodów! Ty *kindaskitur*! — wrzasnął.

— Boli, co? — Wyszczerzyła się w uśmiechu.

Jack aż trząsł się ze złości. Miał ochotę ją uderzyć, a jednocześnie wcale tego nie chciał.

— Tak, boli — przyznał.

— No, to jesteśmy kwita.

— Nigdy nie będziemy kwita — odparł — ale możemy ogłosić rozejm. Wiem — podniósł rękę, gdy dziewczyna chciała mu przerwać — że berserkerzy nigdy nie zawierają rozejmów. Ale jesteśmy na wyprawie, a Olaf nakazał nam współpracować.

Na wzmiankę o Olafie twarz Thorgil spoważniała. Przez dłuższą chwilę patrzyła na chłopca, a jej oczy podejrzanie zwilgotniały.

— Masz rację — powiedziała w końcu. — Zachowałam się niehonorowo. Przysięgam, że już nie będę próbowała zrobić ci krzywdy.

Przeprosiny Thorgil były tak niespodziewane, że Jack utkwił w niej zaskoczony wzrok. Czy to żart? A może kolejna sztuczka?

— Mam nadzieję, że nie złamiesz przysięgi — mruknął.

— Thorgil Córka Olafa nie łamie przysiąg — odparła z naciskiem. Nawet nie próbowała go uderzyć.

Jack wycisnął trochę krwi ze skaleczenia na dłoni i przemył je w lodowatej rzece. Wciąż przyglądał się Thorgil i zastanawiał się nad jej nagłą zmianą nastroju.

— Wiesz, wszyscy uczestnicy tej wyprawy mają obowiązek dbać o swoje siły.

— To prawda — przyznała.

— Powinnaś coś zjeść. A gdybyś wypiła trochę soku makowego, tak jak kazał Olaf, mogłabyś iść o własnych siłach.

— Zjem jedną suszoną rybę i wypiję kroplę soku — zgodziła się. — Kiedy przyleci smok, będę miała przynajmniej dość siły, by wstać i walczyć.

Jack zerknął na urwisko. Nie dostrzegał żadnego dymu, wiedział jednak, że ich czas dobiegał końca. Jeśli smoczyca nie znajdzie sobie następnego łosia, skorzysta ze smakowitych kąsków siedzących tuż pod jej gniazdem.

Chłopiec nakłonił Thorgil do zjedzenia dwóch suszonych ryb i wypicia dwóch kropel soku makowego. Poprawił jej łubki, marszcząc brwi na widok opuchlizny nad kostką.

— Dlaczego ból jest dla ciebie taki ważny? — spytał.

— Już ci mówiłam. Odyn kocha tych, którzy potrafią go znosić. — Zacisnęła zęby, gdy poprawił ułożenie usztywniających kostkę patyków. — Ból stanowi źródło wiedzy.

— Radość też stanowi źródło wiedzy.

— Wiedzy o głupich, nieistotnych rzeczach. Kiedy Odyn zapragnął magii, która miała uczynić go najważniejszym z bogów, musiał zapłacić za nią cierpieniem. Został pchnięty włócznią i wisiał przez dziewięć dni na Yggdrasilu.

— To strasznie głupie — ocenił Jack.

— A twojego boga przybito do krzyża. Na jedno wychodzi.

— Wcale nie.

— Tak czy owak — ciągnęła Thorgil — Odyn potrzebował jeszcze większej wiedzy, by zyskać władzę nad dziewięcioma światami, musiał się więc napić ze Studni Mimira.

— Ze Studni Mimira? Przecież tam właśnie idziemy.

— O ile przeżyjemy i uda nam się ją znaleźć.

— Ale z ciebie optymistka. — Jack pokręcił głową.

— Po prostu oceniam rzeczy realnie. Odyn, by się napić, musiał poświęcić coś ważnego. Wyrwał więc sobie jedno oko i wrzucił do studni — opowiadała dziewczyna. — Mówią, że wciąż tam leży.

— Wyrwał sobie oko? — Jackowi zrobiło się niedobrze. Podobne postępowanie nie mieściło mu się w głowie, ale dla Ludzi Północy było zapewne równie zwyczajne, jak obcinanie paznokci.

Odyn, stary, co dziś porabiasz?

O, pomyślałem, że może po obiedzie wyrwę sobie oko.

To świetnie.

— Chwileczkę — powiedział Jack. — Nie można, no wiesz, po prostu zaczerpnąć miodu ze studni do kubka?

— Najpierw musisz poświęcić coś niezwykle ważnego — tłumaczyła cierpliwie Thorgil. — To może być twoja prawa ręka albo język. Możesz się zgodzić, że potem zginiesz w męczarniach albo że twojego pierworodnego pożre wilk.

Jack, wstrząśnięty, spuścił głowę. Runa o niczym podobnym nie wspominał. Słowa Thorgil zburzyły całe wyobrażenie, jakie miał chłopiec o tej wyprawie. Spodziewał się żmudnej wędrówki o chłodzie i głodzie, być może walki z trollami (ściśle rzecz biorąc, liczył, że trollami zajmie się Olaf). Nikt go jednak nie uprzedził, że trzeba będzie wyrwać sobie oko.

— Nie martw się — odezwała się Thorgil. — Pewnie nie znajdziemy studni. Runie i Smoczemu Językowi się to nie udało.

— Nie wiedziałem, że Smoczy Język tu był — zdziwił się Jack. — Skoro on nie zdołał jej znaleźć, my nie mamy żadnych szans. — „I Lucy też nie ma żadnych szans", pomyślał z bólem serca.

— To nie jest kwestia mądrości — odparła Thorgil. — Runa mówi, że ścieżki strzegą Norny. To one decydują, kto znajdzie studnię.

— Norny? Wspaniale. Kolejne dziwne istoty w tej okropnej krainie, które chcą cię rozdeptać albo odgryźć ci nogę!

— O, nie! — Dziewczyna wydawała się oburzona. — Norny utrzymują drzewo Yggdrasil przy życiu. Bez nich nic by nie istniało.

— To czym one są? Olbrzymimi, straszliwymi trollami?

— To kobiety — odparła Thorgil. — A raczej wyglądają jak kobiety. Tak mówi Runa, chociaż ich nie widział. Zjawiają się przy twoich narodzinach i decydują, jakie będziesz miał życie.

— Podejrzewam, że kiedy ja przychodziłem na świat, były w fatalnym nastroju — stwierdził Jack. Zarzucił sobie na plecy bukłak z wodą i resztki żywności.

— W moim przypadku pewnie było podobnie — dodała poważnym tonem Thorgil.

W miarę jak zbliżali się do lodowej góry, powietrze stawało się coraz chłodniejsze. Gdy wiatr wiał od strony góry, nawet oddychanie sprawiało ból. Jack opatulił sobie nos płaszczem. Tylko ciepło jego ciała chroniło wodę w bukłaku przed zamarznięciem. Mężne Serce drżał, a na jego łapach zalśniły kryształki lodu, gdy próbował zaczepić pazury o ramię Jacka.

— Biedaczek — mruknął chłopiec. — Pewnie żałujesz, że się w ogóle spotkaliśmy. Poniosę cię. — Kruk z wdzięcznością dał nura do tobołka, który chłopiec zawiesił sobie na szyi.

„Czuję się jak osioł w kopalni ołowiu", pomyślał Jack, powłócząc nogami. „Jestem objuczony, głodny i przemarznięty.

Jedyne, co mnie czeka, to dalsza harówka i paskudna śmierć. Norny z pewnością mnie nie lubią. O, teraz dopiero mi się poszczęściło! Thorgil chce się o mnie oprzeć".

Może dwie krople soku makowego były zbyt dużą dawką, a może Thorgil, wygłodniała i osłabiona, po prostu nie mogła znieść trudów wędrówki. Zachwiała się i uczepiła Jacka. Oczy jej się zamykały i chłopiec bał się, że zaraz upadnie. Nie zdoła jej nieść. Sam ledwie trzymał się na nogach. „Jestem najbardziej nieszczęśliwym, przeklętym przez Norny chłopcem na świecie", pomyślał, gdy Thorgil znowu się na niego zatoczyła. „Gorzej już być nie może".

Mylił się.

Rozdział trzydziesty

SKRZYDLATA ŚMIERĆ

Smoczyca potrafiła szybować niemal bezgłośnie, jak na tak ogromne stworzenie. Jack nie słyszał niczego prócz wichru i własnego ciężkiego oddechu. Podfrunęła do nich z tyłu niczym liść niesiony wiatrem. Jej szpony poderwały ich w górę, zanim chłopiec zdążył choćby krzyknąć.

Nie zabiła ich od razu. To byłoby zbyt uprzejme. Po prostu porwała ich z ziemi i pomknęła naprzód, więżąc ich w szponach niczym w klatce. Przez chwilę Jack nie rozumiał, co się stało. Otaczały go gorące czarne pręty. Widział, jak ziemia się oddala. Słyszał świst wiatru.

Usłyszał straszliwy, ogłuszający, mrożący krew w żyłach krzyk i natychmiast go rozpoznał. Taki sam krzyk rozlegał się nad stosem pogrzebowym Olafa.

— To... to... — Nie mógł wydusić słowa. Zrobiło mu się niedobrze od tego oszałamiającego lotu i własnego strachu.

— To smok — dokończyła za niego Thorgil. Zobaczył, że próbuje dźgać pazury swoim nożem. Była słaba i otępiała, a mimo to próbowała walczyć.

— Gorące — stwierdził Jack. I miał rację. Pazury rozsiewały trudne do wytrzymania ciepło i Jack musiał co chwila zmieniać pozycję, by uniknąć poparzeń. Wznosili się już wysoko nad ziemią. Smok leciał wzdłuż urwiska, na wysokości jego krawędzi. Z każdym uderzeniem skrzydeł w twarz chłopca buchała fala ciepła, a kości smoka trzeszczały złowróżbnie, niczym okręt pod pełnym żaglem. „To *knorr*", przyszła Jackowi do głowy głupia myśl, gdy przypomniał sobie słowa Olafa sprzed kilku tygodni: „Tak go nazywamy, bo podczas rejsu cały czas trzeszczy w nim drewno, *knorr, knorr, knorr*. Trzeba się do tego przyzwyczaić".

Smoczyca wzbiła się wyżej i na chwilę zawisła w powietrzu. Nagle rozwarła szpony, a Jack i Thorgil runęli w ułożony z kamieni krąg. Dookoła w skupieniu przyglądały im się paciorkowate oczy. Chłopiec ze zgrozą zdał sobie sprawę, że smoczyca przyniosła ich tu tak, jak kotka przynosi swoim kociętom myszy. Aby smoczęta nauczyły się polować.

— Uderzaj między płyty pancerza pod ich szyjami — powiedziała cichym głosem Thorgil. — Tak mówił mi Olaf.

Nie wierzył własnym uszom. Dziewczyna była gotowa do walki! Ale on nie był. Miał wrażenie, że smoczęta go zahipnotyzowały. Syczały i kołysały się w przód i w tył, wyciągając szyje. W ich oczach płonęły nieprzyjazne ogniki. Jak Thorgil mogła jeszcze myśleć o walce? To już koniec. Musieli zginąć.

Cztery potwory — każdy dwa razy większy od Jacka — zbierały się na odwagę, by spełnić oczekiwania matki. Smoczyca przycupnęła z boku gniazda i wydawała bulgoczący dźwięk, przywodzący na myśl wrzącą w garnku wodę. Wielkie, złote oczy miała na wpół przymknięte.

Mężne Serce wysunął głowę z tobołka i ostro zakrakał. Smoczyca cofnęła się jak oparzona. Kruk wydostał się na zewnątrz i zeskoczył na ziemię. Znów zakrakał, po czym mruknął coś w swoim kruczym języku. Smok zagulgotał.

— Rozmawiają? — szepnął Jack.

— Nie wiem. Uważaj na tego zielonego. Jest odważniejszy od reszty. — Thorgil całą uwagę skupiła na młodych smokach. Miała rację: zielony oblizywał łuskowate wargi długim, wężowym językiem i obserwował dwa smaczne kąski. Kropla śliny z sykiem spadła na ziemię. Pozostałe trzy stworzenia nerwowo zerkały na brata. Były mniejsze i złote, tak jak matka. Jack domyślił się, że to samice.

Mężne Serce wpadł w prawdziwy szał krakania i skrzeczenia. Wydawało się, że próbuje do czegoś przekonać smoczycę. Syknęła i przecięła powietrze machnięciem ogona. Potem niespodziewanie wstała i poszybowała nad dolinę. Mężne Serce odwrócił się teraz do smocząt. Wyglądało na to, że one też go rozumieją, były jednak zbyt młode, by skupić uwagę na dłużej. Jedna ze złocistych samic drapała się długimi pazurami po rozdętym brzuchu. Zdawało się, że drzemie.

— Thorgil, połóż się — szepnął Jack.

— Nie jestem tchórzem — oburzyła się.

— Tu chodzi o strategię. Myślę, że nie umieją polować. Jeśli położymy się bez ruchu, nic nam nie zrobią.

— Thorgil Córka Olafa nie cofa się przed niebezpieczeństwem.

Ten zielony wygiął szyję w łuk, by z bliska zbadać przyszły łup. Wysunął język. Jack rozpaczliwie usiłował przemówić młodej wojowniczce do rozsądku. Jeśli będzie się dalej poruszała, zginą oboje.

— Leż nieruchomo i poczekaj, aż jego czujność osłabnie. Wtedy będziesz mogła zadać cios — podsunął.

Najwyraźniej miało to sens, Thorgil bowiem posłuchała. Smoczę obserwowało ją przez dłuższą chwilę, zanim jego uwagę odwrócił przelatujący jastrząb.

Mężne Serce w kilku susach znalazł się przed smokiem. Jack, wstrzymując oddech, czekał na śmiertelne uderzenie, wydawało się jednak, że kruk stara się z nim rozmawiać. Ptak krakał i podskakiwał, co i rusz odwracając głowę w stronę mniejszego smoczego rodzeństwa. Chłopiec nie rozumiał, co mówi kruk, ale znaczenie tego przekazu nie budziło wątpliwości: „Ej, patrz! Matki nie ma w domu. Świetna okazja, żeby pozbyć się konkurencji".

Im dłużej Mężne Serce krakał, tym bardziej rosło ożywienie zielonego smoczęcia i nerwowość złotych. Wtem, z oszałamiającą prędkością, młody smok rzucił się przez gniazdo, a jego szpony o włos ominęły Jacka i Thorgil. Chwytał siostry za szyje — bach, bach, bach, jedną po drugiej — i zrzucał z urwiska!

Chłopiec słyszał ich wycie, gdy spadały. To były zaledwie pisklęta. Nie umiały latać. Zielone smoczę odrzuciło głowę i wydało z siebie rozdzierający, zwycięski okrzyk... a wtedy Thorgil poderwała się i pchnęła go nożem w szczelinę między łuskami pod szyją. Krzyk zamarł. Gad miotał się, próbując pozbyć się noża, ale pchnięcie okazało się śmiertelne i osunął się na młodą wojowniczkę.

Jack bez chwili wahania złapał go za krótkie skrzydła i odciągnął na bok. Na szczęście stworzenie okazało się znacznie lżejsze, niż wydawało się na pierwszy rzut oka. Ze zgrozą jednak zobaczył, że Thorgil trzyma się za twarz. W miejscu, gdzie bryznęło na nią trochę smoczej krwi, zaczęły się pojawiać bąble. Pospiesznie przemył je wodą z bukłaka i wytarł swoim płaszczem. Chyba pomogło. Na jednym policzku i na ustach miała wprawdzie pęcherze, ale oczy na szczęście ocalały.

Thorgil wydawała się oszołomiona. Toczyła wokół dzikim wzrokiem i najwyraźniej ledwie zdawała sobie sprawę z tego, co się dzieje. Po chwili jednak doszła do siebie i, trzymając się Jacka, wygramoliła się z gniazda. Zaprowadził ją za jakiś głaz i pobiegł z powrotem, by odzyskać te resztki zapasów, jakie im pozostały.

Jej kula pękła na dwoje podczas podróży w smoczych szponach. Jego jesionowa laska ocalała. W woreczku na szyi Jack wciąż chronił złotą figurę szachową, kamień słoneczny i sok makowy. Ich jedzenie do niczego się już nie nadawało. Bukłak był pusty. W płaszczu chłopca ziały dwie dziury, w miejscach, gdzie tkaniną dotknął smoczej krwi. Podobnie wyglądał tobołek, w którym nosił kruka. Postanowił porzucić te rzeczy. Chciał wyciągnąć nóż Thorgil z ciała smoczęcia, rękojeść była jednak zachlapana posoką i bał się jej dotknąć.

Tymczasem Mężne Serce wskoczył na jeden z kamieni, którymi otoczone było gniazdo.

— Jesteś cudowny! — krzyknął Jack. — Nie miałem pojęcia, że umiesz mówić po smoczemu. — Kruk zagulgotał, a chłopiec aż się skulił i spojrzał w górę. — Dobrze, dobrze. Naprawdę umiesz mówić po smoczemu.

Mężne Serce kołysał się w górę i w dół, jakby chciał powiedzieć: „Jestem najlepszy! Jestem najlepszy! Jestem najdzielniejszym krukiem w Midgardzie! I w Jotunheimie też!"

— Owszem, jesteś — zgodził się Jack — ale lepiej już chodź. Musimy znaleźć jakąś kryjówkę, zanim smoczyca wróci. — Posadził sobie kruka na ramieniu i pospieszył z powrotem w kierunku Thorgil.

Przecisnęli się między głazami i zaczęli oddalać się od urwiska. Jack gorączkowo szukał groty albo jakiegoś zagłębienia, czegokolwiek, co pozwoliłoby im ukryć się przed smoczycą. Znalazł tylko bezładną stertę skał. Thorgil szybko się męczyła. Zdumiewające, że znalazła w sobie dość energii, by zabić małego smoka. Teraz słabła i coraz mocniej opierała się o Jacka.

Chłopiec także był wyczerpany. U jednego jego ramienia uwiesiła się Thorgil, na drugim siedział Mężne Serce. Tutaj, wysoko, wiał silny, lodowaty, nieustający wiatr. Oddychanie sprawiało im ból, podobnie jak każdy krok.

„Odyn chyba mnie naprawdę uwielbia", pomyślał Jack. „Cierpię za sześciu Ludzi Północy". Chwiejnym krokiem weszli do wąskiego wąwozu i skryli się pod osłoną cienia, najlepiej jak umieli. Oczywiście w cieniu było jeszcze zimniej.

— Musimy odpocząć — wyszeptał Jack. — A przynajmniej ja muszę. Spisałaś się wspaniale, Thorgil. Nie przypuszczałem, że ktoś może być tak dzielny.

Nie odezwała się.

— Nie ma niczego złego w przyjmowaniu pochwał — powiedział. — Olaf to uwielbiał. Słowo daję, że jeśli przeżyjemy, ułożę najpiękniejszą pieśń, jaką kiedykolwiek śpiewano o wojownikach. Dla ciebie i dla Olafa, ma się rozumieć.

Thorgil wydała z siebie zdławiony dźwięk. Chłopiec pochylił się, wytężając w półmroku wzrok. Na ustach miała paskudne bąble, a jemu w głowie zaświtało niepokojące podejrzenie.

— Otwórz usta.

Otworzyła i ze zgrozą stwierdził, że bąble pokrywają także język. Nie mówiła, bo nie mogła.

— O, nie, nie, nie — szepnął, mocno ją trzymając. Nawet go nie odepchnęła, co świadczyło o skrajnym osłabieniu. — Nie mamy wody, ale poszukam lodu. — Rozejrzał się wśród skał, aż znalazł trochę śniegu. Przyniósł go dziewczynie. Powoli zjadła śnieg. Wydawało się, że zimno zmniejsza opuchliznę na języku. Przynajmniej się już nie dusiła.

Jack odchylił się w tył i popatrzył na fragment nieba, widoczny nad ich kryjówką. Nie miał pojęcia, co robić dalej. Z przyzwyczajenia, jak zawsze, gdy się denerwował, chwycił runę ochronną. Była ledwie ciepła. Nawet ona nie podnosiła go na duchu w tej rozpaczliwej sytuacji.

Mężne Serce skulił się i jęknął. Nie przypominało to żadnego z odgłosów, jakie wydawał wcześniej. Jack podniósł wzrok i zobaczył śnieżną kulę na krawędzi ściany wąwozu. Skąd się tam wzięła? Chwilę później dołączyła do niej druga kula, a potem jeszcze jedna, i jeszcze jedna.

— Uuuu-hu, uuuu-hu, hu-hu-hu — powiedziała pierwsza kula.

Pozostałe odpowiedziały szczekaniem, rechotem, krzykami i sykiem.

— Uuuu-hu! Uuuu-hu! — odparła pierwsza kula stanowczo. Na tle jasnego pasma nieba ciężko było cokolwiek zobaczyć, Jack dostrzegł jednak wielką, okrągłą głowę z żółtymi oczami. Była to ogromna sowa, wystarczająco duża, by porwać jagnię... albo zaatakować dwoje skrajnie wyczerpanych ludzi. Mężne Serce skrył się za plecami Jacka.

— Uuuu-hu, hu-hu-hu! — zahukała sowa. Pozostałe odpowiedziały wrzawą oburzonych wrzasków. Stroszyły pióra, wyginały grzbiety i rozpościerały skrzydła.

— Kraff-ga-ga-ga! — wydzierały się. Podskakiwały w przód i w tył na grubych, opierzonych nogach.

Jack spojrzał w dół i zobaczył, że Thorgil patrzy na ptaki z przerażeniem na twarzy. Thorgil się bała? Przecież potrafiła stawić czoło smokom!

Straszliwy, rozdzierający krzyk poniósł się echem po urwiskach. Sowy zerwały się z łopotem skrzydeł. Do uszu chłopca dobiegły złowrogie trzaski. Smoczyca wróciła do zniszczonego gniazda.

— Myślę, że nas nie widzi — szepnął Jack do Thorgil. — Nie ruszaj się. Poczekamy, aż zmęczy się szukaniem. — Ale smoczyca bardzo długo nie czuła zmęczenia. Fruwała w tę i z powrotem, przeszukując urwiska. Jej cień kilka razy przelatywał nad nimi, gdy słońce powoli przesuwało się po niebie. Mrok w dolinie stał się głębszy.

Kiedy wydawało się, że gad odleciał gdzieś daleko, chłopiec wypełzł z kryjówki i napełnił bukłak śniegiem. Wlał trochę wody do ust Thorgil i odrobinę do dzioba kruka. Sam ssał kawałki lodu, które znalazł na skałach. To było wszystko, co mieli i na nic więcej nie mogli liczyć.

W końcu smoczyca wylądowała. Raz po raz słyszeli jej gniewne okrzyki, wszystkie dochodziły jednak z tego samego miejsca.

— Mm — jęknęła Thorgil, łapiąc Jacka za rękę.

— O co chodzi? Chcesz wody?

— Mm! — powtórzyła dziewczyna. Wciąż nie mogła mówić. Pociągnęła go i pokazała wąwóz.

— Ta droga nie prowadzi w stronę góry — stwierdził — ale to chyba nie ma znaczenia. Nie zdołamy zejść z urwiska i zamarzniemy tu na śmierć. — Po południu zerwał się wiatr, który hulał teraz po wąwozie. Jack podniósł kruka, który wydawał się wyraźnie słabszy. Wszyscy od kilku dni nie jedli zbyt wiele. Uszkodzone skrzydło przeszkadzało ptakowi w chodzeniu, a nogi miał całkiem zesztywniałe. Nie porastały ich pióra, jak u sów.

Całe ciało bolało Jacka ze zmęczenia, podpierał jednak Thorgil i za pomocą laski utrzymywał równowagę. Mężne Serce usiadł mu na ramieniu. W wąwozie walało się pełno kamieni, które dodatkowo spowalniały marsz. Szli jednak i szli, a ściany wokół piętrzyły się coraz wyżej, aż w końcu na dnie wąwozu zapanowała ciemność. Dotarli w miejsce, gdzie szlak — o ile był to szlak — rozwidlał się. Jack przystanął. Był tak wyczerpany, że nie potrafił się zdecydować.

Za to Thorgil nie wahała się nawet przez chwilę. Zdecydowanie pokierowała nim w lewo. Napotykali kolejne rozstaje. Za każdym razem dziewczyna bez chwili zastanowienia wybierała kierunek, jakby dokładnie wiedziała, dokąd idą. Jackowi to nie przeszkadzało. Przynajmniej ktoś podejmował decyzje.

Ku jego wielkiemu zaskoczeniu, trafili do niewielkiej, zadrzewionej doliny. Pośrodku szemrał strumyk, a przy jego brzegach rosły krzewy obsypane malinami i jagodami. Blisko ziemi widać było krzaczki maleńkich, górskich poziomek. Ciepłe powietrze miało słodki zapach.

— Och, Thorgil — mruknął Jack. Przykucnął w kępie koniczyny i zaczął zrywać owoce. Cała trójka jadła bez umiaru, choć chłopiec musiał wyciskać sok z owoców wprost do ust Thorgil. Mężne Serce radził sobie sam.

Jack potajemnie dodał dwie krople soku makowego do jagód, które podawał wojowniczce. Nie miał pewności, czy to mądry pomysł, ale wydawało mu się, że dziewczyna nie przeżyje, jeśli nie odpocznie. Wkrótce wyciągnęła się wśród koniczyny i zaczęła chrapać. Takiego spokoju na jej twarzy chłopiec nie widział od... właściwie to nigdy.

Zbliżał się wieczór, światło nabrało niebieskiej barwy, a znad strumienia uniosła się mgiełka. Jack szedł wzdłuż brzegu. Miał wrażenie, że w tym miejscu nic im nie grozi. Wszystko wyglądało tak spokojnie. Kwiaty — zwykłe kwiaty, nie trollowe badyle, które czyhają na ofiarę — porastały omszałe brzegi. Powalone drzewa upstrzone były grzybami najróżniejszych kształtów.

Jack pochylił się, by napełnić bukłak. Strumień okazał się ciepły — nie gorący, ale przyjemnie letni. Obmył ręce i twarz. Potem położył się obok Thorgil i Mężnego Serca. Mieli tylko jeden płaszcz, ale w tej błogiej dolinie to wystarczało. Chłopiec zasnął, patrząc na gwiazdy, skrzące się na ciemnym niebie.

Rozdział trzydziesty pierwszy

GŁUSZEC

Tej nocy z boru nie wyszło nic przerażającego. Nic nie łamało gałęzi, nie ziało ogniem, nie próbowało nikomu odgryźć nogi. Jack otworzył oczy i ujrzał las pełen ptaków. Śpiewały i świergotały ze wszystkich drzew. Witały nowy dzień. Powietrze wypełniło się trelami, poćwierkiwaniem i szczebiotem. Z sosen sfruwały gile. Dzięcioły stukały w korę. Drozdy i zięby buszowały wśród gałęzi osik, dębów i brzóz. Ten ciepły, ukryty azyl przypominał las w rodzimej Anglii.

— Pięknie tu, prawda? — powiedział Jack z westchnieniem, gładząc pióra Mężnego Serca. Thorgil wydawała się przestraszona. — Wszystko w porządku — zapewnił ją. — Po prostu jest inaczej, niż się spodziewaliśmy. Nie wiem, jak znalazłaś to miejsce, ale strasznie się z tego cieszę. Swoją drogą, woda w strumieniu jest ciepła. Jeśli chcesz się wykąpać, pomogę ci dojść na brzeg.

Thorgil popatrzyła na niego jak na wariata.

— A, zapomniałem. Wy, Ludzie Północy, lubicie śmierdzieć na milę. Ale woda jest bardzo przyjemna. Szkoda, że trzeba będzie stąd iść. Ale przynajmniej możemy odpocząć.

— E iśś — powiedziała z wysiłkiem.

— Możesz mówić! Otwórz usta, to zobaczę, czy opuchlizna zeszła. — Thorgil posłuchała. Jack był zadowolony z wyniku oględzin. Jej twarz i usta też wyglądały już lepiej. Bąble prawie zniknęły, pozostawiając tylko niewielki obrzęk.

— E iśś teaz — znowu przemówiła Thorgil.

— Aha! Pójdę za tamte drzewa, żebyś nie czuła się skrępowana.

— Nie o. Iśś z doliny. Gupi *thrall*.

Jack wbił w nią wzrok. Mógł się tego spodziewać. Skoro trafiło się coś dobrego, było wiadomo, że dziewczyna to odrzuci.

— Wiesz, to błąd, nazywać „głupim *thrallem*" kogoś, kto ma jedyny nóż.

— Nienaidzę ptaków. Nie-e-e-naidzę ptaków — stwierdziła i zalała się łzami.

Jack nie wiedział, jak się zachować. Wbrew sobie, po prostu jej współczuł. W końcu ocaliła go przed smokiem i znalazła tę dolinę. Co się z nią działo?

— Czy tu jest niebezpiecznie? — spytał. — Czy powinienem o czymś wiedzieć?

— Nienawidzę ptaków i tyle.

— To za mało — odparł. — Ja je lubię. Nawet do nich mówię, przynajmniej do tych mądrzejszych, jak Mężne Serce. Bezwzględnie musimy odpocząć. Jeśli nie podoba ci się ptasi śpiew, zatkaj sobie uszy mchem. Idę poszukać czegoś do jedzenia. Może zapomniałaś, ale mamy z tym pewien kłopot.

Zrobiła to, co jej polecił: wetknęła sobie mech do uszu. Potem usiadła i wbiła spojrzenie w strumień, a po policzkach spływały jej łzy.

Zostawił kruka, by dotrzymał jej towarzystwa. Z Thorgil nie dało się rozsądnie dyskutować. Uparła się, żeby cierpieć, nawet w tej pięknej okolicy. Nastrój mu się poprawił, gdy szedł w górę strumienia. Wszystko wydawało się przepełnione siłą życiową, liście na drzewach, rozćwierkane ptaki, lemingi i myszy, buszujące w krzaczkach poziomek, motyle, komary i chrząszcze. To miejsce tętniło życiem.

Znalazł jagody, zapragnął jednak czegoś bardziej sycącego. Popatrzył na grzyby — może są trujące? W końcu znalazł i wykopał kilka dzikich porów.

Zamarł, gdy usłyszał, że coś szeleści w poszyciu. Powoli i ostrożnie z cienia wyłonił się wspaniały ptak z brązowym ogonem o kształcie wachlarza. Pod jego nogami uwijało się z dziesięć nakrapianych piskląt. Jackowi pociekła ślinka. To był głuszec, cztery razy większy od kury. Heide podała takiego na stół w domu Olafa. Chłopiec doskonale pamiętał smakowite mięso z dodatkiem żurawiny z ogródka Dotti.

Głuszec popatrzył na niego wyniośle. W jego oczach, zwieńczonych czerwonymi pasmami, które przypominały brwi, widać było lekkie zaskoczenie. Nawet się nie bał. Jack sięgnął po nóż.

Ptaszysko ruszyło w jego stronę. Pisklęta zaczęły grzebać w ziemi. Głuszec opuścił głowę i zagdakał cicho. Jack wiedział, że ptak może ich wyżywić przez kilka dni. Upiekłby go z porami, które znalazł wcześniej, i podał z poziomkami.

Głuszec przeszedł obok dostojnym krokiem. Wcale się nie bał. Wystarczyła chwila, by poderżnąć mu gardło, ale Jack nie mógł tego zrobić. Bard powiedział, że wabienie zwierzyny przy użyciu siły życiowej to coś złego. W tej dolinie siła życiowa aż tętniła i głuszec czuł się przy niej bezpieczny. Zabicie go byłoby nie w porządku.

„Pewnie jestem niewiarygodnie głupi", pomyślał, patrząc, jak ptak znika w zaroślach. Chłopiec ruszył dalej i las wokół niego się zmienił. Wśród znajomych sosen i osik rosły jabłonie, orzechy, leszczyny i grusze. Były pokryte zarówno kwiatami, jak i dojrzałymi owocami, jakby wiosna i jesień trwały tu jednocześnie. Jack zdjął tunikę, by użyć jej w charakterze worka.

A potem, z oddali, do jego uszu dobiegło brzęczenie, od którego aż przeszedł go dreszcz. Zwiastowało nieprzeliczony rój pszczół. Taka ilość owadów oznaczała, że przed nimi znajdują się setki gniazd. Jack, który przy swojej matce przywykł do pszczół, rozumiał ich mowę. Po dźwięku potrafił rozpoznać nastrój owadów.

Słyszał już gniew pszczół, ich wesołość, niepokój, a także taką rozpacz, że cały ul obumierał. W tym brzęczeniu rozbrzmiewała szalona radość. Jack widział w wyobraźni, jak rój unosi się i opada wśród drzew. Zaniepokoił się, choć nigdy dotąd nie bał się pszczół. Siła ich emocji była po prostu nie do wytrzymania.

Gdy wrócił, Thorgil wciąż wpatrywała się w strumień. Pokroił dla niej gruszki. Znalazł płaski kamień i rozbił orzechy na miazgę. Zjadła bez słowa, a potem znów utkwiła spojrzenie w potoku.

„Nie ma za co", pomyślał. Po chwili jednak wstał i zmienił jej opatrunek na nodze. Miała irytujący charakter berserkera i nic nie mogła na to poradzić. Zauważył, że opuchlizna nad kostką znikła, podobnie jak bąble na policzku. Wbrew samej sobie Thorgil wracała do zdrowia.

Przez resztę dnia Jack drzemał albo bawił się z Mężnym Sercem, turlając orzech w tę i z powrotem. Wiedział, że należy już zbierać się do dalszej drogi, ale było mu tu bardzo dobrze. Minęło wiele czasu, od kiedy ostatnio tak wspaniale się czuł.

Przed zmierzchem wybrał się na kolejny spacer i na niewielkiej polanie napotkał białe sowy. Jadły maliny i pohukiwały do siebie nawzajem. Między nimi zauważył mysz, uwijającą się na gałązce dzikiego grochu. Sowy, do jakich był przyzwyczajony, od razu rzuciłyby się na małego gryzonia.

Jack postanowił zatrzymać się w dolinie na dłużej, choć Thorgil się temu sprzeciwiała. Mogła już mówić, z czego skwapliwie korzystała.

— To jest wyprawa — powiedziała. — Nie liczę, że *thrall* to zrozumie, ale nie powinniśmy zażywać wygód. Musimy jak najszybciej dotrzeć do Królowej Gór. Olaf by sobie tego życzył. Mam już dosyć obijania się.

— Bo nie robiłaś nic innego — zripostował Jack. — Ja chodziłem po jedzenie.

— A ja znalazłam dolinę.

— Jak ci się to udało? — zainteresował się.

Twarz dziewczyny oblał rumieniec.

— Chyba po prostu miałam szczęście.

— Tak czy owak, musisz wyleczyć kostkę. Nie mogę cię nosić na rękach jak jakiegoś kota.

— Nie jestem żadnym kotem! Jestem Thorgil Córka Olafa. Jeśli będzie trzeba, mogę się czołgać!

Jack cieszył się, że znów wstąpił w nią dawny duch. Oznaczało to, że wszystko wraca do normy. Złamanie zrastało się zadziwiająco szybko, za dzień lub dwa będzie mogła chodzić. Zamierzał zaczekać, aż dziewczyna w pełni odzyska siły. Nie spieszyło mu się.

Ciepła, pełna bujnej roślinności dolina z dnia na dzień zyskiwała na atrakcyjności. Każdego ranka Jack wychodził po jedzenie. W południe kąpał się w strumieniu, a wieczorami badał okolicę. Rozmawiał też z Thorgil, która w miarę, jak wracała do zdrowia, stawała się coraz bardziej nachmurzona, i z Mężnym Sercem, który też nie wydawał się szczególnie zadowolony.

Powietrze przesycone było radością. Chwilami Jack miał dziką ochotę tarzać się w mchu albo opychać się malinami, tak, żeby sok ściekał mu po brodzie. Czasami śmiał się i śmiał bez powodu, aż nie mógł złapać tchu. „To miejsce skupia chyba czystą siłę życiową", pomyślał.

Wyprostował się gwałtownie.

Przypomniał sobie, jak bard opowiadał mu o swoim najlepszym przyjacielu, z którym szkolił się w Irlandii. „Przesiadywaliśmy tam całymi dniami, usiłując otworzyć umysły na potęgę siły życiowej. Wycofywaliśmy się, kiedy była zbyt blisko. Ale mój przyjaciel lubił mieć poczucie mocy. Nie chciał zatrzymać się w bezpiecznym momencie. Pewnego dnia coś trzasnęło. Wrzasnął głośno i uciekł najszybciej, jak tylko mógł, aż dotarł do Doliny Szaleńców".

„Usłyszałem rechot szaleńców, jeszcze zanim ich zobaczyłem", mówił dalej bard. „To był straszny dźwięk, niby śmiech, lecz całkowicie pozbawiony radości. Niedoszli bardowie z całej Irlandii znaleźli drogę do tego miejsca, gdzie siła życiowa jest potężniejsza niż gdziekolwiek indziej. I tam już zostali".

— Może to nie najlepszy pomysł, śmiać się do utraty tchu — mruknął Jack. Wcześniej zamknął oczy, pozwalając, by przepływała przez niego moc tego miejsca. Teraz otworzył je i ujrzał niespodziewany widok.

Przed nim stało pierwsze groźne stworzenie, jakie napotkał w tej zaklętej dolinie: wielki i potężny trollowy knur. W jego otwartym pysku widniały ostre niczym brzytwa kły.

Chłopiec osłupiał. Jedyne, co mu przyszło do głowy, to piosenka, którą matka uspokajała rozgniewane pszczoły. Śpiewał ją raz za razem, czując, jak słowa pieśni odbijają się echem w sile życiowej. Ta moc była zbyt bliska, zbyt potężna. Przypominała ogarniającą go falę ognia.

Poczuł, że coś go przewraca i upadł na kępę poziomek. Umysł mu się rozjaśnił, płomienie zniknęły. Knur trącał go ryjem, jakby składał pocałunki na jego rękach, klatce piersiowej i twarzy.

— Złota Szczecina? — wykrzyknął chłopiec. Uścisnął głowę zwierza i podrapał go za uszami. — Znalazłeś drogę do domu! Dooobra świnka! — Wstał i poklepał wieprza po grzbiecie. — Tak się cieszę. To piękne miejsce, prawda? — Knur kwiknął przytakująco.

Jack poprowadził go z powrotem do obozowiska, które urządziła Thorgil. Na ich widok zerwała się na nogi i wycelowała kamieniem w głowę knura.

— Nie, nie, nie! To przyjaciel! — krzyknął Jack. — Widzisz? — Wsiadł na grzbiet świni, choć obawiał się, że może go zrzucić. Ale Złota Szczecina z ochotą pozwolił się ujeżdżać niczym osioł.

Świnia chrząknęła, a Mężne Serce zaskrzeczał w odpowiedzi.

— Mówi, że go uwolniłeś — powiedziała Thorgil z miną jak chmura burzowa.

— To prawda. Chwileczkę. Skąd wiesz, co powiedział?

— Nie twoja sprawa. Olaf omal nie stracił życia, żeby go złapać!

— I co z tego? Chciał go tylko utopić. W przeciwieństwie do półgłówków berserkerów, nie lubię cierpienia.

— Ty durny *thrallu*! Teraz jego miejsce zajmie Lucy! — wrzasnęła dziewczyna.

— To nie moja wina! — krzyknął, zeskakując z grzbietu Złotej Szczeciny.

— Właśnie, że twoja, ty saski głupku!

— *Brjóstabarn!* Sama oddałaś moją siostrę Frith! — zawył Jack. Stali naprzeciwko siebie, dysząc z wściekłości. Jack od kilku dni nie miał tak jasnego umysłu. Furia przesłoniła oczarowanie doliną. Nagle pomyślał o Lucy. Wielkie nieba, to z jej powodu się tu znalazł i o tym zapomniał! Nie pamiętał nawet, ile minęło czasu.

— Właśnie — powiedziała Thorgil, właściwie odczytując wyraz jego twarzy. — Ty obżerałeś się malinami, a czas mijał.

— Och, Lucy — szepnął. A potem uderzyła go inna myśl. — Naprawdę wiedziałaś, co powiedział Złota Szczecina. Cały czas uprawiałaś *seiðer*. Okłamałaś mnie!

Thorgil pochyliła głowę.

— Nigdy nie kłamię. Ta przeklęta moc przyszła do mnie niespodziewanie. Tak mi wstyd — mruknęła.

— Tobie? Wstyd? Już prędzej spodziewałbym się wstydu po kotach Freyi.

Młoda wojowniczka skrzyżowała ramiona. Nie miała zamiaru uciekać przed cierpieniem.

— Nie rozumiem tej trollowej świni, ale wiem, co mówi Mężne Serce. Wszystkie te przeklęte ptaki! — Pomachała pięścią w stronę drzew. — Jakbym siedziała w komnacie pełnej pijanych wojów. Cały czas tylko „ple, ple, ple". Mówią na przykład: „Wynoś się z mojego drzewa" albo: „Widziałaś kiedyś takie piękne pisklęta?" Albo mówią: „Przepraszam, muszę zrobić kupkę". Ani na chwilę nie zamykają dzioba, od pobudki do zaśnięcia! A w nocy przychodzi kolej na sowy.

— To tak znalazłaś to miejsce — zrozumiał Jack. — Sowy.

— Tak! Wtedy pierwszy raz zdałam sobie sprawę, że rozumiem mowę ptaków. Rozmawiały o smoczycy i martwiły się, co zrobi, kiedy odkryje śmierć swoich dzieci. Jedna z sów powiedziała pozostałym, jak znaleźć tę dolinę. Najwyraźniej smoczycy nie wolno tu zaglądać.

— Jesteś jak Sigurd. Miałaś w ustach smoczą krew.

— I bardzo żałuję! Zmieniło mnie to w okropną czarownicę!

— To wspaniała zdolność, Thorgil — stwierdził Jack.

— Nie cierpię jej! — chciała za wszelką cenę wzgardzić swoim szczęściem. Jack bardzo by chciał rozumieć ptaki, ale jego smocza krew pewnie by zabiła. Thorgil ledwo uszła z życiem.

— Chyba lepiej już iść — powiedział. — Im szybciej dotrzemy do Królowej Gór, tym lepiej.

— No, nareszcie — prychnęła Thorgil.

Nie mieli najmniejszego kłopotu ze spakowaniem swoich rzeczy. Nie posiadali prawie nic. Jack zebrał zapas orzechów i owoców na drogę i zawinął je w płaszcz Thorgil. Będzie marzła, kiedy wyjdą z doliny. Ale on nie miał płaszcza, a potrzebowali żywności. W drodze powrotnej zobaczył sowy, leżące na łące. Były tak osłabione, że nie mogły latać.

Uciekły przed smoczycą na spotkanie jeszcze większego zagrożenia. Spokój doliny przywabił je, tak jak przywabił Jacka. Nie zdawały sobie sprawy, że zatracą zdolność do polowania. Sowy nie mogły przeżyć, jedząc tylko owoce leśne.

Jack odłożył prowiant, po czym po kolei wyniósł sowy z łąki na nagie skały na pobliskich wzgórzach. Zostawił je na ścieżce, wiodącej pod górę, na urwisko. Gdy je opuszczał, nie widziały doliny i wydawały się dzięki temu nieco bardziej ożywione.

— Co tak długo? — mruknęła Thorgil.

— Sowy — odparł krótko, niczego dokładniej nie tłumacząc.

Niósł prowiant na ramieniu, a w ręce ściskał swoją laskę, jako broń. Thorgil wzięła jedyny nóż, jaki im pozostał, ze względu na to, że posługiwała się nim lepiej niż Jack. Mężne Serce usiadł na grzbiecie Złotej Szczeciny, knur bowiem wybierał się do jaskini Królowej Gór. Twierdził, że się z nią przyjaźni i zawsze ją odwiedza, kiedy jest w pobliżu.

Jack dowiedział się tego okrężną drogą. Złota Szczecina mówił do Mężnego Serca, który tłumaczył jego słowa ze świńskiego na kruczy, by mogła zrozumieć je Thorgil. Potem dziewczyna przekazywała informacje Jackowi. A raczej ich część. Znaczną część zachowywała dla siebie — może prosił ją o to Złota Szczecina, a może po prostu chciała zaleźć Jackowi za skórę.

Rozdział trzydziesty drugi

LODOWY ŁUK

Na końcu doliny, gdzie strumień wpływał pod ziemię, Złota Szczecina znalazł ukryty wśród pnączy otwór. Z daleka w ogóle nie było go widać, a z bliska okazał się szczeliną w zboczu góry. Powietrze natychmiast stało się chłodniejsze.

Ścieżka wiodła środkiem kolejnego głębokiego wąwozu. Schodziła coraz niżej, wiła się i miejscami rozwidlała. Złota Szczecina prowadził. Kiedy zapadł zmrok, wciąż znajdowali się w wąwozie i za jedyne posłanie mieli kamienie.

Była to zimna, ponura noc. Jack i Thorgil spali na siedząco, oparci plecami o potężne ciało knura. Złotą Szczecinę dręczyły trollowe wszy. Pełzały po całym jego ciele, właziły też we włosy Jacka i Thorgil, ale ich nie gryzły. Najwyraźniej nie lubiły ludzkiej krwi. Mimo to Jack budził się za każdym razem, gdy czuł je na sobie.

Tak czy owak nie za wiele spał. Wiatr wciskał się do wąwozu, a przed świtem wszystko pokrył szron. Jack wsunął Mężne Serce pod swoją tunikę, dzięki czemu obu zrobiło się nieco cieplej.

Tylko Złota Szczecina miło spędził noc, przed ziąbem bowiem chroniły go zwały tłuszczu. Okropnie chrapał, śliniąc się i parskając. Jego racice drgały, gdy coś mu się śniło.

— Daleko jeszcze? — jęknął Jack, gdy świtem ruszyli w drogę, ślizgając się i potykając o kamienie. Ledwie utrzymywał równowagę, i to mimo podpierania się jesionowym kijem.

— Spytam — powiedziała Thorgil. Teraz, gdy wszyscy cierpieli, była wyraźnie zadowolona. Zadała pytanie Mężnemu Sercu, który przekazał je Złotej Szczecinie. Knur odpowiedział. Kruk przetłumaczył jego słowa, co zajęło mu sporo czasu. Wreszcie Thorgil odpowiedziała: — Niezbyt długo.

— Sporo gadania, jak na „niezbyt długo".

— Owszem — przyznała radośnie Thorgil.

— Coś przede mną ukrywasz.

— Nigdy się nie dowiesz.

„Brjóstabarn", pomyślał. Zatrzymali się na posiłek, choć jedzenia zostało im już niewiele. Owoce i orzechy, niesione w płaszczu, nie mogły wystarczyć na długo, gdy trzeba się było dzielić z trollowym knurem. Thorgil i Jack na przemian jechali na jego grzbiecie. Był tak szeroki, że ledwie obejmowali go nogami, i warczał, gdy próbowali trzymać się jego uszu.

Wędrowali tak długo, aż Jack zwątpił, że kiedykolwiek dotrą do celu. Gdy już zaczął myśleć, że zaraz zemdleje z wyczerpania, wyszli na lśniącą połać lodu. Wcześniej, w wąwozie, panował półmrok, teraz z kolei oślepiało ich słońce. Lód był przejrzysty i błękitny niczym rzeka i Jack widział ciała zwierząt, ludzi i różnych dziwnych stworów, uwięzione w jego głębi. Od patrzenia w dół kręciło mu się w głowie.

Połyskująca powierzchnia lodu okazała się bardzo zdradziecka. Thorgil próbowała iść szybciej, ale stopy jej się rozjechały. Upadła i zaczęła się zsuwać po lodzie, aż zatrzymała się na skraju rozpadliny. Potem zachowywała już większą ostrożność. Jack trzymał się kudłów Złotej Szczeciny, mimo że ten pochrząkiwał z niezadowoleniem. Knurowi poruszanie się po zdradliwej tafli nie sprawiało najmniejszego kłopotu. W końcu był do tego stworzony. Masywne racice zwierzęcia wbijały się w lód niczym noże, zostawiając ślady na gładkiej powierzchni.

— Patrzcie! — krzyknęła Thorgil, gdy w pewnej chwili skręcili. Przed nimi wznosiła się lodowa góra, wyższa, niż Jack mógł sobie wyobrazić, a także wspanialsza. Góra była jeszcze bardziej postrzępiona, niż wydawało się z daleka. Przypominała niebosiężny zamek z wieżyczkami, blankami i dziedzińcami. Kojarzyła się z opowieściami ojca i Jack żałował, że Lucy nie może tego zobaczyć.

— Jak niby mamy przejść przez coś takiego? — mruknął. Z półki, na której stali, wiódł do domu Królowej Gór łukowaty most. Rozciągał się nad przepastną otchłanią, wznosząc się, a potem opadając. Jasny, imponujący i śliski lodowy łuk.

Mężne Serce zakrakał.

— Mówi, że Złota Szczecina będzie nas musiał przenieść — przetłumaczyła Thorgil.

— A można go spytać, czy pozwoli nam się trzymać za uszy? — mruknął Jack, patrząc w przepaść pod mostem. Nawet nie widział jej dna. U podnóża góry tańczyła zimna mgła. Gdy kruk przekazał pytanie knurowi, ten tylko warknął.

— To pewnie znaczy „nie" — stwierdził Jack.

— Mówi, że jego uszy są bardzo wrażliwe. Pozwoli nam trzymać się za kudły, jeśli nie będziemy za mocno ciągnąć — przełożyła dziewczyna. Spojrzała w przepaść z powątpiewaniem. — Ciekawe, czy ci, którzy spadną z mostu, idą do Walhalli.

— Na pewno tak — odparł Jack. — To wystarczająco głupia śmierć, żeby się tam załapać.

W ostatniej chwili wpadł na sprytny pomysł. Podarł płaszcz Thorgil na szerokie pasy i sporządził z nich długi sznur. Obwiązał jeden jego koniec wokół szyi knura, a drugim końcem oplótł siebie i dziewczynę w pasie. Usiedli okrakiem na grzbiecie zwierzęcia trzymając się kurczowo jego szczeciny. Laska Jacka była zatknięta za prowizoryczną obrożę wieprza. Nie było sensu jej zabierać, ale jakoś trudno mu było się rozstać z jesionowym kijem. Mężne Serce kulił się pod tuniką chłopca.

— Ruszajmy — powiedział z westchnieniem Jack, myśląc przy tym: „Mam nadzieję, że kiedy już spadniemy, wpuszczą mnie na Wyspy Błogosławionych".

Jack siedział z przodu, a Thorgil z tyłu. Trollowy knur rozpoczął wspinaczkę po moście. Jego racice wbijały się w lód. Chłopiec widział, jak kawałki lodu odpryskują i znikają w otchłani. Poczuł, jak żołądek się w nim wywraca, i zmusił się, by patrzeć prosto przed siebie.

Most drgał pod ich ciężarem. Obok przefrunął orzeł — ogromny, jak to w Jotunheimie. Zobaczywszy ludzi, zawrócił i przeleciał wystarczająco blisko, by Jack spojrzał w jego żółte oczy.

— Wynoś się! — wrzasnęła Thorgil, wyciągając nóż. Most zadygotał.

— Nie ruszaj się! — krzyknął chłopiec.

Wiatr, który ustał, gdy wędrowali przez lodową połać, teraz zerwał się znowu. Gwizdał Jackowi wokół głowy i wdzierał się pod tunikę. Mężne Serce jęknął, dłonie chłopca zaczęły sinieć.

Orzeł znowu przefrunął obok i szponami szturchnął Jacka w ramię. Chłopiec poczuł uderzenie, ale nic go nie zabolało. Był odrętwiały z zimna.

— Zabiję cię! — ryknęła Thorgil za jego plecami. Zamachnęła się na orła i omal nie spadła. Jack był zbyt oszołomiony, by na nią krzyczeć. Nie czuł bólu, ale jego ciało wiedziało, że stało się coś poważnego. Zadrżał.

— Trzymaj się! — zawołała dziewczyna. — Jeśli podleci tu jeszcze raz, dosięgnę go.

Chciał jej powiedzieć, żeby się nie ruszała. Jeśli przez nią knur straci równowagę, wszyscy runą w otchłań.

Szur, szur, szur, szur — chrobotały racice Złotej Szczeciny. Dotarli na sam szczyt łuku. Wieprz chrząknął i zaczął ostrożnie schodzić w dół. Orzeł po raz trzeci przefrunął obok, a Thorgil wychyliła się i dźgnęła go nożem. Ptaszysko z piskiem runęło w przepaść, dziewczyna straciła równowagę i zaczęła spadać. Jack rozpaczliwie próbował utrzymać się na grzbiecie knura, ale skostniałe dłonie odmówiły posłuszeństwa. Poleciał za nią. Uratował ich tylko sznur, którym owinęli się w pasie, przywiązany do szyi Złotej Szczeciny. Oboje wisieli teraz nad przepaścią, a wiatr kręcił nimi w kółko. Sznur zaciskał się i Jack tracił oddech. „Szybciej, szybciej", błagał knura w myślach.

Ale Złota Szczecina szedł powoli i rozważnie. Nie nadawał się do takich wyczynów, zwłaszcza z ciężarem uwieszonym na szyi. Zarzęził chrapliwie.

„Muszę wziąć laskę", zakołatało w głowie Jackowi. Nie wiedział, dlaczego tak jej potrzebuje, ale mógł przynajmniej zmniejszyć nacisk na szyję knura. Wydawało się, że sznur go dusi. Jack złapał koniec jesionowego kija i pociągnął. Udało mu się, ale omal nie wypuścił go z rąk. „Ciepło. Potrzebuję ciepła", pomyślał. Przed oczami latały mu różnobarwne plamy. Laska powoli wyślizgiwała się z zesztywniałych palców.

„Zimno jest tylko wtedy, kiedy tak myślisz", dobiegł skądś głos barda.

„Ma być ciepło. Jest ciepło", powtarzał w myślach Jack, sięgając do siły życiowej, buzującej w sercu krainy lodowych olbrzymów. Poczuł ciepło promieniujące z jego rąk i z końca jesionowego kija. W górę wystrzeliła struga ognia, trafiając w lodowy most, z którego kropla po kropli zaczęła kapać woda. Racice Złotej Szczeciny straciły podparcie.

— Kwiiiiiik! — ryknął olbrzym, zsuwając się z mostu z błyskawiczną prędkością. Wreszcie dotarł do końca lodowego łuku, spadł zeń i przetoczył się po śniegu. Pociągnął za sobą Jacka i Thorgil, którzy wpadli w głęboką zaspę. Dziewczyna od razu zerwała się na nogi i odgarnęła śnieg z twarzy Jacka. Odwiązała sznur i wyciągnęła Mężne Serce, by też mógł odetchnąć. Oczy Thorgil błyszczały dziką radością.

— Co za... wspaniała... przygoda! — wydyszała. Jej też sznur omal nie udusił, była jednak zbyt rozemocjonowana, by się tym przejmować. — Pokonałam olbrzymiego orła! Wisiałam nad przepaścią jak Odyn na Yggdrasilu! Jestem taka... szczęśliwa!

— Kwiiiiiiik! — odezwał się Złota Szczecina z urazą. Jackowi wszystko wirowało w głowie. Obejrzał się i zobaczył dziurę, wypaloną w samym środku mostu. Po jego bokach pozostały tylko cienkie lodowe żebra. Laska wpadła w zaspę — widział jej poczerniały koniec, wystający ze śniegu.

— Nie wiedziałam, że znasz taką magię! — wykrzyknęła Thorgil. Pląsała wokół niego w napadzie szalonej radości.

— Ja też nie — przyznał. Teraz, gdy byli już bezpieczni, doskwierała mu głęboka rana w ramieniu, zadana przez orła. Nagle padł na niego jakiś cień. Nie wiedzieć skąd buchnął paskudny, siarkowy odór.

— Może pokażesz jeszcze trochę magii? — zaproponowała Thorgil, sięgając odruchowo po nóż. Ale noża nie było. Poleciał w przepaść razem z orłem.

Jack podniósł wzrok i ujrzał stwora rodem ze swoich najgorszych koszmarów. Mierzył dwa i pół metra, jego głowę i ramiona porastały rude, szczecinowate włosy. Oczy o barwie zgniłych orzechów patrzyły spod brwi, które przypominały hubę, wyrastającą z kory drzewa. Długie, zielonkawe paznokcie stwora oblepiał brud, a jego zęby, widoczne w otwartej paszczy, przywodziły na myśl rozrzucone bezładnie kloce drewna. Z górnej szczęki sterczały dwa kły, wielkie jak koźle rogi. Stwór beknął i Jack znowu poczuł siarkowy fetor.

Nie mógł tego wytrzymać. Zemdlał. Pierwszy raz w życiu spotkał trolla.

Rozdział trzydziesty trzeci

FONN I FORATH

Jack leżał na niewiarygodnie miękkim łóżku w przepięknym pomieszczeniu. Przez głowę przemknęła mu myśl, że już nie żyje i poszedł do Nieba. Ściany zdobiły malowidła, jak w rzymskim domu barda, tyle że przedstawiono na nich inne sceny. Wyobrażały ukwiecone drzewa, dom, przed którym siedzieli mężczyzna i kobieta, dzieci, bawiące się z psem. Podłogę wykonano z drewna różnych gatunków, ułożonego we wzór jesiennych liści. Metalowa misa, pełna rozżarzonych węgli, stała na zdobionym stojaku z kutego żelaza. Ciepło bijące od żaru ogrzewało twarz Jacka, która jako jedyna część jego ciała nie była szczelnie opatulona.

Także okrywająca go pierzyna imponowała pięknymi barwami i wzorem. Chłopiec zanurkował pod nią i poczuł się tak przytulnie, jakby był żołędziem, skrytym w swojej skorupie.

Stopniowo wracała mu pamięć. Ostrożnie dotknął ramienia. Było owinięte bandażem i nie bolało tak bardzo, jak się spodziewał. *Budzi się,* powiedział ktoś. Nie. Nie powiedział. To było coś innego. Słowa po prostu pojawiły się w umyśle Jacka.

Całkiem ładny, jak na dwunożną zwierzynę.

Daj mu śniadanie, a ja powiem matce. Chłopiec usłyszał ciężkie kroki, a następnie odgłos otwieranych i zamykanych drzwi.

„Czyli jednak nie jestem w Niebie", pomyślał z żałością. „Zostałem więźniem Jotunów. Może jeśli zamknę oczy, pomyślą, że znowu zasnąłem".

— Nic z tego — rozległ się chrapliwy głos. — Umiemy poznać, kiedy ludzie kłamią.

Jack otworzył oczy, po czym równie szybko je zamknął.

— Wiem. Do widoku trolli trzeba przywyknąć. Osobiście uważam, że ludzie wyglądają jak wzdęte żaby, ale nauczyłam się nie zwracać na to uwagi.

Znowu otworzył oczy. Troll — samica, sądząc po wypukłościach pod bluzą, była jeszcze większa od samca, którego spotkał przy lodowym moście. Na jej głowie też rosły krótkie, rude włosy. Miała zakryte ramiona, nie widział więc, czy i one są owłosione. Uszy sterczały jej niczym ucha od dzbana. Ich małżowiny były tak rozciągnięte przez ciężkie, złote kolczyki, że kończyły się poniżej podbródka. Górna warga trollki wywijała się na dwóch niewielkich kłach — to znaczy niewielkich w porównaniu z uzębieniem samca.

Przy tym wszystkim była od niego znacznie bardziej zadbana i pogodna. Paznokcie miała czyste i lśniące. Zęby, choć niepokojąco duże, znajdowały się w dobrym stanie. Gdyby jeszcze stała trochę dalej, Jack uznałby, że nie jest taka zupełnie okropna.

Trollka wydała dźwięk podobny do szczeknięcia. Chłopiec zakopał się głębiej w pościel.

— Nie taka zupełnie okropna! To mi się podoba! No, ty też nie jesteś taki zupełnie okropny, chociaż twoje maniery pozostawiają nieco do życzenia.

— Przepraszam — pisnął Jack.

— Nie szkodzi. Nazywam się Fonn. Moja siostra Forath i ja zajmowałyśmy się tobą, gdy byłeś nieprzytomny.

— Dziękuję — bąknął, niepewny, co to „zajmowanie się" oznacza. Może po prostu pilnowały, żeby nie uciekł, zanim go zjedzą.

Fonn znowu zaszczekała. Najwyraźniej był to rodzaj śmiechu.

— Nie jadamy już dwunożnej zwierzyny... chyba że upolowaną w uczciwej walce. A już na pewno nie zjadamy ludzi, którzy przychodzą z brakującą figurą szachową królowej.

— Dobrze, że jeszcze ją miałem. Bałem się, że mogłem ją zgubić, kiedy spadałem z mostu.

— Frith ci ją dała, co?

Skinął głową.

— Na pewno chce czegoś w zamian. Frith wszystko robi z samolubnych pobudek. Matka była zła, że nie może zaprosić Norn na partię szachów. Kazała zrobić nową figurę, ale oczywiście nie było w niej magii, więc jej nie chciały.

W głowie Jacka kłębiły się dziesiątki pytań. Jakiej magii? Gdzie znaleźć Norny? Skąd Fonn zna Frith? I kim jest „matka"?

— Powoli — powiedziała Fonn z tym swoim przypominającym szczekanie śmiechem. — Musisz się oszczędzać. Powiem ci, że ta rana na twoim ramieniu dość marnie wyglądała. Myślałam, że już nigdy nie będziesz mógł ruszać ręką, ale matka wyssała z niej truciznę.

— Jaka matka? — spytał chłopiec.

— Królowa Gór. Forath i ja jesteśmy jej córkami. Podobnie jak Frith, niestety.

— Nie jesteś podobna do Frith.

— Dziękuję. Miała innego ojca. Biedaczek. Całymi latami wiądł w tym pokoju, ciągle marząc o powrocie do Midgardu i swojej rodziny. To właśnie ich namalowano na ścianie.

Malowidła, przedstawiające mężczyznę i kobietę oraz dzieci, bawiące się z psem, nabrały teraz nowego znaczenia.

— Dlaczego królowa nie pozwoliła mu iść do domu?

— Jego rodzina nie żyła. Wszyscy zginęli podczas lawiny, a matka zdołała uratować tylko jego, lecz on nigdy jej nie uwierzył. Zawsze myślałam, że jego smutek mógł wpłynąć na Frith. Ale, oczywiście — Fonn westchnęła, co zabrzmiało jak mały huragan — jej prawdziwy kłopot polega na tym, że nigdzie nie ma swojego miejsca. Człowiek może wziąć ślub z innym człowiekiem, niezależnie od tego, skąd pochodzi. Ale małżeństwa trolli z ludźmi albo elfów z ludźmi niemal zawsze są nieudane, a ich dzieci czują się rozdarte między dwoma światami.

Do pomieszczenia wpadła Forath i Jack mimowolnie schował się pod kołdrą. Dwie bez mała trzymetrowe trollki o rudych włosach i wystających kłach to już stanowczo za wiele.

— Wyłaź, tchórzu — rozległ się głos Thorgil. Jack z powrotem wyłonił się spod pościeli. Jeszcze nigdy się tak nie ucieszył na widok innego człowieka. Dziewczyna miała na sobie świeże ubranie i paradowała z nowiutkim nożem, przymocowanym do paska. Drugi nóż przywiązała sobie do łydki.

— Nieźle wyglądasz — zauważył.

— A czemu nie? To najwspanialsze miejsce, w jakim byłam. Uwielbiam trolle!

Jack usiadł. Po chwili, z powodu zawrotów głowy, położył się znowu.

— Mężne Serce! Zapomniałem o nim. Nic mu się nie stało?

— Jest w głównej sali ze Złotą Szczeciną. Wiesz, że królowa wyleczyła jego skrzydło? Za pomocą magii przywróciła mu dawny kształt. Ja zostałam gościem honorowym, bo jestem córką Olafa. Królowa Glamdis się w nim zakochała i chciała go mieć w swoim haremie, ale dała słowo, że pozwoli mu odejść.

— Szczęśliwie dla Heide, Dotti i Lotti — powiedział Jack. Wyobraził sobie Olafa, uwięzionego w tym pomieszczeniu.

— Jakoś by to przeżyły — odparła beztrosko Thorgil. — Gbury, czyli samce trolli, to świetni wojownicy. Uczą mnie nieczystych zagrywek.

— Wspaniale — stwierdził Jack i opadł na miękki materac. Ból w ramieniu wydawał się ostrzejszy, a w całym ciele brakowało energii. Chciał złapać runę. Czegoś brakowało. — Obroża *thralla*... — bąknął.

— A, to stare żelastwo. Jako córka Olafa, odziedziczyłam cię — wyjaśniła Thorgil. — Powiedział, że po powrocie cię wyzwoli, więc ja zrobiłam to tutaj. Nie myśl tylko, że zwalniam cię z twojej misji. Jesteś mi winien dozgonną wdzięczność. Liczę, że umrzesz z uśmiechem na ustach, jeśli będzie trzeba.

— Albo będę żył z uśmiechem na ustach — mruknął. Forath wyrzuciła Thorgil z pomieszczenia, za co chłopiec był jej wdzięczny. Wiele się wydarzyło i potrzebował chwili spokoju, żeby się oswoić z nową sytuacją. Jotuny, których bał się i nienawidził, okazały się, zgodnie z tym, co mu o nich mówiono, nie takie złe. Olaf zawsze powtarzał, że mógłby mieć je za sąsiadów, po wcześniejszym ustaleniu pewnych zasad. Najwyraźniej wiedział o trollach więcej, niż ktokolwiek mógł podejrzewać. A Thorgil — ta dziewczyna o wrednym usposobieniu, która przy każdej okazji nazywała go *thrallem* i okazywała mu jedynie pogardę — teraz go wyzwoliła!

Wszystko to było niezwykle zastanawiające.

Najtrudniej było mu się przyzwyczaić do nieustannego szmeru myśli, który go otaczał. Był to bezładny szum, bo wszyscy wciąż myśleli, ale przy większym skupieniu dało się wyłapać pojedyncze słowa.

Pozwolił, by Fonn nakarmiła go zupą. Połamała miękki, biały chleb na kawałki, posmarowała je masłem i miodem. Ustawiła mu miskę z owocami na wyciągnięcie ręki.

— Co to? — spytał Jack, wskazując pęk fioletowych kulek.

— Winogrona — odparła Fonn z dumą. — Uprawiam je w cieplarni. Olaf przywiózł nam nasiona z jednej ze swoich wypraw do Italii.

„Z jednej ze swoich wypraw?", pomyślał Jack.

— Jak długo byłem chory?

— Tydzień. Przybyłeś do nas w kiepskim stanie, więc matka uznała, że najlepiej cię uśpić.

Tydzień! Zupełnie stracił rachubę czasu. Nie wiedział, jak długo przebywał w ukrytej dolinie, a teraz zmarnował kolejny tydzień. Ile czasu zostało mu na uratowanie Lucy?

— Nie martw się — powiedziała Fonn swoim chrapliwym, a jednak w dziwny sposób miłym głosem. — Zmartwienia utrudniają powrót do zdrowia. O wszystkim decydują Norny i nic, co robimy, tego nie zmieni. — Zaciągnęła ciężką zasłonę na okno. Jack wcześniej je zauważył, ale nie zainteresował się nim bliżej. Teraz zastanawiał się, co się znajduje na zewnątrz. Usnął, myśląc o Olafie, uwięzionym w tym niewielkim pokoju i rzeźbiącym zabawki dla dzieci, których już nigdy nie zobaczy.

Minął jeszcze jeden tydzień, nim Jack nabrał dość sił, by chodzić. Brudne szpony orła zatruły mu krew. Uratowała go tylko magia królowej. Przyzwyczaił się do Fonn i Forath, choć ta druga miała pewne trudności z mówieniem na głos. Jotuny porozumiewały się za pomocą myśli. Mowa była im niepotrzebna, choć niektóre nauczyły się jej ze względów strategicznych. Ludzie czasami najeżdżali Jotunheim, a trolle, zwłaszcza nastoletnie, lubiły urządzać wypady do Midgardu.

Z okna rozciągał się widok na lodowe urwisko, które wydawało się nie mieć dna. Wyglądało pięknie i strasznie zarazem. Na pewno żaden człowiek nie mógłby uciec tą drogą. Daleko w dole znajdowała się zapewne ziemia. Jack nic nie widział poprzez wirujące kryształki lodu.

Jotuny uwielbiały zimno. Narzekały na upał, kiedy temperatura wzrastała powyżej zera. W swoim świecie udawało im się utrzymywać wieczną zimę, choć Fonn twierdziła, że lato zagląda tu co roku. Mówiła, że kiedyś cały świat był jedną wielką połacią lodu. Przez zamarznięte morze można było przejść z Utgardu do Jotunheimu.

— Z Utgardu? — spytał Jack.

— Utgard to Kraj za Morzem. Nasz dawny dom.

— Olaf coś o tym wspominał — przypomniał sobie chłopiec. — Powiedział, że wulkan zniszczył tę krainę.

— Tak — potwierdziła ze smutkiem Fonn. — Moja pra-pra-prababka uciekła stamtąd przez pękający lód. To wydarzenie odcięło nas od serca naszego świata. Już nigdy tam nie powrócimy, a z każdym stuleciem siły lata wdzierają się coraz głębiej do naszego królestwa. Pewnego dnia to królestwo zupełnie zniknie.

— Przykro mi — powiedział Jack. — Czy nic nie zostało z Utgardu?

— Forath umie rozmawiać z wielorybami. To jej specjalność. Mówią, że pozostała mała wyspa. Pośrodku wznosi się wulkan, a wokół rozciągają się pustynie lodowe. Brzmi cudownie. — Fonn westchnęła.

— Nie możecie zbudować łodzi i wrócić?

— Nie dla nas morskie podróże. Trolle są za ciężkie i wszystkie panicznie boją się głębokiej wody. Niektóre, jak Forath, pływają na grzbietach wielorybów, ale tylko blisko brzegu.

Mężne Serce odwiedzał go codziennie, a Thorgil wpadała raz na jakiś czas, by opowiadać straszne historie o zabijaniu. Jotuny nie postępowały okrutnie wobec swoich wrogów, były jednak nadzwyczaj skuteczne. Najwyraźniej polubiły pełną entuzjazmu, młodą wojowniczkę. Raz przyszedł Złota Szczecina i Fonn tłumaczyła, co mówi. Podziękował Jackowi za uwolnienie z wozu Freyi i wtedy chłopiec uświadomił sobie bolesną prawdę, że wkrótce na ten wóz wsadzą Lucy.

Ile czasu minęło, odkąd przybył do Jotunheimu? Nie miał pewności. Z położenia księżyca domyślał się, że trzy tygodnie, ale to by oznaczało, że nie spędził ani jednego dnia w niewielkiej dolinie w pobliżu smoczego gniazda. Jak to możliwe? Jack rozumiał tylko jedno: czas upływał. Może powoli, ale jednak. A dzień, w którym Lucy zostanie złożona w ofierze, zbliżał się nieubłaganie.

Rozdział trzydziesty czwarty

KOMNATA KRÓLOWEJ GÓR

Komnata Królowej Gór bardzo różniła się od małego pokoju, w którym Jack wracał do zdrowia. Była piękna, choć w monumentalny, trollowy sposób. Ściany wzniesiono z tafli lodu, a przez wysokie okna wpadała do środka niebieska poświata. Mroźne powietrze wirowało, poruszając białymi zasłonami.

Większość obecnych w sali Jotunów miała na sobie futra, choć kilka samców nosiło tylko przepaski biodrowe, by popisywać się swoimi umięśnionymi ciałami. Jack uważał, że długie, futrzane płaszcze to znacznie lepszy wybór. Te bulwiaste ramiona, porośnięte rudymi włosami, te pomarszczone, wydęte brzuchy i wielkie połacie łuszczącej się skóry wiele zyskiwały, gdy się je czymś przykryło. Ale nawet futra nie zasłaniały łuków brwiowych samców. Im były większe, tym lepiej. Trolle, które mogły się poszczycić zabiciem człowieka, zdobiły swe łuki brwiowe tatuażami.

Królowa Glamdis zasiadała na złotym, skrzącym się od diamentów tronie. Gdy czekali z boku na audiencję, Fonn szepnęła, że tron jest dziełem krasnoludów. Władczyni nosiła połyskującą koronę i długą, niebieską, wyszywaną złotem suknię.

Z wierzchu narzuciła płaszcz ze skóry niedźwiedzia. Na jej obliczu lata znacznie bardziej odcisnęły swoje piętno niż na twarzy Fonn. Miała ostre, jastrzębie rysy, co zdaniem Jacka przydawało monarchini szlachetności. Powoli przywykał do trolli.

Po jednej stronie tronu stał Złota Szczecina z Mężnym Sercem na grzbiecie. Thorgil siedziała dumnie u stóp Królowej Gór. Po drugiej stronie władczyni ustawiła swój harem.

Tworzyło go szesnaście samców w różnym wieku, obwieszonych kosztownościami. Najstarszy z nich siedział na tronie, który robił niewiele mniejsze wrażenie od tronu królowej Glamdis. Troll ów był już tak stary, że brwi opadały mu na oczy i musiał je podpierać rozwidlonymi patyczkami.

— To mój ojciec, Bolthorn — szepnęła Fonn.

Jack włożył na tę okazję trzy warstwy wełnianego ubrania, a na wierzch płaszcz z kuniego futra. Mimo to marzł. Miał buty, uszyte z wołowej skóry. Na podeszwach zostawiono sierść, by nie ślizgały się po podłodze wykonanej z polerowanego srebra, lśniącej i pięknej, ale przy tym równie śliskiej, jak lód.

— Podejdź — odezwała się chrapliwie królowa Glamdis. Jack wiedział, że mówienie nie przychodzi Jotunom łatwo, a barwa głosu z całą pewnością nie należała do najpiękniejszych. Wystąpił naprzód, tak jak go pouczono, i pokłonił się głęboko.

— Więc to ty stopiłeś mój lodowy most — stwierdziła królowa.

„Niedobrze", pomyślał Jack.

— Jesteś czarodziejem ognia.

— Jestem bardem, królowo. Służę sile życiowej.

— Spotkałam już takiego, jak ty. Nazywali go Smoczym Językiem. Wypalił dziurę w tej ścianie. — Wskazała plamę ciemniejszego lodu pod oknem. — Oczywiście, kazałam ją naprawić, ale ślad pozostał.

— Smoczy Język go szkolił — wyrwała się Thorgil.

„Cicho bądź", pomyślał Jack.

— Ja tu decyduję, kto ma być cicho, a kto nie — powiedziała królowa, a chłopiec przeklął w duchu swoją głupotę. Zapomniał, że Jotuny potrafią czytać w myślach. — Nie wyczuwam w tobie zła — ciągnęła Glamdis. — Thorgil Córka Olafa opowiedziała mi o twojej misji i zgodziłam się udzielić ci pomocy. Muszę cię ostrzec, że Norny nikogo nie słuchają, nawet bogów. Mogę jedynie poprosić, żebyś był obecny, kiedy odwiedzą pałac. Nic więcej.

— Dziękuję, królowo.

— Możesz sobie darować tytułowanie mnie „królową" — zauważyła władczyni. — Takie rzeczy są dobre dla Frith. Jesteś jeszcze dzieckiem, więc możesz nazywać mnie „matką".

— Dobrze, m-matko — zająknął się Jack. Dziwnie brzmiało to słowo, gdy zwracał się do kobiety, która nie była jego prawdziwą matką. — Jestem niezmiernie wdzięczny, że wyleczyłaś mnie i Mężne Serce.

— A, Mężne Serce — powtórzyła z błyskiem w ciemnych oczach. — Bezczelny łobuz. — Nie wyjaśniła jednak, co miała na myśli. — A teraz proszę was wszystkich, byśmy wspólnie uczcili pamięć Olafa Jednobrewego, tak jak on by sobie tego życzył. Będzie to święto z muzyką, tańcami i wspaniałą ucztą. Przykro mi, że poszedł do Walhalli, ale wiem, że Odyn ucieszy się na jego widok. W życiu nie spotkałam wspanialszej dwunożnej zwierzyny.

Łzy napłynęły Jackowi do oczu. Nawet królowa — a raczej matka, poprawił się chłopiec w myślach — ocierała oczy rąbkiem płaszcza. Thorgil płakała głośno.

W końcu wyszli z sali tronowej i podążyli długimi korytarzami, aż dotarli na wewnętrzny dziedziniec. Był duży i okrągły i najbardziej ze wszystkiego kojarzył się z zamarzniętym jeziorem. Po bokach ustawiono coś w rodzaju straganów. Jack poczuł zapach pieczonej pardwy. Posadzono go przy niewielkim stole razem z Thorgil, stoły Jotunów bowiem były dla nich o wiele za duże. Towarzystwa dotrzymywały im Fonn i Forath.

Pierwszy raz Jack zobaczył trollowe dzieci, czyli młode, jak je nazywano. Biegały między stołami i podkradały smakołyki, kiedy nikt nie patrzył. Ślizgały się po lodzie, zderzały ze sobą i obrzucały wyzwiskami, co często kończyło się udawaną bójką. Nie było ich zbyt wiele. Fonn powiedziała, że dorastają powoli — te, które wydawały się rówieśnikami chłopca, tak naprawdę miały po pięćdziesiąt lat. Z kolei sama Fonn była w powszechnej opinii jeszcze zbyt młoda, by założyć harem.

Najwyraźniej nikomu nie przeszkadzało, że młode sieją zamęt, gdziekolwiek się pojawią. Dorosłe trolle uśmiechały się pobłażliwie, gdy dzieci wspinały się na zasłony, przewracały krzesła i rzucały śnieżkami. W domu Jack dostawał lanie za mniej poważne wykroczenia.

Jackowi i Thorgil podano pieczoną pardwę z marmoladą żurawinową, zająca faszerowanego cebulą, niedźwiedzie łapy (chłopiec nie skosztował tego specjału) i plastry mięsa z łosia. Królowa Gór ogryzała cały łosiowy udziec, a Fonn i Forath odrywały sobie kawałki gigantycznego pieczonego łososia. Uczestnicy biesiady przejmowali się manierami równie mało, co goście na uczcie u króla Ivara.

— Jedna noga na podłodze! — ryknął młody gbur, który nie odrywał wzroku od Fonn. — To jedyna zasada, jaka tu obowiązuje. Trzeba trzymać jedną nogę na podłodze, kiedy się je.

— Próbuje wywrzeć na mnie wrażenie, ucząc się ludzkiej mowy — stwierdziła Fonn.

Jack i Thorgil dostali chleb ze świeżym masłem i miodem, kisiel jabłkowy z przyprawami, winogrona z cieplarni Fonn i ser, który według słów Thorgil zrobiono z mleka zwierzęcia zwanego jakiem. Dziewczyna szepnęła Jackowi, że królowa ma oborę z całym stadem jaków. Po stołach krążyły cebry z cydrem, miodem i piwem. Samce trolli próbowały wciągnąć Thorgil w zawody w piciu, ale ona stanowczo odmawiała.

— Wygrają. Dobrze o tym wiedzą. Nie zamierzam się poniżać — oznajmiła.

Kiedy wszystko zostało zjedzone, a stoły posprzątane, rozpoczęły się śpiewy i tańce. Gbury pognały na jedną stronę dziedzińca, podczas gdy trollowe panny zebrały się po drugiej. Samce prężyły się i demonstrowały łuki brwiowe, a trollki decydowały, z kim zatańczyć. Forath i kilka innych zadbało o muzykę. Był to rodzaj dziwnego śpiewu, bez jednego słowa, które byłoby zrozumiałe dla Jacka. Śpiew odbijał się echem od ścian i zdawał się wibrować w jego klatce piersiowej. Melodię przepełniała melancholia, tak że łzy znowu napłynęły mu do oczu.

— Czy to hymn żałobny? — zwrócił się do Fonn.

— A skąd! To pieśń wieloryba. Dość radosna. Śpiewają o Utgardzie, naszym domu za morzem, który utraciliśmy na zawsze.

Jeśli to była wesoła pieśń, Jack wolał nigdy nie usłyszeć smutnej. Robił, co mógł, żeby nie wybuchnąć płaczem.

— Nie będziecie mieli nic przeciwko temu, że pójdę potańczyć? — spytała nieśmiało Fonn.

— Jasne, że nie! — wykrzyknęli chórem Jack i Thorgil.

A zatem Fonn poczłapała do pozostałych panien. Trollki rzędem ruszyły przez dziedziniec. Podeszły do samców, popisujących się z zacięciem. Po kolei wybierały sobie partnerów, klepiąc ich po ramieniu. Pary rozproszyły się po lodzie.

Szuuu! Ślizg, ślizg, ślizg. Szuuu! Ślizg, ślizg, ślizg. Trollki prowadziły partnerów w tańcu, a Forath i reszta akompaniowały im swoimi jękami i zawodzeniem.

— Olaf na pewno czuje się zaszczycony — powiedziała Thorgil, wzdychając nad kubkiem cydru.

— Nie miałem pojęcia, że był tak lubiany — stwierdził Jack.

— No, wiesz, Heide, Dotti i Lotti też nie — odparła dziewczyna, uśmiechając się tajemniczo.

Pod koniec wieczoru Jack podszedł do stołu królowej. Ukłonił się grzecznie i spytał: — Czy Norny przyjdą jutro?

— Możliwe. Pojawiają się, kiedy im to odpowiada — odrzekła władczyni.

— Czy nie mogłabyś... no, wiesz... trochę je ponaglić? — Chłopiec wciąż myślał o zbliżającym się dniu złożenia Lucy w ofierze.

— Nikt nie ponagla Norn.

— Ale gdyby wiedziały, jakie to ważne...

— Słuchaj, mały — powiedziała łagodnie Glamdis. — Jeśli zechcą, by ci się udało, nie ma znaczenia, kiedy przybędą. Wszystko pójdzie zgodnie z wcześniejszym planem.

— Nie mogę po prostu siedzieć i czekać! — Nie chciał być niegrzeczny, zwłaszcza wobec trzymetrowej królowej, ale jego nerwy były już w opłakanym stanie.

— Niestety, będziesz musiał. Fonn może oprowadzić cię po pałacu.

— Nie potrzebuję piastunki — mruknął Jack.

— Wiem jedno — ciągnęła królowa. — Wielki błąd popełnia ten, kto zamiast się cieszyć, użala się nad sobą.

Glamdis odsłoniła w uśmiechu swoje niewielkie kły.

— Nauczył się tego ode mnie. A teraz biegaj, mała, dwunożna zwierzyno. Wykorzystaj czas na partię szachów. — Odwróciła się, by ogryźć resztki udźca z łosia — trzeciego, sądząc po stercie kości u jej stóp.

Następny dzień Jack spędził na zwiedzaniu ogromnego pałacu królowej Glamdis. Obejrzał kuchnię, zbrojownię, harem i cieplarnię Fonn. Tę ostatnią zbudowano z tafli czystego lodu. Przeświecało przez nie światło słońca, którego ciepło pozostawało uwięzione wewnątrz. Od środka ściany były wilgotne i skapywała z nich woda, ale zewnętrzna część nie topiła się. Jakiś gbur chlustał na nie co jakiś czas wodą, by zachowały odpowiednią grubość.

Jack nigdy nie oglądał winorośli na własne oczy, choć widział ją na malowidłach ściennych w rzymskim domu. W cieplarni ujrzał także drzewa, które dotąd istniały tylko w jego wyobraźni: brzoskwinie, morele i migdałowce. Wszystkie przywiózł Olaf ze swoich wypraw do Italii.

— Mówił, że u niego w gospodarstwie nie wyrosną — wyjaśniła Fonn. — Nie miał cieplarni. Smoczy Język pokazał mi, jak ją zbudować, w ramach zadośćuczynienia za to, że wypalił dziurę w ścianie pałacu.

— A dlaczego to zrobił? — zainteresował się Jack.

— Wybuchła jakaś kłótnia o Frothi. Frith mieszkała jeszcze z nami, a Frothi była jej siostrą. Miały tego samego ojca. O, to była wichrzycielka, jakich mało. Bez przerwy wywoływała chaos w pałacu Hrothgara. Smoczy Język ponosił winę za jej śmierć, ale gdyby nie zrobił tego on, padłoby na kogoś innego. — Fonn nie wydawała się zbyt zasmucona śmiercią przyrodniej siostry.

— Zdaje się, że Olaf często u was gościł — zagadnął dyplomatycznie Jack. Nie chciał sprawiać Fonn przykrości, ale relacje między wojem z północy a Królową Gór budziły jego nieposkromioną ciekawość.

— Matka była w nim zakochana po uszy — stwierdziła Fonn bez śladu zakłopotania. — Prawie nigdy nie zakochiwała się w ludziach, a zachowanie Frith i Frothi utwierdziło ją w przekonaniu, że małżeństwo z człowiekiem to zły pomysł. Ale Olaf... — Oczy trollki zaszły mgłą. — Olaf był taki ogromny i przystojny.

Jack przypomniał sobie, że Heide mówiła dokładnie to samo.

— Oczywiście, nie chciał tu mieszkać. Miał rodzinę w Midgardzie. Przyjeżdżał co dwa lata z prezentami. Przywoził mi sadzonki, a Forath podarował flet i rzeźbę wieloryba. Zawsze wiedział, co nas ucieszy.

— A dał coś kiedyś Frith?

Fonn wybuchła swoim szczekliwym śmiechem.

— Żaden człowiek przy zdrowych zmysłach nawet nie zbliża się do Frith.

— Wiesz, jak straciła włosy?

Fonn nie wiedziała. Gdy Jack opowiedział o przykrych wydarzeniach, które przywiodły go do Jotunheimu, śmiała się i śmiała, aż łzy pociekły jej po policzkach.

— Ho! Ho! Szkoda, że mnie przy tym nie było! Frith ma obsesję na punkcie swoich włosów. Nagabywała matkę, żeby mieć bujną czupryne.

— Królowa dała jej włosy?

— Za pomocą magii. Frith jest zmiennokształtna, ale kiedy przybierała postać człowieka, jej włosy wyglądały dokładnie tak, jak moje. Matka podarowała jej włosy, dzięki czemu łatwiej jej było utrzymać ludzki kształt. Gdy je straciła, znów znalazła się na granicy światów. Wpadła w szał?

— Jeszcze jaki! — odparł Jack. — Ludzie Północy trzęśli się jak osiki.

— A to ci dopiero! Nawet tu, w Jotunheimie, Frith słynęła z napadów szału.

W sumie był to miły dzień. Jack polubił sympatyczną trollkę i jej cichą, melancholijną siostrę. Odwiedził harem, gdzie przyjął go Bolthorn, ojciec Fonn i Forath. Był pierwszą miłością Glamdis, która wciąż odnosiła się do niego z szacunkiem. Jack nie umiał sobie wyobrazić, że mógłby należeć do haremu, ale Bolthorn najwyraźniej poczytywał to sobie za zaszczyt.

— Porwała mnie prosto z lodu i wrzuciła do swojej jaskini — zagrzmiał stary Jotun, wspominając ich zaręczyny. — Całe brwi miałem podrapane! — Jack, zawstydzony, odwrócił wzrok, choć nie do końca wiedział, dlaczego.

W towarzystwie samców czuł się całkiem dobrze, lecz ich higiena osobista pozostawiała wiele do życzenia. Uważały, że brudne ciało, niemyte zęby i niewyczyszczone paznokcie świadczą o męskości (czy jak to się u trolli nazywało). Może właśnie to pociągało w nich Thorgil. Trolle też wyraźnie darzyły ją sympatią.

Z naburmuszonej i kapryśnej dziewuchy zmieniła się w kogoś, kto naprawdę dał się lubić. Patrząc, jak Thorgil bawi się z dwoma młodymi gburami w „ukłuj mnie włócznią", pomyślał, że może dziewczyna pierwszy raz w życiu znalazła się w centrum uwagi. Żony i dzieci Olafa tolerowały ją, ale nie lubiły. Nikt nie cieszył się na jej widok, nie licząc Rębajły, Wilczego Łyka, Wiedźmy i Siekacza. Dopiero wśród trolli znalazła przyjaciół.

Rozdział trzydziesty piąty

YGGDRASIL

Nie wolno wam się odzywać — uprzedziła Fonn, sadzając Jacka i Thorgil na rogu długiego stołu, który stał pośrodku sali. Na ścianach płonęły pochodnie, a ich blask odbijał się od kompletu złotych figur szachowych. Jack rozpoznał wśród nich figurę królowej, którą dała mu Frith jako gwarancję bezpieczeństwa.

— Czy królowa, to znaczy matka, będzie grała z Nornami w szachy?

— Tylko zaprasza je na partię — odparła z naciskiem Fonn. — Nikt nie gra w szachy z Nornami. Grają same ze sobą.

— Kiepska rozrywka, patrzeć jak gra ktoś inny — stwierdziła Thorgil.

— To bardzo poważna sprawa — powiedziała trollka. — Jesteście tu, żeby Norny was widziały, ale macie się nie odzywać, chyba że was o coś spytają. Zostawiam wam przekąski. Jeśli myślicie, że będziecie się bać, lepiej wyjdźcie od razu.

— Nie boimy się — odparła Thorgil z zadziornością w głosie. — Jestem Thorgil Córka Olafa, a to mój *thrall*.

— Były *thrall* — poprawił Jack.

— Wszyscy boją się Norn — stwierdziła Fonn. — Nic na to nie poradzicie. Tylko nie powywalajcie wszystkiego i nie ucieknijcie.

„Co może być przerażającego w istocie, która wygląda jak kobieta?", zastanawiał się Jack. On i Thorgil stawili już czoło trollowemu niedźwiedziowi i smokowi. Posłał nerwowe spojrzenie za wychodzącą Fonn. Zostali sami. Na stole stały misy z owocami i pieczywem, można więc było przypuszczać, że Norny coś jedzą.

Ze talerza na oddzielnym stoliku Thorgil wybrała miodowe ciastko. Wydawała się spokojna, ale ręce jej się trzęsły.

— Chyba możemy rozmawiać, zanim przyjdą — powiedziała.

— Co wiesz o Nornach? — spytał Jack.

— Runa mówił, że to one zadecydują, kiedy nastąpi Ragnarok.

— A co to takiego?

— Ostateczna bitwa między bogami a lodowymi olbrzymami. Wszyscy wtedy zginą i wszystko ulegnie zniszczeniu.

— Dość ponura wizja przyszłości — mruknął Jack.

— Na tę ostatnią wojnę Odyn zabierze najdzielniejszych wojowników. Ćwiczą codziennie, aż nadejdzie pora, by zginąć.

— Ale potem wracają do życia — powiedział, przypominając sobie słowa Olafa o wojach, którzy giną, a potem powstają, by całą noc ucztować w Walhalli.

— Nie po Ragnaroku. Wtedy wszystko kryją ciemności.

— Nawet bogowie umierają?

— Jeśli Norny podejmą taką decyzję — Thorgil spojrzała na drzwi po przeciwnej stronie pomieszczenia. Jej dłoń wciąż wędrowała do noża na łydce, ale był to po prostu nawyk.

— Co może być potężniejszego niż bóg? — spytał Jack. On też wbił wzrok w drzwi. Pochodnie płonęły, wiatr uderzał w ciężkie, białe zasłony na oknach.

— Czas — odparła. — Runa mówi, że Norny to sam Czas. Ale on tego nie rozumie i ja też nie. Ćśśś!

Jack zobaczył, że drzwi się poruszyły, i zamarł. Ale to tylko Królowa Gór weszła, by zająć swoje miejsce na tronie. Nie spojrzała na nich, a oni woleli się nie odzywać. Wszyscy troje siedzieli w milczeniu.

Powoli — Jack nie umiał powiedzieć, w którym dokładnie momencie — w przeciwległym końcu komnaty coś się zaczęło pojawiać. Może tłum ludzi, a może tylko kilka osób. Ciężko było to ocenić. Zasłony zadrgały, a pochodnie przygasły. Z oddali rozległy się głosy, od których chłopca przeszedł dreszcz. Kojarzyły się z czymś, co słyszał w koszmarnym śnie. Szeptały o wszystkich lękach, jakich kiedykolwiek doznał — o spadaniu z urwiska, o rozłące z rodzicami, o ciemnym miejscu, w którym mógł płakać przez całą wieczność, a i tak nikt by po niego nie przyszedł.

Thorgil położyła mu rękę na ramieniu. Zdał sobie sprawę, że jeszcze chwila, a zrobiłby jedyną rzecz, przed którą go ostrzegano: uciekłby z pomieszczenia. Dziewczyna pobladła na twarzy. Bez wątpienia ujawniły się także jej lęki.

Był to świat znacznie smutniejszy niż pieśni o utraconym Utgardzie. Bardziej wstrząsający niż zniszczenie wioski Gizura Łamikciuka. To był koniec świata. Głosy Norn szeptały o odejściu wszystkiego, co dobre, szlachetne i piękne. Pozostawało tylko patrzeć, jak wszystko umiera. Można było jedynie ugiąć się przed klęską i ciemnością.

Jack usłyszał cichy dźwięk. Odwrócił się i zobaczył Thorgil, trzymającą przed sobą nóż. Przesłanie było jasne. Dziewczyna dzielnie stawi czoło śmierci. I nawet gdyby okazało się, że umiera, ona i tak pogna na spotkanie przeznaczenia.

Jack chwycił runę. Jedna z Norn podniosła wzrok. Była młoda i ładna. Szła na czele długiego korowodu, sunącego przez komnatę. Okrążyły stół. Jedna położyła dłoń na owocach, a te uschły. Norny usiadły i Jack zobaczył, że są tylko trzy, choć powietrze za nimi wciąż poruszało się i rozbrzmiewało szeptami. Rozstawiły szachy.

Jedna patrzyła, a dwie pozostałe grały. Partia trwała długo. Jack zamrugał powiekami. Wydawało mu się, że pionki przesuwają się same. Nie znajdowały się już na szachownicy w pogrążonej w półmroku komnacie, lecz stały przed domami, uprawiały pole albo strzygły owce. Wiodły swoje życie, nieświadome czujnego wzroku Norn. Co jakiś czas któryś znikał, gdy zabierała go sięgająca z góry dłoń.

Gra toczyła się dalej, aż po obu stronach zostało zaledwie po kilka figur. Norna o pustych oczach wykonała ostatni ruch. „Szach-mat", szepnęła bezgłośnie.

Jej przeciwniczka, ta młoda i piękna, z pokłonem przyjęła porażkę. Trzecią z Norn znacznie trudniej było zobaczyć. Wciąż migotała i zmieniała kształt, niczym cień targanego wiatrem drzewa.

Potem wszystkie trzy podniosły wzrok i skinęły na Jacka.

Nie był w stanie się ruszyć. Z jego nóg odpłynęły wszystkie siły, czuł suchość w ustach. Thorgil szturchnęła go w bok. Nie umiał postąpić kroku. Dziewczyna wstała, wzięła go za rękę i pociągnęła za sobą. W drugiej dłoni trzymała nóż. W bladym świetle jej twarz zdawała się blada jak płótno. Wielkie nieba, czy ona chce zadźgać którąś z Norn?

Jack chwycił runę. Ku jego zaskoczeniu, odpowiedziała falą ciepła. Ścisnął Thorgil za rękę, by i ona ją poczuła.

Uświadomił sobie, że wcale nie muszą być pionkami w grze, która prowadzi ku nieuchronnej zagładzie. Norny nie decydowały o wszystkim. Był jeszcze bard, siedzący pod drzewem na Wyspach Błogosławionych. Była kobieta o smutnych oczach, którą Olaf zabił podczas sztormu. Na pewno poszła do Nieba, do swojej utraconej córki. A matka wierzyła, choć ukrywała to przed ojcem, że dusze powracają wraz z promieniami słońca, by ponownie narodzić się na tym świecie.

„Służę sile życiowej", pomyślał chłopiec. „Nie wierzę w Ragnarok".

Razem z Thorgil szli naprzód. I w miarę jak szli, rozpadały się lodowe ściany i znikały szeleszczące, białe zasłony. Jack poczuł na twarzy lekki podmuch i zobaczył strumyk, płynący dnem niewielkiej doliny. Po obu stronach rosły krzewy obsypane malinami i jagodami. Na ziemi widać było krzaczki słodkich, górskich poziomek.

— Znowu to miejsce! — wykrzyknęła Thorgil. — To tutaj ukryła się Studnia Mimira?

Z gęstwiny wyłonił się głuszec, a za nim pisklęta. Opuścił głowę i zagdakał cicho, gardłowo.

— Na to wygląda — powiedział niepewnie Jack. — Już poprzednio coś wyczuwałem, ale bałem się tego szukać. — Oboje patrzyli, jak głuszec maszeruje majestatycznie na polanę.

— Jedno się nie zmieniło — stwierdziła dziewczyna. — Te głupie ptaki ciągle gadają o swoim nudnym życiu.

Jack poprowadził ją przez miejsce, gdzie wcześniej znalazł zemdlone białe sowy. Weszli do tej części lasu, w której rosły jabłonie, leszczyny, orzechy i grusze.

— Więc tutaj znalazłeś jedzenie — stwierdziła młoda wojowniczka.

— Słuchaj. — Jack podniósł rękę. Przed nimi rozlegało się brzęczenie wielu tysięcy pszczół. Odnosiło się wrażenie, że trzeba będzie torować sobie drogę przez gęsty rój.

— Nie lubię pszczół — powiedziała Thorgil. — Raz mocno mnie pocięły, kiedy próbowałam okraść ul.

— Są całkiem miłe, jeśli się ich nie denerwuje — wyjaśnił Jack. — Mama nauczyła mnie zaklęcia, które uspokaja rozgniewane pszczoły.

— Sama nie wiem... Nie rozumiem ich języka tak, jak rozumiem ptasi, ale wydaje mi się, że nie są rozgniewane. Ale też nie są po prostu zadowolone. Powiedziałabym, że to szał.

— Szał berserkerów?

— Coś w tym rodzaju.

„Znasz się na tym", pomyślał. Przypomniał sobie szaleńczą radość, która ogarnęła Olafa i jego ludzi, zanim wyrżnęli w pień wioskę Gizura. Jack i Thorgil dłuższą chwilę stali bez ruchu, wsłuchując się w nieustające brzęczenie.

— Czy twoje zaklęcie działa na pszczoły, ogarnięte szałem berserkerów?

— Nie mam pojęcia — odparł.

— Lepsze to niż nic. — Wyciągnęła oba swoje noże.

— Co zamierzasz zrobić? Zadźgać wszystkie pszczoły? — spytał. — Przysłały nas tu Norny. Albo pozwolą nam dojść do studni, albo nie. Niczego nie możemy zrobić, żeby to zmienić.

Thorgil z ociąganiem schowała broń. Wzięła chłopca za rękę i razem weszli między drzewa. Szlak przed nimi wznosił się coraz wyżej, aż stanęli na szerokim wzgórzu.

— Patrz! — krzyknęła dziewczyna. Na szczycie rósł ogromny jesion — a raczej Jesion, sam Yggdrasil, który wznosił się i wznosił ku przestworzom. Wydawało się niemożliwe, by ludzki wzrok sięgał tak wysoko.

Wszędzie rozciągały się jego tętniące życiem gałęzie. Na konarach siedziały wszystkie ptaki świata. I wszystkie owady. Niektóre wwiercały się w korę. Inne skubały liście. W każdym miejscu Drzewem pożywiały się jakieś stworzenia. Wiły na nim gniazda dla swoich młodych. Jack widział łanie z jelonkami, wilki ze szczeniętami, a także kobiety i mężczyzn — gałęzie sięgały bowiem również do Midgardu — siedzących wśród liści ze swoimi dziećmi.

Korzenie zwieszały się po obu stronach wzgórza, niektóre do Świata Ognia, inne do lodowych komnat Hel. W otchłani wił się olbrzymi wąż i wysysał życiodajne soki Drzewa.

Na najwyższych gałęziach machał skrzydłami ogromny orzeł, znów napełniając liście oddechem życia.

Po potężnym pniu, w górę i w dół, biegała przemoczona wiewiórka i wykrzykiwała obelgi.

— To Ratatosk — szepnęła Thorgil. — Roznosi plotki po dziewięciu światach.

Na samej górze, zdałoby się, że wyżej niż księżyc, a zarazem tak wyraźne, że chciałoby się do niego sięgnąć, znajdowało się złote ogrodzenie ze srebrnymi prętami. Wewnątrz rozciągało się złote pole i rosły drzewa. Na polu wznosiło się wiele wspaniałych wież i pałaców, a najwspanialszy z nich miał bramę tak szeroką, że tysiąc mężów mogłoby przez nią przejść ramię przy ramieniu.

— To jest Asgard, gdzie mieszkają bogowie, i brama do Walhalli. — Thorgil aż się zachłysnęła. — O, powiedz, jeśli zobaczysz Olafa. O, chcę tam teraz iść.

— Nie możesz — szepnął Jack, przytrzymując ją. — Wydaje się na wyciągnięcie ręki, ale choćbyś wspinała się sto lat, nie będziesz bliżej celu. Wiem, czym jest to Drzewo. To czysta siła życiowa. Choć podgryzana i cięta toporami, nigdy nie umrze.

— Nigdy nie umrze? A Ragnarok?! — krzyknęła Thorgil.

— Norny chcą, żebyś w to właśnie wierzyła. W przyszłość, w której istnieje tylko wojna i zagłada. Ale ich wizja to wyłącznie jeden z liści na tym Drzewie. Istnieją też Wyspy Błogosławionych, gdzie trafiają królowe i bohaterowie.

— Tam poszła Maeve — powiedziała cicho dziewczyna.

— Tak. Są też Niebiosa dla chrześcijan, takich jak ja, i wiele innych miejsc, o których nie wiem. Wszystkie stanowią cząstkę Yggdrasila.

Bezustanna ulewa omywała Drzewo niczym deszcz srebrnych strzał, ale krople nie docierały do ziemi. Pszczoły zbierały wodę w powietrzu. Wielkie, złote plastry miodu wisiały na gałęziach niczym niebiańskie owoce. Zima nie miała tu dostępu, więc pszczoły nie potrzebowały gniazd ani uli. Unosiły się i opadały całymi tysiącami, a ich brzęczenie wyrażało niczym niezmąconą radość.

Rozdział trzydziesty szósty

STUDNIA MIMIRA

U podnóża drzewa, w miejscu, gdzie Yggdrasil stykał się z doliną, znajdowała się studnia. Była to niepozorna studnia na wzgórzu, z wiadrem na linie, taka jak przed domem rodziców Jacka.

— Wygląda całkiem zwyczajnie — stwierdził chłopiec.

— „Zawsze zaglądaj za drzwi, zanim wejdziesz do domu" — Thorgil zacytowała ulubione przysłowie Ludzi Północy. — I jeszcze: „Nigdy nie wychodź na zewnątrz bez broni". Chcesz nóż?

— To duchowa misja — odparł Jack z pewnym zniecierpliwieniem w głosie. — Dlaczego ciągle zakładasz, że gdzieś czai się wróg?

— Bo dotąd zawsze tak było — rzekła po prostu dziewczyna. — Tak czy owak, pamiętaj, musisz poświęcić coś bardzo ważnego, zanim będziesz mógł się napić.

— Nie wiem... Wszystko wokół wydaje się takie spokojne. Może wystarczy podejść.

— Niczego nie da się osiągnąć bez cierpienia.

— Myślę, że specjalnością Ludzi Północy jest wyciśnięcie kropli bólu z najnormalniejszej nawet sytuacji.

— Unikanie heroizmu pasuje do *thralla* — zadrwiła Thorgil.

— Dla ciebie heroizm oznacza okazję do zebrania cięgów — warknął Jack w odpowiedzi. Znowu stanęli naprzeciwko siebie i ręka go świerzbiła, żeby ją uderzyć. Widział, że i ona ma ochotę mu przyłożyć. Brzęczenie pszczół stało się niemal ogłuszające. Jedna z nich pacnęła o twarz chłopca. Cofnął się. Wokół wirowało tornado podnieconych owadów. Oczy Thorgil otwarły się szeroko z niepokoju.

— Usiądź — nakazał jej chłopiec. Usłuchała. — Oddychaj głęboko. Myśl o miłych rzeczach.

— Nie znam żadnych miłych rzeczy — odparła.

— No to myśl o zabawie w „ukłuj mnie włócznią" z gburami. O czymś wesołym.

Młoda wojowniczka przymknęła oczy i po uśmiechu, który pojawił się na jej twarzy, Jack poznał, że pogrążyła się w przyjemnych wspomnieniach. Sam myślał o tym, jak dawno temu siedział z bardem pod jarzębiną. Pszczoły wróciły między gałęzie Yggdrasila i znowu zajęły się zbieraniem nektaru.

— Dlaczego nas zaatakowały? — spytała Thorgil, otwierając oczy.

— Nie zaatakowały nas. Jeszcze nie. Pszczoły wyczuwają gniew i strach — wyjaśnił Jack. — Moja matka nigdy nie zbierała miodu, kiedy była zdenerwowana. Kłóciliśmy się, a to najwyraźniej im się nie podobało.

Thorgil już chciała coś odpowiedzieć, popatrzyła jednak na pszczoły i zmieniła zdanie.

„Muszę tylko wspiąć się na to wzgórze", pomyślał Jack, któremu nogi odmówiły nagle posłuszeństwa. „To proste. W domu setki razy nabierałem wody ze studni".

— Ja mam to zrobić? — spytała dziewczyna z sarkazmem.

— Po prostu się zamyśliłem. — Wstał i zmusił się, by ruszyć naprzód. Wzgórze wznosiło się bardziej stromo, niż się wydawało. W połowie drogi chłopiec musiał się zatrzymać, by złapać oddech. Dalej parł naprzód, przybliżając się do potężnego drzewa i niepozornie wyglądającej studni. Słyszał, jak wiewiórka Ratatosk miota nad jego głową paskudne przekleństwa. Słyszał miriady robaków i chrząszczy, wgryzających się w korę. Wreszcie stanął przy studni.

„A jeśli tam zajrzę i zobaczę oko Odyna na dnie?", pomyślał. „I jeśli ono na mnie popatrzy?" Ręce mu się trzęsły, ale przemógł się, by sięgnąć po wiadro. W chwili, gdy dotknął drewnianego cebra, jakaś wielka, niewidzialna ręka pacnęła go niczym natrętnego komara. Potoczył się po zboczu, coraz szybciej i szybciej, aż w końcu zatrzymał się, uderzając głową o kamień.

— Mówiłam, że musisz poświęcić coś bardzo ważnego — stwierdziła Thorgil.

— Przestań udawać ważniaczkę i pomóż mi! — krzyknął Jack. Zobaczył, że krew z jego głowy kapie na trawę. Dziewczyna przycisnęła dłoń do skaleczenia, aż krwawienie ustało. Odcięła pasek materiału z nowej tuniki, żeby opatrzyć chłopca.

— Widać, że wiesz, jak tamować krew — stwierdził z niechęcią w głosie.

— Robiłam to setki razy. Dobra, co poświęcisz?

— Nic nie mam — odparł.

— Oczywiście, że masz. Możesz sobie odciąć ucho, oczywiście, bym ci pomogła, albo zmiażdżyć palce jednej dłoni, żeby już nigdy nie zagrać na harfie. To dobra ofiara dla skalda.

— Siekanie siebie samego na kawałki to coś w sam raz dla Ludzi Północy, ale nie dla normalnych, rozsądnych Sasów! — zbuntował się Jack. — Nie wierzę, by siła życiowa żądała czegoś podobnego.

— Musisz pokazać, że ci naprawdę zależy! — krzyknęła w odpowiedzi Thorgil, jak zwykle skora do kłótni. — To nie jest jakiś wiejski jarmark, na którym zdobywasz nagrody za rzucanie orzechami do celu. To Yggdrasil. Nawet Odyn nie zbliżył się do niego bez ofiary.

— W takim razie Odyn był głupkiem.

— Nieprawda! Odszczekaj to!

— Nic z tego! Odyn to osiłek i łajdak, tak jak każdy, kto w niego wierzy. W Walhalli każe córom miecza usługiwać przy stole.

— Wcale nie! — wrzasnęła dziewczyna. Pszczoły znowu obniżyły lot i głośny, rozszalały rój zaczął krążyć wokół nich. — Odyn to symbol odwagi i honoru, ale *thrall* nigdy tego nie zrozumie!

— W takim razie jakim cudem ty rozumiesz? Byłaś *thrallem* jeszcze trzy lata temu! — Pożałował tych słów już w chwili, gdy je wypowiedział. Thorgil zatoczyła się w tył, jakby otrzymała cios toporem. W jej oczach jaśniał błysk prawdziwego szaleństwa. Była berserkerem z dziada pradziada i szał dopadał ją, czy tego chciała, czy nie. — Przepraszam! — krzyknął Jack. — Nie jesteś *thrallem*! Jesteś córą miecza! Odyn cię kocha i na pewno nie każe ci usługiwać przy stole!

— Przysięgam — powiedziała Thorgil, drżąc z wściekłości — że zabiję się po wyciągnięciu wody ze Studni Mimira. Oddam swoje życie, żeby Jack mógł wyleczyć królową Frith i ocalić swoją siostrę. Klnę się na Yggdrasila, Odyna i Norny!

— Nie rób tego! — krzyknął Jack, ale Thorgil pędziła już w górę zbocza. Gnała naprzód, nie zważając na ścianę pszczół, oddzielającą ją od szczytu. Wokół niej rozlegał się szum tysięcy owadów, które jednak nie żądliły. Wydawały się pijane ze szczęścia.

Jack patrzył, jak młoda wojowniczka z wysiłkiem pnie się w górę, ani na chwilę nie przystając, by odpocząć. Podeszła do studni i sięgnęła po wiadro.

Odepchnęła ją ta sama, niewidzialna dłoń. Thorgil poturlała się w dół stoku, a pszczoły uciekały jej z drogi. Uderzyła o ten sam kamień. Tym razem Jack zajął się opatrywaniem rany. Dziewczyna wydawała się bardziej zamroczona niż on. Popatrzyła na niego nieprzytomnym wzrokiem.

— Nie chcą przyjąć mojej ofiary — wyjąkała w końcu. — Norny... Odyn... Yggdrasil. Nie chcą mojego życia. Czy to... dlatego... że urodziłam się... *thrallem*?

— Nie, nie, oczywiście, że nie — odrzekł Jack, przyciskając ją mocno do siebie, tak jak kiedyś Lucy, gdy uratowali się przed utonięciem. — Olaf cię wyzwolił i nazwał swoją córką. Jotuny darzą cię szacunkiem. Nikt nie uważa cię za *thralla*, bo znaczysz o wiele, wiele więcej. Nie płacz. Nie płacz, proszę. — Pogłaskał ją po włosach i poczuł echo jej szlochu we własnym ciele. — Myślę, że odrzucili twoją ofiarę, bo musisz poświęcić coś niezwykle ważnego. A dla ciebie życie nic nie znaczy.

— Teraz naprawdę nic nie znaczy — przyznała. — I tak się zabiję. Nie mam po co żyć, skoro Olaf odszedł.

— Nie możesz tego zrobić! Chciał, żebyś żyła. Ja też tego chcę.

— Za późno — odparła. Wyciągnęła nóż i Jack zrobił jedyną rzecz, jaka przyszła mu do głowy. Nie mógł się mierzyć z jej walecznością i determinacją, choć przebywając z Ludźmi Północy, stał się równie silny, jak ona. Zdjął z szyi runę ochronną. Amulet natychmiast stał się widzialny.

Była to kwadratowa płytka z czystego złota. Widniał na niej symbol, który mógł przedstawiać słońce, tyle że każdy promień miał odgałęzienia, niczym drzewo, które puszcza pąki. Teraz Jack zrozumiał, że owo drzewo to Yggdrasil.

— A więc to ukrywałeś na swojej szyi — stwierdziła Thorgil, zatrzymując rękę z nożem. — Oparzyło mnie jak ogień.

— To dlatego, że próbowałaś odebrać wisiorek siłą, a można go tylko podarować. — Czuł pustkę i smutek. Runa stanowiła jedyną rzecz łączącą go z bardem. Chroniła go wiernie w chwilach zagrożenia i rozpaczy, a teraz miał ją stracić. Zawiesił amulet na szyi dziewczyny.

— Pewnie i tak mnie poparzy — mruknęła. — Będę cierpieć, ale na nic innego nie zasługuję.

Na oczach Jacka wisiorek zniknął. Chłopiec był zdruzgotany.

— Matka — szepnęła Thorgil. — Widzę ją w swoim umyśle. — Odłożyła nóż.

— Królową Glamdis?

— Nie... Moją prawdziwą matkę. Allyson. Byłam wobec niej taka okrutna. Przezywałam ją i nigdy nie byłam dla niej miła, nawet kiedy płakała. Ojciec ją bił. Mówił, że do niczego się nie nadaje, bo nie urodziła mu syna.

— Urodziła. Ojciec zabił twojego starszego brata.

— Miałam go zastąpić, ale zawiodłam. — Po policzkach Thorgil popłynęły łzy.

— Jak mogłaś zawieść przez to, że urodziłaś się dziewczynką?

— Matka gotowała mi specjalne posiłki, kiedy ojciec nie patrzył. Czesała mi włosy i robiła dla mnie śliczne kurteczki i buciki. Nigdy jej nie podziękowałam.

— Olaf opowiadał, że nic nie mówiła.

— Do mnie mówiła, po sasku — odrzekła Thorgil. — Wyśmiewałam ją, że posługuje się językiem niewolników. Wtedy przestała mówić. A potem... potem złożyli ją w ofierze, żeby mogła towarzyszyć ojcu do Walhalli.

— Wiesz co? Myślę, że wcale nie poszła do Walhalli. Smoczy Język mówił, że wybierasz sobie życie po śmierci. Myślę, że trafiła na Wyspy Błogosławionych, do Maeve.

— Mam taką nadzieję — powiedziała. — O! Przypomniałam sobie. Jedno z ostatnich zdań, jakie powiedziałam do Olafa, brzmiało „nienawidzę cię". Jak mogłam? — Znowu zalała się łzami.

— Pewnie codziennie ktoś mówił Olafowi, że go nienawidzi — stwierdził sucho Jack.

— To prawda — przyznała dziewczyna, a jej twarz znowu pojaśniała. Ale potem przypomniała sobie inne swoje przewiny z przeszłości. Najwyraźniej miała ich nieprzebrane pokłady. Rozbiła krosno Heide, kiedy wieszczka utkała jej sukienkę. Szydziła z głosu Runy, gdy ten próbował zaśpiewać dla niej pieśń. Związała razem ogony Rębajły, Wilczego Łyka, Wiedźmy i Siekacza, by zmusić psy do walki. A przecież one ją kochały, właściwie jako jedyne na świecie.

„Jak można mieć w sobie aż tyle złośliwości", pomyślał Jack. Opowieści wylewały się z Thorgil niczym ropa z pękniętego wrzodu. Najwyraźniej pierwszy raz zdała sobie sprawę, że w przeszłości robiła złe rzeczy.

— Dziwnie się czuję. Jakby czegoś mi brakowało. — Znów podniosła nóż i Jack przestraszył się, że spróbuje się nim pchnąć. — Wiesz... Nie chcę się zabijać.

— To dobrze.

— Wcale nie. To do mnie niepodobne. Nie chcę też zginąć w bitwie. — Nagle usiadła, patrząc dziko przed siebie.

— Co znowu? — spytał.

— Postradałam zapał do grabienia i podpalania! Nie chcę zabijać ludzi! Nie pamiętam, jak się wpada w szał berserkerów! Nie jestem już córą miecza! — Zupełnie straciła panowanie nad sobą. Przewracała się po ziemi, wyrywała trawę całymi garściami, łkała, jęczała i szlochała na cały głos. Jack mógł tylko się temu przyglądać. Nie wiedział, jak sobie radzić z tak straszliwym żalem.

Po chwili Thorgil się zmęczyła. Leżała, pobladła i wyczerpana, na poszarpanej trawie i wierciła nożem dziury w ziemi.

— Chyba wiem, co się stało — stwierdził Jack, gdy uspokoiła się już na tyle, by go wysłuchać. — Najbardziej na tym świecie ceniłem swoją runę ochronną. Teraz oddałem ją tobie. Ty najbardziej ceniłaś to, że jesteś berserkerem. Runa sprawiła, że wolisz życie od śmierci, więc nie możesz już wpadać w wojowniczy szał. Wciąż jesteś córą miecza... wysłuchaj mnie — powiedział, gdy dziewczyna próbowała wejść mu w słowo. — Jesteś teraz taka, jak Skakki. On nigdy nie będzie berserkerem. Odziedziczył zdrowy rozsądek po Heide. To dzielny, inteligentny wojownik. Będzie długo żył, by chronić swoją rodzinę i wioskę.

— Oboje wiele straciliśmy. I co z tego? — spytała Thorgil.

— To z tego, że oboje możemy napić się ze Studni Mimira. — Jack podciągnął ją, by wstała.

— Jeśli się napiję, mogę stać się skaldem lepszym nawet od ciebie — powiedziała z odrobiną dawnej złośliwości w głosie.

— Nie licz na to. O ile wiem, studnia daje ci wiedzę, której potrzebujesz. Odyn pragnął biegłości w magii i ją dostał. Ja potrzebuję poezji, która pozwoli mi zdjąć zaklęcie z Frith. Czego ty potrzebujesz, tego nie wie nikt.

Trzymając się za ręce, ruszyli pod górę. Tym razem podejście wcale nie wydawało się strome, a gdy dotarli na szczyt, oboje położyli dłonie na wiadrze — szybko, zanim niewidzialna siła ich odrzuci. Nic się nie stało. Jack odetchnął z ulgą.

— Widzisz? Miałem rację.

— Pszczoły odleciały — zauważyła Thorgil. Wciąż je widzieli, tańczące w górze, zbierające nektar, który spadał z Yggdrasila.

— No dobra — powiedział chłopiec. Usłyszał plusk, po czym wyciągnął ociekające wodą wiadro z głębi studni. Buchnęło cudownym zapachem kwiatów, zielonych pól, sosnowych lasów i miodu. — To zapach życia — stwierdził z uśmiechem Jack.

Napił się pierwszy. W ustach poczuł słodycz, nie była to jednak ciężka słodycz miodu, która wywoływała senność. Ten smak raczej orzeźwiał. Jack pomyślał, że kojarzy się ze światłem, uwięzionym w wodzie. Przez głowę przebiegły mu dziesiątki wspomnień. Był małym chłopcem, patrzącym, jak ojciec buduje dom. Siedział przy ulach, słuchając śpiewu matki. Odpoczywał z bardem pod jarzębiną. Powrócił do niego każdy zielony zapach i ciepły smak. Każdy jasny obłok, przepływający nad szczytem góry, każda ryba, wyskakująca z wody, by złapać owada, każda jaskółka, krążąca w powietrzu, pojawiała mu się teraz przed oczami. Wszystkie obrazy były wspaniałe. Wszystkie tętniły życiem.

— Podziałało? — szepnęła Thorgil. — Możesz wyleczyć królową Frith?

— Jeszcze nie wiem, jak — odparł Jack. — Ale dowiem się, kiedy będzie trzeba.

Potem napiła się Thorgil. Trupia bladość, która na polanie okryła jej twarz, teraz ustąpiła. Policzki się zaróżowiły. Oczy, wcześniej tak smutne i pozbawione nadziei, rozbłysły żywym zaciekawieniem.

— Ptaki! — wykrzyknęła, odstawiwszy wiadro. — Są naprawdę ciekawe, na swój głupi, ptasi sposób. A kwiaty... popatrz na kwiaty! Czerwone, niebieskie, żółte i różowe. W życiu nie widziałam takich kolorów. A światło pod drzewem! Cały czas się porusza, jak fale na morzu. — Thorgil schodziła ze wzgórza, głośno zachwycając się każdym nowym odkryciem. Zupełnie zatraciła się w zachwycie nad niewielką doliną.

Jack wyjął buteleczkę z wytłoczoną na boku makówką. Zużyli już całą zawartość, a Fonn ją dla niego umyła. Jack zanurzył naczynko w wiadrze.

„Nie", odezwał się głos pełen cienia.

Chłopiec ujrzał młodą Nornę, stojącą przy Drzewie. Wyciągnęła rękę po buteleczkę. „To dla Runy", powiedział Jack w swoim umyśle. „Jest zbyt stary, by przyjść do studni, ale zasłużył na to, by się napić. Poświęcił głos, służąc pobratymcom. I oddał mi swój najwspanialszy poemat".

Norna milczała. Podeszła bliżej do Drzewa i Jack stracił ją z oczu, wśród cieni i zagłębień w korze.

— Na co tak patrzysz? — zawołała Thorgil.

— Na głuszca — odparł i roześmiał się, bo niezwykły ptak wyszedł z tego samego cienia, a nakrapiane pisklęta w podskokach podążały za nim. Unosząc brwi, spojrzał na chłopca, po czym ruszył dalej. Resztę zawartości wiadra Jack wylał na korzenie Yggdrasila. — Każde drzewo potrzebuje wody, nawet to — powiedział.

Chłopiec i Thorgil szli przez las. Nad drzewami świecił złoty blask, zbliżał się już bowiem zachód słońca, a spod okolicznych wzgórz wypełzł niebieskawy cień. Maszerowali do zmroku, a dziewczyna tłumaczyła na ludzki język wieczorny chór ptaków. Jack doszedł do wniosku, że miała rację. Ptaki naprawdę były strasznie głupie.

Przeszli między dwoma bukami i znaleźli się w pogrążonej w mroku sali o ścianach z lodu. Niemal wszystkie węgle już się wypaliły, a białe zasłony na oknach drżały w podmuchach górskiego wiatru. Królowa Gór chrapała na tronie z otwartymi ustami, tak że widać było jej kły. Owoce i chleb we wszystkich misach na stole zmieniły się w szlam i popiół.

Rozdział trzydziesty siódmy

DARY KRÓLOWEJ

Chrrrrr... co? Kto to? — spytała królowa Glamdis, gdy się zbudziła.

— Wróciliśmy, królowo — powiedział Jack.

— Mówiłam wam, żebyście darowali sobie te tytuły — przypomniała władczyni poirytowanym tonem. — Nazywajcie mnie „matką".

— Dobrze, matko — powiedzieli jednocześnie Jack i Thorgil.

— No? Udało się? Znaleźliście Studnię Mimira?

— Tak, królo... ee, matko — odparł chłopiec.

— To dobrze. Nigdy nie wiem, co zrobią Norny. Czasami wysyłają ludzi, by błądzili w ciemnym lesie.

— Dlaczego zabawiasz Norny? — spytała Thorgil. — To nie może być ciekawe, patrzeć, jak grają w szachy.

— Zdziwiłabyś się — odrzekła Królowa Gór. — Dowiaduję się najróżniejszych rzeczy o tym, co się wydarzy. W większości smutnych, ma się rozumieć. Ludzie umierają. Całe wyspy znikają pod wodą. Czuję, że w pewien sposób pozwala mi to panować nad przyszłością. Widziałam śmierć Olafa na długo przedtem, zanim nastąpiła.

— Naprawdę? — Dziewczyna szeroko otworzyła oczy ze zdumienia.

— Ktoś taki jak on nie mógł dożyć starości. — Królowa westchnęła. — Był na to zbyt wspaniały i zbyt uparty. Ha! Widzę, że nie mogę was tu już niczym poczęstować. Może pójdziemy do haremu. Poproszę, żeby gbury przygotowały coś do jedzenia.

Przeszli przez długie pomieszczenie. Królowa Glamdis prowadziła, a Jack i Thorgil podążali za nią. Złote figury leżały rozrzucone po szachownicy.

— Po co podajesz Nornom jedzenie, skoro się nie pożywiają? — spytał Jack, omiatając wzrokiem misy pełne kurzu.

— Lubią, kiedy różne rzeczy się psują. Spleśniały chleb, zbutwiałe owoce są dla nich równie miłe, jak najlepsza uczta. Już od wielu lat nie próbuję zrozumieć Norn.

Posiłek w haremie okazał się jednym z najmilszych wspomnień, jakie Jack wyniósł z Jotunheimu. Podczas uczty prym wiódł Bolthorn, a wzięli w niej udział także Złota Szczecina i Mężne Serce. Dwa gbury śpiewały dziwną, niemelodyjną pieśń, podczas gdy reszta tańczyła jotunheimskiego oberka. Taniec był głośny i wesoły, pełen przytupów. Fonn wystawiła przedstawienie opowiadające o ucieczce z Utgardu przez pękający lód.

Jedli zaskakująco smaczne pasztety, mięso i budyń — najlepszy, z gałką muszkatołową i śmietaną. Thorgil wpadała w zachwyt nad każdym nowym daniem.

— Nie miałam pojęcia, że coś może tak wspaniale smakować! — wykrzykiwała. — To wszystko jest pyszne!

— Nic jej nie jest? — szepnęła królowa Glamdis do Jacka.

— Po prostu ogarnęło ją nowe szaleństwo — również szeptem odparł chłopiec.

Ruszyli wczesnym rankiem, gdy promienie świtu zabarwiły czerwienią pałac Królowej Gór. Glamdis i członkowie jej rodziny towarzyszyli im w wędrówce długimi tunelami do podnóża góry. Dawniej trolle prześladowały Jacka w koszmarnych snach, a teraz pożegnanie z nimi napełniło go niespodziewanym smutkiem.

— Nie wierzę, że jeden z was odgryzł nogę Drewnianej Stopie — powiedział, gdy wyszli na zimny, omiatany wiatrem dziedziniec na skraju doliny.

— Uwierz — odrzekła Fonn. — Ludzie i trolle długo toczyli wojnę. Teraz mamy rozejm na cześć Olafa Jednobrewego, ale walczymy o te same ziemie. Kiedy Ziemią włada zima, my władamy wraz z nią. Teraz nadchodzi lato i jesteśmy osłabieni. Ale nigdy się nie poddamy.

— My też nie! — krzyknęła Thorgil. Miała na sobie futro z rosomaka i eleganckie buciki, a u jej pasa wisiał nowy miecz. — Odstąpienie od bitwy nie przyniesie chluby żadnej ze stron.

— Spotkamy się podczas Ragnaroku — powiedziała Fonn poważnym tonem.

— Do Ragnaroku! — wrzasnęła dziewczyna.

Mężne Serce, który siedział na ramieniu Jacka, zakrakał i potrząsnął głową.

— Ofiarowuję wam te prezenty pożegnalne — odezwała się Królowa Gór, dając znak młodemu gburowi. Ten przyniósł płaszcze z materiału, którego Jack nie rozpoznawał. Błyszczały niczym światło, odbite od lodowca. Pachniały ostro i słodko zarazem.

— Uszyto je z jedwabiu. Pozyskujemy go od pająków, które żyją w naszych lasach — wyjaśniła władczyni.

„Jak można pozyskać jedwab od pająka?", pomyślał ze zdumieniem Jack, który wiedział tylko, jak strzyże się owce.

— Może zauważyliście zasłony w naszych komnatach. Są z tego samego materiału, tak mocnego, że wytrzymuje najsroższe burze, a przy tym tak lekkiego, że wygodnie się go nosi. Ten jedwab ma szczególną właściwość. Przybiera barwę otoczenia. Płaszcze ukryją was przed smokiem. — Glamdis podała im płaszcze. Były długie i obszerne. Kapturem dało się z łatwością zakryć twarz. Jack zobaczył, jak zmieniają kolor, ze śnieżnej bieli na ciemnoniebieską barwę sukni królowej.

— Dziękujemy, królowo... to znaczy matko — powiedział, kłaniając się. — Jesteś nadzwyczaj szczodra.

— To dla mnie wielki zaszczyt — dodała Thorgil i też się ukłoniła.

— Nie zbliżajcie się do skał przy zboczach doliny. Trzymajcie się rzeki. Wędrujcie nocą i kryjcie się za dnia. Kiedy dotrzecie do lasu, kierujcie się na północ, omijając łąkę z kwiatami. Łosie wydeptały tam ścieżki. Powinniście wyjść prosto na zatokę, gdzie spotkacie się ze swoimi przyjaciółmi.

Jack był ubrany w kunie futro i buty z wołowej skóry, które nie ślizgały się na lodzie. W sakiewce na szyi miał kamień słoneczny Olafa dla Skakkiego i buteleczkę z miodem pieśni ze Studni Mimira dla Runy. Thorgil nosiła mały srebrny młot, który dał jej Olaf. Oboje trzymali worki wypełnione prowiantem i najróżniejszą bronią.

Na koniec królowa gestem przywołała Bolthorna, który trzymał w rękach laskę Jacka, owiniętą w tkaninę.

— Zabierz ją — poprosił Bolthorn, trzymając laskę, tak jakby to był jadowity wąż.

— Już miałam zamiar rzucić ją w przepaść pod swoim oknem — oznajmiła królowa. — A potem pomyślałam, że zachowam ją dla ciebie. To laska czarodzieja ognia. Ostatni raz widziałam taką, kiedy był u nas Smoczy Język. Ale szkoda gadać, ile kłopotów nam narobił. Nie godzi się kraść rzeczy gościa, możesz więc ją zabrać do domu. Lecz ostrzegam, jeśli kiedykolwiek tu wrócisz i będziesz miał ją ze sobą, naocznie przekonasz się, że trolle odgryzają nogi. — Uśmiechnęła się, odsłaniając niewielkie, ale groźnie wyglądające kły.

— Obiecuję, że jej nie wezmę — powiedział Jack, kłaniając się znowu. Ujął laskę. Była poczerniała, lecz nie spalona. Przyzwała płomień z serca Jotunheimu, a przy tym stała się twardsza i mocniejsza. Chłopiec czuł w kawałku drewna lekkie wibracje.

Potem się pożegnali, jeszcze raz dziękując Jotunom za ich hojność. Jack uściskał Złotą Szczecinę, choć nie było to łatwe, zważywszy na krótkie ręce chłopca i masywną szyję knura.

— Żegnaj, świnko. Szkoda, że nie możesz iść z nami, ale w Midgardzie nie byłbyś zbyt mile widziany. — Trollowy knur chrząknął i potarł ryjem włosy chłopca.

A później Jack, Thorgil i Mężne Serce ruszyli w dół doliny, w stronę odległego lasu. Przez chwilę słyszeli jeszcze głos Forath, która śpiewała im na pożegnanie pieśń wieloryba. „Wolałbym, żeby tego nie robiła", pomyślał Jack. „Przez tę pieśń robi mi się okropnie smutno". Po jakimś czasie odwrócili się i spojrzeli za siebie. Lodowa góra zdawała się idealnie gładka. Nie widać już było żadnych okien, wieżyczek, blanków ani drzwi. Zupełnie jakby Jotuny schowały się gdzieś w środku. Lodowe granie tchnęły samotnością.

— Dziwnie pachnie ten płaszcz — stwierdziła Thorgil. Schronili się w głębokiej odnodze rzeki. Musieli leżeć na piaszczystym brzegu, pokrytym skorupą lodu. Wiatr dął tuż nad ich głowami, dla smoka byli jednak zupełnie niewidoczni. Jack wyjął pieczeń i cydr.

— Uszyto go z pajęczej przędzy. Może pająki tak pachną. Nigdy nie znalazłem się na tyle blisko, aby się przekonać

— powiedział. Mężne Serce przycupnął mu na ramieniu i dziobał kawałki mięsa, które chłopiec trzymał w ręce.

— Ciągle mi się wydaje, że ta tkanina powinna być lepka.

— Po prostu nie wchodź w płaszczu w rój much.

— Straszna nuda — rozzłościła się Thorgil. — Dlaczego nie możemy iść w dzień, skoro płaszcze nas kryją?

— Królowa na pewno nie bez powodu kazała nam się chować.

— Smok nas nie zobaczy, a więcej niebezpieczeństw tu nie ma. Wszystko widać jak na dłoni. — Zwinęła swój płaszcz i wcisnęła go w piach.

Od jakiegoś czasu widzieli za dnia słup ognia, nocą zaś czerwone płomienie. Bywało, że smoczyca rozpościerała skrzydła i szybowała nad doliną w poszukiwaniu zdobyczy. Na razie niczego nie upolowała.

„Ciekawe, czy złożyła nowe jaja", pomyślał Jack. Dręczyło go poczucie winy, że zabili jej potomstwo, ale nie mieli przecież wyboru.

— Nudzę się — oznajmiła Thorgil. W swojej nowej wersji była niemal równie irytująca, jak wcześniej. Nie wpadała już w bezmyślną wściekłość — choć nadal bez trudu potrafiła się rozzłościć. Teraz przepełniało ją pragnienie nowych doświadczeń. Przez całe życie ominęło ją tak wiele, że dziś ekscytowała się każdym kamieniem, każdą kępą mchu. Wciąż poszukiwała nowych rozrywek, by nadrobić stracony czas. Siedzenie w jej towarzystwie przez kilka godzin było prawdziwą torturą.

— Dlaczego nie sprawdzimy, czy smoczyca nas widzi? — marudziła. — Zawsze możemy uciec tutaj.

— Dlatego — Jack powtarzał to już dziś chyba dziesiąty raz — że kiedy nas już zauważy, to nie odpuści. Przetrząśnie każdy zakątek doliny.

— Mężne Serce umiał z nią rozmawiać. Niech powie, że źle smakujemy, czy coś.

— Jemu już nie uwierzy — odparł Jack. Wcześniej Mężne Serce zdradził (a Thorgil przetłumaczyła), co powiedział smoczycy: że na drugim końcu doliny zamieszkała jej rywalka. Wpadła w taką złość, że natychmiast pofrunęła tam, by ją wygonić. A potem namówił zielone smoczę do pozabijania sióstr.

— Tak, chyba mu nie wierzy — mruknęła Thorgil. Sięgnęła do runy na szyi.

Jack patrzył na wisior z dojmującym poczuciem straty.

— Wiesz, nie wolno ci jej zdjąć — powiedział. — Kto ją dostanie, już nie może jej zwrócić.

— Powtarzasz to tysięczny raz. Nie zamierzam jej nigdy zdejmować. Daje mi poczucie bezpieczeństwa.

„Wiem", pomyślał Jack ze smutkiem. Wygładził pióra na głowie Mężnego Serca. Kruk skubał dziobem jego palce. Wiatr świszczał i wył, a z oddali dobiegał ryk smoczycy. Ryczała dosyć często — chłopiec nie wiedział, czy z gniewu, czy po prostu dla wprawy. W każdym razie martwić powinni się raczej wtedy, gdy zapadała cisza.

— Nudzę się. Opowiedz mi coś — poprosiła Thorgil.

Podczas wędrówki przez dolinę Jack wyczerpał już cały swój zasób opowieści. Powtórzył jej wszystkie ojcowskie historie o krwawym męczeństwie, wszystkie sagi barda, a nawet wszystkie bajki, które opowiadano Lucy na dobranoc. Opisał każdy zakamarek gospodarstwa i każdy kamień na brzegu obok rodzimej wioski. Niewiele brakowało, by zaczął jej po kolei przedstawiać owce o czarnych pyskach. Wstał i wyjrzał spoza krawędzi nabrzeża.

Las nie był wcale tak daleko. Ryk smoczycy cichł stopniowo, jakby się od nich oddalała, może wracała do gniazda. Osłonił oczy przed słońcem. Wydawało mu się, że widzi kłąb dymu nad odległym urwiskiem.

— To może się udać — stwierdził.

— Co? Naprawdę? — wykrzyknęła Thorgil, wychylając głowę, by rozejrzeć się po dolinie.

— W tamtym miejscu płonął stos pogrzebowy Olafa. Ścieżka prowadzi stamtąd wprost do lasu — zastanawiał się Jack. — Droga zajmie nam kilka godzin. Sam nie wiem. Może lepiej poczekać do zmroku.

Ale Thorgil przerzuciła już worki przez ramię i okryła się płaszczem. Ruszyła, zanim zdołał ją zatrzymać.

— Stój! Nie sądzisz, że pewne rzeczy warto najpierw przemyśleć? — Pognał za nią, zmagając się jednocześnie z własnymi workami i płaszczem. Mężne Serce szybował nad ich głowami.

Jack musiał przyznać, że wędrówka w dzień jest o wiele przyjemniejsza. W ciemnościach ciągle na coś wpadali albo przewracali się na lodzie. Promienie słońca podnosiły na duchu, a przed wiatrem chroniły ich ciepłe ubrania. Jotuny okazały się wielce szczodre. Chłopiec pierwszy raz zastanowił się, skąd miały ubrania, pasujące na ludzkie dzieci. „Nie", pomyślał. „Niemożliwe". Ale tak naprawdę nie mógł być tego pewny. Między Jotunheimem a Midgardem trwała wojna. Tutaj dzieci mogły nie być bezpieczniejsze niż w wiosce Gizura.

— Wspaniale, prawda? — zapiała Thorgil. W jedwabnym płaszczu Jack ledwie ją widział. Wydawała się przejrzysta, jak bańka mydlana. Podejrzewał, że sam jest równie niewidoczny, nie licząc ręki, ściskającej jesionową laskę. Nie bardzo wiedział, co z nią zrobić. Mógł trzymać ją w pogotowiu. Mógł też powiesić ją sobie na plecach i liczyć na to, że nikt jej nie zauważy. W końcu postanowił ukryć ją na plecach pod płaszczem. I tak nie był pewien, czy w pośpiechu zdołałby wzniecić ogień, a poza tym, jak ogień miałby zaszkodzić smokowi?

Co jakiś czas oglądał się, sprawdzając, czy smoczyca się przemieściła. Cienka smuga dymu koiła jego lęki.

— Te głazy mają bardzo ciekawe kolory — odezwała się Thorgil. — Zawsze myślałam, że wszystkie są szare, ale to nieprawda. Niektóre przypominają muszle ostryg, inne mgłę, a jeszcze inne są nakrapiane, jak jajka w gnieździe drozda. A te cienie! Wydaje się, że wyglądają tak samo, ale jedne są ciemniejsze, a inne jaśniejsze i... o, popatrz na ten! Jest fioletowy!

„Oszczędźcie mi entuzjazmu Thorgil", modlił się w duchu Jack. Nie przypuszczał, że kiedykolwiek zatęskni za jej napadami szału i złego humoru. Kiedy miała zły humor, przynajmniej milczała.

Las się przybliżał. Smoczyca najwyraźniej nie ruszała się z gniazda. „To się może naprawdę udać", pomyślał Jack. Wciąż szli wzdłuż rzeki. Po prawej stronie, na skraju doliny, u stóp wzgórza, leżał ogromny głaz kremowego koloru. Wokół niego leżały kremowe kamienie.

— Jakie to śliczne — zaszczebiotała Thorgil. — Wygląda jak kamienna matka ze swoimi dziećmi.

„Cudownie", pomyślał chłopiec. „Teraz się zatrzymamy i zaczniemy głaskać małe kamienie". Po całej dolinie poniósł się przeciągły ryk.

— Thorgil, biegiem! Smoczyca się obudziła! — krzyknął. Zareagowała błyskawicznie. Może i zachowywała się jak głupia, ale w głębi wciąż pozostawała dawną córą miecza.

— Schowajmy się w skałach! — zawołała. — Nie dotrzemy do drzew!

— Czekaj! — krzyknął Jack, próbując ją dogonić. — Królowa kazała nam trzymać się od nich z daleka.

— Nie ma czasu! — Dotarła do skał i przykucnęła. Jej płaszcz w mgnieniu oka stał się kremowy. Thorgil miała nawet odpowiednią wielkość, choć kształt trochę bardziej nieregularny, niż pozostałe kamienie. Jack przypadł do ziemi obok niej. Oboje z trudem łapali oddech, podczas gdy smoczyca, sądząc po rykach, fruwała zygzakiem nad doliną.

— Nie widzi nas. Mówiłam ci, że nas nie widzi — szepnęła Thorgil.

— Mam nadzieję, że niedługo odleci. Niewygodnie mi — powiedział chłopiec.

— Oprzyj się o kamienie... Ojej!

— Co?

— Ten jest miękki — stwierdziła.

Jack dotknął powierzchni kamienia obok siebie. Rzeczywiście, była miękka. Smocze ryki przeniosły się w górę doliny, w kierunku lodowej góry. Chłopiec rozchylił płaszcz, by się nieco rozejrzeć. Wszystkie kamienie miały tę samą wielkość, co już było dziwne, i wydzielały tak silną woń, że zakręciło mu się w głowie.

— To miejsce pachnie jak...

Ogromny głaz stanął nagle na ośmiu wielkich nogach i zaczął gorączkowo zgarniać kamienie do worka z pajęczej przędzy.

Rozdział trzydziesty ósmy

PAJĘCZA MUZYKA

Jack rozpaczliwie próbował sięgnąć po laskę. Nie mógł jej wyciągnąć, nie zrzucając płaszcza. Pajęczyca poruszała się błyskawicznie, zbierając swoje jaja. Podnosiła je za pomocą wypustek przy szczękach i chowała do worka.

Kiedy doszła do Thorgil, wyciągnęła w tył ostatnią parę odnóży i wysnuła długą nić. Owinęła nią dziewczynę, aż ta wyglądała dokładnie tak, jak jedno z jaj. Thorgil zniknęła w worku, klnąc na czym świat stoi.

Pajęczyca, zadowolona z siebie, sięgnęła po Jacka. Poczuł delikatny dotyk szczęk stwora, a potem zaczął wirować, okręcany nicią. Został uniesiony w górę, chwycony w te obrzydliwe wypustki przy szczękach, a następnie opuszczony na stertę miękkich, pajęczych jaj.

Pajęczyca ruszyła biegiem. Jack czuł każdy jej krok, jako że worek z jajami huśtał się i podskakiwał. Ledwo mógł oddychać, a powietrze, które z trudem nabierał do płuc, było aż ciężkie od tego ostro-słodkiego, mdlącego zapachu. Próbował sięgnąć po nóż, który miał u pasa. Jesionowa laska wbijała mu się w plecy.

Pajęcza matka biegła przez dłuższy czas. W pewnym momencie Jack miał wrażenie, że wyskoczyła w górę, po czym wylądowała z ogłuszającym łoskotem. Od tej pory poruszała się już wolniej, ostrożnie stawiając kroki, by w końcu zatrzymać się i opuścić worek z jajami na ziemię. Jack słyszał świszczący na zewnątrz wiatr. Próbówał wykroić nożem dziurę w worku, ale pajęcza przędza, choć wydawała się delikatna, była twarda niczym wyprawiona skóra. Jack kroił i dźgał, aż plamy zaczęły latać mu przed oczami. Serce waliło mu jak młotem, był cały spocony.

Nagle zobaczył tuż obok swego noża ostry czubek szczęki, który przebił przędzę.

— Mógłbyś mi przynajmniej pomóc — jęknęła Thorgil. — Nie mogę robić wszystkiego, ty leniu.

— Jesteś cudowna — mruknął Jack. To nie była szczęka, tylko miecz dziewczyny. Od razu zabrał się do poszerzania otworu. Kiedy wreszcie zdołał się wygramolić, oszołomił go rozciągający się wokół widok.

Znajdowali się wysoko, w koronie olbrzymiego drzewa. Wiatr smagał gałęzie, rozwiewając na całe szczęście pajęczy odór. Wszystko się chwiało, musieli więc trzymać się worka, by nie spaść.

— Co to jest? — zapytała Thorgil.

Jack wytężył wzrok. Kolory zmieniały się, gdy wszystko wokół było w nieustannym ruchu, ale w końcu rozpoznał jakiś kształt.

— Zdaje się, że to ogromna pajęczyna — stwierdził. Ponieważ pajęcza nić przybierała kolor otoczenia, niektóre części sieci były przejrzyste jak powietrze, podczas gdy inne przejęły ciemnozieloną lub brązową barwę drzew. Worek wisiał na nadzwyczaj wysokiej jodle, która sięgała ponad pajęczynę.

Po jednej stronie widniały tylko drzewa. Po drugiej Jack dostrzegał okrągłe pajęczyny, wiszące nad lasem, gdzie okiem sięgnąć. Tu i ówdzie, z rozłożonymi wokół odnóżami, siedziały inne kremowe pająki. Niektóre miały przy boku worki z jajami. Inne trzymały niekształtne bryły, w których uwięzione były jakieś stworzenia. Kilka właśnie się tymi bryłami pożywiało.

— I co teraz? — odezwała się ponownie Thorgil. Jedno Jack musiał jej przyznać. W sytuacji, w której większość ludzi krzyczałoby i mdlało, ona była gotowa do walki.

Spojrzał w dół. Znajdowali się na takiej wysokości, że dno lasu ginęło w mroku. By tam dotrzeć, musieliby przejść przez pajęczynę. Jeśli była lepka, a zapewne była, nie zaszliby daleko.

— Może powinniśmy wejść wyżej — podsunął.

Wyciągnęli z worka prowiant i bukłaki z wodą. Wspinaczka nie sprawiałaby im trudności, gdyby nie silny wiatr. W końcu przedarli się na gałąź blisko czubka drzewa, gdzie mogli spokojnie usiąść.

Pajęczyca ulokowała się pośrodku sieci. Jack widział jej ogromny, bulwiasty odwłok i kądziołki przędne. Na szczęście patrzyła w drugą stronę.

— Dlaczego nas nie zjadła? — spytała Thorgil z typowym dla siebie, praktycznym podejściem do sprawy.

— Mieliśmy odpowiedni zapach — odparł Jack. — Dzięki płaszczom wzięła nas za małe pająączki.

— Spróbujmy znaleźć dobre strony tej sytuacji — powiedziała młoda wojowniczka, ściskając runę. — O ile się nie mylę, sprawa wygląda następująco: jesteśmy tak wysoko, że na pewno nie przeżyjemy upadku. Prędzej czy później za bardzo się zmęczymy, żeby tu się utrzymać. Albo pająk nas znajdzie i pożre. A jeśli trochę poczekamy, wykluje się ze sto pająączków, które wejdą na górę i nas zjedzą.

— To są te dobre strony? — spytał Jack.

— Próbuję tylko rozeznać się w sytuacji — odparła. — Może powinieneś użyć tej swojej laski i przyzwać ogień.

Jack odwiązał laskę. Plecy bolały go w miejscu, w którym je uciskała. Wycelował kij w pajęczą matkę i poczuł, jak drewno wibruje w odpowiedzi. Drzewa wokół zaczęły szeptać.

— Nie do końca nad tym panuję — stwierdził. — Co będzie, jeśli podpalę cały las?

— Musisz po prostu uważać — odparła poirytowanym tonem.

Znowu wyciągnął przed siebie laskę.

— Źle się z tym czuję.

— Poczujesz się lepiej, kiedy pająk wyssie z ciebie wszystkie soki?

— Myślę, że istnieje inny sposób.

— Na Freyę! — wykrzyknęła Thorgil. Nagle Jack zobaczył, że w górze szybuje olbrzymi orzeł, taki jak ten, który zaatakował ich na lodowym moście. Zawrócił i okrążył drzewo. Dziewczyna wyciągnęła miecz. Orzeł odfrunął z ostrym krzykiem, ale po chwili wrócił z wyciągniętymi szponami... i wpadł na nić pajęczyny. Zaskrzeczał, próbując się uwolnić, ale zyskał tylko tyle, że wpadł w główną część sieci i całkowicie się zaplątał.

Pajęczyca rzuciła się naprzód, zatapiając w nim szczęki. Orzeł z kolei wbił w nią dziób i pazury, nie miał jednak szans. Wkrótce wisiał cały opleciony nicią, zaś pajęczyca cofnęła się, czekając ze spokojem, aż jad zacznie działać. Po chwili ptak przestał się ruszać. Jack i Thorgil przytulili się do siebie, słuchając monotonnego, mlaszczącego odgłosu pajęczej uczty. Kiedy skończyła, zrzuciła resztki do lasu poniżej.

— A teraz przyzwiesz ogień? — spytała Thorgil.

— Poczekaj — powstrzymał ją. Olbrzymia pajęczyca zbliżyła się do worka z jajami. Jack zamarł w bezruchu, trzymając laskę w pogotowiu na wypadek, gdyby ruszyła w górę. Poczwara zajęła się jednak łataniem dziury, którą orzeł wybił w sieci. Chodziła w tę i z powrotem, wysnuwając długie nici ze swoich kądziąłków przędnych. Kiedy utkała nić, przykucnęła, pozostawiając na niej lepką substancję. Delikatnie uderzyła w nić zaopatrzonym w haczyki odnóżem. Pod wpływem drgań substancja natychmiast rozpadła się na małe kropelki.

Jack patrzył w skupieniu. Było to niezwykle ciekawe. Nie cała sieć była lepka. Gdyby stąpać pomiędzy kropelkami, można by się w ogóle do niej nie przykleić. Co jakiś czas pajęczyca cofała się i spoglądała w górę na drzewo, na którym siedzieli Thorgil i Jack. Na głowie miała wypustkę z ośmiorgiem czarnych, lśniących oczu, wydawało się jednak, że w ogóle nie widzi dwojga ludzi, przycupniętych między gałęziami.

Teraz pajęczyca znowu zrobiła coś fascynującego: podeszła do worka z jajami i przytknęła do niego szczęki, najwyraźniej zatracając się w ekstazie macierzyństwa. Jack był przekonany, że właśnie o to chodzi. Wyczuwał szept jej myśli i ciche odpowiedzi z wnętrza mniej więcej setki jaj. Rytmicznie szarpała nić, na której wisiał worek. Szept nasilił się i zabrzmiał radośnie.

— Wiesz co... Zdaje się, że to kołysanka — stwierdził Jack.

— To jest wielki, paskudny pająk ludojad — odrzekła Thorgil. — Nie próbuj mnie zmiękczyć.

— Sama piałaś z zachwytu nad małymi kamieniami.

— Nie wiedziałam, co to takiego. Spal je wszystkie. To nasi wrogowie. — Miała w sobie tyle zawziętości, że mogłaby chyba rzucić się na sto pająków.

— Obserwowałem matkę. Jest prawie ślepa. Nie zauważyła nas, nawet kiedy patrzyła prosto w naszą stronę. Zdaje się, że smoczyca podleciała do niej zbyt blisko. W dodatku nie słyszy, bo inaczej złapałaby cię, kiedy tak głośno przeklinałaś w tym worku z jajami.

— Czyli ma słabe strony. Tym łatwiej będzie ją zabić.

Ale Jack nie potrafił się na to zdobyć. Kiedy napił się wody ze Studni Mimira, przypomniały mu się chwile, w których czuł, że wszystko dzieje się jak należy. Gdy matka śpiewała do pszczół albo ojciec budował dom, robili to tak pięknie i dobrze, że najprostsze czynności wydawały się jaśnieć własnym światłem. Wypełniała je siła życiowa. Podobne wrażenie robiło zachowanie pajęczej matki.

Należało zabijać, by karmić i chronić rodzinę oraz siebie samego. Tak właśnie postąpiła pajęczyca z orłem. Gdyby zaatakowała Jacka albo Thorgil, musieliby ją zabić. Chłopiec jednak rozumiał, że gdyby zrobił to bez potrzeby, straciłby swoją moc, a muzyka by go opuściła. Odłożył laskę.

— Aleś ty głupi! — parsknęła dziewczyna gniewnym tonem. Potem naubliżała mu, ile wlezie. Kurczowo trzymali się pnia, wiał bowiem porywisty wiatr. — Powinnam tam zejść i ją zadźgać, a przy okazji rozpruć wszystkie jaja!

Jack wiedział, że tego nie zrobi. Bezmyślny szał, który dawniej kierował poczynaniami Thorgil, odszedł w niebyt. Wciąż była zdolna do nadzwyczaj odważnych czynów, ale nie odrzuciłaby już tak łatwo swojego życia.

Wczesnym popołudniem pajęczyca wróciła na posterunek pośrodku sieci. Wiatr zelżał i Jack poczuł się na tyle bezpiecznie, że wyjął resztkę pieczeni i cydru.

— Nasz ostatni posiłek — stwierdziła Thorgil z sarkazmem w głosie.

— Spójrz — powiedział Jack. W oddali zobaczyli maleńką kropkę. Stawała się coraz większa, aż rozpoznali w niej kruka, latającego w tę i z powrotem. Chłopiec wstał i pomachał ręką.

Mężne Serce pomknął prosto na czubek drzewa. Usiadł, po czym zaskrzeczał i zaświergotał.

— Też się cieszę, że cię widzę — odrzekł Jack. — Spójrz, wpadliśmy w tarapaty. Nie zbliżaj się do sieci.

— Powiedz Jackowi, żeby zabił tego pająka — powiedziała Thorgil rozkazującym tonem. Mężne Serce zakrakał w odpowiedzi. — Mówi... głupi ptak... mówi, że nie musisz jej zabijać. Możesz ją uśpić. Osobiście uważam, że to powinien być wieczny sen, ale mnie nikt nie słucha.

— Dobrze — powiedział chłopiec, zastanawiając się, jak to zrobić. — To co? Mamy zejść na dół? — Mężne Serce zaklekotał, zaskrzeczał i zakrakał. Trwało to dość długo.

— Mówi: „Poczekajcie tutaj. Pomoc nadchodzi" — przełożyła Thorgil.

— Dość długa wypowiedź, jak na tak krótkie zdanie. Na pewno powiedział coś więcej.

— Nigdy się nie dowiesz — odparła zadowolona z siebie dziewczyna.

Mężne Serce odfrunął, a Jack zszedł do worka z jajami. Pajęczyca tkwiła pośrodku sieci. Zapewne jeden orzeł nie mógł na długo zaspokoić jej apetytu. Może już była gotowa na deser. Zdjął laskę z pleców, tak na wszelki wypadek, i przełknął ślinę. Zaczął śpiewać. Szło mu nieskładnie. Nie umiał wczuć się w melodię. Jak śpiewać głuchemu pająkowi?

Po jakimś czasie przerwał. Pajęczyca nie zwracała na niego uwagi, a jemu wkrótce skończą się piosenki. W oddali jakiś duży ptak wpadł w inną sieć i jej właściciel natychmiast doń doskoczył. „Widocznie te stwory żywią się ptakami", pomyślał chłopiec. Owady nie mogły im służyć nawet za przystawkę.

Jak śpiewać głuchemu pająkowi?

„Tak samo, jak pająk śpiewa swoim młodym". Oczywiście. Przy boku barda Jack uczył się gry na harfie, nie poczynił jednak zbyt wielkich postępów. Jego największym atutem był głos.

Ale tutaj głos na nic się nie przyda. Odwiesił laskę. Do realizacji swego zamiaru potrzebował obu rąk.

„Pająki są niemal ślepe i głuche, ale nadrabiają to zmysłem dotyku. Potrafią wyczuć najlżejsze drgnienie sieci", pomyślał Jack. Wspaniale. Musi wytworzyć drgania, kojarzące się z muzyką, a nie z obiadem. Przypomniał sobie rytm kołysanki, którą grała pajęczyca dla swoich jaj. Uznał, że to muzyka. „Chyba mogę to powtórzyć", pomyślał. „Jeśli nie mam racji, szybko się o tym dowiem. Przekonanie, że Ludzie Północy są trudną publicznością, nie było chyba prawdziwe".

Przechylił się przez worek z jajami. Widział — choć z ledwością — długie nici pajęczyny. Wyobrażał sobie, że ma przed sobą struny ogromnej harfy. Położył się na brzuchu i przyjrzał się im bliżej. Będzie musiał chwytać nici pomiędzy kroplami kleistej substancji, które raczej trudno było zauważyć, podobnie jak całą sieć. Wtapiała się w tło, będąc doskonałą pułapką.

Znalazł dwie zielone nici, ciągnące się nad kępą jodeł. Wydawało mu się, że widzi miejsca, których mógł bezpiecznie dotknąć. Wyciągnął rękę.

Ptionnnng! Pajęczyca uniosła się na wszystkich ośmiu nogach. Bez wątpienia Jackowi udało się przyciągnąć jej uwagę.

— Zejdę na dół i cię obronię! — zawołała Thorgil.

— Nie ruszaj się z miejsca! Wiem, co robię! — krzyknął w odpowiedzi. „Mam taką nadzieję", dodał w myślach. Pajęczyca nie reagowała na jego głos. Naprawdę nic nie słyszała. „Muszę szybko zagrać", pomyślał. „I nie przerywać, bez względu na to, co zrobi. Kołysanka to moja jedyna szansa. Musi być doskonała. I bez przerw".

Jack przystąpił do najważniejszego koncertu w swoim życiu. Odegnał ze swojego umysłu wszystko, z wyjątkiem rytmu. Szarpał i trącał nici, nucił, śpiewał i wył. Musiał słyszeć dźwięki, by odpowiednio przebierać palcami.

Pajęczyca podpełzła tak blisko, że znalazła się niemal nad nim. Rzucała złowieszczy cień, który przyprawiał chłopca o dreszcze. Nie przestawał. Widział jej połyskujące szczęki. Nie przestawał. Czuł, jak drży — ten ruch przenosił się na całą sieć. Wyczuwał też drżenie w jajach pod sobą. Wszystkie małe pająćzki tańczyły w swoich skorupach.

Nagle pajęczyca przewróciła się. Jej ciało upadło na bok, stając się bezładną plątaniną odnóży. Wiedział, że wciąż żyje, widział bowiem, jak poruszają się haczyki na jej nogach. Coś jej się śniło!

Wspiął się na drzewo najszybciej, jak umiał.

— Gdzie Mężne Serce?! — krzyknął. — Gdzie pomoc, którą obiecał? Nie wiem, jak długo będzie nieprzytomna. Wielkie nieba, nie chcę już więcej przez to przechodzić! — Zaniósł się szlochem.

— Tam — odparła Thorgil, wyciągając rękę.

Zobaczył, że nad lasem krążą cztery ogromne białe ptaki i jeden znacznie mniejszy, czarny. Jack tak się trząsł, że w każdej chwili mógł spaść z drzewa. Szczękał zębami.

— W porządku. Udało ci się — uspokoiła go Thorgil, otaczając ramieniem. — Sowy oznajmiły, że nie przylecą, dopóki pajęczyca nie zaśnie. Muszę przyznać, że gorszej muzyki w życiu nie słyszałam.

— S-skąd wiesz? N-nie jesteś p-pająkiem — wyjąkał Jack.

— I Freyi niech będą dzięki! — krzyknęła dziewczyna.

Sowy podfrunęły całą gromadką. — Uuuu-hu, uuuu-hu, uuuu-hu, hu-hu-hu — pokrzykiwały. Szczekały, gdakały, piszczały i syczały.

— Mówią, że musimy natychmiast lecieć. Najpierw zabiorą ciebie — oznajmiła Thorgil.

Jack nie wiedział, co to znaczy, aż sowy złapały go szponami za nogi i ręce i pofrunęły. „Długo tego nie wytrzymam", pomyślał, patrząc na las, szybko przesuwający się w dole. Po krótkim czasie ptaki opuściły go na łąkę i odleciały. Wkrótce wróciły z Thorgil.

— Na Thora! Jaki wspaniały sposób podróżowania! — wykrzyknęła. — Gdyby tak można wytresować ptaki, żeby nas nosiły! Moglibyśmy atakować wrogów z powietrza.

— Uuuu-hu, hu-hu-hu — odezwała się jedna z sów.

— Dziękuje ci za uratowanie im życia. Nie wiedziałam o tym — powiedziała dziewczyna.

— To było w tej dolince, kiedy uciekliśmy przed smokiem. Umierały z głodu, więc je stamtąd wyniosłem, żeby znowu mogły polować — wyjaśnił Jack. — Nie ma za co. — Pokłonił się ptakom. Mężne Serce siedział na pobliskim krzaku i skrzeczał.

— Mężne Serce mówi, że pokazały mu bezpieczną drogę do fiordu — przełożyła Thorgil.

— Uuuu-hu! Uuuu-hu! Kraff-ga-ga-ga! — krzyknęły sowy.

— Co to znaczy? — spytał Jack.

— Wyraziły swoją opinię o pająkach. Chyba nie będę tego tłumaczyć — odparła dziewczyna.

Jack i Thorgil pomachali białym sowom na pożegnanie, po czym Mężne Serce poprowadził ich na wydeptaną przez łosie ścieżkę biegnącą skrajem łąki. Po drodze zbierali jagody, wielkie niczym śliwki, a na obiad rozłupali sobie kilka olbrzymich laskowych orzechów. Późnym popołudniem dotarli do fiordu.

Jack rozpalił ognisko — zwyczajnie, przy użyciu krzemienia i żelaza, nie do końca bowiem ufał jesionowej lasce. Wkrótce ujrzeli okręt, sunący przez wodę. Coś dużego wisiało na dziobie. Była to pokryta zieloną łuską głowa z kolczastym grzebieniem i długimi wąsami. Eryk Pięknolicy powitał ich tubalnym głosem, a pozostali Ludzie Północy wznosili radosne okrzyki.

„Nie do wiary", pomyślał Jack. „Naprawdę się cieszę na widok Ludzi Północy".

Długa łódź podpłynęła bliżej i wojowie wyskoczyli, by ją przytrzymać.

— WITAJCIE! — ryknął Eryk Pięknolicy. — UDAŁO WAM SIĘ? SKOPALIŚCIE TROLLOM TYŁKI? ZOBACZCIE, JAKIEGO WĘŻA MORSKIEGO ZŁAPAŁEM.

A Runa spytał: — Gdzie Olaf?

Rozdział trzydziesty dziewiąty

POŻEGNANIE Z JOTUNHEIMEM

Tak było pisane — powiedział Runa, gdy tego wieczoru rzucili kotwicę w fiordzie. Wypłynęli zbyt późno, by dotrzeć na otwarte morze. — Zawsze wiedziałem, że Odyn wezwie Olafa do siebie w kwiecie wieku. Tacy wojownicy są zbyt wielcy jak na Midgard.

— Widzieliśmy jego stos pogrzebowy — oznajmił Sven Mściwy. — Wtedy jeszcze nie wiedzieliśmy, co tak płonie.

— Sięgał do samej Walhalli. Myślałem, że to walczą dwa smoki — wtrącił Eryk Zapalczywy.

— Smok był też. — Jack, choć śmiertelnie zmęczony, uważał jednak, że przyjaciołom Olafa należy się tego wieczora przynajmniej część opowieści. — Fruwał w tę i z powrotem nad płomieniami i ryczał.

— Oddawał cześć Olafowi — powiedziała z powagą Thorgil. Popłakiwała przez cały wieczór. Teraz, gdy jej myśli nie zaprzątało już żadne zagrożenie, mogła pogrążyć się w smutku.

— Czy to nie wspaniałe? — odezwał się Sven z lekką zazdrością w głosie. — I mówicie, że u jego stóp leżał trollowy niedźwiedź?

— Tak — potwierdził Jack.

— POGRZEB JAK MARZENIE — stwierdził Eryk Pięknolicy.

— Ostrzegałem cię przed mówieniem po zmroku, mój drogi Eryku — powiedział Runa. — Nie będziemy bezpieczni, dopóki nie wypłyniemy z Jotunheimu, więc cisza jest bardzo ważna.

— A. DOBRZE.

Ludzie Północy siedzieli w milczeniu pod rozgwieżdżonym niebem. W Jotunheimie nawet gwiazdy wydawały się większe. Woda stała nieruchomo niczym tafla czarnego lodu. Wojowie po kolei układali się do snu, z wyjątkiem Runy, który trzymał wachtę, co nie było niczym szczególnym, bo i tak niewiele sypiał. Mężne Serce przez jakiś czas dotrzymywał mu towarzystwa, wkrótce jednak zasnął, podobnie jak pozostali. Jack, mimo skrajnego wyczerpania, jakoś nie mógł się odprężyć. Tak wiele się wydarzyło. Tak wiele się zmieniło. Gdy mieszkał w wiosce na angielskim wybrzeżu, nigdy mu się nie śniło, że spotka stworzenia w rodzaju smoków czy trolli. One mieszkały bardzo daleko. I oto tu się właśnie znalazł — bardzo daleko.

Ponownie poprawił worek z ziarnem, który służył mu za poduszkę. Pokład był twardy, a woda na dnie cuchnęła jak zawsze. W umyśle chłopca szeptały wszystkie drzewa, ptaki i zwierzęta Jotunheimu. Zakrył uszy, choć wiedział, że to na nic.

Nie wiedział jeszcze, jakim sposobem wyleczy Frith. Ale Studnia Mimira nauczyła go nie przyspieszać naturalnego porządku rzeczy. Liście się rozwijały, a kwiaty otwierały, gdy nadchodziła odpowiednia pora. We właściwym czasie otrzyma potrzebną wiedzę.

Gdy zbliżał się świt, Jack obudził się i zobaczył Runę, który siedział przy głowie węża morskiego, wiszącej na dziobie. Woda lśniła srebrzystym blaskiem. Wstał i ostrożnie przeszedł między śpiącymi ciałami.

— Za parę dni zacznie śmierdzieć — powiedział Runa, muskając palcami łuski. — Ale nie będę prosił Eryka Pięknolicego, by ją wyrzucił. Był taki dumny, kiedy zabił tę gadzinę. Wąż pływał za nami od dnia, kiedy was zostawiliśmy, i zbierał się na odwagę, żeby zaatakować. Widzisz, nie był jeszcze w pełni wyrośniętym okazem.

— Rozumiem — odparł Jack, zauważając, że sama głowa waży dwa razy więcej niż Eryk Pięknolicy.

— Rzucił się na nas wczoraj. Próbował owinąć się wokół okrętu, żeby go zatopić. Poważny błąd.

— Runo — przerwał mu Jack.

— Tak?

— Znaleźliśmy Studnię Mimira.

— Co za szczęście! Miałem taką nadzieję, ale wcześniej rozmawialiśmy o Olafie i nie chciałem zmieniać tematu. — Głos starego wojownika był przepełniony smutkiem.

— Nie chcę rozmawiać o tym z innymi. Jeszcze nie. Myślę, że nie powinienem.

— Zamknę im buzie — oświadczył Runa z pewnością w głosie. — Powiem, że tu chodzi o magię. Napiłeś się?

— Tak. Thorgil też.

— Naprawdę? Rzeczywiście wydała mi się jakaś inna. Ani razu nie próbowała nikomu zrobić krzywdy. Powiedz, jak to smakowało? — Tęsknota w głosie starca była niemal nie do zniesienia.

— Sam mi powiedz — odparł Jack i podał mu buteleczkę z wytłoczoną makówką.

— Oooch — westchnął głęboko Runa.

— Wszystko w porządku. Powiedziałem Nornom, że poświęciłeś swój głos, broniąc przyjaciół, i że oddałeś mi swój najlepszy poemat. To im wystarczyło.

— Widziałeś też Norny? Jak cudownie!

— Nie podobały mi się — stwierdził chłopiec.

— Ćśś. Nigdy nie należy obrażać sił, które rządzą naszym życiem. Naprawdę mogę to wypić?

Jack skinął głową. Runa otworzył buteleczkę i wypił. W jego oczach zajaśniał blask. Starzec stanął prosto i pewnie. Chłopiec jeszcze nigdy go takim nie widział.

— No i jak smakuje? — spytał.

— Jak słońce, które wschodzi po zimie. Jak deszcz po suszy. Jak radość po smutku.

— Twój głos! — wykrzyknął Jack. Starzec bowiem już nie szeptał. Jego słowa brzmiały mocno i świeżo. Runa nie mówił jak młodzieniec. Już nigdy nie będzie takim wspaniałym śpiewakiem, jak za dawnych lat, ale jego głos zyskał głębokie, poruszające brzmienie.

— Dlaczego wszyscy robią tyle hałasu? — warknął Sven Mściwy. — W ogóle się nie wyspałem. Eryku, znowu gadałeś przez sen?

— TO NIE JA — odparł Eryk Pięknolicy.

Tego ranka dotarli do ujścia fiordu. Na klifie po obu stronach roiło się od ptaków, a do skał przylepione były tysiące gniazd. Woda srebrzyła się od ławic łupaczy i łososi. Mężne Serce przegonił kilka mew, które próbowały wylądować na głowie węża morskiego.

— Opuszczamy Jotunheim — powiedział Jack z nutką żalu w głosie.

— I wpływamy do Midgardu — dodał Runa.

Ptaki krążyły w górze, krzycząc bezustannie. Thorgil przykucnęła na pokładzie i przycisnęła dłonie do uszu.

— Rozumie, co mówią — szepnął Jack. Wydostali się na otwarte wody i skręcili na południe, pomykając przez szarozielone morze przy żwawym wietrze. Eryk Zapalczywy i Eryk Pięknolicy postawili żagiel.

Jack czuł się tak, jakby uwolnił się od ciężaru, który przytłaczał go, odkąd przybyli do Jotunheimu.

— Ta kraina nas wita — powiedział w zadumie, patrząc na brzeg, umykający po lewej stronie.

— Tutaj jest nasze miejsce — stwierdził Runa. — Jotunheim nie mógł ścierpieć naszej obecności.

Jack odwrócił się i popatrzył na bezmiar oceanu, w stronę, gdzie niegdyś leżał Utgard. Pra-pra-prababka Fonn szła stamtąd piechotą, gdy morze było skute lodem. Ale każdego roku lato coraz bardziej przybliżało się do serca świata lodowych olbrzymów.

— Nie rozumiem już mew — oznajmiła Thorgil. — To znaczy rozumiem, ale nie rozróżniam wszystkich słów.

— To źle? Nie cierpiałaś ich słuchać — przypomniał Jack.

— To prawda... ale było w tym coś miłego.

— W Jotunheimie magia znajduje się bliżej powierzchni ziemi — powiedział Runa. — Na pewno nie straciłaś tej umiejętności. Tyle że będziesz musiała mocniej nad nią popracować.

Jack też wyczuwał, że siła życiowa unosiła się tutaj głębiej. Istniała, a jakże, ale z pewnością nie tak łatwo będzie ją przyzwać. Biorąc do ręki poczerniałą jesionową laskę, doszedł do wniosku, że taka sytuacja ma swoje dobre strony. W Jotunheimie bał się korzystać z jej mocy. Ogień potrafi być silny i nieokiełznany.

Płynęli na południe, nocami biwakując na niewielkich plażach. Jack i Thorgil opowiedzieli wojom większość wydarzeń, zachowując dla siebie jedynie historię o Nornach i Studni Mimira. Na Ludziach Północy największe wrażenie wywarło zabicie małego smoka przez Thorgil, a także triumf Jacka nad pająkiem. Sami również nie próżnowali. Walczyli nie tylko z wężem morskim (który śmierdział już niemiłosiernie), ale także z olbrzymim, złośliwym szczupakiem.

— Próbował mnie capnąć za każdym razem, kiedy nabierałem wodę — opowiadał Sven Mściwy. — W końcu pokazałem mu, gdzie jego miejsce.

— ŚWIETNIE SMAKOWAŁ Z ŻURAWINĄ — dodał Eryk Pięknolicy.

Potem, gdy wojowie zeszli na brzeg w poszukiwaniu żywności, stoczyli jeszcze bój z parą ogromnych rosomaków, napotkali olbrzymiego rysia, a pewnego popołudnia Eryk Zapalczywy obudził się po drzemce pod drzewem i stwierdził, że wielki ślimak bez skorupy pożarł większą część jego koszuli, nie gardząc fragmentem skóry.

Zbliżając się do fiordu króla Ivara, napotykali inne statki. Na ich widok rybacy wznosili radosne okrzyki i prosili, by mogli wejść na pokład, chcieli bowiem z bliska obejrzeć węża morskiego. Eryk Pięknolicy z dumą wypinał pierś. „Nigdy nie dorówna Olafowi Jednobrewemu", pomyślał Jack z bólem w sercu. „Żaden z nich mu nie dorówna".

Szum morza zanikał, w miarę jak wpływali w głąb lądu. Woda uspokoiła się. Tu i ówdzie chłopiec dostrzegał na brzegu sarny i króliki — sarny normalnej wielkości i najzwyklejsze pod słońcem króliki. Daleko na północy widniały wysokie góry, przysypane śniegiem. Wydawały się nierzeczywiste. I może takie były.

Teraz widzieli już gospodarstwa na wzgórzach i strome łąki, na których pasły się stada owiec. Widzieli port, wypełniający się ludźmi, a dalej, na ciemnoniebieskiej skale, ponurej i martwej niczym metal — pałac Ivara. Heide, Dotti i Lotti z niepokojem obserwowały okręt.

„Wielkie nieba. Jak mam im powiedzieć?", pomyślał Jack. Ale w końcu niczego nie musiał mówić. Skoro nie widziały

Olafa, to go nie było. Jego nie dałoby się ukryć. Dotti i Lotti krzyczały i darły na sobie ubrania. Heide łkała cicho, zgodnie ze zwyczajem swojego ludu. Skakki poprowadził wszystkich z powrotem do domu Olafa.

— Mówiłam mu — powiedziała Heide, stając przed podłużnym paleniskiem pośrodku pomieszczenia. — Jeśśli zabierzesz tego chłopca i jego ssiostrę na dffór króla Ivara, czeka cię zzguba. Widziałam, jak leżżysz w ciemnym lessie, a tffoja krew wssiąka w zziemię. Biedny gamoń.

— Niezupełnie tak było — stwierdził Jack.

— Wizzje nigdy nie ssą dokładne. Ale mają jassne przessłanie.

Dotti, Lotti i dzieci siedziały z posępnymi minami wokół paleniska, wraz z przyjaciółmi i kompanami Olafa. Skakki zajął wielkie krzesło ojca. Było dla niego za duże i takie już miało pozostać. Skakki, w wieku szesnastu lat, został teraz głową rodziny.

— Zginął tak, jak pragnął, w bitwie — rzekł Runa swoim nowym, mocnym głosem.

— I miał pogrzeb godny króla! — wykrzyknęła Thorgil. A potem zaśpiewała:

Pół lasu było mu za posłanie.
U jego stóp leżał niedźwiedź, ponury i groźny,
A jednak bez szans z ulubieńcem Odyna.
Walkirie wołały go ze wzgórz,
Bramy Walhalli otwarły się na oścież
I nawet Królowa Gór opłakiwała jego odejście.

Po pomieszczeniu przebiegł szmer. Przez chwilę nikt się nie ruszał. Potem odezwał się Runa: — To była prawdziwa poezja.

— Kobiety nie umieją układać wierszy — powiedział Sven Mściwy.

Wszyscy spojrzeli na Thorgil, spodziewając się ataku szału. Ale ona tylko siedziała z wyrazem oszołomienia na twarzy. Mężne Serce sfrunął z krokwi na jej ramię i zaświergotał jej do ucha.

— Też nie wiem, jak mi się to udało — odezwała się dziewczyna — ale dzięki za komplement.

— Rozmawia z ptakami — szepnęło jedno z młodszych dzieci.

— Czy to znaczy, że jest czarownicą? — Dotti uciszyła malca.

— To znaczy, że jest wieszczką — stwierdził Jack.

— Ale układa wiersze. To przecież nienaturalne — naciskał Sven. Znowu spojrzenia wszystkich padły na Thorgil w oczekiwaniu napadu złego humoru. Nic takiego nie nastąpiło.

— Thorgilll — powiedziała Heide, przeciągając jej imię — dobrze się czujesz?

— Nic jej nie dolega! — wykrzyknął Jack. — Thorgil Córka Olafa może robić, co jej się podoba. On ją zaakceptował. Dlaczego wy nie możecie? Walczyła u jego boku z trollowym niedźwiedziem. Zabiła młodego smoka. Przypadkiem skosztowała jego krwi, tak samo jak Sigurd. Dlatego teraz rozumie mowę ptaków. Napiła się ze Studni Mimira. Dlatego umie układać wiersze. Czemu nie możecie się z tym pogodzić?

Płomienie w podłużnym palenisku trzaskały w podmuchach wiatru, który wciskał się do izby pod okapem. Zwierzęta, które Olaf wyrzeźbił na krokwiach, wydawały się poruszać.

— Zawstydzasz nas — mruknął Skakki.

— Nie... nie miałem takiego zamiaru — zająknął się Jack. — Po prostu...

— Masz rację — stwierdził chłopak, wstając, i teraz naprawdę przypominał Olafa. — Uznaję cię za swoją siostrę, Thorgil Córko Olafa. Witam cię w rodzinie.

— A ja uznaję cię za córkę — dodała Heide. — Podobnie jak Dotti i Lotti. — Popatrzyła na dwie młodsze żony.

Tego było za wiele dla Thorgil. Przywykła do roli wyrzutka. Okazane jej ciepło przytłaczało ją, wybuchnęła więc płaczem i wypadła za drzwi.

— Dokąd ona pójdzie? — spytał Jack. Nagła ucieczka młodej wojowniczki najwyraźniej nikogo nie zdziwiła.

— Na wzgórze, do królewskich psów. Rębajło, Wilcze Łyko, Wiedźma i Siekacz będą zachwycone. Od powrotu jeszcze jej nie widziały.

— A terazz — odezwała się Heide swoim chrapliwym głosem — opowiedz mi, jak Króloffa Gór opłakiwała Olafa.

Wyglądało na to, że Heide wiedziała co nieco o relacjach męża. Zauważyła jego wyprawy z prezentami i doszła do wniosku, że ma on jeszcze jedną żonę.

— Jak mógł zadawać się z trollką? — wykrzyknęła. — Czy on w ogóle nie miał gustu?

— Królowa jest dość miła... uch! — zatchnął się Jack, gdy Runa uderzył go łokciem w brzuch. — Ale brzydka. Bardzo brzydka — dokończył. Potem uległ naleganiom Heide i opisał Glamdis.

— Krótkie, rude włossy? Trzy metry wzrosstu? Kły? Czy ten gamoń oszalał? — wrzała wieszczka. Wydawało się, że złość Heide wprawia Dotti i Lotti w lepszy humor.

Potem Jack wyjaśnił, jak trollowe panny porywają przyszłych mężów i opowiedział o haremie Królowej Gór, liczącym szesnastu samców. Mówił zafascynowanym słuchaczom o biednym człowieku, który był ojcem Frothi i Frith.

— Namalował na ścianach wizerunki swojej ludzkiej rodziny — powiedział. — Olaf przynajmniej uniknął takiego losu. Mógł przychodzić i odchodzić, kiedy chciał.

— Tak, gamoń nikomu nie dawał ssię kontrolować — stwierdziła Heide, nieco udobruchana.

— To nie jego wina, że został pojmany — zauważyła Lotti.

— Nie, nie, oczywiście. — Heide pokręciła głową. — No i był taki ogromny i przysstojny.

Przyjaciele i towarzysze Olafa byli wniebowzięci.

— ROZKOCHAŁ W SOBIE KRÓLOWĄ TROLLI! CO ZA WYCZYN! — powiedział Drewniana Stopa z zachwytem.

— Co za człowiek! — dodał Egil Długa Włócznia.

Rozdział czterdziesty

TRZĘSAWISKO FREYI

Jeśli chcesz być skaldem, musisz odpowiednio wyglądać — oświadczył Runa, cofając się o krok, by przyjrzeć się białej szacie Jacka. Była to własna szata Runy, którą skrócono, by pasowała na chłopca. Tydzień wcześniej posłaniec zaniósł wiadomość królowi Ivarowi, ale do dzisiaj nie nadeszło zaproszenie. Dzisiejszej nocy przypadała pełnia, a na jutro zaplanowano złożenie ofiary Freyi.

Jack był głęboko zaniepokojony tą zwłoką, ale nic nie potrafił na to poradzić. Najwyraźniej nikt nie mógł bez pozwolenia znaleźć się w towarzystwie Frith. „Sądziłem, że nie może się doczekać odzyskania włosów", pomyślał. „Ale pewnie zadawanie mi cierpienia sprawia jej przyjemność".

— Źle się w tym czuję — powiedział, nakładając pasek, by szata lepiej się trzymała. Z paskiem czy bez, i tak była zbyt luźna. Wiedział, że prawdziwi bardowie to surowi starcy, którzy budzą strach. Jack nie czuł się straszny. Jeśli już, to przestraszony.

— Ćśś. Od czegoś trzeba zacząć. Frith będzie zła i musisz wywrzeć na niej wrażenie. Wiesz, co robić?

— Nie — odparł żałośnie chłopiec.

— Wiedza sama do ciebie przyjdzie — zapewnił Runa.

Thorgil siedziała przy drzwiach i z niecierpliwością tupała nogą. Włożyła swoje kunie futro z Jotunheimu. Buty miała wyczyszczone, a miecz wypolerowany. Sama też była czysta, tego popołudnia bowiem zawleczono ją do sauny.

— Pójdę z tobą — oznajmiła Heide.

— Czy to dobry pomysł? — spytał Runa.

— Może i nie, ale będzie ciekawie — odparła kobieta. — Frith ssię zzdenerwuje, a to możże być wiele warte. — Heide miała na sobie ciemnoniebieską szatę z haftami, przedstawiającymi ptaki i ryby. Włosy związała w dwa kucyki po bokach głowy. Wyglądały niczym rogi jakiegoś fantastycznego zwierzęcia. Włożyła naszyjnik ze srebrnymi amuletami w kształcie oczu, nóg i innych części ciała. Patrząc na nią, Jack też się denerwował.

— Chodźmy — powiedziała Thorgil. Mężne Serce postanowił siedzieć na jej ramieniu. Jack poczuł lekkie ukłucie zazdrości, miał jednak poważniejsze zmartwienia niż niewierny ptak. Chwycił swoją laskę i w ślad za Runą wyszedł za drzwi.

Noc nie była odległa. Rozbrzmiewał już wieczorny chór ptaków, drogę przecinały im długie smugi złotego światła. Księżyc już wzeszedł. Chłopiec zobaczył go między drzewami i pomyślał, że jest niemal tak duży, jak księżyc w Jotunheimie. W pobliżu zahuczała sowa — uu-hu-hu — był to jednak mały brązowy ptak, a nie olbrzym, zdolny unieść człowieka.

Skakki szedł przodem, jako głowa rodziny. Za nim podążały Thorgil i Heide, rozmawiając niczym najlepsze przyjaciółki. Dziewczyna uspokoiła się, od kiedy opuścili Jotunheim, nadal jednak zachwycała się cudami, które bez wątpienia widziała już wiele razy. Heide cierpliwie jej słuchała. Co jakiś czas wieszczka tłumaczyła, do czego można użyć danego kwiatu albo co odcisnęło taki czy inny kształt w trawie.

Jack miał kłopot z chodzeniem, nie przywykł bowiem do noszenia długich szat.

— Poczekaj — powiedział Runa, gdy przeszli obok dębu. Sędziwy wojownik odciął długą, cienką gałązkę. Zgiął ją i związał w coś na kształt korony, po czym włożył chłopcu na głowę.

— Smoczy Język nosił dębowe liście, kiedy zmierzał uprawiać magię. Chociaż nie wiem, po co.

„Też nie wiem", pomyślał Jack. Uprawiać magię? To, co zrobił, stało się w połowie przez przypadek. Druga połowa wymknęła się spod kontroli. „Nie jestem bardem. Jestem dwunastoletnim dzieciakiem ze wsi. Najważniejszym zadaniem, jakie wykonywałem w domu, było sprzątanie obory".

— Jesteś dość niezwykły — powiedział Runa, jakby czytał mu w myślach. Zostali w tyle za pozostałymi. Jack słyszał, jak Thorgil pieje z zachwytu nad nakrapianym muchomorem, a Heide niskim głosem wyjaśnia jej, że ten grzyb jest trujący. — Najpierw wywarłeś wrażenie na Smoczym Języku, a potem na Olafie... a Olaf nie był szczególnie spostrzegawczy — ciągnął Runa. — Wyruszyłeś na wyprawę do Jotunheimu i wróciłeś stamtąd żywy. Przetrwałeś spotkanie z trollowym niedźwiedziem i ze smokiem. Zaprzyjaźniłeś się z Królową Gór. Napiłeś się ze Studni Mimira i przechytrzyłeś olbrzymiego pająka. Wielu wojów dałoby sobie prawą rękę uciąć za takie dokonania.

— Proszę — powiedział Jack, oblewając się rumieńcem. — Nie jestem nikim szczególnym. Jestem tylko wiejskim dzieciakiem w wymyślnym ubraniu.

— Posłuchaj mnie, i to uważnie. Jedna z pierwszych rzeczy, których uczysz się, gdy zostajesz skaldem, brzmi: nie wolno kłamać.

— Ale ja nie kłamię. — Chłopiec był zdumiony nagłym gniewem Runy.

— Twoja moc zależy od tego, ile o sobie wiesz, zarówno dobrego, jak i złego. Wszystko, co o tobie powiedziałem, jest prawdą. Zaprzecz temu i... cóż, równie dobrze mógłbyś napluć do Studni Mimira. — Stary wojownik podreptał naprzód i dołączył do pozostałych.

Jack ruszył za nim, zdezorientowany. Naprawdę był wiejskim dzieciakiem. Ale jednocześnie przecież dokonał wszystkich czynów, o których mówił Runa. Zaprzeczanie swoim osiągnięciom rzeczywiście mogło wydawać się kłamstwem. „Chyba... chyba jestem trochę bohaterem". Szedł dalej, pogrążony w myślach.

Słońce już zaszło, zanim dotarli do skraju lasu. Pałac Ivara jarzył się, oświetlony od wewnątrz i z zewnątrz, spodziewano się bowiem ich wizyty. Tłum ciekawskich zgromadził się, by zobaczyć, jak Jack zwróci Frith jej włosy. Rozstąpili się z szacunkiem i chłopiec usłyszał głos jakiejś kobiety: — Wygląda imponująco, prawda? Prawdziwy skald zza morza. Szkolił go Smoczy Język. Może dzięki niemu nasz Egil doceni muzykę.

— Egil jest mniej więcej tak muzykalny, jak koty Freyi — odparł jej mąż z rezygnacją w głosie.

Jack wyprostował się. Był skaldem zza morza. Następcą Smoczego Języka. Olbrzymie pająki mdlały, gdy on grał.

Wnętrze królewskiego pałacu wyglądało wstrząsająco. Podłogę pokrywała brudna słoma. Wszędzie walały się kości po dawnych ucztach, a w kącie ktoś zwymiotował. Nikt nie zadał sobie trudu, by posprzątać. Pchły wskakiwały Jackowi na nogi, a w powietrzu unosił się zatęchły, cierpki fetor. Mężne Serce nieco mocniej wczepił się pazurami w ramię Thorgil.

W przeciwległym końcu pomieszczenia, na tronie, siedział król. Wydawał się opuchnięty i chory. Brodę miał zmierzwioną, a odzienie poplamione tłuszczem. Obok niego królowa Frith patrzyła wilkiem na wchodzących. Wyglądała gorzej niż ostatnim razem, zdecydowanie mniej zdrowo. Zatraciła nawet charakterystyczną brzydotę trolla.

„Wielkie nieba. Siedzieli tam przez cały czas?", pomyślał Jack. Wydawało się, że królewska para od tygodni nie ruszała się z miejsca, czekając na jego powrót. Obok stali kapłani Freyi i Odyna. Wyglądali tak, jakby nie mogli się doczekać, kiedy stąd uciekną.

— Misja została wypełniona — powiedział Runa.

Ivar podniósł wzrok. Jego oczy niemal zupełnie ginęły w opuchniętej twarzy.

— Naprawdę? To miło. Słyszałaś, mój trollowy kwiatuszku? Chłopiec wrócił. Możesz teraz odzyskać swoje piękne włosy.

— W samą porę — powiedziała królowa niemiłym, piskliwym głosem. — Chodź tutaj i mnie napraw!

— Pamiętaj o warunkach, które uzgodniliśmy — odezwał się Runa.

— Tak, tak. Przekupstwo. Chłopak i jego siostra odchodzą wolno.

— I trzeba ich odwieźć do domu — dodał Runa.

— Wiem, jak się umówiliśmy. Zabawiłeś się w Jotunheimie, a teraz rusz się i mnie odczaruj.

Jack postąpił naprzód z laską w dłoni. Wyczuwał w poczerniałym drewnie słabe ciepło.

— Gdzie Lucy? — spytał.

— Kto? Nie znam żadnej Lucy. — Królowa opadła na tron.

— Mała *thrall*, którą ci dałam — przypomniała Thorgil, stając obok Jacka. Jej ręka spoczywała na rękojeści miecza. Chłopiec miał nadzieję, że go nie wyciągnie, przynajmniej jeszcze nie teraz.

— A, ta. Bardzo mnie zawiodła. Nie chciała mówić ani na mnie patrzeć. Jęczała i nic poza tym.

— Gdzie ona jest? — krzyknął Jack. Czuł, jak moc wibruje w lasce. Wiedział, że bez żadnego trudu może teraz przyzwać płomienie z głębi ziemi. Przyciągał je gniew.

Thorgil położyła mu rękę na ramieniu.

— Królowo, mała stanowiła część umowy. Bez niej nie ma mowy o leczeniu. — Ze strony Thorgil była to nadzwyczajna odwaga. Kto chciał zachować zdrowie, nie odmawiał zmiennokształtnej półtrollce. Frith powstała, a za nią kłębiły się cienie.

— Jest w wozie Freyi — powiedział szybko kapłan. — Od dawna czeka tam na złożenie w ofierze.

— W takim razzie muszę do niej iśść — oświadczyła Heide. Frith dopiero teraz zauważyła obecność wieszczki.

— Ty! Wiedźmo! — wybuchła. — Co w moim wspaniałym pałacu robisz ty i te twoje paskudne czary?

— Próbuję nie pobrudzić ssobie ubrania — odparła Heide. Ptaki i ryby wyhaftowane na szacie wieszczki lśniły, a ich oczy były ciemne i groźne.

— Wynoś się! I zabierz ze sobą tego kraczącego szpiega Odyna!

— Chętnie — powiedziała Heide, wyciągając rękę do Mężnego Serca. — Módl ssię, żżeby dziewczynce nic ssię nie sstało — dodała swoim gardłowym głosem. — Wolałabym nie być na twoim miejsscu, gdyby okazzało ssię, że jesst inaczej.

— Wynoś się! Wynoś! — wrzasnęła Frith. Zaczęła rzucać różnymi przedmiotami — kielichem, talerzami, a na końcu stołkiem.

— Bez nerwów, mój trollowy kwiatuszku — odezwał się król Ivar.

— Gdzie twoje stare włosy? — spytał Jack, uznając, że powinien przejąć kontrolę nad sytuacją. — Będę ich potrzebował, jeśli mam zdjąć zaklęcie.

— Tutaj! — krzyknęła królowa. Kopnęła kosz w jego stronę. Potoczył się i zaczął z niego wyciekać obrzydliwy szlam.

— Nie wygląda mi to na włosy — stwierdziła Thorgil.

— Bo to nie są włosy! Zepsuły się, kiedy wyruszyliście! Wyczarowała je moja matka, a teraz zmieniły się w maź. To typowe dla jej głupich zaklęć! — Frith była tak wściekła, że z trudem łapała oddech.

— W takim razie muszę... muszę je czymś zastąpić — powiedział Jack. Wiedział mniej więcej, co zaśpiewać, by przywrócić królowej jej własne, utracone włosy, ale ten wariant nie wchodził już w grę. „Co robić? Co robić?", myślał gorączkowo. Lada chwila panika mogła zaćmić mu umysł. Jutro Freya miała otrzymać swoją ofiarę.

Koty zaciągną Lucy na Trzęsawisko Freyi, gdzie odprawiano obrzędy. Tam dziewczynka dostanie wianek na głowę i mały wizerunek bogini. Potem przywiążą jej ręce do wozu. Kapłan wepchnie wóz na spowite mgłą bagnisko. Wóz będzie się jakiś czas unosił na powierzchni, ale potem utonie w mętnej wodzie.

Jack wziął głęboki wdech. Oczyma wyobraźni widział świętą łąkę, nad którą wisiał księżyc w pełni. A potem już wiedział, co powiedzieć.

— Oto, jak przywrócić ci urodę — wykrzyknął. Runa, Skakki i Thorgil aż się wzdrygnęli. Odwrócili się do niego ze zdumieniem. Chłopiec wiedział, że mówi inaczej, niż zwykle. Jego głos wypełnił cały pałac. Dostrzegał lęk w oczach swoich przyjaciół i króla Ivara. Nie był już zwykłym chłopcem, lecz posłańcem Norn. To one przemawiały przez niego ze swojej siedziby przy Studni Mimira.

— Zetniesz sierść kotom Freyi... niezbyt dużo. Zetnij jedną trzecią, a resztę zostaw, by nie marzły. Idź na Łąkę Freyi i rozłóż białą tkaninę, by padł na nią blask księżyca. Rzuć na nią włosy, a potem sama się na niej połóż. Kiedy księżyc będzie w zenicie, odzyskasz swoją urodę.

Jack spoglądał na Frith w słabym świetle lampek z rybiego oleju. Nie czuł strachu. Nie czuł też nienawiści, a jedynie spokój i pewność, że powiedział prawdę. Królowa pobladła.

— Wyglądasz jak... — Przerwała, najwyraźniej zbierając myśli. — Moja matka urządzała partie szachów dla kogoś takiego, jak ty. — Pokręciła głową. — Nieważne. Wypróbuję tę twoją sztuczkę. Jeśli nie zadziała, wciąż będę mogła złożyć twoją siostrę w ofierze. — Podeszła do króla Ivara, który patrzył na Jacka z otwartymi ustami. — Obudź się, mięczaku! — krzyknęła. — Wezwij wojów! Powiedz, żeby przynieśli mi moje koty!

Chwilę później wojowie Ivara wciągnęli do pomieszczenia uwiązane na smyczach koty. Obwiązali im łapy i pyski, zwierzęta jednak zdołały się uwolnić. Gryzły, drapały, miauczały i syczały. Mężczyźni krzyczeli, przeklinali i... strzygli. Na rozkaz królowej ogolili koty z każdego pięknego rudozłotego włosa, aż mieli worek pełen sierści i dziewięć zupełnie oszalałych, wystrzyżonych do gołej skóry, zwierząt.

— Teraz już wiem, skąd pochodzą te stwory — powiedział Jack do Thorgil, która rozkoszowała się każdą chwilą ich upokorzenia. — Z Jotunheimu. To trollowe koty.

— Chyba raczej trollowe szczury — odparła dziewczyna.

— Ojejej — jęknął kapłan Freyi. — Zabrała im całą sierść. Nigdy mi tego nie wybaczą.

— Chcę, żeby on i ona poszli ze mną na łąkę — zakomenderowała Frith, wskazując Jacka i Thorgil. — I przyprowadźcie wóz. Jeśli coś się nie uda, chłopak będzie patrzeć na śmierć siostry!

— Nic dziwnego, że Królowa Gór ją wyrzuciła — mruknęła Thorgil, gdy wojowie Ivara prowadzili ich przez las. Skakki i Runa musieli zostać.

— Powinna wydać Frith za ogra — stwierdził Jack.

— Nawet ogry są zbyt wybredne.

Za nimi na leśnej drodze turkotał wóz. Chłopiec bardzo pragnął zobaczyć, jak się miewa Lucy, ale wojowie go powstrzymali. Tylko przez mgnienie oka widział siostrzyczkę w ramionach Heide. Światło księżyca podkreślało bladość skóry kotów, ciągnących wóz. Rozwścieczone do ostateczności, wyciągały pazury w kierunku każdego, kto się zbliżył.

Za nimi szła Frith z grupą domowych *thrallów* i królem Ivarem. Był tak zniedołężniały, że z trudem się poruszał i dwóch ludzi musiało go podpierać.

— Hu-hu-hu — pohukiwały małe, brązowe sowy na drzewach. W oddali rozległ się krzyk rysia. Chłodne, zielone wonie lasu wypełniały nocne powietrze, a droga lśniła w blasku pełni księżyca.

Wyszli na polanę, porośniętą białymi kwiatami — była to Łąka Freyi. Sprawiała wrażenie jakby osypanej mnóstwem gwiazd, które spadły na ziemię. Dalej, na skraju polany, rachityczne drzewa pochylały się nad torfowym bagniskiem i czarną wodą. Trzęsawisko Freyi.

Wózek został zaciągnięty na skraj łąki. Czterech *thrallów* królowej rozłożyło na kwiatach białą tkaninę. Dwóch kolejnych rozsypało na nią rudozłotą sierść, która jednak w blasku księżyca wydawała się czarna. Na jej widok koty zaczęły syczeć i pluć.

— Nigdy mi tego wybaczą — załkał kapłan Freyi.

— Milcz albo każę ci obciąć język! — krzyknęła Frith.

Wśród wojów poniósł się szmer.

— Podniosłaby rękę na kapłana? — szepnął któryś.

— Zamknijcie się albo wszystkim wam poobcinam języki! Cofnijcie się do lasu, ale nie za daleko. Chłopak i Thorgil mają zostać tutaj. — Ludzie Północy wycofali się, na wpół niosąc Ivara, któremu stopy spuchły od marszu.

Następnie *thrallowie* rozebrali Frith. Jack zamknął oczy, lecz Thorgil szturchnęła go w bok.

— Lepiej patrz. To ciekawe — powiedziała.

I miała rację. Było to straszne, ale ciekawe. Ciało Frith lśniło bielą w blasku pełni księżyca, a jej skóra wydawała się miękka niczym pleśń, porastająca zepsute mięso. Wciąż zmieniało kształt, wybrzuszało się i marszczyło, ani w pełni ludzkie, ani trollowe. Na rękach tworzyły się łuski, które zaraz odpadały. Stopy powiększały się, wyrastało na nich po sześć czy siedem palców, a następnie znów kurczyły się do ludzkich rozmiarów. Był to wstrząsający widok.

Thrallowie złożyli ubranie swojej pani na skraju łąki. Na wierzchu połyskiwał naszyjnik ze srebrnych liści, który Thorgil tak lubiła i który musiała oddać. Jack zobaczył, że dłoń dziewczyny mocniej zaciska się na rękojeści miecza.

— Nawet nie myśl o zaatakowaniu mnie, wojowniczko — rozległ się zimny głos Frith. — Otaczają cię wojowie. Jeden ruch, a każę ci obciąć rękę, która trzyma miecz. Jak ci się to podoba? Na zawsze zostałabyś kaleką i już nigdy nie mogłabyś walczyć.

Jack usłyszał zgrzytnięcie zębów Thorgil. Dawniej rzuciłaby się naprzód, nie zważając na konsekwencje. Lecz Studnia Mimira nauczyła ją cierpliwości. Frith odesłała swoich thrallów i teraz pośrodku polany pozostała już tylko ona oraz Jack i Thorgil. Księżyc stał niemal w zenicie. Królowa położyła się na sierści, która zaszeleściła cicho. Było jej całe mnóstwo — z dziewięciu ogromnych, długowłosych trollowych kotów. Frith z pewnością zyska włosy, budzące zachwyt w całym Midgardzie.

Księżyc powoli wspinał się po nieboskłonie, aż znalazł się w najwyższym położeniu. Na trzęsawisku rozległ się krzyk nura, a po nim plusk. Niewielkie fale zachlupotały o przeciwległy skraj łąki.

— Patrz — szepnęła Thorgil.

Tu i tam, na całej powierzchni białej płachty, sierść zaczęła się poruszać. Kosmyki łączyły się ze sobą, tworząc długie pukle. Zwijały się, po czym z szelestem pełzły do głowy Frith i do niej przylegały. Wkrótce władczyni leżała okryta długimi, pięknymi włosami. Teraz zaczęło zmieniać się jej ciało. Twarz nabrała kształtu serca, tworząc urocze oblicze, z rodzaju takich, dla których królowie porzucali korony. Jack zrozumiał, dlaczego Ivar się w niej zakochał. Nawet Freya nie mogła być ładniejsza.

Sierść jednak wciąż szeleściła. Królowa miała wziąć jedną trzecią kocich włosów, a wzięła wszystkie. Pozostałe wpełzały na jej ciało i twarz. Frith wydawała się zahipnotyzowana, a w każdym razie najwyraźniej nie wiedziała, co się dzieje. Leżała ze spojrzeniem utkwionym w księżycu, podczas gdy pokrywało ją coraz więcej sierści, aż stała się włochata niczym dzikie zwierzę. Jej ciało znowu się zmieniło, było teraz wielkie, kudłate, bezkształtne.

Królowa przyłożyła ręce do twarzy i krzyknęła. Rozległ się dziki wrzask, który nie miał w sobie nic ludzkiego, ale także nic trollowego. Frith zerwała się na równe nogi i rozdarła białą płachtę z taką łatwością, jakby było to pokryte rosą babie lato. Rwała ją na kawałki, nie przestając drzeć się wniebogłosy. W tym wrzasku nie można było rozróżnić żadnych słów. Być może w nowej postaci nie potrafiła ich z siebie wydobyć. Potem wyprostowała się i wykrzyczała swoją wściekłość do księżyca.

Jack pognał do wozu, by uwolnić Lucy i Heide. Wojowie powrócili, ale na widok Frith w nowej postaci, zatrzymali się pod drzewami. Koty dostały szału. Odsłoniły zęby i miauczały jak wściekłe. Sierść na ich grzbietach byłaby zjeżona, gdyby ją jeszcze miały. Thorgil wyciągnęła miecz i jednym ruchem przecięła ich smycze.

Koty pomknęły na łąkę. Frith natychmiast zauważyła zagrożenie i rzuciła się do ucieczki. Wskoczyła na trzęsawisko, wciąż krzycząc, ścigana przez dziewięć kotów. Jack usłyszał plusk i szybko ginące w oddali głosy.

Runa kiedyś wspominał, że przez trzęsawisko można bezpiecznie przejść, jeśli się wie, którędy. Może Frith i goniące ją zwierzęta wiedziały. A może nie.

— O, Jack — jęknęła Thorgil, z westchnieniem opierając się o wóz. — To była najmilsza rzecz, jaką w życiu zrobiłam!

A kapłan Freyi podszedł do krawędzi bagna i zawołał: — Kici, kici, kici! Kici, kici, kici!

Rozdział czterdziesty pierwszy

POWRÓT LUCY

Jack podniósł Lucy. Była mniejsza i lżejsza, niż pamiętał. Wtuliła się w jego ramiona.

— Lucy, to ja — szepnął. — Jesteś już bezpieczna. Możemy wracać do domu. — Ale siostra nie odpowiedziała.

— Jej umyssł jesst daleko — powiedziała Heide, schodząc z wozu na ziemię. — Możże to i lepiej. Nie była gotowa, żżeby zznieśść osobę pokroju Frith.

Jeden z wojów Ivara zaproponował, że poniesie dziewczynkę. Jack szedł obok, trzymając ją za rączkę. Króla położono na wóz — był zbyt ciężki, by go nieść. Wóz ciągnęło dwóch Ludzi Północy. Władca wydawał się oszołomiony tym, co się stało, chociaż kilkakrotnie wyjaśniano mu sytuację.

— Mój trollowy kwiatuszek powinien tu być — narzekał, gdy wóz, skrzypiąc, toczył się naprzód. — Nie lubi wracać tak późno. Powinna iść spać, sen dobrze robi na urodę.

— Jeszcze jeden umyssł odszedł — stwierdziła Heide.

Skakki i Runa bardzo ucieszyli się z ich powrotu, a gdy rozeszła się wieść o zniknięciu Frith, Jack usłyszał radosne okrzyki tłumu, zgromadzonego przed pałacem Ivara. Sam był zbyt wyczerpany, by odczuwać jakąś szczególną radość. Ulżyło mu, gdy wrócili z pałacu do domu Olafa.

Dotti i Lotti zabrały Lucy z rąk woja i natychmiast się nią zajęły. Ubranko miała do tego stopnia brudne, że musiały je spalić, a jej włosy były w tak tragicznym stanie, że musiały ostrzyc dziewczynkę. Wyglądała po tych zabiegach jeszcze bardziej żałośnie, jak mała, wyciągnięta z wody myszka.

— Czy ona kiedyś wróci? — spytał Jack, gdy Heide opatuliła dziewczynkę kocem i postawiła przy ogniu.

— Możżliwe, jeśśli ją przywołasz — odparła wieszczka. — Ssama mogłabym sspróbować, ale mój głoss nie ssięga tak daleko. To ciebie mała chce ussłyszeć. — Heide postawiła przy nich tacę z jedzeniem i napojami. Potem wraz z innymi wyszła, zostawiając brata i siostrę samych.

W migotliwym blasku ognia Jack patrzył na buzię Lucy. Mówił do niej, jak mu się wydawało, całymi godzinami. Co jakiś czas dotykał jej twarzy, upewniając się, czy wciąż jest ciepła. Dziewczynka trwała zupełnie nieruchomo i chwilami bał się, że umarła.

— Wracamy do domu — powtarzał raz po raz. — Rodzice na nas czekają. Będą tacy szczęśliwi! Pamiętasz stołek, który zrobił ci ojciec? Siadałaś na nim przy ogniu, a mama podgrzewała ci cydr na śniadanie. — Przywoływał jedno wspomnienie po drugim, próbując odnaleźć miejsce, w którym Lucy się ukryła, nic jednak nie skutkowało.

Jack wstał i zaczął krążyć dookoła pomieszczenia. Ciało miał sztywne, zmarzł, pomimo ognia, buzującego w palenisku. Mężne Serce fruwał między krokwiami, gdzie wcześniej spał, musiał już zatem zbliżać się świt. Chłopiec potknął się o zabawki, pozostawione przez dzieci Olafa, i zobaczył wśród nich cztery drewniane figurki: krowę, konia, kobietę, mężczyznę. Były to zabawki, które tak dawno temu Olaf wyrzeźbił dla Lucy. Jack pozbierał je i uklęknął przy dziewczynce. Zacisnął palce małej na koniku, a pozostałe figurki włożył jej w dłonie.

— Pamiętasz, jak bawiłaś się nimi na plaży, skarbie? Zrobiłaś płot z patyków i narysowałaś dom na piasku. Olaf nie zrobił ci kur, więc zamiast nich używałaś muszelek.

Mężne Serce sfrunął na ziemię. Z uwagą przypatrywał się zabawkom.

— Kradłeś je, prawda? — zwrócił się Jack do kruka. — Nigdy nie umiałem odgadnąć, czy naprawdę się bawisz. Jak na ptaka, wydawało mi się to zbyt mądre. — Kruk rzucił się naprzód i wyrwał konika z ręki Lucy. — Przestań! — krzyknął chłopiec. Mężne Serce upuścił figurkę i zarechotał gardłowo.

— Jak mogłeś zabrać zabawkę bezbronnemu dziecku? — wykrzyknął Jack. Wziął konika i z powrotem włożył go siostrze do rączki. Ptak uciekł z krówką.

— Wracaj tu, złodzieju! — pisnęła Lucy. Siedziała, owinięta kocem, i ściskała pozostałe trzy zabawki. Jack mógł tylko na nią patrzeć. Serce miał zbyt przepełnione emocjami, by wydusić z siebie głos. Mężne Serce wrócił w podskokach i bezczelnie upuścił figurkę poza zasięgiem Lucy. Mała wychyliła się do przodu i złapała ją. Kruk kołysał się w przód i w tył, świergocząc i skrzecząc.

— O, Lucy — westchnął Jack.

— Myśli, że mu się uda, ale mam go na oku — powiedziała dziewczynka.

— Wiesz, kim jestem?

— No, pewnie! — odparła, wydymając wargi. — Ty jesteś Jack, a to jest Mężne Serce. Przyleciał do nas z Wysp Błogosławionych. Kiedy wrócimy do domu? Ta przygoda już mnie zmęczyła.

— Niedługo — wydusił Jack. Czuł, że zaraz ściśnie go za gardło. Zwrócił uwagę Lucy na tacę z jedzeniem. Mała natychmiast złapała miskę zimnego gulaszu i zaczęła jeść palcami. Jack podarł dla niej chleb na kawałki i pokroił jabłko. Siostrzyczka jadła i jadła. Na koniec wypiła kubek maślanki.

— Byłam taka głodna! — krzyknęła. — O, jejku! Brzuszek mnie boli, ale to takie miłe! — A potem opadła na ziemię i zasnęła. Jack z niepokojem podniósł wzrok na Heide, która właśnie weszła do pomieszczenia.

— Mussi wszysstko odesspać — uspokoiła go wieszczka. Znów opatuliła małą kocem i położyła ją w kącie z krosnem. — Tutaj nikt na nią nie nadepnie — powiedziała, gdy Dotti, Lotti i dzieci weszły do środka, by ogrzać się przy ogniu.

Lato miało się ku końcowi i Jacka oraz Lucy należało odwieźć do ich wioski, zanim rozpoczną się zimowe sztormy. Skakki sprawdził okręt ojca. Po raz pierwszy wypływał w rejs w roli kapitana. Miał tylko szesnaście lat, więc postarał się o pomoc tak doświadczonych żeglarzy, jak Runa, Sven Mściwy i Eryk Pięknolicy. W większości jednak do udziału w wyprawie zaprosił zwykłych wojów, a nie berserkerów. Wyruszał na wyprawę handlową, nie wojenną.

Jack nie musiał wracać do pałacu Ivara i bardzo się z tego cieszył. Skakki powiedział, że odbywają się tam gruntowne porządki, choć usunięcie wszystkich śladów obecności Frith potrwa wiele miesięcy. Półtrollka miała zwyczaj utykania kości w różne szpary — na później. Stanowiło to jedną z przyczyn zatęchłego odoru w pałacu.

Skakki z dumą przyprowadził do domu Chmurną Grzywę. Król Ivar oświadczył, że rumak należy się potomkowi Olafa. A i koń wyraźnie lubił chłopca. Z radością do niego podszedł i dotknął pyskiem jego dłoni.

— Ogier, który go ssplodził, pochodził z Krainy Elfów — orzekła Heide, przyjrzawszy się szlachetnemu zwierzęciu. — Konie elfów ssą małe, zzwinne i wierne. Nie porzucają sswoich panów.

— Widziałaś elfy? — spytał Jack.

Heide tylko się uśmiechnęła i nic nie odpowiedziała.

Król Ivar zwrócił też daninę, którą dostał od Olafa, i Skakki część z niej przekazał Jackowi.

— To niewiele, zważywszy, ile ci zawdzięczamy — powiedział. — Uwolnienie nas od Frith z powrotem tchnęło życie w tę krainę. — Jack z powagą przyjął srebrne monety. Nie wiadomo, skąd się wzięły. Na ziemiach Ludzi Północy srebro często przechodziło z rąk do rąk.

Wypłynęli w słoneczny poranek, mając lekki wietrzyk z tyłu. W porcie żegnał ich wiwatujący tłum. Jack patrzył, jak sylwetki Heide, Dotti i Lotti stają się coraz mniejsze i mniejsze, aż rozpłynęły się w blasku ponad wodą. Wojowie wiosłowali, a Thorgil siedziała za sterem. Mężne Serce usiadł na dziobie, kracząc wyzywająco w stronę mew. Śmierdzącą głowę węża morskiego przeniesiono do domu Eryka Pięknolicego.

„Naprawdę wracamy do domu", pomyślał Jack. Martwił się, że napotkają sztorm i fala zmyje ich z pokładu. Ale pogoda była jak marzenie. Nie podążali tym samym kursem co poprzednio — Ludzie Północy wcale nie byli tak dobrymi żeglarzami, za jakich chcieli uchodzić. Po prostu kierowali się w odpowiednią stronę i płynęli, aż natrafiali na ląd. Na ogół ta metoda się sprawdzała.

A zatem Jack nie ujrzał ponownie ani brzegów ziem Magnusa Zabijaki i Einara Ucholuba, ani zgliszczy po wiosce Gizura Łamikciuka. Grał z Thorgil w „Wilka i owce". Próbowali nauczyć też Lucy, była jednak jeszcze za mała. Ciągle próbowała zmienić zasady, żeby ocalić owce. Kiedy mówili jej, że to niemożliwe, obrażała się i zrzucała wszystkie pionki do kałuży na pokładzie.

Nocami Jack śpiewał siostrzyczce i opowiadał jej historie, których nauczył go Runa, a także zmyślone historyjki o Jotunach. Powoli, stopniowo wyciągał z niej wydarzenia, które nastąpiły podczas jego nieobecności.

Układały się w straszliwą opowieść o chowaniu się za zasłonami i pod ławami, o podkradaniu kawałków jedzenia kotom Freyi. Jeśli koty przyłapały małą, ciągnęły ją do Frith. Królowa krzyczała i szarpała ją za włosy. Ale ponieważ Lucy nigdy nie reagowała, Frith straciła zainteresowanie i szybko zostawiła dziecko w spokoju.

Lucy tygodniami kryła się w cieniu. Patrzyła, jak Frith i Ivar pogrążają się w obłędzie, podczas gdy w pałacu rosła warstwa brudu. W nocy dziewczynka spała na stercie zapchlonej słomy, a za dnia bawiła się, wyciągając nitki z gobelinów na ścianach. Kiedy koty zasypiały, obwiązywała im tymi nitkami ogony. Jeśli zrobiło się to właściwie, koty dostawały szału, usiłując ściągnąć więzy pazurami.

W końcu Frith przyłapała ją na tym i kazała przywiązać dziewczynkę do wozu Freyi. Tam los małej nieco się poprawił. Kapłan przynajmniej regularnie ją karmił. Ale mijały długie dni podczas których zupełnie nic się nie działo, więc umysł Lucy przeniósł się gdzie indziej.

— Gdzie byłaś? — spytał Jack, przytulając ją w ciemności.

— U prawdziwej królowej. Była dla mnie dobra, bo mnie kochała. Dała mi piękną komnatę. Było tam drzewo z miodowymi ciastkami, no i piesek. Nosił zieloną obrożę ze srebrnymi dzwoneczkami. Słyszałam, jak biega po zamku. — Lucy mówiła dalej, rozwijając opowieść, którą od urodzenia tak często słyszała od ojca.

Jack nie próbował się z nią spierać. W krainie Heide zimy były długie i ciemne. Dusze wędrowały, żeby ludzie nie oszaleli, ale z nadejściem wiosny wracały. Tak jak wróciła dusza Lucy.

Rozdział czterdziesty drugi

JACK I JILL

Nie do wiary, że nigdy przedtem nie zauważałam tych wszystkich kolorów — zachwyciła się Thorgil, patrząc na fale. — Te chmury! Przypominają świeże mleko. A wiatr tak pięknie pachnie!

— Zdaje się, że to samo mówiła wczoraj — mruknął Skakki. Bardzo poważnie traktował swoje obowiązki kapitana. Spoglądał na żagiel, sprawdzał wiosła i obracał kamień słoneczny to w jedną, to w drugą stronę, by przekonać się, jak on działa. Sven Mściwy obserwował horyzont, wypatrując lądu.

— Tak, mówiła — stwierdził, mrużąc oczy, utkwione w linii pomiędzy morzem a niebem.

— Jutro też to powie — wtrącił Runa. — Trzeba się przyzwyczaić.

— Spójrz, jaka jasna woda — powiedział Jack, podnosząc siostrzyczkę do góry. — To tam leżą Wyspy Błogosławionych.

— Stamtąd przyleciał Mężne Serce — dodała Lucy.

— Co? Masz rację! — krzyknął Sven. — Jasność naprawdę oznacza ląd. — Wojowie wyciągnęli wiosła i wzięli się do roboty. Wkrótce Jack ujrzał jałowe wybrzeże, wyłaniające się z szarozielonej wody, za nim jednak poruszało się łagodne światło, jakby za krawędzią morza leżało coś lśniącego.

— Masz swoje Wyspy Błogosławionych — powiedział Sven ze śmiechem, pokazując torfowe chaty wśród skał.

— Nie ma racji — szepnęła Lucy.

— Nie ma — przyznał szeptem Jack.

Krowy o dzikim spojrzeniu stały w płytkiej, przybrzeżnej wodzie i żuły wodorosty. Mieszkańcy wioski wyszli z siekierami i motykami, gdy jednak rozpoznali Svena, odłożyli te narzędzia. Skakki przywiózł towary na handel — futra, wielorybią kość i bursztyn — ale nie tracił zbyt wiele czasu na tej zapomnianej wyspie. Uznał, że jest po prostu dobrym miejscem, by zaopatrzyć się w słodką wodę i rozprostować nogi.

Jackowi jednak jawiła się jako przyczółek rodzinnej ziemi. Był już Tutaj, a nie Tam. Z czułością patrzył na każdy kamyk i każde źdźbło niewyrośniętej trawy. W miarę jak płynęli, jego wzruszenie narastało, aż stał się niemal równie podekscytowany, co Thorgil. Prześcigali się w zachwytach nad każdą nową wysepką, aż Skakki poprosił ich, by przestali.

Teraz widzieli już ciągłą linię lądu, przerywaną jedynie ujściami strumieni i zatoczkami. Powietrze pachniało wrzosem i kilka kruków przyfrunęło, by popatrzeć na okręt. Mężne Serce długo z nimi rozmawiał.

— Nie mówi o niczym ważnym — oznajmiła Thorgil. — Tylko „jak się masz?" i „ładna dzisiaj pogoda".

— Strasznie długo gada, jak na coś tak prostego — stwierdził Jack już nie pierwszy raz. — Czy czegoś nie opuściłaś?

— Nigdy się nie dowiesz — odparła radośnie Thorgil.

Przypłynęli do szerokiej zatoki i miasta, w którym Jacka omal nie sprzedano Piktom. Z niechęcią popatrzył na nabrzeże i bogate domy. Ci ludzie handlowali niewolnikami. Nie pytali, skąd

Ludzie Północy mają jeńców. Po prostu ich kupowali, tak jak kupuje się jabłka.

Także tutaj Skakki spędził niewiele czasu. Poszedł ze Svenem do miasta, by spotkać się z kupcami, podczas gdy pozostali wojowie rozbili obozowisko. O świcie znów mieli wypłynąć.

— Dlaczego nie poczekamy na dzień targu? — zwrócił się Jack do Runy, gdy piekli nad ogniem nabite na patyki mięso.

— Towary, które wieziemy, można sprzedać dyskretnie i szybko — wyjaśnił starzec. — Nie mamy czasu do stracenia. Czuję w kościach, że szykują się sztormy.

— Nadrobimy to następnym razem — powiedział jeden z wojów, którzy zgłosili się na ochotnika.

Jack popatrzył na niego.

— Co to znaczy? „Następnym razem"?

— Ee... hmm... — Tamten miał najwyraźniej kłopot z odpowiedzią.

— To znaczy, że zorganizują najazd — wyjaśnił Runa.

Jack zdębiał. Coś takiego zwyczajnie nie przyszło mu do głowy.

— Nie! — krzyknął.

— Są wojownikami — powiedział Runa.

— Nie muszą nimi być! Mogą uprawiać ziemię.

— Dobrej gleby mamy zaledwie tyle, żeby wyżywić się w sprzyjających latach. A więcej jest tych niesprzyjających. Żyjemy z handlu i grabieży.

— Jesteście gorsi od trolli! — wykrzyknął Jack. Wśród Ludzi Północy poniósł się pomruk niezadowolenia, chłopca jednak to nie obchodziło. Zaczął uważać ich za przyjaciół. A przecież wciąż byli wstrętnymi, złymi niszczycielami!

— Posłuchaj, młody skaldzie — powiedział Runa, który wyglądał teraz groźnie pomimo sędziwego wieku i licznych blizn.

— Gdy byłeś w Jotunheimie, chroniła cię Królowa Gór. Wyidealizowałeś sobie Jotunów, ale zapewniam cię, że są zdolne wyrzynać całe wioski włącznie z maleńkimi dziećmi. To wrogowie, choć mają swój honor.

— No tak, ale nie musicie ich naśladować — odparł Jack.

— To konieczność. Co byśmy nie mówili, nic tego nie zmieni. Skakki przysiągł nie skrzywdzić twojej wioski, ale podobna przysięga nie wiąże go z innymi mieszkańcami tej ziemi.

Chłopiec nie wierzył własnym uszom. Miły, uprzejmy Runa, który uratował go przed gniewem Olafa i podarował mu swój najlepszy poemat, zmienił się w potwora. Jack czuł się zdradzony.

— Przez długi czas czuliście się bezpiecznie na swojej wyspie — ciągnął Runa. — Morze was chroniło. Wiedliście życie równie przyjemne i ciepłe, jak letnie popołudnie. Ale wasza kraina była zbyt piękna i dlatego, jak wszystko, co świetliste, przyciągała zniszczenie.

— Tak jak pałac Hrothgara — mruknął Jack.

— Frothi zmąciła radość Hrothgara, a jej siostra Frith wywołała rozpacz u ciebie. Teraz, gdy twoja kraina przyciąga tyle uwagi, nie sposób odwrócić biegu czasu — powiedział starzec. — Już teraz Magnus Zabijaka i Einar Ucholub budują okręty i planują wojnę.

— To takie niesprawiedliwe — szepnął chłopiec. Popatrzył poza plażę, w miejsce, gdzie gromadziły się wieczorne cienie. Zdawało mu się, że w granatowym mroku pomiędzy domami dostrzegł Pikta.

— Życie i śmierć toczą nieustanną bitwę. Na tym świecie szczęście nie może istnieć samotnie — stwierdził sędziwy wojownik.

— Ale co mamy robić?

— Zbudźcie się — odparł po prostu Runa.

Gdy zapadła noc, Jack został na okręcie z Lucy. Nie chciał, żeby spotkała jakichś Piktów, i nie chciał rozmawiać z Ludźmi Północy. Skakki i Sven wrócili, podzwaniając nowym orężem. Mieli udany dzień. Późną nocą Jack słyszał, jak śpiewają i urządzają swoje głupie zabawy. Thorgil prześcigała się z Erykiem Pięknolicym w bekaniu i wygrała.

Mijali samotne wieże Piktów. W ich pobliżu zawsze było pusto i chłopiec ani razu nie widział smugi dymu, która oznaczałaby, że ktoś się ogrzewa albo szykuje posiłek. Nieliczne wioski też wydawały się wyludnione. Mężne Serce odleciał ze stadem kruków.

— Zostawia nas! — krzyknęła z niepokojem Lucy.

„Nie zdziwiłbym się", pomyślał Jack. „Tutaj wszyscy są podli i niewierni". Mężne Serce jednak wrócił wieczorem. Później wielokrotnie wypuszczał się w głąb lądu, co denerwowało Thorgil.

— Miał tyle ciekawych rzeczy do powiedzenia — skarżyła się. — Nie to, co inne ptaki.

— Szkoda — powiedział Jack, odwracając się do niej plecami.

— Na brzegu rosną takie ładne drzewa — rzuciła. — Jak się nazywają?

Zignorował ją. Rozmyślał o tym, by podczas nocnego obozowiska przyzwać ogień i spalić okręt. Rozwiązałby w ten sposób kwestię tych Ludzi Północy, ale w niczym nie zaszkodziłby Magnusowi Zabijace ani Einarowi Ucholubowi.

Okręt mknął na południe, z dala od brzegu, by nie przyciągać uwagi. Olaf najechał na to wybrzeże i Skakki chciał uniknąć zbędnych problemów. W końcu dotarli do krainy Jacka. Późnym popołudniem rozłożyli się na pustej plaży. Ludzie Północy upolowali kilka gęsi i upiekli je nad ogniskiem.

— To nasz ostatni wspólny wieczór — stwierdził Runa. — Spędźmy go przy ciekawych opowieściach i dobrej strawie.

— Ooo! Uwielbiam opowieści! — wykrzyknęła Lucy.

— Mamy tu dwóch skaldów, więc opowieściom nie powinno być końca. Ja zacznę. — Runa opowiedział o Lokim, którego Odyn spotkał w Jotunheimie.

— Myślałem, że był bogiem — wtrącił Jack, mimo mocnego postanowienia, że obrazi się na sędziwego wojownika.

— Był zmiennokształtny, tak jak Frith. Jego ojciec był trollem, a matka boginią. Jeśli uważasz, że mieszanka krwi człowieka i Jotuna jest zła, to nie wyobrażasz sobie, co się dzieje, gdy krew trolla połączy się z boską. Loki wydawał się przystojny i mądry i Odyn był nim oczarowany.

— WIELKI BŁĄD — stwierdził Eryk Pięknolicy.

— Odyn zawarł z Lokim braterstwo. Nacięli sobie nadgarstki i zmieszali krew, by je przypieczętować. Boska krew popłynęła w żyłach Lokiego, a krew zmiennokształtnego w żyłach Odyna. Żadnemu z nich nie przyniosło to niczego dobrego. Od tamtej pory Loki władał Asgardem. Nikt nie ośmielił się go wyrzucić. Odyn dał mu za żonę boginię Sigin.

— Wielkie marnotrawstwo — wtrącił Skakki.

— Sigin była łagodna i miła, więc oczywiście Loki się nią znudził. Wrócił prosto do Jotunheimu i ożenił się z olbrzymką. Była dla niego wystarczająco wredna. Mieli paskudne, potworne dzieci: olbrzymiego węża, olbrzymiego wilka i Hel, której lodowy pałac czeka na tchórzy i krzywoprzysięzców.

Jack starał się nie okazywać zainteresowania opowieścią Runy. Pragnął nienawidzić Ludzi Północy, ale oni wciąż byli dla niego mili. Nawet jeśli milczenie chłopca zwróciło ich uwagę, nie okazali tego. Zapewne przywykli do widoku ludzi, którzy złościli się i obrażali.

— Fenris, ogromny wilk, był tak dziki, że bogowie uwięzili go na wyspie, pokrytej żelaznymi drzewami. Ale Fenris rósł.

Wkrótce bogowie nie byli już w stanie go kontrolować i Odyn uznał, że trzeba uwiązać stwora na łańcuchu. Oczywiście zaistniał pewien kłopot: jak założyć mu łańcuch na szyję.

Bogowie zrobili z tego zabawę. „Chodź tutaj, wilczku!", wołał Thor. „Chcesz się pobawić sznurkiem? Taka wielka i silna bestia, jak ty, zerwie go raz-dwa". Fenris był bardzo dumny. Pozwolił bogom założyć sobie ciężki łańcuch na szyję, a potem przerwał go na pół.

— To był największy łańcuch, jaki mieli — dodał Skakki.

— Musieli więc zwrócić się o pomoc do krasnoludów — pierwszy raz do opowieści włączyła się Thorgil. Jack pomyślał, że w blasku ogniska dziewczyna wygląda naprawdę pięknie. Oczy jej błyszczały, a włosy — które tego wieczoru myła zawzięcie — okalały jej twarz niczym puch dmuchawca. Chłopiec zdał sobie sprawę, że zawsze była piękna, ale paskudny charakter maskował jej urodę. Teraz czuła się szczęśliwa. Poczuł ból w sercu. Rano dziewczyna odpłynie. Już nigdy jej nie zobaczy, nawet w Niebie.

— Bogowie wiedzieli, że muszą mieć magiczny sznur, wykonany z tajemnic świata: korzeni góry, kocich kroków, oddechu ryby — powiedział Runa. — Tylko krasnoludy posiadały wiedzę, która pozwalała zrobić coś takiego. Kiedy skończyły, dały Odynowi sznur, który wyglądał jak jedwabna wstążka, ale był mocniejszy niż sama śmierć.

„Chodź tutaj, wilczku!", zawołał Thor, próbując przywabić Fenrisa. „Teraz czeka nas jeszcze lepsza zabawa". Ale wilk nie był taki głupi. Wiedział, co zamierzają bogowie, choć bezgranicznie ufał swojej sile.

„Dam sobie założyć ten sznur, jeśli ktoś wetknie mi rękę do pyska", warknął. Syn Odyna, Tyr, najdzielniejszy z dzielnych, wystąpił naprzód i włożył rękę między zaślinione szczęki wilka. Pozostali związali Fenrisa wstęgą. — Runa przerwał, a Ludzie Północy popatrzyli na Jacka.

„Znowu to samo”, pomyślał Jack. Ilekroć Ludzie Północy przerywali opowieść, znaczyło to, że zaraz wydarzy się coś strasznego. Uwielbiali czekać, aż Jack zapyta o ciąg dalszy, lubili bowiem napawać się jego obrzydzeniem. Sven Mściwy niemal podskakiwał z niecierpliwości.

— No, dobrze — westchnął Jack. — Co się potem stało?

— Fenris szarpał się i wył, ale nie mógł zerwać sznura, został więc uwięziony na wyspie — powiedział Runa.

— Ale najpierw odgryzł Tyrowi rękę! — krzyknął Sven.

— To ja miałem dokończyć opowieść — upomniał go Runa.

— Przeżuł ją i połknął! — Sven był zbyt podekscytowany, by zamilknąć.

— Chrup! Trzask! Mlask! — wydarła się Thorgil.

„Nigdy nie zrozumiem Ludzi Północy”, pomyślał chłopiec.

— Jak smakowała? — spytała Lucy, której wcale nie przeszkadzało krwawe zakończenie tej historii, i nastąpiła ożywiona dyskusja na temat smaku ręki Tyra. Potem Jack opowiedział o tym, jak Jotuny uciekały z Utgardu i jak pokonały kilka ostatnich mil na grzbietach wielorybów, gdy lód już stopniał.

Pomiędzy opowieściami jedli pieczone gęsi i pili cydr, który Skakki zachował specjalnie na tę okazję. Powoli zbliżał się brzask i Lucy usnęła. W końcu, gdy nad morzem pojawiły się pierwsze promienie świtu, Thorgil oznajmiła:

— Ułożyłam wiersz.

— Dziewczyny nie umieją układać wierszy — powiedział Sven, ale nikt nie zwrócił na niego uwagi.

— Posłuchajmy. Twój panegiryk o Olafie był naprawdę dobry — stwierdził Runa. — Powiedziałbym, że miód pieśni, który wypiłaś, nie poszedł na marne.

— To wiersz o Studni Mimira — powiedziała, co zdziwiło Jacka. Umówili się, że nie będą o tym mówić. Wstała i ukłoniła się.

Jack i Jill przebyli sto mil,
Do studni, by napić się wody.
Jack spadł w dół, łeb pękł mu na pół,
A Jill mogła iść z nim w zawody.

Thorgil czekała.

— To wszystko? — spytał Skakki ze zdumieniem.

— Matka nazywała mnie Jill — wyjaśniła dziewczyna. — A Jack i ja wspięliśmy się na wzgórze, spadliśmy i rozbiliśmy głowy.

— TO RACZEJ NIE BYŁA OPOWIEŚĆ — ocenił Eryk Pięknolicy.

— To się zdarzyło naprawdę, a wiersz wcale nie musi być opowieścią.

— Musi — odparł Sven.

— Ładny. Naprawdę — stwierdził Runa, gdy wydawało się, że Thorgil lada chwila straci panowanie nad sobą. — Taki wiersz nie przetrwa, ale jest uroczy.

— Nie jest uroczy! — wrzasnęła. — I przetrwa! Ludzie będą powtarzać mój wiersz, kiedy wasze nudne, przestarzałe poematy dawno znikną! — Zbiegła na plażę i schowała się za skałami.

Ludzie Północy jak zwykle nie zwrócili uwagi na jej ucieczkę. Zaczęli się pakować. Jack ruszył za dziewczyną. Światło powoli stawało się jaśniejsze i łódź miała wkrótce odpłynąć. Znalazł ją za skałą, szlochającą tak, jakby pękło jej serce.

— Jill — powiedział cicho, klękając przy niej.

— Przyszedłeś się ze mnie naśmiewać? — spytała.

— O, nie! Uważam, że to był wspaniały wiersz, i myślę, że przetrwa.

— Jego sława nie umrze? — popatrzyła na niego przez łzy.

— Właśnie. Sven nie ma pojęcia o poezji, a Eryk Pięknolicy słyszy tylko połowę z tego, co się mówi. Runa, hmm, ma swoje przyzwyczajenia.

— Myślisz, że to dobry wiersz?

— Jestem skaldem, uczniem Smoczego Języka — odparł Jack z powagą. — Oczywiście, że dobry.

— Och, dziękuję! — Zarzuciła mu ręce na szyję. Przez dłuższą chwilę tulili się do siebie w perłowym blasku. Leśne ptaki obudziły się i witały nowy dzień. Thorgil odchyliła się i rozpięła odzyskany naszyjnik ze srebrnych liści. — Chcę dać go Lucy.

— Na pewno? — spytał Jack. — Wydawało mi się, że bardzo go lubisz.

— Mogę być szczodra, jeśli chcę — wypaliła. — Uważasz, że jestem skąpa?

— Nie, nie! — zaprzeczył gwałtownie.

— No, dobrze. Owszem, lubię go. Dlatego jest to z mojej strony poświęcenie. A poza tym mam młot Thora i jeszcze... to. — Zacisnęła dłoń na niewidzialnej runie.

Jack tęsknie popatrzył na jej palce.

— Pewnego dnia będziesz musiała komuś ją oddać.

— Wszystko trzeba kiedyś oddać. Ale zrobię to z ochotą i bez żalu — powiedziała z dumą młoda wojowniczka.

Wrócili do pozostałych. Lucy siedziała półprzytomna z Mężnym Sercem na kolanach. Okręt kołysał się na wodzie i wszyscy Ludzie Północy, z wyjątkiem Runy, stali już na pokładzie.

— Proszę — powiedział, podając Jackowi szklaną butelkę z symbolem makówki.

Jack podniósł ją w górę. Na dnie widniało kilka kropel cieczy.

— Miód pieśni! — wykrzyknął.

— Kiedy chciałem ją odłożyć, zauważyłem, że nie jest całkiem pusta — wyjaśnił Runa. — Nie wiem, ile dobrego może zdziałać taka odrobina, ale sądzę, że ci się przyda.

— Dziękuję — powiedział chłopiec. Teraz, gdy na dobre nadeszła już chwila pożegnania, jego gniew na starca gdzieś zniknął.

— To ja ci dziękuję. Uwolniłeś nas od Frith i oddałeś mi głos. Dzielny z ciebie chłopak. Gdybyś był trochę bardziej zawzięty, mógłbyś zostać wielkim wojownikiem.

— Nie sądzę — odparł Jack.

A potem naprawdę trzeba się było rozstać. Thorgil i Runa wspięli się na pokład, a Skakki rozkazał załodze brać się do wioseł.

— Żegnaj, Jack. Żegnaj, Lucy. Mężne Serce, możesz płynąć ze mną, jeśli chcesz! — zawołała Thorgil. Kruk jednak nastroszył pióra i nie ruszył się z miejsca.

Długi, piękny okręt sunął po wodzie niemal bez plusku, zmierzając w stronę otwartego morza. Wkrótce zniknął we mgle, jakby w ogóle nigdy go nie było.

— Chodź, Lucy — powiedział Jack, stawiając siostrzyczkę na nogi. — Przed nami długa droga, a mama i tata czekają.

Rozdział czterdziesty trzeci

W DOMU

Mgła unosiła się wśród drzew i z liści kapała woda. Jack szedł ścieżką, która, jak wiedział, prowadziła do rzymskiej drogi. W ręce ściskał swoją poczerniałą laskę z Jotunheimu, a na ramieniu siedział mu Mężne Serce. Drugą ręką podtrzymywał Lucy.

— Nie mogę się położyć? — jęknęła. — Jestem baaardzo zmęczona.

— Odpoczniemy, kiedy dojdziemy do drogi. A ty mógłbyś mnie dodatkowo nie obciążać — powiedział Jack do kruka. Ptak tylko zacieśnił uścisk.

Chłopiec człapał naprzód. W jego umyśle smutek zmagał się z radością. Wracał do domu, lecz z drugiej strony na zawsze stracił Thorgil i Runę. Przez ostatnie miesiące nie myślał o niczym innym, tylko o powrocie tutaj. Teraz czuł się zawiedziony. Nie będzie już żeglugi ani przygód. Ale strasznie tęsknił za rodziną. Szkoda, że mieszkali w małej wiosce, gdzie największą sensacją były narodziny bliźniaczych jagniąt. Jak miał wrócić po swojej wyprawie do noszenia wody, układania drewna w stosy i pędzenia czarnopyskich owiec?

— Chcę usiąść teraz — powiedziała Lucy.

Jack widział już przez zarośla zarys rzymskiej drogi. Zaprowadził siostrę na omszałe kamienie, oboje przez chwilę odpoczywali. Chłopiec odpędził kruka. Ten wylądował w pobliżu, kracząc z niezadowoleniem.

— Jeśli ci się nie podoba, wracaj do Thorgil — rzucił Jack. Potarł obolałe ramię, w które ptak wbijał wcześniej szpony.

Wyjął prowiant, który otrzymał od Ludzi Północy: pieczoną gęś i suchy chleb. Jedzenie dostali po drodze w zamian za przywiezione towary. Lucy skubała chleb, a Mężne Serce dziobał kawałek mięsa. Wszędzie wokół kapała woda. Oboje przemokli.

— Daleko jeszcze? — spytała mała.

— Godzina drogi. Może trochę więcej.

— Zmęczyłam się — oznajmiła.

Aby odwrócić jej uwagę, Jack wyjął naszyjnik ze srebrnych liści.

— Thorgil chciała ci to dać.

— Ooch! — Lucy złapała naszyjnik i założyła go. — To od królowej — powiedziała, muskając palcami lśniący metal.

— Od Thorgil — poprawił ją.

— Nie! Widziałam, jak nosi go królowa. Zabrała mnie do swojego pałacu. Dawała mi miodowe ciastka i budyń.

— To nieprawda — odparł Jack, tracąc cierpliwość. — Spałaś na brudnej słomie i przymierałaś głodem.

— Wcale nie! Królowa przysłała mi ten naszyjnik!

Jack ściągnął go siostrze z szyi.

— Dostaniesz go z powrotem, kiedy wykażesz wdzięczność wobec osoby, która naprawdę ci go dała.

— Ty *kindaskitur*!

— Możesz mnie nazywać owczymi odchodami, ile tylko chcesz, ale... — Mężne Serce zakrakał i pofrunął na drzewo.

Jack natychmiast wzmógł czujność. — Schowaj się w paprociach, skarbie — szepnął. Lucy bez słowa sturlała się z krawędzi rzymskiej drogi i skuliła pod krzakiem. Nauczyła się, jak unikać niebezpieczeństw.

Jack stał pośrodku drogi. Usłyszał kroki, ktoś pogwizdywał, fałszując niemiłosiernie. Zobaczył, że z mgły wyłania się jakaś postać. W tym samym momencie owa postać zobaczyła jego. Był to chłopak.

— Nie rób mi krzywdy! — wrzasnął, po czym odwrócił się i zaczął uciekać drogą.

— Colin! — krzyknął Jack, ale syn kowala biegł, ile sił w nogach. Jack opuścił głowę i popatrzył na siebie. Nosił ubranie, które dała mu Królowa Gór. Pod płaszczem z kuniego futra miał zieloną tunikę i brązowe spodnie, wpuszczone w buty z wołowej skóry. Do paska przytroczył skórzaną pochewkę, a wyjęty z niej nóż trzymał właśnie w ręce.

— Ojej — jęknął. — Wyglądam jak jeden z Ludzi Północy. Chodź, Lucy. Lepiej dojdźmy do domu, zanim ktoś strzeli do mnie z łuku.

Wspięła się na drogę i wzięła go za rękę.

— Kiedy będę przy tobie, nikt nie strzeli — powiedziała, wykazując taką odwagę i przenikliwość, że Jack pochylił się i pocałował ją w czubek głowy. Szli dalej. Mężne Serce natychmiast ulokował się na ramieniu chłopca.

Po chwili usłyszeli z oddali szum wielu głosów. Mgła rzedła, przeświecające przez nią słońce malowało jesienny las na żółto i czerwono.

— Idzie! Chwilę! Jeszcze nie strzelaj! Jest z nim mała dziewczynka!

„Jeszcze?", powtórzył w myślach Jack. Wyszli na polanę. Ujrzeli kilku przykucniętych mężczyzn, dzierżących broń, jaką można znaleźć w gospodarstwie. John Grotnik trzymał naciągnięty łuk.

— Tato! — krzyknęła Lucy, pędząc naprzód.

— Lucy? — zdumiał się ojciec i rzucił sierp. — Jack? — Chwycił dziewczynkę w ramiona. John Grotnik opuścił strzałę.

— To berserker! — wrzasnął Colin. — Rzucił się na mnie z toporem!

— Nie gadaj głupstw — odparł wódz wioski. — To chłopak Gilesa Kuternogi, tyle że jest strasznie duży.

Jack postąpił naprzód, trzymając w dłoni jesionową laskę. Mężne Serce siedział mu na ramieniu. Chłopiec wiedział, że podczas nieobecności nie mógł za bardzo urosnąć, ale z pewnością wyglądał zupełnie inaczej. Czuł się też inaczej niż tamten chłopiec, którego porwali Ludzie Północy.

— Uratował mnie przed straszliwym potworem. Walczył z trollami i smokami! — opowiadała ojcu Lucy.

Mężczyzna wydawał się kompletnie zaskoczony.

— Żyjesz — powiedział. — Synu, ty żyjesz. — Giles Kuternoga zaczął płakać i Jack też zalał się łzami, co częściowo popsuło wspaniałe wrażenie, jakie starał się wywołać.

— Wiem, co się zmieniło — stwierdził wódz. — Widzicie tego kruka? Oj! — krzyknął, gdy Mężne Serce kłapnął dziobem. — To bardowie noszą je na ramionach. Jack opuścił nas jako uczeń, a wrócił jako bard pełną gębą. Zresztą w samą porę. Z poprzednim bardem nie można się było dogadać.

Wszyscy gratulowali Jackowi, a ojciec go uściskał. Ruszyli do wioski, a John Grotnik pobiegł przodem, by przekazać radosną wieść. Cichym głosem Jack zwrócił się do Colina:

— Gdybym naprawdę był berserkerem, twoja głowa toczyłaby się po ziemi, zanim zdążyłbyś zrobić trzy kroki. — Z zadowoleniem stwierdził, że chłopak pobladł.

Niecierpliwy tłum czekał już przed gospodarstwem Gilesa Kuternogi. Na widok Jacka i Lucy ludzie zaczęli wznosić radosne okrzyki. Dziewczynka zatańczyła przed nimi, napawając się tym, że znalazła się w centrum uwagi. Jej sukienka była dla mieszkańców wioski dziwem nad dziwy. Heide uszyła ją na modłę swojego ludu. Jasnoniebieska w białe kwiatki, z zielonym haftem na kołnierzyku i obrąbku. Lucy wyglądała w niej jak prawdziwa księżniczka.

Wszyscy roześmiali się i zaklaskali. Mała nawet nie zauważyła matki, stojącej daleko z tyłu, w drzwiach domostwa. Jack jednak od razu do niej pobiegł, zbywając serdeczne gratulacje. Ojciec zaczął powtarzać to, co Jack zdążył mu opowiedzieć o ich niewoli.

— Widział trolle, smoki i olbrzymie pająki! — wykrzykiwał.

— Daj spokój, Giles, to tylko jedna z twoich fantazji! — zawołał jakiś głos.

Jack i matka wymknęli się na tył domu.

— Przyprowadzę Lucy — powiedział chłopiec.

— Pozwól jej cieszyć się chwilą — odparła łagodnie mama. — Co się stało z jej włosami?

— To długa historia. Nie uwierzysz, ile się wydarzyło.

— Może uwierzę. Podejrzewaliśmy, że mogli porwać was berserkerzy. Ojciec myślał, że nie żyjecie, ale ja nigdy w to nie wierzyłam. Patrzyłam w wodę i zobaczyłam was stojących wśród roju pszczół.

Jack zadrżał. Matka była wieszczką, chociaż starannie ukrywała swoje umiejętności. Do końca nie wiedział, co oznacza „patrzenie w wodę", raz widział jednak, jak Heide wbija wzrok w miskę, a wszyscy chodzą wokół niej na palcach.

— Jak tam bard? — spytał.

Westchnęła.

— Je i śpi, ale poza tym zachowuje się jak niemowlę. Niespodziewanie zaczyna krzyczeć i ciągle macha rękami.

— Jest w rzymskim domu?

— Nie potrafi o siebie zadbać — odparła matka ze smutkiem — i jest tak uciążliwy, że ojciec musiał zbudować mu chatkę przy płocie na tyłach gospodarstwa. Ludzie opiekują się nim na zmianę. Nie wiem, co zrobimy, kiedy nadejdzie zima.

Ruszyli ścieżką na pola. Gospodarstwo Gilesa Kuternogi było w świetnym stanie. Kłosy pszenicy wydawały się aż ciężkie od ziarna. W równych rządkach rosły fasola, bób, rzepa, rzodkiew, pasternak i marchew. To był dobry rok, jeśli nie liczyć najazdu żądnych krwi berserkerów zza morza.

— Wyglądasz jak prawdziwy bard z tą laską i z krukiem na ramieniu — oceniła matka. — Jest oswojony?

— Czasami kłapie na ludzi dziobem — odparł Jack. Kobieta bez lęku pogłaskała ptaka po piórach, a ten zaskrzeczał gardłowo.

— Można by pomyśleć, że coś mówi.

— Bo mówi. Pewna dziewczyna rozumiała jego słowa.

— Ojej! Naprawdę przeżyłeś ciekawe przygody. Nie mogę się doczekać, kiedy mi o nich opowiesz. — Jack usłyszał dobiegające z oddali krzyki. Odruchowo sięgnął po nóż. — To tylko bard — wyjaśniła matka. — Czasami krzyczy tak całymi godzinami. Nie wiemy, czego chce, a on nie umie nam powiedzieć.

Gdy Jack podszedł do chatki, włosy zjeżyły mu się na karku. Te krzyki! Brzmiały niemal nieludzko.

— Jest agresywny?

— Nie, tylko bardzo przestraszony. Boi się wszystkiego, co robimy.

Drzwi zabezpieczono żelazną sztabą. Jack ją odsunął. We wnętrzu chaty panował fetor. Bard cofnął się pod przeciwległą ścianę. Włosy miał w nieładzie, a paznokcie długie jak szpony. Jego ubranie — prosta tunika przepasana sznurem — było umazane ekskrementami.

— Staramy się dbać o jego czystość, ale kiedy chcemy go wykąpać, bardzo się denerwuje i boimy się, że umrze ze strachu — wyjaśniła matka.

— Panie, to ja, Jack. Wróciłem. Twojej przeciwniczki Frith już nie ma. Nie musisz się bać. — Ale starzec tylko skulił się na grubej warstwie słomy, która pokrywała podłogę. — Przyniosłem coś, co może cię wyleczyć — oznajmił chłopiec. — To miód pieśni ze Studni Mimira. Mam tylko kilka kropel, więc nie możesz ich zmarnować.

— Ud-da. Gaaa — powiedział bard. Rozczapierzył szponiaste paznokcie, by się bronić.

„Jak mam wlać mu cokolwiek do ust?", pomyślał Jack. Zrobił krok naprzód. Mężne Serce zerwał się nagle z jego ramienia i pofrunął prosto do starca.

— Ud-da! — wrzasnął bard.

— Kra, kra, kra! — wydarł się Mężne Serce. Zderzyli się i padli na ziemię jakby rażeni piorunem.

— Nie! — krzyknął Jack. Podbiegł do starca i wziął go w ramiona. Bard miał nieobecny wzrok i nie oddychał! — Mamo! Co mam robić?

Uklękła po drugiej stronie i sprawdziła starcowi puls.

— Serce przestało bić!

— Nie, nie, nie — jęknął Jack. Już tak niewiele brakowało.

— Wlej mu do gardła ten miód pieśni, czy co to tam jest! — nakazała matka. Siłą rozwarła szczęki barda, a chłopiec przechylił buteleczkę. Odrobina świetlistego płynu popłynęła do ust starca. Jack potrząsnął buteleczką i wewnątrz znalazła się jeszcze jedna kropla.

— Nie ma więcej — szepnął.

Nagle bard, zupełnie jakby budził się z głębokiego snu, zadrżał i otworzył oczy.

— Jack, mój chłopcze — powiedział chrapliwym głosem.

— Wróciłeś! Wróciłeś! — Za sobą Jack usłyszał trzepot skrzydeł. Mężne Serce usiłował wstać. — Frith straciła swoją moc, panie. Nic ci nie grozi.

— Wiem — odparł bard. — Na gwiazdy, ale jestem brudny! Nikt mnie nie wykąpał?

— Próbowaliśmy — odparła matka, jednocześnie śmiejąc i płacząc.

Mężne Serce chwiejnym krokiem ruszył przez słomę. Skrzydła zwieszały mu się po bokach, jakby zapomniał, jak się ich używa.

— Co się stało? — spytał Jack z niepokojem. Wyciągnął ręce do ptaka, a ten dziobnął go z całej siły. Potem zakrakał i cofnął się pod ścianę.

— Oszalał? — zdziwił się chłopiec.

— Nie. To tylko biedny, przerażony ptak — odparł bard, z pomocą matki wstając na nogi. — Ostatnie miesiące nie były dla niego zbyt miłe.

— Ale... ale był moim przyjacielem.

— To ja byłem twoim przyjacielem, Jack — powiedział starzec. — Nie pamiętasz historii o Beowulfie? Jak wszedłem w ciało szczupaka? Kiedy ścigała mnie Frith, mogłem uciec tylko w ciało kruka. Zamieniłem się z nim miejscami. Gorzej było z powrotem. Gdybyś nie ocucił mnie tym miodem pieśni, umarlibyśmy obaj, i ptak, i ja.

— To ty walczyłeś z trollowym niedźwiedziem? Ty przekonałeś smoczycę, żeby mnie nie pożarła? Ty sprowadziłeś z powrotem duszę Lucy?

— Mam pewne umiejętności, nawet w ptasim ciele — odparł bard ze zrozumiałą dumą w głosie. — Wiesz, rozum. Ale nie umniejszaj własnych zasług. Wykazałeś nadzwyczajne zdolności. Nadzwyczajne.

Jack zarumienił się, słysząc tę pochwałę.

— Przez cały ten czas próbowałam przemówić do rozsądku ptakowi — stwierdziła matka.

— Ptakowi nie sposób przemówić do rozsądku. Nie ma dość rozumu — odrzekł starzec. Rozciągnął palce u rąk i nóg, jakby musiał znów przywyknąć do ich używania.

— Mężne Serce — mruknął Jack. Mimo słów barda, brakowało mu tego bezczelnego kruka. Z pewnością zachował swój charakter, nawet gdy władzę nad jego ciałem przejął bard.

— Musi znowu nauczyć się latać — stwierdził starzec. — Zatrzymam go przy sobie, aż będzie mógł bezpiecznie polecieć na wolność.

— A ja zagrzeję ci wody na kąpiel — zaproponowała matka.

— Jeszcze jedna rzecz, której nie można nauczyć ptaka — powiedział bard, marszcząc nos. — Higiena.

Siedzieli pod jarzębiną w niewielkiej dolinie. Mężne Serce tkwił w klatce, stojącej w pewnej odległości. Bard otworzył drzwiczki, ale kruk był zbyt przerażony, by wyjść na zewnątrz.

— Może już latać i jest wystarczająco zdrowy — ocenił starzec. — Brakuje mu tylko pewności siebie.

Niedaleko spieniony strumyk wpadał do niewielkiego stawu. Niektóre z pszczół, należących do matki, wciąż fruwały wśród szarych gałęzi drzewa, choć pora kwitnienia jarzębiny już minęła. Może owady po prostu lubiły przebywać w miejscu, gdzie siła życiowa dawała się szczególnie mocno wyczuć.

— Jak mnie znalazłeś, panie? — spytał Jack. — Po tym, jak mnie porwali.

— Pytałem kruków po drodze. To straszne pleciugi. Wiedzą o wszystkim, co się dzieje. Oczywiście, nie znały cię osobiście, ale coś takiego, jak okręt Ludzi Północy, płynący wzdłuż wybrzeża, musiało zwrócić ich uwagę. Sztorm zmusił mnie do poszukania schronienia i dogoniłem waszą łódź dopiero, kiedy skręciła na wschód przed ostatnim etapem podróży.

— Ale leciałeś za mną przez morze. — Chłopiec był do głębi wzruszony.

— To był głupi pomysł. Gdybyś nie wezwał mnie na dół, chyba bym się utopił.

Nad doliną wiał zimny wiatr, ale w środku z jakiegoś powodu utrzymywało się ciepło minionego lata. Na łące wciąż rosły mlecze i koniczyna, a z bagiennej trawy, obrastającej staw, wyglądały żaby.

— Dlaczego nie wróciłeś tutaj? — spytał Jack.

— Zbyt niebezpieczne. Frith mogła mnie znaleźć, dopóki przebywałem we własnym ciele. Wybiłaby całą wioskę. Poza tym podobało mi się życie kruka. Chwilami nawet aż za bardzo.

— Co masz na myśli, panie?

— Przybieranie innego kształtu niesie ze sobą pewne niebezpieczeństwo. Czasami zapominasz, kim jesteś.

— Na przykład wtedy, kiedy pierwszy raz dotarliśmy do domu Olafa? — domyślił się Jack.

— Tak się cieszyłem z końca tej nieznośnej podróży... sztormów, mgieł, spalenia wioski Gizura... że wziąłem sobie wolne. Odleciałem ze stadem kruków i zupełnie zapomniałem, że jestem człowiekiem. — Bard aż zadrżał na samo wspomnienie. — Kiedy dotarło do mnie, co zrobiłem, pilnowałem się, żeby już nigdy cię nie zostawić.

Nad ich głowami pojawił się kruk. Zatoczył krąg i wylądował obok klatki.

— Patrz — szepnął Jack. Ptak zakrakał gardłowo i trwało to dłuższą chwilę, jakby próbował coś komuś wytłumaczyć. Mężne Serce wysunął dziób za drzwiczki.

— Kra, kra, kra — powiedział obcy kruk. A potem odfrunął. Mężne Serce wygramolił się z klatki i też wzbił się w powietrze. Krakał jak szalony. Zniknął za krawędzią doliny, ale wciąż było słychać jego głos.

— Gdy służysz sile życiowej, widujesz różne rzeczy, które innych omijają — stwierdził bard.

— A kiedy im o tym mówisz, nie wierzą. — Jack opowiedział wcześniej wieśniakom swoje przygody, a oni uprzejmie słuchali. Jednak gdy skończył, rzekli: „Powiedz, co się wydarzyło naprawdę. Przywykliśmy już do wymysłów Gilesa Kuternogi". I nie zmienili zdania nawet po gorących protestach Jacka.

— Nie złość się — poradził mu starzec. — Większość ludzi żyje w klatce swoich własnych oczekiwań. Daje im to poczucie bezpieczeństwa. Świat to przerażające miejsce, pełne wspaniałości i cudów, ale także, jak obaj się przekonaliśmy, zagrożeń. Nie każdy może latać.

Jack zebrał się na odwagę, by zadać to jedno, jedyne pytanie, które w jego mniemaniu mogło zdenerwować starca.

— Panie... czy postąpiłem słusznie, dając Thorgil runę ochronną? Ona nadal jest wojowniczką i naszym wrogiem.

Bard uśmiechnął się pod nosem i utkwił spojrzenie w pustej klatce.

— Żadna uprzejmość nie idzie na marne. Nigdy też nie wiemy, ile dobrego z niej wyniknie. Przeznaczeniem tej runy było trafić do Thorgil. Spełniłeś wymogi siły życiowej, a dziewczyna, chcąc nie chcąc, też służyła tej sile. Na pewno wpadnie we wściekłość, kiedy to zrozumie.

— Dlaczego nie powiedziałeś jej, kim jesteś?

— O, powiedziałem. Ale ta uparta dziewucha nie chciała mi wierzyć. Królowa Gór od razu mnie przejrzała. Przed nią niewiele można ukryć.

— Chętnie posłuchałbym o tym, jak wypaliłeś dziurę w ścianie — napomknął Jack.

— Nie dzisiaj — odparł bard z naciskiem. — Ledwie odzyskałem głos po tych wszystkich wrzaskach, które wydawało moje ciało, kiedy mnie nie było. Posiedźmy sobie tutaj i rozkoszujmy się schyłkiem lata.

Tak też zrobili. Pszczoły brzęczały nad kwiatami, strumyk szemrał, a liście jarzębiny szeleściły na lekkim, ciepłym wietrze. Magia kryła się tu głęboko i była trudniej dostępna niż w Jotunheimie, ale też bardziej ludzka. Jack doszedł do wniosku, że na całej Ziemi nie istnieje żadne inne miejsce, w którym wolałby teraz być.

Aneks

ŚWIĘTA WYSPA

Zniszczenie Świętej Wyspy Lindisfarne, które nastąpiło 8 czerwca 793 roku, wstrząsnęło Anglosasami w nie mniejszym stopniu, niż 11 września wstrząsnął Ameryką. Był to zupełnie niespodziewany cios zadany z zupełnie niespodziewanej strony. Anglosasi wierzyli, że przed najazdami chroni ich morze. Wierzyli też, że nikt nie zaatakuje spokojnych, ufnych mnichów. Nie mieli racji.

Klasztor Lindisfarne powstał w 635 roku naszej ery, a w roku 793 stanowił już ważny ośrodek nauki i sztuki. Gdy przybyli najeźdźcy, zakonnicy wyszli ich powitać i zaprosić na wieczerzę. Opis późniejszych wydarzeń znalazł się w „Morzu Trolli" i został zaczerpnięty z „Kroniki anglosaskiej". O dziwo, z pożaru ocalał jeden pięknie iluminowany manuskrypt — ewangeliarz z Lindisfarne.

Ten atak stanowił początek dwustuletniego okresu, w którym wikingowie najeżdżali Wyspy Brytyjskie.

LUDZIE PÓŁNOCY

„Wiking" to określenie, które oznacza „pirata" bądź „najeźdźcę". Wikingowie pochodzili z terenów dzisiejszej Danii, Norwegii i Szwecji. Autorka wybrała termin „Ludzie Północy". Wikingowie z książki mówiliby po staroduńsku lub staronorwesku. Jack posługiwałby się językiem anglosaskim.

Z biegiem czasu języki się zmieniają. Anglosaski przekształcił się w staroangielski, a następnie w angielszczyznę, w jakiej mówi się dzisiaj. Staronorweski zmienił się w islandzki, którym posługują się Ludzie Północy w książce. Kristin Johannsdottir, Islandka, która wykłada w Kanadzie, była uprzejma dostarczyć Autorce prawidłowe tłumaczenia.

WYMOWA ISLANDZKA

Akcent w słowach islandzkich pada zwykle na pierwszą sylabę, jak w słowie „muzyka" czy „fizyka". Większość liter wymawia się zwyczajnie, z kilkoma jednak wyjątkami:

þ brzmi jak głoska th w angielskim słowie think.
ð brzmi jak głoska th w angielskim słowie that.
æ brzmi jak głoska i.

Różnice między o i ó oraz a i á są zbyt skomplikowane, by je tutaj wyjaśniać.

TROLLE, JOTUNY I LODOWE OLBRZYMY

W mitologii północnej Europy te trzy określenia dotyczą najwyraźniej tych samych istot. Wszystkie były ogromne, kochały lód i śnieg i odnosiły się wrogo zarówno do ludzi, jak i do bogów. Na ogół są przedstawiane jako brzydkie, istnieją jednak opowieści o takich, które były nadzwyczaj piękne.

Według sag, Jotuny jako pierwsze zamieszkiwały północną część Europy. Czciciele Odyna walczyli z nimi przez stulecia o władzę nad terenami Norwegii i Szwecji. W rękopisie z XI wieku wspomina się o dzikich ludziach, Jotunach, którzy atakowali z wysokich gór, używając sań. Okrywali się zwierzęcymi skórami, a ich język przypominał warczenie zwierząt.

Co jeszcze ciekawsze, sagi głoszą, że ludziom nie wolno było osiedlać się w Norwegii, jeśli nie zawarli małżeństwa z Jotunem. Często pojawiają się wzmianki o postaciach historycznych, które jakoby były półtrollami. Możliwe zatem, że trolle istniały naprawdę. Istnieje (lub istniało w przeszłości) wiele niezwykłych plemion, zamieszkujących ziemie na dalekiej północy, od Norwegii po Syberię. Niewykluczone nawet, że odległym pierwowzorem Jotunów byli neandertalczycy.

Ich pierwotną siedzibą miał być Utgard, leżący na dalekiej północy. W książce Autorka umieściła Utgard na wyspie Jan Mayen, samotnej wyspie wulkanicznej, leżącej niedaleko od bieguna północnego.

IVAR BEZ KOŚCI

Ivar to na wpół legendarny król, który żył prawdopodobnie około roku 880, choć Autorka umieściła go wcześniej. Wymyśliła jego żonę, Frith. Ojca Ivara zwano Ragnar Włochate Spodnie. Był to łajdak, jakich mało. Później saski król wrzucił go do dołu pełnego jadowitych węży — niezła sztuczka, biorąc pod uwagę, że w Anglii jadowite węże prawie nie występują.

BERSERKERZY

Wikińscy wojowie byli przeważnie zwykłymi ludźmi. Niektórzy jednak zaliczali się do berserkerów, których wysyłano jako pierwszych, by osłabili morale wroga. Berserkerzy nie bali się śmierci. Za cel stawiali sobie zabicie jak największej liczby ludzi, zanim sami polegną w bitwie i pójdą do Walhalli. Być może niektórzy berserkerzy zażywali środki odurzające, by wpaść w szał, w większości jednak wypadków rola berserkera przechodziła po prostu z ojca na syna. Można ich uznać za rodzaj dawnych terrorystów. Wzorem postaci Thorgil była wojowniczka, opisana w sadze „Król Heidrek Mądry”.

BARDOWIE I SKALDOWIE

W czasach, w których rozgrywa się akcja powieści, obok siebie istniały kult Odyna, dawny celtycki kult przyrody i chrześcijaństwo. Tradycyjnych kapłanów celtyckich (druidów) zastąpili bardowie i wieszczki. Uważano, że mają takie same magiczne moce.

Skaldowie stanowili wikińską odmianę bardów. Wprawdzie nie słynęli ze zdolności magicznych, ale i tak władali wielką mocą. Gdy nie spisywano kronik, sława człowieka mogła przetrwać tylko w ich poezji i pieśniach. U wikingów występowały także wieszczki.

JACK I JILL

Przytoczona w książce rymowanka wywodzi się ze starej nordyckiej legendy o dwojgu dzieciach, które ojciec wysłał po miód pieśni ze Studni Mimira. Gdy wracały z cebrem pełnym miodu, zostały porwane przez Boga Księżyca.

OD TŁUMACZA

Gdy Wydawca zaproponował mi napisanie kilku zdań do Czytelników „Morza Trolli", początkowo chciałem opowiedzieć o tych elementach fabuły, które wywarły na mnie szczególne wrażenie. Później jednak zrezygnowałem z tego pomysłu. Niektórzy przecież biorą książkę do ręki i najpierw zaglądają na koniec (sam czasami nie mogę się powstrzymać), a nikomu nie chcę psuć przyjemności z lektury i zdradzać treści. Ograniczę się zatem do dwóch wyjaśnień, które, jak sądzę, należą się Czytelnikom.

Zacznijmy od tego, że w oryginalnej wersji powieści Mężne Serce jest... wroną. Postanowiłem jednak, że w wydaniu polskim będzie krukiem. Uczyniłem tak z kilku powodów. Po pierwsze, kruk wydał mi się ptakiem bardziej dostojnym i budzącym większy respekt (przepraszam wszystkie wrony). Po drugie, to właśnie kruk jest, według mitologii Normanów, ptakiem Odyna. Po trzecie, w języku polskim „wrona" jest rzeczownikiem rodzaju żeńskiego, a Mężne Serce to bez wątpienia samiec — z takiego połączenia mogłoby się zrodzić niejedno niezbyt zgrabne zdanie (nawet bardziej niezgrabne od tego).

Rzecz druga — autorka postanowiła zastąpić słowo *Midgard*, stanowiące skandynawskie określenie świata ludzi, jego angielskim odpowiednikiem *Middle Earth*. W polskim tekście powróciłem do *Midgardu*. *Middle Earth* bowiem należałoby przełożyć jako „Śródziemie", a ten termin zarezerwowany jest dla świata, który stworzył J.R.R. Tolkien. Takie rozwiązanie doradzał mi zresztą Artur Szrejter, mój przyjaciel i znawca wikingów, autor książki „Mitologia germańska", z którym nie raz konsultowałem się podczas pracy nad tłumaczeniem i który zawsze chętnie mi pomagał. Arturze, dziękuję.

Muszę przyznać, że „Morze Trolli" tłumaczyłem z dużą przyjemnością. Nancy Farmer napisała tę powieść bardzo wartkim i prostym (w pozytywnym sensie) językiem. Po angielsku czyta się ją z zapartym tchem. Mam nadzieję, że udało mi się tego nie zepsuć. Dziękuję, że doczytaliście książkę aż do ostatniego zdania. A tych, którzy najpierw zajrzeli na koniec, zapraszam na pierwszą stronę. Szkoda czasu, zaczynajcie!

Jacek Drewnowski

Lektura uzupełniająca dla czytelnika ciekawego wierzeń i historii wikingów oraz Anglosasów

Edda poetycka — tłum. A. Załuska-Strömberg, Biblioteka Narodowa, Wrocław 1986

Encyklopedia mitologii ludów indoeuropejskich — A.M. Kempiński, Warszawa 2001

Historia wikingów — E. Roesdahl, Gdańsk 1996

Mitologia germańska — S. Piekarczyk, Warszawa 1979

Mitologia germańska — A. Szrejter, Warszawa 1997

Mitologia Wysp Brytyjskich — J. i C. Matthews, Poznań 1997

Narodziny cywilizacji Wysp Brytyjskich — W. Lipoński, Poznań 1995

Normanowie — L. Leciejewicz, Wrocław 1979

Pieśń o Nibelungach — tłum. A. Lam, Warszawa 1995

Religia Germanów — S. Piekarczyk, w pracy zbiorowej: *Religie Bliskiego Wschodu i dawnej Europy*, Warszawa 1981

Saga o Egilu — tłum. A. Załuska-Strömberg, Poznań 1974

Saga o Njalu — tłum. A. Załuska-Strömberg, Poznań 1968

Wikingowie — P.G. Foote, D.M. Wilson, Warszawa 1975

Spis treści